周勋初文集

门弟子 徐兴无 敬书

周勋初文集

唐人笔记小说考索

周勋初 著

凤凰出版社

图书在版编目（ＣＩＰ）数据

唐人笔记小说考索 / 周勋初著. -- 南京 ： 凤凰出版社，2022.4
（周勋初文集）
ISBN 978-7-5506-3681-1

Ⅰ. ①唐… Ⅱ. ①周… Ⅲ. ①笔记小说－小说研究－中国－唐代 Ⅳ. ①I207.41

中国版本图书馆CIP数据核字(2022)第048928号

书　　　　名	唐人笔记小说考索
著　　　者	周勋初
责 任 编 辑	郭馨馨
装 帧 设 计	徐　慧
出 版 发 行	凤凰出版社(原江苏古籍出版社)
	发行部电话025-83223462
出版社地址	江苏省南京市中央路165号,邮编:210009
照　　　排	南京凯建文化发展有限公司
印　　　刷	苏州市越洋印刷有限公司
	江苏省苏州市吴中区南官渡路20号,邮编:215104
开　　　本	880毫米×1230毫米　1/32
印　　　张	9.875
字　　　数	238千字
版　　　次	2022年4月第1版
印　　　次	2022年4月第1次印刷
标 准 书 号	ISBN 978-7-5506-3681-1
定　　　价	68.00元
	(本书凡印装错误可向承印厂调换,电话:0512-68180788)

周勋初简介：

周勋初，上海市南汇县人，1929 年生，副博士研究生肄业。

现为南京大学人文社会科学荣誉资深教授，历任南京大学研究生院副院长、古典文献研究所所长、中国古代文学重点学科学术带头人，兼任江苏省文史研究馆馆长。

周勋初　著

唐人笔记小说考索

江苏古籍出版社

江苏古籍出版社1996年出版

江苏古籍出版社

周勋初文集

唐人笔记小说考索
唐代笔记小说叙录

5

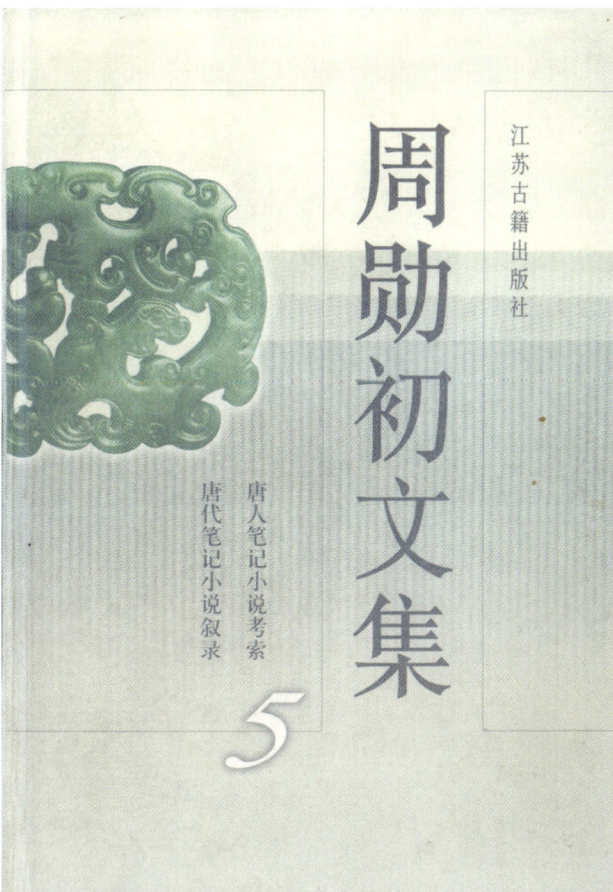

《周勋初文集》江苏古籍出版社2000年9月出版

小　引

　　研究唐代文史的人都知道，这一时期的笔记小说至为发达，曾经提供过不少宝贵的资料。《新唐书》的传记部分出于宋祁之手，宋氏喜欢采录笔记小说入史。《资治通鉴》的情况也差不多，司马光在采录某种资料之后，还经常加以考订，说明去取的原因，后来他又将之编为《资治通鉴考异》三十卷，于此可见其寝馈之深。《旧唐书》中也有不少地方引用笔记小说中的材料，例如《唐临传》中"俭薄寡欲，不治第宅，服用简素，宽于待物。尝欲吊丧，令家童自归家取白衫，家童误将馀衣……"一段，全袭《大唐传载》；又如《朱敬则传》中"代以孝义称，自周至唐，三代旌表，门标六阙，州党美之"一段，全袭《隋唐嘉话》。这就说明，后人若要深入钻研唐代史事，也就一定要在这一时期的笔记小说上下功夫。

　　但是我国古代的文人常有一种偏见。他们重视正史，而对那些提供原始资料的笔记小说，则往往有意忽略，因此很多著作失传了。有些留存下来的文字，经过后人窜改，已与原书有所出入；有的经过书贾改编，更是弄得面目全非。有的本子经过多次传抄，也就产生了不少讹误。后人若要利用这些史料，又得下一番整理的功夫。

　　由于前人重视正史，所以历代都有研究新、旧《唐书》的著作问世，到了清代更是出现了不少名著，如罗士琳、陈立、刘文淇、刘毓崧合撰《旧唐书校勘记》六十六卷，岑建功撰《旧唐书逸文》十二卷，沈炳震有《新旧唐书合钞》二百六十卷，丁子复有《新旧唐书合钞补正》六卷，王先谦有《新旧唐书合钞补注》二百六十卷，赵绍祖有《新旧唐书互证》二十卷……而像吴廷燮《唐方镇年表》八卷之类的专题著作，更是指不胜屈。反观唐人笔记小说的研究，则寂寞无闻。这种情况自然与古时轻视小说的传统观念有关。时至近代，由于西洋学术的输入，人们对小说的看法已起根本变化，由轻视转向推崇，从而研究传奇的风气日趋兴盛，但对其产生的源头，那些短小精粹、融文史于一炉的唐人笔记小说，则仍不予重视。这种现象无疑是不正常的。偏颇的观点，不仅妨碍对其本身的探讨，同时也必然会妨碍正史与传奇的研究的深入。所以今天研究唐代文史的人，视野尚须开阔，研究领域尚须拓展。对唐代笔记小说进行认真的整理，深入的研究，以此为中介，可在唐代文史研究领域中闯出一条新路。这本小书便是我在这方面工作的初步结集，希望获得同行的指正。

目 录

上编　通论

唐代笔记小说的内涵与特点

"小说"一词，在我国古代文士的笔下往往略含贬义，有人以为某种记载不太可信，也就会以"小说家言"称之。但不管他人怎样对待这种体裁，古今文士还是喜欢写作"小说"，这只要检查历代书目，就可发现"小说类"的著作愈来愈多，而且"小说"的内涵也在不断扩大，简直有兼收并蓄之势，把其他部类中的许多著作也陆续吸收或融合进去了。

这种情况何以会出现呢？

历代书目中子、史二部的递为兴衰与相互渗透

中国学术最重源流之辨，而考古代学术分类的源头，则又必须上溯《汉书·艺文志》中所作的学派区分。班固沿用刘歆《七略》的成果，删取其要而成六"略"。《诸子略》中，分列儒、道、阴阳、法、名、墨、从横、杂、农、小说十家，其中"小说"一家就显得很特殊。因为《汉书·艺文志》中所著录的，有先秦至西汉时期的各类著作。战国之时，百家蜂起，西汉之时承其馀绪，仍有各派人物在活动，因此刘歆、班固等人按照各派宗旨进行分类，也就指明了我国学术源流的演变，具有很高的学术水平和参考价值。十家之中前面九"家"都有其明确的宗旨，可以列出学派的代表人物和代表性著作。"杂家"与儒、墨、名、法等家有所区别，未能独标宗旨，但仍有其代表性的著作——《吕氏春秋》二十六篇。颜师古注："秦相吕不韦辑智略士作。"此书的历史地位，联系当时形势就可明白。战国之末，由秦统一天下之势已很明显，学术界也就

出现了统一思想的要求。首先反映这一趋势的，就是秦国的权相吕不韦，他集合了各学派中人物编成《吕氏春秋》一书，所以《汉书·艺文志》"杂家"的小序中说："杂家者流，盖出于议官，兼儒、墨，合名、法，知国体之有此，（师古曰：治国之体，亦当有此杂家之说。）见王治之无不贯，（师古曰：王者之治，于百家之道，无不贯综。）此其所长也。"可见先秦各家都有用世之意，"杂家"则是为适应一统天下的政局而出现的一种综合性的学派。吸收各派之长，为建立新的政权服务，这也就是他们独树一帜的学术宗旨。①

"小说家"的情况就不同了，《汉书·艺文志》小序曰：

> 小说家者流，盖出于稗官，街谈巷语、道听涂说者之所造也。孔子曰："虽小道，必有可观者焉。致远恐泥，是以君子弗为也。"然亦弗灭也。闾里小知者之所及，亦使缀而不忘。如或一言可采，此亦刍荛狂夫之议也。

刘、班给"小说"下的定义是"街谈巷语，道听涂说"，亦即并非出于上层人物之口，在当时来说，显然评价很低，这是后人常以贬义称呼"小说"的原因。刘、班在《诸子略》的序中又说："诸子十家，其可观者九家而已。皆起于王道既微，诸侯力政，时君世主，好恶殊方，是以九家之术，蜂出并作，各引一端，崇其所善，以此驰说，取合诸侯，其言虽殊，辟犹水火，相灭亦相生也；仁之与义，敬之与和，相反而皆相成也。……使其人遭明王圣主，得其所折中，皆股肱之材已。"小说家言既不能用以经世，又不能形成一种具有明确宗旨的学派，这在重视政

---

① 程千帆先生《杂家名实辨证》曰："杂家者，百家所从入，期于为治最切，盖秦学也。"载《闲堂文薮》，齐鲁书社1984年版。

治实用价值的古时学者看来，地位当然不高了。刘、班一方面说"诸子十家"，一方面又说"可观者九家而已"，似乎"小说"不成其为"家"，这种处理方式本身就显示出进退失据的尴尬局面。或许刘、班嫌这种"街谈巷语、道听涂说"的"小说"内容太浅薄，可又难于归入其他类别中去，而小说家所表达的一些见解仍不失为某一方面的议论，因而不得不归入《诸子略》中去的吧。

但上述评语中仍有对"小说"加以肯定的地方。班固引用孔子之语证成自己的见解。按"小道可观"之词原出《论语·子张》，实为子夏之语，汉人行文习惯，可以归为其师先圣之语。班固引此，也只是借此提高自己立论的权威性就是了。因为儒家所理解的"小道"之中究竟包含不包含"小说"，无法加以证明，但这一评价却为"小说"在学术领域中争得了一席之地。后世文士纷纷写作"小说"，也可聊当"刍荛狂夫之议"。

与班固同时的桓谭在《新论》中说："若其小说家，合丛残小语，近取譬论，以作短书，治身理家，有可观之辞。"(《文选》卷三一江淹《拟李都尉从军》李善注引)与《汉书·艺文志》中的评语约略相同。时至东汉，儒家之外的学派均遭排斥，难以经世了，小说更是说不上有什么治国之用，因此只能用于"治身理家"，但这样说却也承认了"小说"自有其价值。

《汉书·艺文志》中共著录了小说十五家。根据书名和班固自注，可以约略推知其内容。中如《伊尹说》二十七篇，《师旷》六篇，《天乙》三篇，《黄帝说》四十篇，班固以为皆出后人依托。《鬻子说》十九篇，《务成子》十一篇，妄称古人，均为后世所加。《周考》七十六篇，《青史子》五十七篇，或称"考周事"，或称"古史官记事"，其内容当近于史部中的"杂史"一类，或许由于《汉书·艺文志》中只有《春秋》一类，而没有单列史部，而《春秋》又在《六艺略》中，所以刘、班才把上述诸书分到

《诸子略》的"小说家"中去的吧。同类著作还有《臣寿周纪》七篇，顾名思义，当与上述诸书情况相同。

"小说家类"中还有《宋子》十八篇，班固注："孙卿道宋子，其言黄老意。"既然如此，那他又为什么不把此书列入道家中去呢？"道家"类中不是已经收入了许多黄老学派的著作么？看来此书内容也有"迂诞"的问题，和《黄帝说》类同，故而列入"小说家"类。同类之中还有《待诏臣安成未央术》一篇，应劭曰："道家也。好养生事，为未央之术。"也当属于"黄老"一派。此书之前为《待诏臣饶心术》二十五篇，刘向《别录》称饶为"齐人"，大约也是一名燕齐方士。燕齐方士每以黄老学派的面目出现。《封禅方说》十八篇之出于方士，更不待言。

《汉书·艺文志》的"小说家"类中，当以《虞初周说》九百四十三篇对后世的影响为最大。"虞初"成了小说家的代称。班固说他为"河南人，武帝时，以方士侍郎，号黄车使者"。颜师古也说："《史记》云：虞初，洛阳人。即张衡《西京赋》'小说九百，本自虞初'者也。"按《文选》载张衡此赋，李善引薛综注曰："小说：医巫厌祝之术。"说明虞初本身也是一名方士，与《史记·封禅书》中的记载相合。小说之中包括着好些怪诞的方术。《汉书·艺文志》与《文选》注中还引应劭释《虞初周说》曰："其说以《周书》为本"，则又可知这些文字与杂史有着紧密的血缘关系。今《逸周书》中仍有很多怪诞的记载，如《王会》篇等即是。①

由此可知汉代学者对"小说"一词的理解："街谈巷语，道听涂说"之中包含着许多非现实生活中所有之事，按其内容而言，虽然不能列入可以经世的学派，但也应该算是学术中的一种支流别派。因此刘、班等人以此列入《诸子略》中，还是合适的。

这十五种书中的文字，今已遗佚殆尽，其中《百家》百三十九卷，唐

---

① 参看胡念贻《〈逸周书〉中的三篇小说》，载《文学遗产》1981年第2期。

时尚存，段成式在《酉阳杂俎》前集卷十七《虫篇》中说："成式尝日读《百家》五卷"，可惜他没有明确说明引用过其中的哪些材料，以致后人无法窥测其内容。

鲁迅在研究了上述诸书的性质之后说："右所录十五家，梁时已仅存《青史子》一卷，至隋亦佚。惟据班固注，则诸书大抵或托古人，或记古事，托人者似子而浅薄，记事者近史而悠缪者也。"可见小说自始起其内容就介于子、史之间。

以上是对《汉书·艺文志》著录的小说所作的考察。大家知道，记录古代著作的书目，除《汉书·艺文志》外，要以《隋书·经籍志》为重要，因为前者著录了先秦至西汉末的绝大部分重要著作，后者续此而作，著录了东汉之后的绝大部分重要著作。二者互补，先唐时期学术界的情况可以约略觇知。但《汉书·艺文志》和《隋书·经籍志》的著作体例有巨大差别，因为前者是把古代学术分为六类而著录的，后者是按四部区分为四类，即经、史、子、集而著录的。这两种体例在我国学术史上都曾发生过重大的影响，只是从魏代起，四部分类法逐步占了上风，并在皇家书库的编目中世代相沿成了定式。

这种情况又是怎样出现的呢？

四部分类法的取代七略分类法，并不说明前者优而后者劣。二者的产生各有其具体的情况，只是随着学术界各类著作的发展，自然地形成了这一趋势。战国之时，百家争鸣，西汉时期，流风馀韵尚存，因此刘、班在《六艺略》后首列《诸子略》，按儒、道、阴阳、法……各家排列。但自汉武帝独尊儒术、罢黜百家之后，其他学派势难再有重大发展，因此诸子类的著作逐渐萎缩。钱大昕《答问》十曰："隋唐以后叙书目者，大率循经、史、子、集之次，而子家寥寥，常并释道、方技而一之。"（《潜研堂文集》卷十三）这种情况正好与史部书籍的蓬勃发展成一鲜明对比。

先秦至西汉时，史学未兴，《汉书·艺文志》中所著录的，仅有《太史公》百三十篇、冯商所续《太史公》七篇等数种才是真正的史书。因为数量太少了，班固只能将之附于《春秋》类中。但自东汉起，史部著作层出不穷，而且形成了各种不同的类型，后人再要把这不同门类的大量著作归入《春秋》类，无疑是不合适的。史部的单独成类，乃事势之所必然。

后人也曾想在《七略》的基础上略作调整，解决上述难题，例如宋秘书丞王俭撰《七志》四十卷，一曰《经典志》，记六艺、小学、史记、杂传。"杂传"而称"经典"，首先就会给人以"名不正而言不顺"的感觉，强行扭合，势难为人接受。梁处士阮孝绪撰《七录》十二卷，采纳王俭《七志》中改《六艺》为《经典》的意见，首列"《经典录》内篇一"，但他把史部从中移出，而独标为"《纪传录》内篇二"，可见他顺应时势，根据实际情况，采纳了四部分类法中的合理成分。在王、阮以前，晋光禄大夫秘书监荀勖撰《中经新簿》，首创四部分类之法，按经、子、史、集排列，东晋李充撰《元帝四部书目》，已将次序改为经、史、子、集，这一变动，也反映了史部的蓬勃发展和子部的不断衰落。

唐代史学对小说的影响

到了唐代，史部著作愈趋发达，这是有其深刻的原因的。

自汉末至隋末，战乱相寻，前后长达四个世纪之久。这与两汉时期政权的延续前后长达四个世纪之久大体保持稳定的情况相比，反差太强烈了。后代政权为什么越来越不稳，值得深入思考。而且朝代更迭频繁，夤缘际会的权谋之士处处逢源，而恪守儒家准则的忠贞之士则每横遭厄运，这样也就颠倒了原先的价值标准，导致社会风气的败坏，以致人心浮动，政权不稳。儒家重史学，立意重在正人心，垂鉴诫。

"孔子作《春秋》而乱臣贼子惧。"李渊父子建立新的政权之后,自然想到应该发扬古来的史官传统,借修史以巩固政权了。

《旧唐书》卷七三《令狐德棻传》曰:

> 德棻尝从容言于高祖曰:"窃见近代已来,多无正史,梁、陈及齐,犹有文籍。至周、隋,遭大业离乱,多有遗阙。当今耳目犹接,尚有可凭,如更十数年后,恐事迹湮没。陛下既受禅于隋,复承周氏历数,国家二祖功业,并在周时。如文史不存,何以贻鉴今古?如臣愚见,并请修之。"高祖然其奏。下诏曰:"司典序言,史官记事,考论得失,究尽变通;所以裁成义类,惩恶劝善,多识前古,贻鉴将来。……然而简牍未编,纪传咸阙,炎凉已积,谣俗迁讹,馀烈遗风,倏焉将坠。朕握图驭宇,长世字人,方立典谟,永垂宪则,顾彼湮落,用深轸悼,有怀撰次,实资良直。"①

李渊调集了当时地位最为尊显的官员如萧瑀等人,以及学术界最负盛名的文士如令狐德棻、颜师古等人,负责编纂前代历史。贞观三年,太宗复敕修撰;直到贞观十年,尚书左仆射房玄龄、侍中魏徵上梁、陈、北齐、北周、隋五史,合称《五代纪传》,诏藏于秘阁。这是皇家主持修史的成功尝试。新政权建立之后,命宰相领衔,征集其时著名文士,纂修前代历史,这在后来整个封建社会中,也就成了常规。

贞观十七年,太宗又下诏修《五代史志》,魏徵主持编纂《经籍志》。书的分类,参考过王俭《七志》、阮孝绪《七录》。后因《五代纪传》分别行世,《经籍志》附于《隋书》,故名《隋书·经籍志》。由于这一原因,《志》中反映了唐初中秘书和梁代存书的情况。

---

① 参看唐高祖《命萧瑀等修六代史诏》,载《唐大诏令集》卷八一。

唐太宗重视修史，其热忱远超乃父，而且想得更为深远一些。隋文帝统一天下，结束了南北分裂的局面，但仅历两代，即告覆灭。李氏政权是在隋末动乱后的废墟上建立的。李世民自十八岁起就参与征战，历尽艰辛，才建立起大一统的天下。他目睹农民起义的强大威力，深谙古人"水能载舟，亦能覆舟"这一古训的深刻涵义，因此自他接任皇位始，就常与臣下研讨历代成败兴衰之理，尤其是隋代二世而亡的教训，更使他亟欲加以总结并引为鉴诫。吴兢《贞观政要·君道》等章中详叙他与魏徵等人探讨历代兴亡的言论，可见其时君臣上下对此问题的关注。这种以古为鉴的共同心态，也就促成了史学的进一步繁荣和发展。

《贞观政要·任贤》记太宗曰：

> 夫以铜为镜，可以正衣冠；以古以镜，可以知兴替；以人为镜，可以明得失。朕常宝此三镜，以防己过。①

为此他在继承高祖遗志组织人员完成了前五史的写作之后，又在贞观二十年命长孙无忌等人组织人员重修《晋书》。书成之后，他又为宣帝、武帝、陆机、王羲之四人撰写传论，因此此书又以"御撰"的名义行世。由此可见他对史学的重视。②

上述种种，可见唐初史学之盛，远迈往古。修史人员地位之高，也非前代可比。唐高宗对简择史官人选曾有明确的指示：

---

① 并见《隋唐嘉话》卷上、《唐语林》卷四《伤逝》门。

② 陈寅恪《李唐氏族之推测)(己)《唐太宗重修晋书及敕撰氏族志之推论》以为太宗此举实有讳其先源出夷狄之用意，此亦着眼于政权之长远利益。文载《金明馆丛稿二编》，上海古籍出版社 1980 年版。

修撰国史，义在典实。自非操履贞白，业量该通，谠正有闻，方堪此任。所以承前纵居史官，必就中简择，灼然为众所推者，方令著述。①

在这种风气的影响下，士人自然以任史官为荣了。在朝任职的官员也竞以兼任史职为荣，《史通·史官建置》曰："近代趋竞之士，尤喜居于史职"，"得厕其流者，实一时之美事。"薛元超为薛收之子，自是唐初的高门士族，《隋唐嘉话》卷中记其言论曰：

薛中书元超谓所亲曰："吾不才，富贵过分，然平生有三恨：始不以进士擢第，不得娶五姓女，不得修国史。"②

由此可见修史之事在唐代士人心目中的地位。翻阅有关唐代的图书目录，知李肇撰有《国史补》三卷，卢肇撰有《逸史》三卷，林恩撰有《补国史》十卷，高彦休撰有《唐阙史》三卷，高若拙撰有《后史补》三卷……诸书均以"史"字命名，也就反映出了一种共通的心理，即不能任史职而又企羡修史之事，以"补"国史之"阙"自命。

其他一些书籍虽不用有关"史"字命名，实则也与修史之事有关。例如李德裕撰《次柳氏旧闻》一卷，追记其父李吉甫从柳冕处听来的高力士所口述的十七条有关玄宗的轶闻，进呈文宗，且云：

臣德裕非黄琼之达练，习见故事；愧史迁之该博，唯次旧闻。

---

① 唐高宗《简择史官诏》，载《唐大诏令集》卷八一，此文末注"总章三年十月"。《唐会要》卷六三《修史官》节录此文，云是"咸亨元年十一月二十一日诏"。
② 并见《唐语林》卷四《企羡》门。

惧失其传，不足以对大君之问，谨编录如左，以备史官之阙云。

郑綮撰《开天传信记》，序曰：

> 窃以国朝故事，莫盛于开元、天宝之际。服膺简策，管窥王业，参于听闻，或有阙焉。承平之盛，不可殒坠，辄因簿领之暇，搜求遗逸，传于必信，名曰《开天传信记》。

显然，郑綮著书的目的也在"备史官之阙"。

《论语·卫灵公》曰："子曰：吾犹及史之阙文也。"唐代文士纷纷著书"以备史官之阙"，援孔子之语以占身份，也为这类杂史或小说体裁的著作找到了定位的根据。

史家的职业道德，首先就在记录之事真实可信。郑綮也是以此自期的。但检查《开天传信记》中的记载，却有一些耐人寻味的情况，例如其中有许多关于一行、罗公远、万回师、叶法善、无畏等人的神异故事，颇与儒家"不语怪、力、乱、神"的宗旨相违，按例是不应作为史实看待的，郑綮却大量录入。这些当然与武后、玄宗时期崇信佛徒、方士有关，因而民间流行的怪异传闻，也为意欲阑入史家的短书所采入。这正是《汉书·艺文志》中所谓"街谈巷语，道听涂说"的"丛残小语"，例如其中有一则曰：

> 一行将卒，留物一封，命弟子进于上。发而视之，乃蜀当归也。上初不谕，及幸蜀回，乃知微旨，深叹异之。

一行奇人，精于天文历数，故当时即多有关其预言后验的记载，《松窗杂录》《大唐传载》等书都说他曾预言"陛下行幸万里"，玄宗幸蜀至万里桥后方悟。元稹《元氏长庆集》卷二四《乐府·胡旋女》自注则又以为出于纬书记载。可见这一类传说当时流行很广。

情况表明,随着唐代史学的繁荣和发展,文士的史学观念也起了很大的变化。李德裕在上《次柳氏旧闻》的表中提到,柳璟以为其祖柳芳从高力士处听来的某些秘闻,"或奇怪,非编录所宜及者",但李德裕还是把许多神异之事录下进上,"以备史官之阙"。因此,李肇在《国史补》卷下《韩沈良史才》中说:

> 沈既济撰《枕中记》,庄生寓言之类。韩愈撰《毛颖传》,其文尤高,不下史迁。二篇真良史才也。

李公佐作《南柯太守传》,李肇为之赞,他们规仿史书撰写小说,也就充分说明了唐代史部领域的扩大,以至某些小说具有史传的内容与形式,甚至使二者难以严格区分。另一方面,则又可以发现史部著作也正纷纷向小说方面发展,从而形成了后世所说的笔记小说与传奇这类文学体裁的繁荣。

刘知幾曾"三为史臣,再入东观",长期从事国史编纂。他对前此的著述多有不满,于是结合唐初修史的实际,总结编纂工作的经验,写成《史通》二十卷。他在《采撰》篇中批评了前代史家征引史料时多方面的缺失,而对《晋书》尤为不满,云是"晋世杂书,谅非一族,若《语林》《世说》《幽明录》《搜神记》之徒,其所载或诙谐小辩,或神鬼怪物,其事非圣,扬雄所不观;其言乱神,宣尼所不语;皇朝新撰《晋史》,多采以为书。夫以干(宝)、邓(粲)之所粪除,王(隐)、虞(预)之所糠秕,持为逸史,用补前传,此无异魏朝之撰《皇览》,梁世之修《遍略》,务多为美,聚博为功,虽取说于小人,终见嗤于君子矣"。

显然,刘知幾是反对史籍采纳小说的,随后他对史家何以如此的原因也作了分析,特别指摘文士中普遍存在的喜奇好异之弊,所谓"……后来穿凿,喜出异同,不凭国史,别讯流俗。及其记事也,则有师旷将轩辕并世,公明与方朔同时。尧有八眉,夔唯一足。乌白马角,救燕丹而免祸;犬吠鸡鸣,逐刘安以高蹈:此之乖滥,往往有斯。故作者恶道听涂说之违理,街谈巷议之损实。……夫以刍荛鄙说,刊为竹帛正言,而辄欲与五经方驾,三志竞爽,斯亦难矣"。

刘知幾作为一位卓越的史学理论家,他对史料的甄别并非仅凭《汉书·艺文志》中提出的若干原则而立论,而是对后来史学领域中出现的种种不同性质的著述,类聚区分,细作分析,然后一一作出评判,指出各家优缺点之所在,从而告诫后人应该摒弃什么,吸收什么,为史学指明取向。《杂述》篇中将前代杂史中分化出的支流别派归为十类,"一曰偏记,二曰小录,三曰逸事,四曰琐言,五曰郡书,六曰家史,七曰别传,八曰杂记,九曰地理书,十曰都邑簿"。于此可见在唐代以前正史之外的史部著作内容已很丰富。随着史部著作的蓬勃发展,史学理论也在迅速提高,人们对各类作品的性质认识得更清楚了。

刘知幾又说:"子之将史,本为二说,然如《吕氏》《淮南》《玄晏》《抱朴》,凡此诸子,多以叙事为宗,举而论之,抑亦史之杂也,但以名目有异,不复编于此科。"则是以为子部著作中的很多典籍也以叙事为主,实际上都应归入史部。这种看法,反映了子、史二部区分之不易。但如上所言,他又把上列十类杂记之史总称为"偏记小说",则是把"正史"树为准则而有此区分的。"小说"言其地位之低,内容之杂,中多"丛残小语","街谈巷语,道听涂说"的成分,所以只"能与正史参行"。据此可知,唐初的史学理论家已把史部中的绝大部分著作视作"小说"了。尽管刘氏所用的"小说"一词,还不一定指文体而言,但他对此所作的概括和说明,显然借用了《汉书·艺文志》中为"小说家"所下的定义,"小说"已被用来指称正史之外的其他所有史学流派。

刘𫗧继承父业，也曾供职史馆，纂修国史。他也喜欢钻研史学理论，曾撰《史例》三卷，其书虽已佚，顾名思义，当是一部研究区分史书类例的著作。今日虽已难以把握刘氏立论宗旨，但他著有《传记》（《国朝传记《隋唐嘉话》）一书，在序言中还是透露出了一丝消息。

> 述曰：余自髫岁之年，便多闻往说，不足备之大典，故系之小说之末。昔汉文不敢更先帝约束而天下理康，若高宗拒乳母之言，近之矣。曹参择吏必于长者，惧其文害，观焉马周上事，与曹参异乎？许高阳谓死命为不能，非言所也。释教推报应之理，余尝存而不论，若解奉先之事，何其明著，友人天水赵良玉睹而告余，故书以记异。

刘𫗧之书名曰《传记》，所记为唐初帝王将相与众多官僚的轶事，虽"不足备之大典"，而亦"能与正史相参"，故系之小说之末，这种理论和他父亲的观点是一致的。

李肇受其影响，继之而作《国史补》，序言中说：

> 昔刘𫗧集小说，涉南北朝至开元，著为《传记》。予自开元至长庆撰《国史补》，虑史氏或阙则补之意，续《传记》而有不为。言报应，叙鬼神，征梦卜，近帷箔，悉去之；纪事实，探物理，辨疑惑，示劝戒，采风俗，助谈笑，则书之。

李肇把《传记》中的材料作了区分。用现在学术界常用的术语来说，他继承的是志人的传统，批判了志怪的传统。但他以为刘𫗧搜集的材料，不管志人或志怪，均属"小说"。可见这是唐人普遍认同的一种"小说"观念。

总结上言，可知唐人对"小说"与"杂史"的理解常持模糊的态度，区分并不严格。子、史二部的递为兴衰与交相融合，主要表现在"小说"与"杂史"观念的变化上。唐代帝王重视史学，社会上普遍重视有关史籍的编纂，于是小说的写作也往往以叙述史实的面貌出现，但人们又往往以正史为准，而将杂史、杂记类的著作一律称之为小说。佚名《大唐传载》作者自序曰："八年夏，南行极岭峤，暇日泷舟，传其所闻而载之，故曰《传载》。虽小说，或有可观，览之而喟而笑焉。"可以作为撰史而自称小说的例证。高彦休《唐阙史序》曰："武德、贞观而后，吮笔为小说、小录、稗史、野史、杂录、杂记者多矣。"这里使用的"小说"一词，就是一种文体的名称了。其他作者则把自"小录"至"杂记"的诸多类别的著作也一律称为"小说"。小说的涵义极为宽泛，那是不难看出的。

由此可见，正当子部中独标宗旨的各家各派普遍显得零落之时，而难得与之并列的"小说家"却因其兼收并蓄包孕宏富而取得了迅速的发展，它不但吸收了唐人记录新鲜事物的一些门类，而且把史部中许多老的、新的门类也暗暗地吞并了进来。小说家类由偏稗而成了主将，其主要原因，就在撰述时不以某种宗旨为限，自由活泼，不拘一格，因而博得了读者的喜爱，前程也就显得远大而开阔。

唐代小说的发展

刘知幾对"偏记小说"的论述，对后代影响很大。当代研究小说的专家普遍认为，其中"琐言"和"杂记"两类最近于传统的所谓小说。刘氏对此所作的阐释和所举的例证是：

> 街谈巷议，时有可观，小说卮言，犹贤于已。故好事君子，无

所弃诸。若刘义庆《世说》、裴荣期《语林》、孔思尚《语录》、阳玠松《谈薮》，此之谓琐言者也。

阳阴为炭，造化为工，流形赋象，于何不育。求其怪物，有广异闻。若祖台《志怪》、干宝《搜神》、刘义庆《幽明》、刘敬叔《异苑》，此之谓杂记者也。

程毅中以为"他已经把志怪和志人两类书都归入了小说的范围，而且从史料学的角度来加以评价，这在小说观上比《隋志》有了新的发展"。① 但刘知幾总结的是前代典籍的情况，并未引及唐初小说，而唐初小说也未曾达到兴旺的阶段。自中唐起，不论是志怪小说抑或志人小说，创作上层见迭出，理论上也有了新的发展。兹分别论证如下：

（一）唐代王室以姓李之故，自以为老子的后裔，从而推崇道教。上之所好，下必有甚焉，唐代社会上弥漫着宗教迷信的气氛，一些达官贵人也竞相写作宣扬神仙道化的小说。李德裕有《次柳氏旧闻》之作，又命韦绚记录他的言论而成《戎幕闲谈》，中有很多神怪的轶闻；牛僧孺著《玄怪录》十卷，其外孙张读则著《宣室志》十卷，也记叙了许多神鬼灵异之事，所以孙光宪《北梦琐言》卷七曰："近代朱崖李太尉、张读侍郎小说，咸有判冥之说。"邵博《邵氏闻见后录》卷二七则曰："牛僧孺、李德裕相仇，不同国也，其所好则每同。"可知此乃一时社会风气。这是唐代产生志怪小说的温床与土壤。

中唐时期的著名文士顾况在《戴氏〈广异记〉序》中详叙志怪小说的源流演变，颇有价值。征引如下：

故汉文帝召贾谊问鬼神之事，夜半前席。志怪之士，刘子政

---

① 《唐代小说史话》第一章《序论》，文化艺术出版社1990年版。

之《列仙》，葛稚川之《神仙》，王子年之《拾遗》，东方朔之《神异》，张茂先之《博物》，郭子潢之《洞冥》，颜黄门之《稽圣》，侯君素之《旌异》，其中神奥，陶君之《真诰》，周氏之《冥通》；而《异苑》《搜神》《山海》之经，《幽冥》之录，襄阳之《耆旧》，楚国之《先贤》，《风俗》所通，《岁时》所记，《吴兴》《阳羡》《南越》《西京》，注引《古今》，辞标《淮海》，裴松之、盛弘之、陆道瞻等诸家之说，蔓延无穷。国朝燕公《梁四公传》、唐临《冥报记》、王度《古镜记》、孔慎言《神怪志》、赵自勤《定命录》，至如李庚成、张孝举之徒，互相传说。（《全唐文》卷五二八）

上述诸书，在《隋书·经籍志》中分别属于杂传、地理和杂家类，在刘知几的笔下，则都属于"偏记小说"，而尤与"杂记"一类为近。但如王度的《古镜记》，张说（?）的《梁四公记》，铺叙详尽，已是出于虚构的作品了。研究小说的人普遍注意到了唐人小说的这一特点，胡应麟在《少室山房笔丛》卷三六《二酉缀遗》中指出："变异之谈盛于六朝，然多是传录舛讹，未必尽幻设语，至唐人乃作意好奇，假小说以寄笔端。"鲁迅在《中国小说史略》中也指出："小说亦如诗，至唐代而一变，虽尚不离于搜奇记逸，然叙述宛转，文辞华艳，与六朝之粗陈梗概者较，演进之迹甚明，而尤显者乃在是时则始有意为小说。"[1]可见《古镜记》等志怪之作，已与前时同类之作有本质上的不同，这是唐代志怪小说的巨大发展。

但唐人言及"志怪小说"一词时，更反映出了观念上不同，段成式在《酉阳杂俎序》中说：

---

① 见该书第八篇《唐之传奇文》，人民文学出版社1952年据鲁迅全集出版社《鲁迅全集》单行本纸型重印。

夫《易》象"一车"之言，近于怪也；诗人"南箕"之奥，近乎戏也。固服缝掖者，肆笔之馀，及怪及戏，无侵于儒。无若诗书之味大羹，史为折俎，子为醯醢也。炙鸹羞鳖，岂容下箸乎？固役而不耻者，抑志怪小说之书也。

《酉阳杂俎》的《天咫》《玉格》《壶史》《贝编》《喜兆》《祸兆》《冥迹》《尸岁》以及《诺皋记》《支诺皋》《金刚经鸠异》等类，确是侈陈怪异，与传统意义上的志怪小说为近，但如《忠志》之叙帝王将相事迹，《礼异》之叙古今礼俗差异，《物革》《诡习》《怪术》《艺绝》《器奇》《乐》《酒食》《医》之叙技艺器物之精，《黥》《雷》《梦》之叙民俗之异，以及《动植》《鳞介》《虫》《木》《草》等篇之叙动植物之异闻，《肉攫部》之叙驯养鹰类，《语资》《贬误》之言考订，《寺塔记》之叙调查长安寺院，内容广泛，远远超出了前代"志怪小说"的范围。可见唐人理解此词，以为不论什么事物，只要是与习见或常情不同，那么这种记载都可称为"志怪小说"。《易·睽·上九》曰："睽孤见豕负涂，载鬼一车。先张之弧，后说（脱）之弧，匪寇，婚媾。"即属怪异之词。段氏首举此说，为《酉阳杂俎》寻找理论根据，但其笔下所记早已超出神鬼范围，可见唐人的这类著作虽然继承了前代的传统，但不论从其成果来说，或是从其观念来看，都已远远地突破了前代的范围。

（二）唐代的志人小说比之前代也已有了很大的发展与很多的不同。自从《世说新语》一书出现后，后人受其影响，不时出现模仿之作。唐代即有王方庆的《续世说新书》、刘肃的《大唐新语》等书。二者性质实际是不同的。因为《世说新语》以记言为主，理当归入子部，《续世说新书》早佚，情况不明，《大唐新语》则以记事为主，理当归入史部。这是因为魏晋与唐代习俗不同，因而文士的风貌与喜好有异。魏晋文士沐浴玄风，发言玄远，申述己见时又以"简约"为尚，所以《世说新语》中少见文字冗长的记叙。《大唐新语》中以记叙人物事迹为主,《新唐书·艺文志》中归入"杂史类"。陈寅恪曰:"刘氏之书虽为杂史,然其中除《谐谑》一篇,稍嫌芜琐外,大都出自国史。"①可见这原来是一种史部著作。

唐代类似《大唐新语》的著作数量甚多,其性质确是介于史与子之间。刘悚撰《传记》,本意自为史学类著作,然此书一名《小说》,则又明示此为子部之作了。《新唐书·艺文志》中,一则将此归入史部"杂传记"类,一则归入子部"小说家类",可见二者内容相通,确是很难区分的。

这类记叙史事之作,铺陈越来越详尽,文字越来越追求生动华美,也就越发显示出小说的特点。而唐人小说中的一朵奇葩——传奇,则又是历史性小说进一步发展的结果。

这里可举《常侍言旨》一书作为例证,加以考察。

《常侍言旨》作者柳珵,祖父柳芳,父亲柳冕,堂兄柳璟,都曾出任史职,可以说是出身史学世家。柳芳继吴兢、韦述而绪成国史,又撰《唐历》四十篇,《新唐书》本传上说他"不立褒贬义例",而"颇有异闻",联系他撰写《访高力士》一书,可知他所修之史书颇有近于小说之处。《郡斋读书志》(袁州本)卷三下"小说类"中还著录有柳珵《家学要录》一卷,云是"采其曾祖彦昭、祖芳、父冕家集所记累朝典章因革、时政得失,著此录,小说之尤者也",则又可见其家族中累世均有小说传述的风气。

浦江清撰《论小说》一文,以为我国古代一直把无关政教的文字都

---

① 见《元白诗笺证稿》第五章《新乐府·七德舞》,古典文学出版社 1958 年版。

泛称之为"小说"，①这是有道理的，但从《郡斋读书志》对《家学要录》的评语来看，则又可知唐宋时人的观念已有变化，有关政教的文字也已称为"小说"。因此，从唐人的实际情况来看，应该说是凡正史之外的文字都属于小说。小说的观念又已扩大。

《常侍言旨》中包括正文六篇，后附《上清传》《刘幽求传》二文。这里就有一个问题值得考虑：为什么柳珵要把后面二"传"区别开来作为附录呢？

想来柳珵对自己的作品有所分析，以为八篇文章性质有别，不容混淆。查《常侍言旨》中的前六篇，内有李辅国逼迫玄宗迁西内、泓师言客土无气、颜真卿得方士名药等篇，都是当时流传甚广的轶闻，中有可信之处，故而史家著书，学者考史，都曾用以参证。柳珵著作此书，记叙伯父柳登所述，出于亲身闻见，例如颜真卿灵榇归京时，柳登作有"杀身终不恨，归丧遂如生"的挽诗，可见柳珵是把《常侍言旨》中的正文六篇视为可靠的史学著作看待的。《上清传》与《刘幽求传》的情况不同，二文虽以"传"为名，好像也是史学著作，但故事情节颇多编造，与事实出入甚远，这点柳珵当有自知之明。他把二"传"作为附录，也就说明二文性质有区别：《常侍言旨》中的文字实际上包含着两类，前者属于史类，后者则已属于小说类了。

《上清传》和《刘幽求传》都是有名的传奇作品。二文附于李辅国逼迫玄宗迁西内等故事之后，从叙事方式来看，区别不大，都像是在记叙一件重要的史实。这就说明杂史类的作品，不论在形式方面还是在内容方面也在变化。如把《国史补》中的条文和《常侍言旨》中的六篇文字比较，就可看出二者篇幅上有巨大的差别，后者文笔的抒写要生动细致得多。而将《上清传》等传奇作品与前六篇文章作比较，则又可

---

① 载《浦江清文集》，人民文学出版社 1989 年北京第 2 版。

以发现两篇传奇中有更多的虚构编造成分。但从杂史到传奇,一系相承,传奇作品正是从杂史类的长篇作品中发展出来的。

传奇每以"传""记"为名,如《柳氏传》《李章武传》《南柯太守传》《莺莺传》《长恨歌传》《霍小玉传》《东城老父传》《谢小娥传》《柳毅传》《无双传》《虬髯客传》和《离魂记》《枕中记》《三梦记》《秦梦记》《周秦行记》等,这样命名,目的似乎也在顺应时代潮流。按《隋书·经籍志》中史部有"杂传"一目,小序中说:"刘向典校经籍,始作《列仙》《列士》《列女》之传,皆因其志尚,率尔而作,不在正史。后汉光武,始诏南阳撰作《风俗》,故沛、三辅有耆旧、节士之序,鲁、庐江有名德、先贤之赞,郡国之书,由是而作。魏文帝又作《列异》,以序鬼物奇怪之事;嵇康作《高士传》,以叙圣贤之风,因其事类相续,而作者甚众,名目传广,而又杂以虚诞怪妄之说。推其本源,盖亦史官之末事也。"魏晋南北朝时这类著作已经风行,至唐代更趋兴盛,或受其时普遍重视史书的影响,文士竞以裨补史阙自命,群趋于"传记"之途,精力所萃,遂有许多创造,其中很多作品后被列入了《太平广记》中的"杂传记类",也可用以说明这些作品与史类著作具有血缘关系。

这些作品中,如《莺莺传》《东城老父传》等,或有某些事实为根据,而如《柳毅传》《离魂记》等,则纯出虚构了。这类传奇,是由志人小说和志怪小说合流而发展起来的。它以志人小说为基干,而将志怪小说的想象成份与描写手段融合进去。鲁迅在《六朝小说和唐代传奇文有怎样的区别?》中强调指出这类想象丰富的传奇作品乃由《大人先生传》《桃花源记》《圣贤高士传》《神仙传》等虚构之文发展而来,①也不能说没有道理,但长篇叙事的传奇乃由杂史中的传记作品逐渐扩大而成,当是更为重要的原因。上面提到韩愈的《毛颖传》等文,则受阮籍

---

① 载《且介亭杂文二集》,人民文学出版社 1973 年版。

《大人先生传》等文影响甚大,以此勾勒发展线索,似更为可信。以儒家正统自居的文士,其创作的小说型文字,所继承的文学传统,与应进士试而出现的"浮薄"文人队伍中的传奇作者还是有所不同的,所以作品的风貌也有明显的差异。①

(三)唐代小说中,比之前代又增加了一种新的类型,例如韦绚从刘禹锡问学,成《刘公嘉话录》一书,唐兰指出:"韦绚此书,在当时实为创作,盖杂记之书,大抵述故事,陈怪异,而此书或讨论经传,评骘诗文,前所未有也。"②

唐代中期之后产生了好几部同类性质的著作,如李匡乂著《资暇集》三卷,乃考订旧文之作,兼及名物、训诂、风俗、礼制,颇多精到之语。李氏自叙云:"世俗之谈,类多讹误,虽有见闻,嘿不敢证,故著此书。上篇正误,中篇谭原,下篇本物,以资休暇云。"可知这是一种谈学问的随笔。又如李涪著《刊误》二卷,上卷考礼制,引古制以纠唐末之失,下卷更扩及其他问题,诸如明训诂,正读音,议史实,正风俗,立论甚为笃实。此书以"刊误"为名,亦即刊正当代各种讹误之意。显然,这是别出于志人小说与志怪小说之外的另一种小说。

但不管作品的性质属于志人、志怪,抑或属于学术随笔性质的著作,在古人看来,中间还是有其相通的地方,即对正经而言,都属"丛残小语";对正史而言,大都出于"街谈巷语,道听涂说";学术随笔,则大都为纠正历代相传之讹误而作。因此这些著作都可在"小说"名下统一起来。

北宋时王谠集合了有关唐代轶闻的著作五十种,成《唐语林》一

---

① 冯沅君《唐传奇作者身份的估计》于此有详论,可参看。文载《文讯》第9卷第4期,后收入《冯沅君古典文学论文集》,山东人民出版社1980年版。

② 《〈刘宾客嘉话录〉的校辑与辨伪》五、"跋",载《文史》第4辑,中华书局1965年6月。

书,历代书目中都列入"小说类"。而这五十种书,从宋初的书目中著录的分类来看,除"杂史类""杂传记类""故事类""小说家类"外,《羯鼓录》属"乐类",《本事诗》属"总集类",《唐会要》属"类书类"。王谠把这么多不同类别的著作合在一起,取名《唐语林》,以为可以组成唐代的一部《语林》,直承前代志人小说的传统,可见这类著作之中确有其共同的地方。

郑樵在《通志·校雠略》中撰《编次之讹论》十五篇,内云:"古今编书,所不能分者五,一曰传记,二曰杂家,三曰小说,四曰杂史,五曰故事。凡此五类之书足相紊乱。"这是目录学家深知甘苦之言。因此,唐人或将小说往杂史方面靠,或将杂史往小说里面塞。但他们都还没有把谈学问的随笔一类著作安排妥当。后代所以出现"笔记小说"一名,当是由于此类困难难以解决而有此一说的。看来这一名词的覆盖面比较大,既可以称《国史补》之类叙述史实的"杂史类"著作,也可称《杜阳杂编》之类侈陈怪异的"小说类"著作,也可称《资暇集》之类考订名物类随笔似的著作,也可称《酉阳杂俎》之类包罗万象类书似的著作。只是传奇作品与此距离较远,似不宜以"笔记小说"呼之,但如《酉阳杂俎》卷九《盗侠》中的几则故事,笔法与《虬髯客传》等传奇相同,然为《酉阳杂俎》此书性质所规定,人们也只能称之为笔记小说。与此类同,《上清传》《刘幽求传》等文,随《常侍言旨》的性质而定,也不妨归入笔记小说。因为从源流上看,篇幅短的传奇即是笔记小说,篇幅长而带有故事性的笔记小说也就是传奇。

唐代笔记小说的崛兴与传播

有关唐代笔记小说产生的年代,学术界似未进行过探讨;而对唐代笔记小说在后世的传播,学术界似乎也未进行过阐述。今不揣谫陋,试作论证如下:

一、唐代笔记小说的崛兴

唐代前期有没有发明印刷术,学术界还有不同的看法,但即使已有,仍属草创时期,其所施用的范围,必然是很有限的。绝大多数的典籍还得依靠抄写传播。抄写成本高,费时多,私人得书甚为不易,典籍的集中收藏主要得靠皇家的力量。因此,检查唐代内库典籍著录的情况,可以觇知其时各种学术门类著述上的盛衰情况。

关于唐代典籍的聚散,《旧唐书·经籍志》中有一段记载,颇为扼要,兹征引于下:

> [开元]七年,诏公卿士庶之家,所有异书,官借缮写。及四部书成,上令百官入乾元殿东廊观之,无不骇其广。九年十一月,殷践猷、王恺、韦述、余钦、毋煚、刘彦真、王湾、刘仲等重修成《群书四部录》二百卷,右散骑常侍元行冲奏上之。自后毋煚又略为四十卷,名为《古今书录》,大凡五万一千八百五十二卷。禄山之乱,两都覆没,乾元旧籍,亡散殆尽……昭宗即位,志宏文雅。秘书省奏曰:"当省元掌四部御书十二库,共七万馀卷。广明之乱,一时散失。后来省司购募,尚及二万馀卷,及先朝再幸山南,尚存一万

八千卷。窃知京城制置使孙惟晟收在本军，其御书秘阁见充教坊及诸军人占住。伏以典籍国之大经，秘府校雠之地，其书籍并望付当省校其残缺，渐令补辑。乐人乞移他所。"并从之。及迁都洛阳，又丧其半。平时载籍，世莫得闻。

这段文字后面又说："昄等《四部目》及《释道目》，并有小序及注撰人姓氏，卷轴繁多，今并略之，但记篇部，以表我朝文物之大。"由此可知，《旧唐书·经籍志》是依据毋昄的《古今书录》编成的，《古今书录》又是压缩《群书四部录》而成的，《群书四部录》则是根据皇家开元间藏书编成的。

这就说明，《旧唐书·经籍志》中的著录反映了开元前期内库藏书的实况。

《旧唐书·经籍志》子部"小说家类"之中共收"十三部，凡九十卷"，列在最后的一部著作，是隋代侯白的《启颜录》十卷。这就是说，截止开元九年，唐人尚无一部小说问世。当然，或许其时尚有一些小说留在民间未被皇家征集到，因而未被列入，但其数量定然是很有限的。《新唐书·艺文志》子部"小说家类"中，载唐初有唐临《冥报记》二卷，并见史部"杂传记类"，《旧唐书·经籍志》中则仅归入史部"杂传·鬼神"类，说明唐初目录学者的观点与南北朝时相同，仍将这类著作视为记载事实的史籍。这类著作，继承的是志怪小说的传统，可知唐初流行的只是这类著作，而具有唐代笔记小说特点的以文史为主要内容的著作，则尚未出现。

到了宋代前期，一些书目中所记录的唐人笔记小说，数量大为增加。《玉海》卷五二《艺文·书目》叙庆历《崇文总目》曰：

庆历元年十二月己丑，翰林学士王尧臣等上新修《崇文总目》

六十卷。（原注：尧臣与聂冠卿、郭稹、吕公绰、王洙、欧阳修等撰，以四馆书并合著录。其书总数凡三万六千六十九卷。）……景祐元年闰六月，以三馆秘阁所藏有谬滥不全之书，辛酉，命翰林学士张观，知制诰李淑、宋祁，将馆阁正、副本书看详，定其存废。伪谬重复，并从删去。内有差漏者，令补写校对。仿《开元四部录》，约《国史·艺文志》，著为目录，仍令翰林学士盛度等看详。至是上之。

    这就说明《崇文总目》是据宋代皇室实际藏书编成的。欧阳修参加了此书的编纂工作，后来他主持了《新唐书·艺文志》的编纂，在前此工作的基础上，又增加了一些后来新增的典籍。因此，《新唐书·艺文志》是根据宋代前期皇家藏书的实际情况编成的。[①] 其中子部"小说家类三十九家，四十一部，三百八卷。"原注："失姓名二家，李恕以下不著录七十八家，三百二十七卷。"比之《旧唐书·经籍志》中的著录，情况已有很大变化。开元盛世过后，小说的创作日趋繁荣，这与前此无一著录的情况形成了鲜明的对照。

    据上可知，唐人笔记小说的创作是从开元盛世之后才开始的。这一情况为什么会出现？可以作些探讨。

---

    ①　王重民说："《新唐书·艺文志》各类的'著录'和'未著录'部分，对史志目录来说，实际上是包含着两种不同性质的东西，已经开始了清代补史艺文志的作法和意义，这在我国目录学史的发展上是值得注意的。因为纪藏书和纪著作的性质和意义都不同，后人在参考使用上也就必然有所区别，凡是依据《古今书录》所著录的，唐代开元时候必有其书，其传本（包括书名、卷数以及撰人等）也必然如所著录；凡"未著录"内依据宋代藏书或宋代藏书目录所著录的，其书在唐代未必流传，其书本与宋代所流传的相符合，而未必符合于唐代原始情况。"载《中国目录学史论丛》第三章《古代中古后期我国图书目录事业的发展和繁荣》第四节《史志目录》，中华书局1984年版。

（一）唐代笔记小说中反映的士人情结

唐代初年，太宗等人鉴于隋代二世而亡的惨痛教训，强调总结历史经验，统一人们对前代历史的认识，从而把修史的大权控制于朝廷。其后渐成定制，个人私自修史者有罪。《封氏闻见记》卷十《赞成》曰："天宝初，协律郎郑虔采集异闻，著书八十馀卷。人有窃窥其草稿，告虔私修国史，虔闻而遽焚之，由是贬谪十馀年，方从调选。"①说明在此之前，文士不在史职者已不能任意染指史部著作。

安史乱后，情况发生了很大的变化，国史的撰述，自韦述、柳芳之后，虽不绝如缕，但这一职务已不再像以前那样受人歆慕了。韦述之被贬，虽因受安禄山之伪职而获罪，但其冒死保存国史之功，竟不受人重视，卒受困辱而死。② 中央政权的削弱，导致地方军阀的跋扈，宦官势力的滋长，官僚之间的倾轧也日甚一日，史官执笔，更易触动时忌。韩愈的文章当时即负盛名，本人又企慕史职，但在纂修《顺宗实录》时却遭到了很大麻烦。《旧唐书·路随传》曰："韩愈传《顺宗实录》，说禁中事颇切直，内官恶之，往往于上前言其不实，累朝有诏改修。"说明韩愈当时的处境甚为险恶，因此他在《答刘秀才论史书》中懊丧地说："夫为史者，不有人祸，则有天刑，岂可不畏惧而轻为之哉！"（《昌黎先生外集》卷二）

由此可知，开元盛世之后，国家正史的纂修虽仍在按朝章国典进行，但史官的地位下降，下笔时动多掣肘，于是不在其位者转而竞作稗官野史，就他们的亲身闻见，不拘一格地写作了。

---

① 《新唐书》卷二〇二、《唐才子传》卷二《郑虔传》均有记载。《唐诗纪事》卷二十"郑虔"亦有记载。

② 《旧唐书》卷一〇二、《新唐书》卷一三二《韦述传》均有记载。

唐代笔记小说中的重要内容之一是追叙明皇轶事。这位皇帝早年的功业何等辉煌，直可媲美太宗；而在晚年则又何等萧条，虽妻子亦不能保，又坐受儿子的幽囚，郁郁而终。自此之后，大唐天下连年战乱，无法重现太平盛世。在他一人身上所反映出来的时代变迁，盛衰荣辱之感，也就时时萦绕于文士的心头。元稹《行宫》诗曰："寥落古行宫，宫花寂寞红。白头宫女在，闲坐说玄宗。"（《元氏长庆集》卷十五）这种留恋过去而又满怀凄凉的心态，正是众多唐代笔记小说的作者共同拥有的情结。

唐代文士常是带着深情记述、评论、感叹玄宗一朝的轶事，于是兴起了一股熔史学与文学于一炉的笔记小说的洪流。唐初史学特盛，其后兴起的笔记小说也都具有野史的色彩，文士感喟时事，至此又多方尝试，将叙述客观事实的史学与包含个人感情的文学协调起来，形成一种新的体裁。

《唐诗纪事》卷六二录有郑嵎《津阳门诗》一首，描述唐明皇在华清宫时的种种轶事，反映政局的盛衰兴替。郑嵎还在诗句之下附以相关的记载，可与其他笔记小说互参。前此谢灵运撰《山居赋》，在正文中加自注，熔韵文与散文于一炉，南朝文人继此也有类似作品，可以视为郑诗的先驱。但郑嵎的创作熔诗歌与小说于一炉，性质上又有不同。《津阳门诗序》中说：

> 津阳门者，华清宫之外阙，南局禁闱，北走京道。开成中，嵎常得群书，下帷于石瓮僧院，而甚闻宫中陈迹焉。今年冬，自虢而来，暮及山下，因解鞍谋餐，求客旅邸。而主公年且艾，自言世事明皇。夜阑酒馀，复为嵎道承平故实。翌日，于马上辄裁剟俚叟之语，为长句七言诗，凡一千四百字，成一百韵止，以门题为之目云耳。

这一说法是否出于假托，很难判断，但可以认为，这些都是郑嵎经过调查之后才著录下来的轶闻。下面可举诗歌中的一些片断及其原注为例加以说明：

> 五王扈驾夹城路，传声校猎渭水湄。羽林六军各出射，笼山络野张罝维。雕弓绣靷不知数，翻身灭没皆蛾眉。赤鹰黄鹘云中来，妖狐狡兔无所依。人烦马殆禽兽尽，百里腥膻禾黍稀。（申王有高丽赤鹰，岐王有北山黄鹘，逸翮奇姿，特异他等。上爱之，每弋猎，必置于驾前，目为决胜儿。）

按：《开元天宝遗事》卷下有《决云儿》一则，记载类同。

> 暖山度腊东风微，宫娃赐浴长汤池。刻成玉莲喷香液，漱回烟浪深逶迤。（宫内除供奉两汤池，内外更有汤十六所。长汤每赐诸嫔御，其修广与诸汤不侔。甃以文瑶宝石，中央有玉莲捧汤泉，喷以成池。又缝缀锦绣为凫雁于水中，上时于其间泛钑镂小舟以嬉游焉。）

按《开元天宝遗事》卷下《长汤十六所》《锦雁》二则亦记此事，其后《贾氏谈录》与《南部新书》卷己等于此亦有记载。陈鸿有《华清汤池记》，载《全唐文》卷六一二，其中已经提到《津阳门诗》注，则此文不出陈鸿之手甚明。唐人记载华清艳事者甚多，《华清汤池记》当系后人杂纂而成，又托名《长恨歌传》的作者陈鸿以传世。

> 四方节制倾附媚，穷奢极侈沽恩私。堂中特设夜明枕，银烛不张光鉴帷。（虢国夜明枕，置于堂中，光烛一室。西川节度使所

进。事载国史,略书之。)

国史已佚,然《开元天宝遗事》卷下《夜明枕》亦载此事。

> 三郎紫笛弄烟月,怨如别鹤呼羁雌。玉奴琵琶龙香拨,倚歌
> 促酒声娇悲。(上皇善吹笛,常宝一紫玉管。贵妃妙弹琵琶,其乐
> 器闻于人间者,有逻逤檀为槽,龙香柏为拨者。上每执酒卮,必令
> 迎娘歌《水调曲遍》,而太真辄弹弦倚歌,为上送酒。内中皆以上
> 为三郎。玉奴,乃太真小字也。)

《白孔六帖》卷二八引《明皇杂录》,亦记紫玉笛事。《羯鼓录》原注
引《遗事》,记紫玉管事。

通过上面几个片断的介绍,读者不难发现此诗的写作特点。

唐代文人以明皇一朝的香艳轶闻为题而抒发其盛衰之感的长诗,
有元稹的《连昌宫词》、白居易的《长恨歌》和郑嵎的《津阳门诗》。一般
认为,《津阳门诗》的成就比不上前面二诗。因为郑嵎每为牵合具体事
件而影响到感情的自由抒发和艺术的自由创造。诗歌毕竟以抒情为
主,郑嵎想熔叙事与抒情于一炉,以抒情为叙事服务,这一尝试未能取
得成功。自此之后,也就不再见到这种写作方式了。但郑嵎在诗注中
引用了许多材料,则可用以说明笔记小说正向文学的各个领域渗透。

《郡斋读书志》(袁州本)卷二下"传记类"录《开元天宝遗事》四卷,
曰:"〔王〕仁裕至镐京,采摭民言,得开元、天宝遗事一百五十九条。"这
与郑嵎的情况类同,都是在长安一带采摭异闻,难怪会有很多相同的
故事出现。

郑綮《开天传信记序》曰:

窃以国朝故事，莫盛于开元、天宝之际。服膺简策，管窥王业，参于闻听，或有阙焉。承平之盛，不可殒坠。辄因簿领之暇，搜求遗逸，传于必信，名曰《开天传信记》。

丁如明辑《开元天宝遗事十种》，①中如《次柳氏旧闻》《明皇杂录》等，都是有关明皇一朝的著名小说。《新唐书·郑处诲传》曰："先是李德裕《次柳氏旧闻》，处诲谓未详，更撰《明皇杂录》，为时盛传。"因为这一历史转折关头的几位主要人物生平经历太丰富多采了，所以文士纷纷创作，从而兴起了一个笔记小说的高潮。

陈鸿撰《东城老父传》②与《长恨歌传》，则是笔记小说衍化而成的篇幅很长的小说，后人称之为传奇的著名作品。特别是《东城老父传》，记录时事甚详，可以看作是用文学手法写成的一篇史学著作。

纵观唐代中后期文史领域中的种种表现，可知明皇一朝由盛转衰这一历史转折所引发的人事沧桑之感，在触动文士心弦，从而产生一系列稗官野史。这种围绕一个中心而出现的写作盛况，前此从未出现过。

（二）专访报告与耳目闻见

由上可知，唐代笔记小说的内容很多属于民间传说。作者经过实地调查，采访有关人员，才记录下来。这些轶闻未必完全符合事实，但却反映了时人的观感，透露出了唐代士人的思绪与关怀之点。

---

① 此书包括《次柳氏旧闻》《明皇杂录》《开天传信记》《开元天宝遗事》《开元升平源》《高力士外传》《长恨歌传》《杨太真外传》《李林甫外传》《梅妃传》十种，上海古籍出版社 1985 年版。

② 陈寅恪《读东城老父传》以为作者乃陈鸿祖，陈文载《金明馆丛稿初编》，上海古籍出版社 1980 年版。

作者若向一般民众作调查，当然不如直接采访重要人物。《次柳氏旧闻》卷首叙及，史臣柳芳因事贬逐黔中，高力士亦徙巫州，乃得相与周旋。高力士为芳言先时禁中事，柳芳亦有质疑者。其后柳芳编次其事，号曰《问高力士》。郭湜在《高力士外传》中声讨李辅国之恣行凶虐，曰："嗟呼！淫刑以逞，谁得无罪？湜同病者，报以志之。况与高公俱婴谴累，每接言论，敢不书绅。"说明这一《外传》也是一份谈话记录。这种专访式的著作具有很高的史料价值，后来一直有人从事写作，如韦绚撰《刘公嘉话录》与《戎幕闲谈》，柳珵撰《常侍言旨》，佚名撰《尚书故实》(一名《尚书谭录》)，张泊撰《贾氏谈录》，都是著录某一位名人的谈话而编成的。高力士、刘禹锡、李德裕、柳登、张尚书(名已佚)、贾黄中等人，由于他们的生平与地位的关系，见闻广，阅历多，谈话内容丰富多采，因此唐人的这类笔记小说一直受到后人重视。

绝大多数唐人笔记小说所著录的内容，出于作者亲身闻见，因此他们每在记叙过程中介绍得之于何人。例如《杜阳杂编》卷上言软玉鞭事，云"故水部贾嵩员外所传也"。卷下言大轸国贡重明枕、神锦衾、碧麦紫米等，云"得于太清宫道士朱环中"。《北梦琐言》卷三言刘瞻发迹始末，末云："王屋匡一上人细话之。"又言李福与赵莹家树木事；李福河中永乐宅中庭槐一本三枝，一枝不过当堂屋脊，故福仅历镇使相，末云"陇西事得于李载仁大夫，天水事得于长阳宰康张，甚详悉也"。按《玉泉子》《酉阳杂俎》续集卷十《支植下》记此事，均作"相国李石，河中永乐有宅"，所叙情节类同，而事实小有出入，《玉泉子》曰"庭槐一本抽三枝，直过当舍屋脊，内一枝不及"，《酉阳杂俎》作"直过堂前屋脊，一枝不及"。《北梦琐言》亦作"直过当舍屋脊，一枝不及"。正是所谓传闻异辞。当然，唐人笔记小说中有些类同的文字是由辗转抄袭而产生的。

一般说来，出于亲身闻见的记叙，比较可信；道听途说的记叙，失

实的可能性就要大些。出身显贵的家族,姻戚间多达官贵人,传录的
文字要可信一些;交游不广或局处一隅的文士,记载的内容,传闻失实
的可能性要大些。例如李肇长期在朝任翰林学士与中书舍人等要职,
所著《翰林志》《国史补》等书,记载大体真实可靠;范摅本为江湖散人,
交游中无显要人物,所处囿于江南一区,所著《云溪友议》,传闻失实之
处就很多。但这书记载诗人佚作多篇,反映出唐代诗人的风貌,亦自
有其价值。

　　笔记小说记载的可信与否,又每视作者的态度是否认真而不同。
《因话录》卷五《徵部》曰:"有人撰集怪异纪传云:玄宗令道士叶静能书
符,不见国史。不知叶静能,中宗朝坐妖妄伏法,玄宗时有道术者,乃
法善也。谈话之误差尚可,若著于文字,其误甚矣。"可见有些作者往
往不经必要的考核,就草率著录,也就留下不少错误。《太平广记》卷
三百有《叶静能》一则,正言玄宗令"叶静能道士奏章上玉京天帝,问皇
后有子否",这一记载原出《广异记》。敦煌遗书斯6836《叶静能诗》亦
叙玄宗令叶静能书符事。这些著作当时或许流传尚广,但终因虚妄而
难以在知识阶层中长期流行。因此,唐代笔记小说始终以稗补史阙的
文史类著作为主流。尽管《太平广记》中还保存着不少怪异的记载,但
有关著作却日渐湮灭,后人覆刻唐人笔记小说时,也很少去垂顾这类
著作。

(三) 史官文化的强大威力

　　刘𫗧《传记序》(《隋唐嘉话序》)曰:

　　　　释教推报应之理,余尝存而不论。若解奉先之事,何其明著,
　　友人天水赵良玉睹而告余,故书以记异。

此事载于《隋唐嘉话》卷下，文曰：

> 洛阳画工解奉先为嗣江王家画壁象，未毕而逃。及见擒，乃妄云："功直已相当。"因于象前誓曰："若负心者，愿死为汝家牛。"岁馀，奉先卒。后岁馀，王牸产一骑犊，有白文于背曰"解奉先"，观者日夕如市。时今上二十年也。

这种记叙方式，继承的是南北朝时王琰《冥祥记》、颜之推《冤魂志》等著作的传统。尽管刘𫗧出身于史官世家，其父刘知幾曾在《史通》中撰有《五行志错误》《五行志杂驳》等文，批判史书中的怪异之说，但唐代采取诸教并重的政策，宗教势力风靡朝野，渗透进了文学艺术的各个领域，刘𫗧采入因果之说，正是时代风气的反映。

李肇继刘𫗧《传记》而撰《国史补》，著作态度已有明显的不同，他在《序》中申明著作宗旨曰：

> 予自开元至长庆撰《国史补》，虑史氏或阙则补之意，续《传记》而有不为。言报应，叙鬼神，征梦卜，近帷箔，悉去之；纪事实，探物理，辨疑惑，示劝戒，采风俗，助谈笑，则书之。

我们若从文化背景上加以考察，则可明白李肇此举意义重大。因为这是学术领域中征信崇实的史官文化对宗教迷信势力的抵制与排斥。《国史补》是唐代笔记小说中影响最大的著作之一，直到晚唐，《北梦琐言》等书中还不断征引其中材料。李肇的意见拨正了唐代笔记小说的方向，其后的笔记小说大都以叙述人事为主，宣扬佛、道二教的作品当然仍有一定比重，但始终不占主导地位，这从《新唐书·艺文志》等书目中各类著作所占比例中可以看出，当时文士所称引的也大都属于文史一类的小说。

但从另一方面来看，唐代佛、道二教既在社会上有重大影响，那当然仍会有反映其宗教观点的小说流行。像钟辂有《前定录》一卷，赵自勤有《定命论》十卷，吕道生有增补赵书之《定命论》二卷，但《阙史》卷下《郑少尹及第》中说："世传《前定录》，所载事类实繁，其间亦有邻委曲以成其验者。"说明这类作品的内容虽在宣扬因果，但作者故意安排情节，本不以为其事实有，因此也已远离宗教信仰的本意了。鲁迅曾说："现在之所谓六朝小说，我们所依据的只是从《新唐书·艺文志》以至清《四库书目》的判定，有许多种，在六朝当时，却并不视为小说。例如《汉武故事》《西京杂记》《搜神记》《续齐谐记》等，直至刘昫的《唐书·经籍志》，还属于史部起居注和杂传类里。那时还相信神仙和鬼怪，并不以为虚造，所以所记虽有仙凡和幽明之殊，却都是史的一类……唐代传奇文可就大两样了。神仙人鬼妖物，都可以随便驱使；文笔是精细，曲折的，至于被崇尚简古者所诟病；所叙的事，也大抵具有首尾和波澜，不止一点断片的谈柄；而且作者往往故意显示着这事迹的虚构，以见他想象的才能了。"①这段文字极为明确地区分了魏晋南北朝与唐代小说的同异。如上所云，《前定录》等著作中的一些篇章已经不是基于信仰，相信实有其事，而是有意铺叙成文，在结构上下功夫。这种宗教宣传文字，受到其他唐代笔记小说的影响，可以说是一种已经变了质的志怪小说。

（四）唐代笔记小说的流风馀韵

唐代自天宝之乱以后，中央政权严重削弱，全国实际上已陷入分

---

① 鲁迅《六朝小说与唐代传奇文有怎样的区别?》，载《且介亭杂文二集》，人民文学出版社1973年版。

裂的局面,藩镇的割据势力控制着世代相传的地区,一些不得志的士人,往往远走他乡,在藩镇的势力范围内谋求发展。韩愈《送董邵南序》中说:"燕赵古称多感慨悲歌之士,董生举进士,连不得志于有司,怀抱利器,郁郁适兹土,吾知其必有合也。"就是文士因仕途蹇碍转而奔走藩镇地区谋求发展的一个生动事例。[①]

封演曾为昭义节度使薛嵩的僚属,官屯田郎中,曾权邢州刺史;后又仕于田承嗣处,并在田悦时任其自署的司刑侍郎。《封氏闻见记》一书,作于贞元十六年之后,署衔曰"检校尚书吏部郎中兼御史中丞",只是地方官员附带的虚衔,《郎官石柱题名》与《御史台精舍题名》等文献中均无记载。看来封演写作《封氏闻见记》时仍在藩镇属下任职,或许一直没有离开长期与中央闹对立的魏博地区。[②]

但以儒家思想为核心的史官文化传统仍在众多唐代笔记小说的思想内容上占有主导地位。一些栖身藩镇辖区的文士,在其著作中仍奉李唐朝廷为正朔之所在,例如《封氏闻见记》卷一中首列《道教》《儒教》两章。《道教》在前,是因"国朝以李氏出自老君,故崇道教。"章节上这样安排,也是尊崇王室的表现。

时至五代,唐朝灭亡已久,但在散处各地的一些割据政权下任职的文士,仍然缅怀先朝,而以唐之遗民自居。孙光宪在《北梦琐言序》中说:

> 唐自广明乱离,秘籍亡散,武宗已后,寂寞无闻,朝野遗芳,莫得传播。仆生自岷峨,官于荆郢,咸京故事,每愧面墙,游处之间,专于博访。顷逢故凤翔杨玭少尹,多话秦中平时旧说,常记于心。

---

① 参看陈寅恪《隋唐政治史述论稿》上编《统治阶级之氏族及其升降》中论河北集团部分,生活·读书·新知三联书店1956年版。

② 参看岑仲勉《跋〈封氏闻见记〉》,原载《历史语言研究所集刊》第九本,后收入《岑仲勉史学论文集》,中华书局1990年版。

他日诸宫见元澄中允，款狎笑语，多符其说。元公谓旧族一二子弟曰："诸贤生在长安，闻事不逮富春，此则存好问之所宏益也。"厥后每聆一事，未敢孤信，三复参校，然始濡毫。非但垂之空言，亦欲因事劝戒。三纪收拾筐篚，爰因公退，咸取编连。先以唐朝达贤一言一行列于谈次，其有事类相近，自唐至后唐、梁、蜀、江南诸国所得闻知者，皆附其末，凡纂得事成三十卷。

在众多的唐人笔记小说中，《北梦琐言》一书很有代表意义。孙光宪的心态与前代文士一样，缅怀长安旧事，记录唐代轶闻，俾垂劝戒，继承的是前此一脉相传的史官文化传统。

孙光宪所采录的材料，多从"博访"而来，因此很多记载每与他书相合，例如他在卷一首条中说：

唐宣宗皇帝好儒雅，每直殿学士从容，未尝不论前代兴亡。颇留心贡举，尝于殿柱上自题曰："乡贡进士李某。"或宰臣出镇，赋诗以赠之，词皆清丽。凡对宰臣言政事，即终日忘倦。

类似的记载，在传世的唐人笔记小说中，至少尚有两处。今分别征引于下，以资比较。

宣宗酷好进士及第，每对朝臣问及第，苟有科名对者，必大喜。便问所试诗赋题目，拜主司姓名。或有人物稍好者，偶不中第，叹息移时。常于内自题"乡贡道士李道龙"。(《卢氏杂说》)①
凡与朝士从容，未尝一日不论儒学，而颇注意于贡举。常于

_____

① 此书已佚，今引自《太平广记》卷一八二，题曰《宣宗》。

殿柱上题乡贡进士字。或大臣出镇，即赋诗赐之。凡欲对公卿百寮，必先严整容止，更衣盥手，然后方出。语及庶政，则终日亡倦。（《杜阳杂编》卷下）

这些材料，究竟得之于耳闻，还是目睹，抑或阅读他人记载而来，已难判断。但孙光宪肯定曾广泛地阅读过前人著述，如《北梦琐言》卷四言及孙棨舍人著《北里志》；卷八引王定保《摭言》中语；卷十三云："唐韩文公愈之甥，有种花之异，闻于小说。"当指杜光庭《仙传拾遗》中的记载。① 卷五引李肇《国史补》云："贞元末，有郎官四人，自行军司马赐紫而登粉署，省中谑之为四君子也。"这一记载原出《国史补》卷下《省中四军紫》条；卷九云："葆光子尝读李肇《国史补》，曰：'李公沂曾放死囚，②他日道次遇之，其人感恩，延归其家，与妻议所酬之物。妻嫌数少，此人曰："酬物少，不如杀之。"李公急走，遇侠士方免此祸。'常以为虚诞，今张存翻害穆、李，即《史补》之说，信非虚诞也，怪哉！"此说原出《国史补》卷中《故囚报李勉》。但《国史补》中所记载的内容，主要集中在开元至长庆之间。《北梦琐言》中开成之后的轶闻，如从书本中来，也应出自中唐以后文士的著录。而从孙光宪所介绍的情况来看，可知其时遗佚的小说不少。

前面已经提到，孙光宪在介绍某一故事之后，常是注明得之何人

---

① 杜光庭《仙传拾遗》四十卷，见《宋史·艺文志》子部"道家类"。《玉海》卷五八《艺文·传》内"汉列仙、列士传"下引《中兴馆阁书目》，有杜光庭《仙传拾遗》四十卷，凡四百二十九事。"《宋史·艺文志》或据此著录。此书已佚。韩愈之甥种花之异的记载尚存《太平广记》卷五四引《仙传拾遗》，题曰《韩愈外甥》。又《酉阳杂俎》前集卷十《草篇》中亦叙此事，唯作韩愈之疏从子侄。

② 李公沂为"李汧公"之误。李勉封汧国公，见《旧唐书》卷十三《德宗本纪下》，《国史补》正作"李汧公勉"。

或引自哪种著作。例如书中多次出现"闻于刘山甫""见刘山甫《闲谈》"字样，说明这些佚文引自刘书。《北梦琐言》卷九引"山甫自序"，首云"唐彭城刘山甫，中朝士族也，其先宦于岭外，侍从北归，泊船于青草湖。"卷七云："福建道以海口黄碕岸横石峥嵘，常为舟楫之患。闽王琅琊王审知思欲制置，惮于力役。乾宁中，因梦金甲神自称吴安王，许助开凿。及觉，话于宾寮，因命判官刘山甫躬往设祭，具述所梦之事。三奠未终，海内灵怪具见……闽从事刘山甫，乃中朝旧族也，著《金溪闲谈》十二卷，具载其事。愚尝略得披览，而其本偶亡，绝无人收得。海隅迢递，莫可搜访。今之所集，云'闻于刘山甫'，即其事也。十不记其三四，惜哉！"

五代时局混乱，各地交通阻隔，文化交流遭到很大的障碍，这对书籍的传播与保存也极为不利。假如从事著述的文士社会地位不高，那么他的著作更有可能像他本人的命运一样，湮没无闻。《北梦琐言》卷五中还提到洪州处士陈陶著《辟书》十卷（或云钟离从事陈岳所著），卷十言及唐左军容使严遵美家有《北司治乱记》十卷，当时即已难觅。《唐摭言》卷十《海叙不遇》又言陈岳尝著书商校前史得失，撰《陈子正言》十五卷，而《唐语林》卷一《言语》门中有两条文字冠以"陈子曰"，沈曾植《海日楼札丛》卷六《唐若山》条以为即是《陈子正言》中的文字，然《陈子正言》早佚，宋初书目中已无记载，因此此说是否属实，亦难断言。类似《金溪闲谈》等书的命运的著作数量很多，这与社会动乱有关；当然，这与其时印刷术不发达因而书籍保存传播不易也有关系。

（五）唐末五代典籍的迭遭摧残

程俱《麟台故事》卷四《沿革》："古今文字，皆在禁中，两汉或徙金马门，历代不常其处。唐季乱离，中原多故，儒雅之风几将坠地，故百王之书荡然散失；兰台延阁，空存名号。"五代之时，后唐、后汉、后周的君主都曾下诏征集典籍，但所得无多，迭经战乱，民间藏书已经大为匮乏。①《五代会要》卷十八《前代史》载晋天福六年"四月，监修国史赵莹奏：自李朝丧乱，迨五十年，四海沸腾，两都沦覆，今之书府，百无二三"。《宋史·艺文志》卷首曰："唐之藏书，开元最盛，为卷八万有奇；其间唐人所自为书几三万卷，则旧书之传者，至是盖亦鲜矣。陵迟逮于五季，干戈相寻，海宇鼎沸，斯民不复见诗书礼乐之化。周显德中，始有经籍刻板，学者无笔札之劳，获睹古人全书。然乱离以来，编帙散佚，幸而存者，百无二三。"可见唐末五代典籍散佚的严重。

而在散处各地的小朝廷内，保存典籍的情况也不见得更好一些。只有前蜀、后蜀与南唐、吴越四国的情况较为特殊。这东西两大地区的文化甚为发达，保存文献较多。江南之地，物产富饶，自徐温至李昇，一直采取守土安民的国策，因而社会安定，四方文士前来寄寓者甚多。南唐王朝本以直承前朝自命，故其属下文士写作的笔记小说，常见缅怀故国的情怀，刘崇远在《金华子序》中说："因念为童时，侍立长者左右，或于冬宵漏永，秋阶月莹，尊年省睡，率皆话旧时经由，多至深夜不寐。始则承平事实，爰及乱离，于故基迹，或叹或泣，凄咽仆隶。自念髫龀之后，甚能记听，今虽稚齿变老，耄忘失忆，十可一二，犹存乎心耳。并成人游宦之后，其间耳目谙详，公私变易，知闻传载，可系铅椠者，渐恐年代浸远，知者已疏；更积新沈故，遗绝堪惜，宜编序者，即随而释之云尔。"可见唐代史官文化的传统，至此仍一系相承。

南唐自烈祖李昇起，即重视文教。《金华子》卷上曰："及高皇初收金陵，首兴遗教，悬金为购坟典，职吏而写史籍。闻有藏书者，虽寒贱必优辞以假之。或有赘献者，虽浅近必丰厚以答之。时有以学王右君

① 参看陈登原《古今典籍聚散考》卷二《兵燹卷》第五章《唐及五代之典籍聚散》，商务印书馆 1936 年版。

书一轴来献,因偿十馀万,缯帛副焉。由是六经臻备,诸史条集,古书名画,辐凑绛帷。俊杰通儒,不远千里而家至户到,咸慕置书。经籍道开,文武并驾。"其后中主、后主好文,图书的贮藏可称当时之最,然而灭亡之时,后主竟效梁元帝之所为,将内库图书付之一炬。陈彭年《江南别录》曰:"元宗、后主皆妙于笔札,好求古迹,宫中图籍万卷,钟、王墨迹至多。城将陷,谓所幸保仪黄氏曰:'此皆吾宝惜,城若不守,尔可焚之,无使散逸。'及城陷,黄氏皆焚之。时乙酉岁十一月也。"①典籍与文物损失之严重,可想而知。《宋史》卷四七八《南唐李氏世家》叙及"〔宋〕太宗尝幸崇文院观书,召〔李〕煜及刘铱,令纵观,谓煜曰:'闻卿在江南好读书,此简策多卿之旧物。'"可知宋初内库藏书多为南唐劫后馀烬。这也是唐代笔记小说多遗佚与多杂乱的客观原因之一。

从黄巢起义开始,唐王朝即步步走向末日,军阀之间的争战,从未停歇过。五代残唐,社会从未有过较长时间的安定。典籍的散佚,无法控制,也无从收拾。唐人的笔记小说,自然无法避免摧残的命运。因此,不论是《崇文总目》或《新唐书·艺文志》中的著录,都不可能反映前此唐代著作的全貌,而且有些著作,像《逸史》《卢氏杂说》《桂苑丛谈》《会昌解颐》《松窗录》《芝田录》《玉泉子闻见真录》等书究竟出自何人,也已不太明白。可知宋初接受的这笔遗产,因为时局的关系,内中杂有不少混乱。这些问题经过宋人的研究与整理,有的理出了头绪,对若干著作的情况作出了明确的答案,有的则一直不能分辨清楚,因而一直把问题遗留给了后代。唐人笔记小说流传至宋代产生的种种错乱,我在《〈唐语林〉原序目考辨》中将有所分析。

---

① 《学海类编》本文字有误,《说郛》(张宗祥辑明钞本)卷五八文字完整。今据此本。

二、《〈唐语林〉原序目》考辨

宋代曾经产生过好几种笔记小说的总集,如《太平广记》《类说》《绀珠集》等,都曾汇编刊刻过大量的笔记小说,然而都有不尽如人意的地方。《类说》《绀珠集》二书对原文删削过甚;《太平广记》收入的材料内容过杂,神仙鬼怪之类的故事占去过多的篇幅。《唐语林》也是汇编唐代笔记小说而成的集子,内容可称精粹纯正,所采纳者大都属于文史方面的有用材料,颇有参考价值。只是此书对于采入的条文没有注明出处,后人引用时常感不便,如能对此作些校证的工作,找出条文的出处,且与原文对校,则不但能提高《唐语林》的史料价值,而且对恢复提供原始资料的那些书籍的本来面目也有帮助。

《直斋书录解题》卷十一"小说家类"叙《唐语林》曰:"长安王谠正甫撰。以唐小说五十家,仿《世说》分门三十五,又益十七,为五十二门。"由此可知,《唐语林》是集纳五十种"小说"中的材料而编成的,那么只要将这五十种书与《唐语林》中的文字一一对照,似乎也就可以解决问题了。然而从存世的《唐语林》来看,事情没有这么简单,这里提到"唐小说五十家",里面有很多复杂的问题,必须细加辨析,才能弄清这些书的性质和真相。

(一)《原序目》中所缺之书考辨

熟悉唐代典籍的人都知道,王谠的《唐语林》原本至明代就失传了。嘉靖二年桐城齐之鸾曾刻《唐语林》四卷,仅录《德行》至《贤媛》共十八门,后面的三十四门已经无法觅得。清代乾隆年间四库全书馆臣利用《永乐大典》中录存的条文重行编纂,辑成后面四卷,但已无法细分门类,只能按历史年代顺次编排,以"补遗"的名义附缀于后。此书后用聚珍版印出，后人纷纷据之复刻，于是始有所谓足本的《唐语林》行世。四库馆臣还把《〈唐语林〉原序目》一纸收入，这对后人研究《唐语林》所依据的原书也就提供了不少方便。

只是这份《原序目》仅录四十八种书名，遗失了两种书名。四库馆臣加按语曰："案王谠采五十家小说成书，而《永乐大典》所载原书名目，自《国史补》至《贾氏谈录》凡四十八家，《文献通考》及唐、宋史志皆著于录，惟《齐集》一种无考，疑有脱误。又书中多引封演《闻见记》，而《虬须客传》一篇全载原文，似所阙即此二家，今为补入，以还五十家之旧。"这项说明是有道理的，但还可再作些补充。

案《唐语林》中收入《封氏闻见记》内文字共六十条，属于援引最多的几种书中的一种，四库馆臣将之列入《原序目》所缺书名，自然是可信的。可以补充说明的是，四库馆臣在搜集材料时尚有遗漏，《类说》卷三十二引《语林》内《煎茶博士》一条，原出《封氏闻见记》卷六《饮茶》；同书引《语林》内《烧尾士人》一条，原出封书卷五《烧尾》；同书引《语林》内《窃虫》一条，原出封书卷八《窃虫》。这些条目四库馆臣于"补遗"时尚未发现，亟应据《类说》补入。

另一种所阙书名是否定是《虬须客传》，却只能说是没有充分根据的拟测之词。

考《唐语林》卷四"李丞相回少尝游罩怀王氏别墅"一条，原出《阙史》卷上《李丞相特达》；卷六"卢舍人群、卢给事宏正相友善"一条，原出《阙史》卷上《路舍人友卢给事》；卷六"皇甫湜气貌刚质"一条，原出《阙史》卷上《裴晋公大度（皇甫郎中褊急附）》；卷七"杜舍人牧恃才名，颇纵声色"一条，原出《阙史》卷上《杜紫微牧湖州》。《唐语林》中之文，出于《阙史》，目下所能考知者，就有四条之多。又如卷四"进士举人各树名甲"一条，原出《唐摭言》卷七《升沈后进》；卷七"华郁"一条，原出《唐摭言》卷九《恶得及第》；同卷"裴筠婚萧楚公女"一条，原出《唐摭言》卷九《误掇恶名》；而卷六"刘虚白与太平裴坦相知"一条，或出《唐摭言》卷四《与恩地旧交》。其他不列名于《原序目》而可知确有文字吸收到《唐语林》中去的，尚有《前定录》等多种。诸书或被吸收入一条，或两条、三条不等。

经查证，《唐语林》中收入的条文，其出处可知者，约有六十种左右的书。那么其中有十种左右的书里面的条文，一定是被《永乐大典》的编者误标上了《唐语林》之名，四库馆臣以讹传讹，将之误编入今本《唐语林》中去的。《永乐大典》篇幅巨大，参加编纂者人多手杂，确是常有把其他书中的条文误认为出于《唐语林》的情况发生。例如《永乐大典》卷之二千八百七《枚·纸九万枚》引《唐语林》，曰："王右军为会稽，库中有笺纸九万枚……"实乃裴启《语林》中文，见《艺义类聚》卷九十八；又如该书卷之一万二千十七《友·恤穷友》引《唐语林》，曰："孔嵩……与颍川荀彧共游太学……"实则此亦裴启《语林》中文，见《类林杂说》卷四《仁友篇》三十；又如该书卷之一万一千六百二《藻·品藻》引《唐语林》，曰："谢碣绝重其妇……"，实则此乃《世说新语》下之上《贤媛》中文。《永乐大典》编者把不属于《唐语林》所依据的五十种原书之外的文字误标上该书书名，这就给王谠一书的内部带来了很多混乱。

这种淆乱的情况，还可作进一步的分析。裴启《语林》中的条文，误标上《唐语林》之名，因为二者名字相近，容易混淆；个别书中的条文误标上《唐语林》之名，也有可能；而有些书中的条文，一误再误，三番四复地误标上《唐语林》之名，则似乎不太近情理。当然，书的性质有别，像《唐摭言》一书，很多条文沿用前人的现成文字，上面提到的四条，其中就有可能乃沿用《卢氏杂说》中文者，因此这里如果把《唐摭言》定为五十种原书中的一种，也就显得说服力不够。但《阙史》一书，可知者已有四条文字吸收入《唐语林》中，那么《原序目》中所阙的一种,或为《阙史》。不论从书的性质上看,或从吸收入《唐语林》中条文的数目来看,应该说是合乎情理的。

《虬须客传》一文,《崇文总目》"传记类"曾著录,《宋史·艺文志》"小说类"也曾著录,均作一卷,说明此文当时确曾单独行世。又《原序目》中有陈翰的《异闻集》一书,乃是唐代著名的传奇总集,一些著名的小说,如《枕中记》《李娃传》《霍小玉传》《南柯太守传》《柳毅传》《上清传》等,都搜集在内。此书原有十卷之多,颇疑《虬须客传》原来也在其中。现在虽然没有什么材料可以直接证明这一推断,但《唐语林》中既然收入了《封氏闻见记》《阙史》中的许多条文,那么《原序目》中所阙书名,如果列入这两本书,似乎比列入《虬须客传》更为合理一些。

(二)《原序目》中所列书名之混乱情况

《〈唐语林〉原序目》中现存的四十八种书名,问题是否简单些呢?对照历代书目中的记载,每种书的性质似乎不难确定,但这里还存在着一系列复杂的情况。《原序目》中的四十八种书,本身就有难于判断之处,而《唐语林》中的文字,又有难与这四十八种原书对应的地方。处在今日文献不足的情况之下,如对《原序目》中的书名和《唐语林》中的条文细加考辨,或许还只能解决一大部分的问题,而不能把这疑难之点一一作出满意的解释。

今将这四十八种书的情况分为十个问题加以辨析。

一、有书名夺误者

四库全书馆臣说是《齐集》一书"无考",实则《永乐大典》所录书名有误。此书当是《岚斋集》。钞手过录书名时,佚去"岚"字,"斋"字误写为"齐",于是出现了不见各种书目的《齐集》一书。

《新唐书·艺文志》"小说家类"载李跃《岚斋集》二十五卷,《宋史·艺文志》"传记类"中作一卷,说明此书很早就已残佚殆尽了。此书宋时传本已篇幅无多,宋代之后已无传本,存世者仅见《侯鲭录》卷八引文一条(大中二年,李卫公谪广州……),《姬侍类偶》引文一条(武翊黄惑于媵婢……),《吴郡志》卷十二引文一条(唐郑浑之咸通末为苏州督邮……),《邵氏闻见后录》卷十七引文一条(唐人知贡举者有诗云……),《全芳备祖》前集卷十九"花部·木兰花"引文一条(陆龟蒙醉赋……①),共为五条。后面两条不见今本《唐语林》,前面三条则见于卷七、卷六、卷四之中。今举第一条为例,略作比较:

> 大中二年,李卫公谪广州,历宣宗、懿宗两朝无宗相。至乾符二年,李蔚为相,俄罢去;历乾符、广明、中和、光启、文德、龙化、大顺、景祐、乾宁悉无宗相,而宗室凌迟尤甚,居官者不过郡县长,处乡里者或为里胥族。(《侯鲭录》卷八引)
>
> 大中十二年,李卫公谪崖州,历宣、懿两朝无宗相。至乾符二年,李蔚为相,俄罢去;历乾符、广明、中和、光启、文德、龙纪、大顺、景福、乾宁悉无宗相,而宗室凌迟尤甚,居官者不过郡县长,处乡里者或为里胥。(《唐语林》卷七引)

两相比较,二书各有讹误。大中二年,贬李德裕为崖州司户,《唐语林》中误衍一"十"字,《侯鲭录》则误"崖州"为"广州"。而昭宗年号龙纪、景福,《侯鲭录》中又误为"龙化""景祐"。但二书所录者为同一文字,则是无可置疑的。其他两条情况亦类似。这类错误,也未必尽是赵德麟与王谠改写所致,或系传抄之误。经过互校,则可恢复《岚斋集》与《唐语林》中文字的本来面目。由此可见,《唐语林》中确曾采录

---

① 这一条文字,尚见《吴郡志》卷六、《舆地纪胜》卷五、《古今合璧事类备要》别集卷三引《岚斋集》。

《岚斋集》中文字。《齐集》一名自是《岚斋集》之误。

二、有异称淆混者

《原序目》中有《国朝传记》一名,实乃目下流传的《隋唐嘉话》一书。程毅中说:"今本《隋唐嘉话》,实即《传记》(亦即《国史异纂》)及《小说》的异名。但在宋代却有四种书名并行,不但书目中重见叠出,而且类书、丛书里也兼收并蓄。……刘𫗧的《国朝传记》很久以来未见传本。《隋唐嘉话》的书名,不见于两《唐书》,似乎出于宋人改题。可能人们以为它是伪书,因而不加重视,《四库全书》也没有收。但《国朝传记》实际上并没有亡佚,而是以《隋唐嘉话》的名称流传下来了。"①这种因一书异名而混淆的情况,还可再举《玉堂闲话》一书来说明。

《崇文总目》史部"传记类"著录《玉堂闲话》十卷,王仁裕撰。此书《类说》卷五十四、《绀珠集》卷十二曾经录引,《太平广记》采录尤多,计有一百六十条,然无一条与《唐语林》中文字重合者;《资治通鉴考异》等文中亦曾征引,亦无可与《唐语林》中文字相印证者。那么《唐语林》中引用的条文,是否属于已见上述书籍的一百几十条文字之外的材料呢?

考《唐语林》中引用《开元天宝遗事》中的文字甚多,如卷一"姚元之牧荆州"一条,即《开元天宝遗事》中的《截镫留鞭》;同卷"张九龄累历刑狱之司"一条,即《开元天宝遗事》中的《口案》;卷二"苏颋少不得父意"一条,即《开元天宝遗事》中的《吹火照书》;同卷"长安春时"一条,即《开元天宝遗事》中的《游盖飘青云》;卷三"裴光庭累典名藩"一条,即《开元天宝遗事》中的《逐恶如驱蚊蚋》;同卷"玄宗燕诸学士于便殿"一条,即《开元天宝遗事》中的《任人如市瓜》;卷四"玄宗早朝"一条,即《开元天宝遗事》中的《精神顿生》;卷五中的"玄宗时,羽林将刘

---

① 详见程毅中点校本《隋唐嘉话》的《点校说明》,中华书局 1979 年版。

洪善骑射"一条,即《开元天宝遗事》中的《射飞毛》;同卷"申王有高丽赤鹰"一条,即《开元天宝遗事》中的《决云儿》;同卷"明皇在禁中,欲与姚元之论事"一条,即《开元天宝遗事》中的《步辇召学士》。可见《唐语林》中采录《开元天宝遗事》中文字甚多。奇怪的是,这在《原序目》中为什么没有反映呢?

《开元天宝遗事》也是王仁裕的著作。这就可以推知,《原序目》中的《玉堂闲话》一书,当即《开元天宝遗事》。这里也是一书异名的关系。

王仁裕是晚唐五代时期的著名文人。他在许多王朝之中,累任翰林学士之职,所以他的著作自然可以叫做《玉堂闲话》。但是这书可能并非由他亲手编定,因为《说郛》(宛委山堂本)卷四十八中也收录有《玉堂闲话》中的文字九条,书名下曰:"唐撰人阙。"《太平广记》中的文字,叙及王氏时,常是介绍官衔,如卷三一四《仆射陂》内云:"翰林学士王仁裕奉使冯翊",卷三九七《斗山观》内云:"汉乾祐中,翰林学士王仁裕云……"都像是旁人的记录之词。由此可以推断,《玉堂闲话》一书当是后人编定之本。

作为小说,《玉堂闲话》一名颇有吸引读者的诱惑力,这样也就会有人把《开元天宝遗事》一书也改称《玉堂闲话》,以广招徕。按《玉堂闲话》此书,《崇文总目》作十卷,《宋史·艺文志》作三卷,而《秘书省续编到四库阙书目》中又有王仁裕《续玉堂闲话》一卷。一人所作之书,处于同一时代,卷数的多寡不应出入太大,这里可能也是书贾在任意增减卷数重行编纂,而且改易书名迷惑读者。他们把《开元天宝遗事》改题《玉堂闲话》,而王说所收录的就是这一种书。

三、有题署不常者

古人轻视小说,把改动书名不当作一回事。作者经常采用假的署名,后人对记录作者名字也不重视,书贾为了牟利,更是经常伪造作者名字，以耸动读者，这就出现了著录时的各种复杂情况。例如《松窗录》一书，《新唐书·艺文志》"小说家类"著录《松窗录》一卷，不著撰人；《郡斋读书志》"杂史类"著录《松窗录》一卷，云"唐韦叡撰，记唐故事。"《宋史·艺文志》"小说类"著录《松窗小录》一卷，云"李濬撰"。《唐诗纪事》卷十引此，作皮日休《松窗录》；吴曾《能改斋漫录》卷三引此，作王叡《松窗录》；《白孔六帖》卷十三《镜·秦淮镜》引此，作王歆《松窗录》；《说郛》(宛委山堂本)卷五十二引此，则又题作《摭异记》；而《说郛》(张宗祥辑明钞本)卷四收杜荀鹤《松窗杂录》一书，又是另一种书，与此无涉。于此可见书名和作者混乱情况之一斑。

陆心源《皕宋楼藏书志》卷六十二子部"小说类"记载，他藏有仿宋刊本《松窗杂录》一卷，题"李濬撰"。此书传世者有顾氏文房小说本，亦题《松窗杂录》一卷，唐李濬撰。书后题"嘉靖辛卯夷白斋重雕"，当是依据宋本或元本覆刻者，书前有自序，曰："濬忆童儿时，即历闻公卿间叙国朝故事，次兼多语其遗事特异者，取其必实之迹，暇日缀成一小轴，题曰《松窗杂录》。"则是书名似以作《松窗杂录》为宜。而作者之名究为李濬抑为韦叡，则难于断言。如果作者确为李濬，则或即《全唐文》卷八一六所收《慧山寺家山记》一文之作者。此文后云"乾符六年书"，可证此书应当作于晚唐时期。

《原序目》中有《玉泉笔端》一书，也因书名屡变而引起不少混乱。《直斋书录解题》"小说家类"著录《玉泉笔端》三卷、又别一卷，下云："不著名字。有序，中和三年作。末有跋云'扶风李昭德家藏之书也'，即故淮海相公孙。又称'黄巢陷洛之明年'。跋亦不知何人。别一本号《玉泉子》，比此本少数条，而多五十二条，无序跋。录其所多者为一卷。"这一记载说明陈振孙著录之时此书已有数种本子传世。《类说》卷二十五《玉泉子》中录文十八条，与今本不同者居半，或即别出于《玉泉笔端》的另一种本子。宋代之时《玉泉笔端》与《玉泉子》中条目多相合者,似后者乃改编本,王谠著书时用《玉泉笔端》,而所录条文,见之于今本《玉泉子》,足觇二书重出之处甚多,与陈氏之言相合。《新唐书·艺文志》"小说家类"载《玉泉子见闻真录》五卷,后人或简称《真录》,或简称《闻见录》,乃一书异称。《说郛》(宛委山堂本)卷四十六、(张宗祥辑辑明钞本)卷十一载《玉泉子真录》,内"令狐楚镇东平"一条,不见今本《玉泉子》,而王谠录之,见今本《唐语林》卷六。又《永乐大典》卷之一万三百一十《死·为愤贬死》引李瓒一条,一万零八百二十八《将·杖杀军将》引薛元赏一条,云出《玉泉子闻见录》,均不见今本《玉泉子》,而王谠分别录入《唐语林》,见今本卷六与卷三。可知《玉泉子》《玉泉笔端》《玉泉子见闻真录》诸书,乃宋人将唐代此一小说重行编纂而出现的各种不同书名,内容相同处甚多。此亦小说流传过程中常见的现象,后人自可根据今本《玉泉子》对《唐语林》中有关文字进行校勘。然今本《玉泉子》颇杂乱,仅存八十二条,中多羼入其他著作条文,如卷末之十一条,《太平广记》引文均作《卢氏杂说》之文,则是此书迭经改编,与《玉泉笔端》已有所不同了。

有的书名变化容易识别,例如《原序目》中的《刘公嘉话》一书,刘公即刘禹锡,因此此书又称《刘禹锡佳话》;又因刘禹锡曾任太子宾客,所以此书又名《刘宾客嘉话录》。后人引用时,经常简称之曰《嘉话》或《嘉话录》。刘禹锡是中唐名人,因此书名虽然一再变异,稍有文史知识的人却不难识别。但也因为"嘉话"一名容易和《隋唐嘉话》中的"嘉话"混淆,所以二书条文窜乱的情况非常严重。这一点可以参看程毅中的点校本《隋唐嘉话》和唐兰的《〈刘宾客嘉话录〉的校辑和辨伪》一文①。

---

① 载《文史》第 4 辑,1965 年 6 月中华书局版。

四、有篇章窜乱者

向达《唐代长安与西域文明》中说:"康国人中每多摩尼教徒,而据《唐语林》:'颜鲁公尝得方士名药服之,虽老,气力壮健如年三、四十人。至奉使李希烈,春秋七十五矣。……如穆护(原注:穆护即鲁公男硕之小名也)天性之道,难言至此。'穆护原为摩尼教中僧职之名,说者多以鲁公以穆护名其次男为异,今观其所作《康金吾神道碑》,可知鲁公与康国人曾有交往,则《语林》所云,或者鲁公服膺摩尼教旨,而获其养生之术欤?"①这是一条重要的史料,不但揭开了中西文化交流史上的许多重要事实,而且展示了唐代名臣颜真卿生活中罕为人知的一面。

向氏所引的《唐语林》,见今本卷六,文字甚详,故事生动,颇有意味。考《类说》卷二十一、《绀珠集》卷五《明皇十七事》中有《翦彩》一条,内云"颜真卿小鬟青衣名翦彩",与《唐语林》所言正合。颜真卿后为李希烈所杀,犹子颜岘、侄女裴郧之妻与小青衣翦彩同迎丧于镇国仁寺。由此可知,《唐语林》此文似出《明皇十七事》。

《明皇十七事》为《次柳氏旧闻》的异名。此书前有作者李德裕的自序,云肃宗上元间,史官柳芳谪徙黔中,高力士也贬斥在巫州,相与周旋,因得闻禁中事,纪为一书,名《问高力士》。文宗太和中诏求其书,未获。李德裕之父吉甫曾与柳芳之子冕交往,尝闻其说,以告德裕,遂追忆录进,取名《次柳氏旧闻》。《旧唐书·文宗纪》太和八年九月己未载"宰臣李德裕进《御臣要略》及《柳氏旧闻》三卷",即指此事。全书共十七条,均记玄宗遗事,所以《类说》卷二十一、《绀珠集》卷五、《说郛》(宛委山堂本)卷五十二及《学海类编》本等均题作《明皇十七事》。

书的性质明了之后,随之也就引起了人们的疑问:《类说》和《绀珠

---

① 载该书"二、流寓长安之西域人"一章,三联书店 1957 年版。

集》内《明皇十七事》中的若干条文不见今本《明皇十七事》，而且有的条文并不记明皇事，《翦彩》一条即如此，与《明皇十七事》性质不合。那么这些条文就有可能是由其他书籍羼入的了。

按上述《唐语林》卷六颜鲁公小青衣翦彩这一条之后的第二条有云："天宝初，有范氏尼者，知人休咎，颜鲁公妻党之亲也。……"与《太平广记》卷二二四《范氏尼》中文字相合，而《太平广记》此文下注"出《戎幕闲谈》"，由此可推《唐语林》此条源出于是。查《类说》卷二十一、《绀珠集》卷五《明皇十七事》中尚有《颜郎衫色如此》一条，乃是《范氏尼》中的一段。由此可证：《类说》和《绀珠集》中的《明皇十七事》中多出的条文，是从《戎幕闲谈》中羼进去的。

两书为什么会窜乱？这与作者有关。《戎幕闲谈》乃韦绚记录李德裕的言论而成。李德裕时任剑南西川节度使，故称"戎幕"。韦绚时充李德裕之僚属，《说郛》（宛委山堂本）卷四六、（张宗祥辑明钞本）卷七《戎幕闲谈》附韦氏原序，曰："赞皇公博物好奇，尤善语古今异事。当镇蜀时，宾佐宣吐，亹亹不知倦焉。乃谓绚曰：'能题而记之，亦足以资于闻见。'绚遂操觚录之，号为《戎幕闲谈》。太和五年十一月二十三日巡官韦绚引。"因为《戎幕闲谈》出自李德裕之口，《明皇十七事》出自李德裕之手，所以有人将之合在一起，这就发生了以上令人迷惑的现象。韦绚也是《刘公嘉话》一书的作者，此人在记录名人的"嘉话""闲谈"时作出了很大的贡献。

《唐语林》卷六中记录了《翦彩》和《颜郎衫色如此》两条文字，中间夹杂了一条《封氏闻见记》卷十《脩复》中的文字。显然，四库馆臣不知前后两条文字都出于《戎幕闲谈》，所以中间无端插入了其他书中的一条文字。有人如果对照《类说》或《绀珠集》，以为这两条文字出于《明皇十七事》，也就无法找到这些文字的原始出处。

五、有附文随入者

《上清传》是唐代传奇中的名篇。《太平广记》卷二七五引此,云"出《异闻集》";《资治通鉴考异》卷十九引此,亦云"出《异闻集》"。《唐语林》卷六中录有《上清传》一文,《〈唐语林〉原序目》中列有《异闻集》一书,则此文有可能录自《异闻集》。

《上清传》的作者柳珵又是《常侍言旨》一书的作者。《郡斋读书志》"小说类"著录《常侍言旨》一卷,云:"右唐柳珵记其世父登所著六章。上清、刘幽求二传附。"《直斋书录解题》"小说家类"亦云此书之末附刘幽求及上清传。《〈唐语林〉原序目》中也列有《常侍言旨》一书,则王谠转录这两篇小说时,自然以直接录引柳珵原书的可能性为大。

《刘幽求传》世无传本。《唐语林》卷三最后一条叙刘幽求事,波澜起伏,跌宕夸饰,与《上清传》类似,当即《刘幽求传》无疑。此文于首句"小子谋餐而已"之下,四库馆臣加案语曰:"此上有脱文。"而齐之鸾本此句之上即佚去数字,前面更有三行空缺,再前面一条转录《北梦琐言》卷四《崔允相腋文》中文字,末尾也有残缺,可知今本《唐语林》中的《刘幽求传》已是残文。

《上清传》和《刘幽求传》原附《常侍言旨》之后,王谠将之采录进《唐语林》,这是附文随所附之书而被采入的例子。

六、有无法印证者

在《唐语林》援据的五十种原书中,有的情况比较奇怪,像《本事诗》,从头到尾没有一条可与《唐语林》中所引此书的文字相印证,这可不知是因《唐语林》中文字有遗佚之故,还是《本事诗》中文字有遗佚之故?

《唐语林》卷五有"太宗宴近臣,戏赵公无忌,令嘲欧阳率更"一条,《隋唐嘉话》卷上与《本事诗》中的《嘲戏》一章均载,考其文字,当出《隋唐嘉话》,王谠是否参考过《本事诗》,无法确说。

《原序目》中还列有《唐会要》一书。清代之前,《唐会要》仅有钞本传世,而遗佚的文字很多。从今本《唐会要》来看,也没有什么可与今本《唐语林》直接作印证的条文。这也不知道是《唐语林》中文字有遗佚之故,还是《唐会要》中刚巧把可与《唐语林》相印证的文字遗佚之故?

但和《本事诗》中《嘲戏》内欧阳询嘲长孙无忌的故事一样,《唐会要》中虽然举不出什么可作直接印证的文字,却也可以举出一、二十条可作参证的文字,如《唐语林》卷一有魏徵谏太宗勿轻大臣而重宫人一条,原出《大唐新语》卷一《规谏第二》,而《唐会要》卷六十五《秘书省》亦载,又如《唐语林》卷五有中宗与韦后幸韦嗣立庄一条,原出《隋唐嘉话》卷下,而《唐会要》卷二十七《行幸》亦载。这种情况的大量出现,是否可以说明王谠编纂《唐语林》时曾将某些参证过但未正式采入的书籍也列入书目之中。

七、有疑莫能明者

《原序目》中的有些书,因久已失传,文献记录不全,已经难窥全貌。例如《闻奇录》一书,《直斋书录解题》"小说家类"著录,作一卷,仅云"不著名氏,当是唐末人。"《宋史·艺文志》"小说类"著录《闻奇录》三卷,不著撰人。《太平广记》征引三十六条,然与《唐语林》中文字无重合者。《说郛》(宛委山堂本)卷一一七亦曾征引,而作者署名于逖,不知何据? 其非盛唐时列名于《箧中集》中之诗人可知,然详情已无可考索。

又如《原序目》中有《大唐说纂》一书,情况也很复杂。洪迈《容斋四笔》卷八《双陆不胜》条曰:"《新唐书·狄仁杰传》:武后召问'梦双陆不胜,何也?'仁杰与王方庆俱在,二人同辞对曰:'双陆不胜,无子也,天其意者以儆陛下乎?'于是召还庐陵王。《旧史》不载,《资治通鉴》但书鹦鹉折翼一事,而《考异》云:'双陆之说,世传《狄梁公传》有之,以为李邕所作，而其词多鄙诞，疑非本书，故黜不取。'《艺文志》有李繁《大唐说纂》四卷，今罕得其书，予家有之，凡所纪事，率不过数十字，极为简要，《新史》大抵采用之。其《忠节》一门曰：'武后问石泉公王方庆曰："朕夜梦双陆不胜，何也？"曰："盖谓宫中无子，意者恐有神灵儆夫陛下。"因陈人心在唐之意。后大悟，召庐陵王，复其储位，俾石泉公为宫相以辅翊之。'然则《新史》兼采二李之说，而为狄、为王，莫能辨也。《通鉴》去之，似为可惜。"李繁为李泌之子，事迹附《旧唐书》卷一三〇、《新唐书》卷一三九《李泌传》，然均不言其曾撰《说纂》。《直斋书录解题》"小说家类"亦载《大唐说纂》四卷，下云："不著名氏。分门类事，若《世说》。止有十二门，恐非全书。"则是此书宋代已有散佚，而《宋史·艺文志》"小说类"录《唐说纂》四卷，亦不著作者名字，则此书是否李繁所撰，尚有疑问。原书久佚，宋代典籍中偶有叙及者，然与《唐语林》中文字无可印证。

八、有难以决断者

魏徵为一代名相，唐人盛传其故事，因此记录他事迹的著作很多。《〈唐语林〉原序目》有《魏郑公故事》一书，各种书目中没有见到过这个书名，它可能是某一种书的异称，但究为何书，则又难以判断。《直斋书录解题》"典故类"载《魏郑公谏录》五卷，"唐尚书吏部郎中琅邪王綝撰。綝字方庆，以字行。相武后。其为吏部，当在高宗时。《馆阁书目》作'王琳'，误也。所录魏公进谏奏对之语。又名《魏文贞公故事》。"此书尚存，而与《唐语林》之内容不合。《新唐书·艺文志》"故事类"有张大业《魏文贞故事》八卷，又有刘祎之《文贞公故事》六卷，也不知此二家中有没有一种书又称《魏郑公故事》？《崇文总目》"传记类"尚著录刘祎之《文贞公故事》三卷，后代就难得见到此书的记载了。《资治通鉴考异》中引用过张大业《魏文贞故事》，但与《唐语林》中文字无可印证。

九、有钩沉可得者

《原序目》中有《补国史》一书。《新唐书·艺文志》"杂史类"著录林恩《补国史》十卷,原注:"僖宗时进士。"《玉海》卷四十七"杂史"引《中兴书目》曰:"《补国史》六卷,载德宗以后二十三年事。"这是一部很重要的史书,《容斋四笔》卷十一《册府元龟》条曰:"……《资治通鉴》则不然,以唐朝一代言之……大中吐蕃尚婢婢等事,用林恩《后史补》……皆本末粲然。然则杂史、琐说、家传,岂可尽废也。"此书久佚,诸书均无节引之文,只有《资治通鉴》在引用此书材料之后,又在《考异》中引用其原文。今将司马光节录的文字和《唐语林》中的文字相对照,方知《唐语林》卷一中的高崇文伐蜀一条;卷二中的杜悰议抚云南一条;卷三中的李固言诫刘从谏一条;卷六中的文宗与许康佐论《春秋》事一条,李训释馀祭之祸一条,均为《补国史》中的文字。或许可以这么说,这是《补国史》一书流传于世仅存的几条完整的文字了。最后两条文字叙述同一事件,实际上是前后相接的一整段文字,四库馆臣不明就里,中间插入其他文字,读者也就不能获得这一历史事件的完整知识了。

又如《贞陵遗事》《续贞陵遗事》二书,篇幅既小,久已散佚,所以也很难追究。《直斋书录解题》"杂史类"著录《贞陵遗事》二卷、续一卷,下云:"唐中书舍人令狐澄撰,吏部侍郎柳玭续之。澄所记十七事,玭所续十四事。"贞陵为唐宣宗陵寝之名,所以有的书上就用宣宗年号代替,一称《大中遗事》《续大中遗事》。《类说》卷二十一《大中遗事》题下云"柳玭《续事》附"而不再分别,说明考索《续贞陵遗事》的佚文更有其困难。

检核《资治通鉴考异》,可知今本《唐语林》中至少保留着《续贞陵遗事》中的两条文字。

《唐语林》卷七有文曰:"宣宗时,越守进女乐,有绝色。上初悦之,数日,锡予盈积。忽晨兴不乐,曰:'明皇帝只一杨妃,天下至今未平,我岂敢忘?'召诣前曰:'应留汝不得。'左右奏'可以放还',上曰:'放还我必思之,可赐酖一杯。'"《资治通鉴》大中十三年"宣宗性明察沈断"下《考异》引《续贞陵遗事》,即此文。司马光下案语曰:"此太不近人情,恐誉之太过,今不取。"由于司马光的甄别材料,保留了《续贞陵遗事》中的文字,《唐语林》中这一条文字的出处才可钩沉得之。

《唐语林》卷二《政事》门中录有韦澳征郑光欠租的一段文字,卷三《方正》门中也有一段类同的文字,四库馆臣下加案语曰:"此事已见《政事》门。文有异同,今并存之。"实则这两条文字出于两种著作,照王谠编纂的体例来说,例当并存,用不到四库馆臣以其"文有异同"而并存。但从这里也可看出四库馆臣对于《唐语林》所依据的原书的情况确是知之甚尠的了。案这两条文字,后者出于《东观奏记》卷中,前者即出于《续贞陵遗事》。所以能够作此判断,则以《资治通鉴》大中十年详记韦澳追租之事,《考异》中引《东观奏记》之文,申明废弃不用,明言正文乃从《续贞陵遗事》。《方正》门中文字与《东观奏记》中文字相合,从而可以推断《政事》门中的文字出于柳玭所记。

十、有似佚实存者

《原序目》中有《庐陵官下记》一书。《直斋书录解题》"小说家类"著录《庐陵官下记》二卷,"段成式撰,为吉州刺史时也。"吉州即庐陵郡。原书遗佚已久,条文偶有留存者,《类说》卷六存文六则,《说郛》(宛委山堂本)卷十七存文十六则,与《唐语林》中文字均不合。然《古今合璧事类备要》前集卷十一《气候门·暑》内记唐玄宗起凉殿事,下注"出《庐陵官下记》",与《唐语林》卷四《豪爽》门内玄宗起凉殿一条相合,可证《唐语林》中确曾采录《庐陵官下记》中的文字。又《唐语林》卷二中有王勃腹稿、徐敬业相不善、太白入月敌可摧三条,与《酉阳杂俎》前集卷十二《语资》中的有关文字相合,《唐语林》卷四寿安公主一条,亦与《酉阳杂俎》前集卷一《忠志》中的有关文字相合。《酉阳杂俎》也是段成式的著作,那么可以推知,《唐语林》中录入的这些文字,原来应当是《庐陵官下记》中的文字,此书后虽亡佚,但有不少条文实际上已经编入了作者的另一著作——《酉阳杂俎》,所以《唐语林》中才会出现许多《酉阳杂俎》中的文字。

总结以上所言,可知《〈唐语林〉原序目》这份书单,似乎简单明了,实则内容复杂,颇难清理。所以如此,则因唐代的笔记小说流传到宋代时,经历着种种变故,而在宋人的搜集过程和整理过程中,在宋代官府、民间诸如书坊的刊刻过程中,产生了许多复杂问题,造成了很多混乱。分析这些问题,有助于人们了解宋代所传下来的唐人笔记小说中的各种情况,而只有在对这些情况有所了解之后,才能对《唐语林》一书进行整理;也只有在对这方面的问题有所认识之后,才能对唐代笔记小说进行研究。

也可以说,上面所分析的十个问题,对我国的笔记小说来说都有其代表意义。因此这里对《〈唐语林〉原序目》所作的研究,其意义当不仅局限于这一部具体的书。

三、《唐人说荟》中存在的问题

关于明代刻书的种种弊端,前人言之者颇多,叶德辉《书林清话》卷七列举《明时书帕本之谬》《明人不知刻书》《明南监罚款修版之谬》《明人刻书改换名目之谬》《明人刻书添改脱误》《明刻书用古体字之陋》数端,分从官场陋规、社会恶习与学界歪风邪气等方面加以批判,今仅就明代典籍传播过程中最突出的一个方面,即由书籍作为商品流通而发生的种种问题,加以阐述。

自明代起,资本主义的经济因素在我国有了很大的发展,随之城市越发繁荣，市民阶层不断壮大。与此相应，明代的出版印刷事业也达到了前所未有的发达程度，这当然是随文化市场的扩大而出现的新气象。若按其时的出版规模与出版物的品种而言，已经远超宋代，这无疑给文化的传播和教育的普及带来了良好的效应。但在这种蓬勃的气象之下，却也受到商品经济的负面影响；在典籍的编纂与印制过程中出现了为追求利润而不惜粗制滥造、弄虚作假的种种情况。这在唐人笔记小说的刊布问题上也有所反映。

现在先举几个较为典型的例子：

《大唐新语》一书，内容可贵，颇受学人重视，明代曾出现过好几种刻本。商濬《稗海》本中有刘肃《大唐新语序》，曰："今起自国初，迄于大历，事关政教，言涉文词，道可师模，志将存古，勒成十三卷，题曰《大唐世说新语》。"这一名称，唐宋书目中从未出现过，显为后人妄加。《四库全书总目》于"小说家类"该书提要中说："是书本名《新语》，《唐志》以下著录并同。明冯梦祯、俞安期等因与李垕《续世说》伪本合刻，遂改题曰《唐世说》，殊为臆撰。商濬刻入《稗海》，并于自序中增入'世说'二字，益伪妄矣。"这是因为《世说新语》一书历来脍炙人口，后人若将某一著作与之攀附，自可抬高身价，且可扩大市场销路，因此尽管这种伪造书名的做法有违学术道德，后人还是起而效尤。万历三十一年潘玄度印本仍题《大唐世说新语》，叶德辉跋曰："商濬《稗海》刻本于肃自序中增'世说'二字，皆明人刻书陋习。此本荒缪，亦与之同。"①于此可见明人擅改书名的心理。

今再略示数例，以见一般。《虞初志》中有《嵩岳嫁女记》，题唐施肩吾撰，实则此文出自《纂异记》，今见《太平广记》卷五十，题作《嵩岳嫁女》。《五朝小说》中有《杜子春传》，题唐郑还古撰，实则此文见于牛僧孺

---

① 《郋园读书志》卷六《唐世说》十三卷（明王世贞刻本）。

《玄怪录》；《太平广记》卷十六题作《杜子春》，则云出自《续玄怪录》。《合刻三志》中有《中山狼传》，题唐姚合撰，实则此文当属马中锡撰，见《东田文集》卷五，此一故事甚脍炙人口，影响亦巨。马氏生于明代前期，后人即可将其作品擅改作者，可见明末出版业中编纂工作之杂乱。

明代刻书有官府、书坊、私人之别。书的质量，往往视刻书者的身份、品格、学识、目的之不同而有差别。刻印唐人笔记小说的事，有的出于私人喜好，因而其书品也有颇为精美者，如顾元庆刻《顾氏文房小说》四十种、四十七卷，选录了唐宋两代的许多著名笔记小说，力求不失原本面貌，因而颇受学界重视。然而盛名之下，即有书贾藉此作伪，推行劣本以售其私。明末有《广顾氏四十家小说》四十卷，《续修四库全书提要》"子部·杂丛类"曰："不著编者名字。是书为广阳山顾氏文房小说而作，汇辑唐、宋小说杂记，前后杂陈，未分朝代。所录诸书，率见于《说郛》《纪载汇编》等书，如《吴中旧事》《中朝故事》《平江纪事》《太湖新录》，以记吴中故事为多。题为顾元庆所编，然或为吴人所为，实非顾氏所编也。当明天启、崇祯间，吴中坊肆，赓续前人撰述，刊刻丛书，已成时尚。如宋左圭《百川学海》，则有《续百川学海》《广百川学海》之作；陶氏《说郛》，则有《续说郛》；《顾氏文房小说》，则有《广四十家小说》。其它若《古今逸史》《古今说海》等书，尤不胜缕举，然率多陈陈相因，或即用其版，参互错乱，更成一书；或用一书而分为数籍，更立名目。坊本《说郛》如周密所撰诸书，即全由《武林旧事》割裂而成。非窥原书，无以知其盗窃之迹也。"[①]由此可见明代中后期出版界混乱情况之一斑。

清初陈世熙（莲塘）编《唐人说荟》六集，一百六十一种、一百六十九卷，集前人汇刻唐人笔记小说之大成，博得了很高的名声，如《续修

① 载该书第九册第 85 - 87 页，台湾商务印书馆 1972 年版。

四库全书提要》即论之云："……元明以来，虽代有传刻，如《说郛》《唐宋丛书》《古今说海》等书，均汇辑唐人说部。然或旁见别出，抉择不精，搜辑未备，惟陈氏此书收辑唐人传奇一百六十馀种，较为繁博。迹其流别，厥派有三：一为叙述杂事，二为记录异闻，三为缀辑琐语。综其事实，可分四类，如《海山记》《迷楼记》《开河记》《李卫公别传》，则为传记之体，可补史事之遗闻者也；如《虬髯客传》《红线传》《刘无双传》，则志在游侠者也；如《霍小玉传》《李娃传》《章台柳传》，则文在记艳者也；如《柳毅传》《杜子春传》《南柯记》《枕中记》，则涉及神怪者也。文情兼至，芳芬杂陈。彭羕序称：'阅其篇目，芳鲜艳异，展卷卒业，如入众香国，如探百花丛，光景陆离，目不给赏。'可谓极文人之能事矣。"① 可见其评价之高。后代书目中常是推荐此书，如《书目答问》于《大唐新语》《因话录》诸书之下即云有《唐人说荟》本，《增订四库简明目录标注》于许多笔记小说名下亦标示《唐人说荟》本。

《唐人说荟》之所以能够博得良好的声誉，实因前人尚未将唐代笔记小说作为严肃的学术对象而加以研究。直到民国之初，一般读者仍将其作为娱目之具，阅读这类书籍的人不少，作为一种学问加以研究的人却不多，以致书中存在的问题尚未抉发，却博得了广泛的赞誉。实则《唐人说荟》之中正集中了明人刻书的种种陋习。今分三个方面略作阐述：

（一）篇章割裂，隐没全书原貌

《唐人说荟》中所录之书，多非完帙，如《国史补》《因话录》等重要著作，均寥寥数条，而《杜阳杂编》三卷却全文录入，不知其采录的标准是什么。又如五集、二十七册中已有《酉阳杂俎》二卷，而又有《肉攫部》一卷、

---

① 载该书第九册第94页，台湾商务印书馆1972年版。

《诺皋记》一卷、《支诺皋》一卷、《金刚经鸠异》一卷。段氏之书本为集纳前此著作而成,《诺皋记》等或曾单独行世,但段氏早将这些篇章编入《酉阳杂俎》,宋明时人刻书时也早已合在一起,陈氏将许多篇章作为书名散入《唐人说荟》,后人也就可能误解为此书收入了段氏著作多种,这样也就增加了唐代笔记小说中编次与流传的混乱情况。

(二) 假托名人,作品归属难明

唐代笔记小说的作者,在当时被公认为学术界或文学界名流的很少,这在带有商业眼光的人看来,当然不足以广招徕,为此他们设法在作者的署名问题上做手脚,于是作品究竟出自谁手往往混淆难明。第四集、第二丨二册录《虬髯客传》一卷,著"唐张说撰",前此《说郛》(宛委山堂本)卷一一二《虬髯客传》已如此署名,此事当另作别论;然第五集、第二十七册录《枕中记》一卷,署"唐李泌撰",则纯出《说荟》之所依托。李泌有大名,居高位,而又栖身道流,如果说他写作过以黄粱一梦警悟世人的《枕中记》一文,自然是合适不过的了。但沈既济撰《枕中记》,唐时已经纳入陈翰《异闻集》,《太平广记》卷八二即据此录入,《文苑英华》卷八三三亦已采录,作者均署沈既济。且以当代人的记录而言,李肇《国史补》卷下《叙近代文妖》即曰"沈既济撰《枕中记》,庄生寓言之类",房千里撰《骰子选格序》,载《唐文粹》卷九四,中云"近者沈拾遗述枕中事"。沈既济以杨炎荐,召拜左拾遗、史馆修撰,见《新唐书》卷一三二本传。足见此文当时即享大名,作者问题从无异说。《唐人说荟》妄题李泌,蒙骗读者,影响颇大,如梁廷枏《曲话》卷二即称唐李泌《枕中记》,周贻白《中国戏剧史长编》亦采此说。① 又如《唐人说荟》

---

① 见该书第六章《明代戏剧的演进》第十八节《沈璟与汤显祖》,人民文学出版社 1960 年版。

第五集、第二十五册录《红线传》一卷,署"唐杨巨源撰"。"红线盗盒"之事脍炙人口,《太平广记》卷一九五即有此文,标题《红线》,下署"出《甘泽谣》"。《甘泽谣》乃袁郊所撰,见于《新唐书·艺文志》等书目,但明人或嫌其文名不大,因而改题杨巨源了。查《五朝小说》载有此文,作者已署杨氏,则是《唐人说荟》中的一些谬说或承前人之说而来。明人擅改作者之名,诸如此类,不胜枚举,凡此亟应澄清。李宗为作《明清丛书所收传奇集作品简表》,[①]可以参看。后人于此尚可作更大规模的抉发。

(三) 擅改篇名,不知文所自来

阅读明人所刻的唐人小说,往往会读到一些奇怪的文章,不知何来。只有深谙这一领域中情况的人,才能明其底细。原来那些刻书的人,往往擅改篇名,迷惑读者,借以达到兜售目的。例如《唐人说荟》第四集、第二十二册有《奇男子传》一卷,题"唐许棠撰",实则此乃牛肃《纪闻》中文,《纪闻》已佚,今见《太平广记》卷一六六《吴保安》条。又如《唐人说荟》第二集、第十二册有《纪事珠》一卷,题"唐冯贽撰",实则此仅录入《云仙杂记》中的部分篇章;冯书卷六中有《读书数真珠以记》一条,《唐人说荟》即以之作为书名。张说得记事珠,持弄则事无巨细一无所忘,已成习见之典,原出《开元天宝遗事》卷上,《唐人说荟》移作冯氏书名,只能增加混淆。又如第四集、第二十三册中有《剑侠传》一卷,第六集、第三十六册中有《夜叉传》一卷,均题"唐段成式撰",实则前者仅录入《酉阳杂俎》卷九《盗侠》中的若干篇章,而如《聂隐娘》《昆仑奴》等著名故事,均出裴铏《传奇》;《田膨郎》一条,即《剧谈录》卷上《田膨郎偷玉枕》。后者列文五条,其中《哥舒翰》《江南吴生》《杜万》三

---

① 此文为《唐人传奇》附录之二,中华书局 1985 年版。

条,均出《太平广记》卷三五六,分别录自《通幽录》《宣室志》《广异记》;《薛淙》一条,出自《太平广记》卷三五七,录自《博异志》;《刘积中》一条,出自《太平广记》卷三六三,录自《酉阳杂俎》,今见《酉阳杂俎》前集卷十五《诺皋记下》。由此可知,《夜叉传》中的文字乃是杂抄《太平广记》中"夜叉""妖怪"二门中五条文字而成,其中仅"刘积中"一条与段氏原书有间接关系,馀均与段书无涉。这类文字,一般读者往往受其蒙骗。近来研究唐代笔记小说的学者逐渐增多,因此不断有人抉发明人这类故意混淆篇名的情况。例如程毅中在研究《耳目记》一书时,就发现了很多问题,如《墨君和》(《广记》卷一九二)一篇,选入《五朝小说》《唐人说荟》时被改题为冯延巳《墨昆仑传》,①明人所刻唐人笔记小说中类似情况甚多,后人如续作探讨,一定会有更多的发现。

由于明人所刻的唐人笔记小说中存在着这么多严重的问题,近代一些持有严谨治学态度的学者,研究唐人小说时,也就一致排斥明人刻本。汪辟疆先生编纂《唐人小说》时,就在《序例》中说:"唐人小说,宋初修《太平广记》,大部分已收入。本编取材,即以许(自昌)刻《广记》为主。其所不备,或间有脱误者,则用《道藏》《文苑英华》《太平御览》《资治通鉴考异》《太平寰宇记》、明钞原本《说郛》《顾氏文房小说》《全唐文》及涵芬楼影印之旧本唐人专集小说校补。至明代通行之《古今逸史》《说海》《五朝小说》《历代小史》,清人之正续《说郛》《龙威秘书》《唐人说荟》等丛刻,或擅改篇名,或妄题撰者,概不据录。"

鲁迅编纂《唐宋传奇集》,与汪先生持同样的态度,《序例》中曾慨叹前贤近人的未能辨明真伪,以致屡为明人所迷惑。《序例》中云:"偶见郑振铎君所编《中国短篇小说集》,扫荡烟埃,斥伪返本,积年堙郁,一旦霍然。惜《夜怪录》尚题王洙,《灵应传》未删于逖,盖于故旧,犹存

① 《唐代小说史话》第十章《五代十国的小说》。

眷恋。继复读大兴徐松《登科记考》，积微成昭，钩稽渊密，而于李徵及第，乃引李景亮《人虎传》作证，此明人妄署，非景亮文。弥叹虽短书俚说，一遭篡乱，固贻害于谈文，亦飞灾于考史也。"因此鲁迅申述其著书宗旨曰："顾复贾人贸利，撮拾雕镂，如《说海》，如《古今逸史》，如《五朝小说》，如《龙威秘书》，如《唐人说荟》，如《艺苑捃华》，为欲总目烂然，见者眩惑，往往妄制篇目，改题撰人，晋唐稗传，黔劓几尽。夫蚁子惜鼻，固犹香象；蟆母护面，讵逊毛嫱，则彼虽小说，矧称卑卑不足厕九流之列者乎，而换头削足，仍亦骇心之厄也。昔尝病之，发意匡正。"这是受过严格的学术训练的近代学者提出的新见解，对前代的所谓杂书也作了精密的考辨。由于他们的努力，明代书贾遗留下来的不良影响，也就逐渐被廓清了。

以上是我对唐人笔记小说中存在的混乱情况作了综合与个案相结合的研究。这类问题甚为复杂，这里所作的分析，只是作了概括的介绍，通过剖析个别例证，借以反映全局。读者如能举一反三，则对唐人笔记小说中存在的问题当能有总体了解和基本把握。

四、清代丛刻中的唐人笔记小说

明代刻书的陋习，一直沿续到清代前期，康熙之后，情况才逐渐发生转变。例如曹溶编纂、陶樾增订的《学海类编》四百三十种、八十六卷、附录一卷，就反映了这一阶段丛刻的新趋向。曹溶生于明末，曾官御史，入清官至少司农。门人陶樾帮助他完成此书的编订，芝园居士《序》中曾引陶樾复述其师编书宗旨，以为"近日盛行《汉魏、唐宋丛书》及毛氏《津逮》、陈氏《秘笈》、商氏《百川学海》等编，搜罗既狭，分类不清，未免无用之书亦杂其中，而又删汰不全。"收入《学海类编》的著作，则"皆本来完帙，选择精美，无滥收者。"因此《学海类编》的出现，代表着一种前进的趋势,要求摆脱前此丛刻中割裂成篇、相互抄袭的弊病。但终因其时学风尚未彻底改变,《学海类编》之中仍然沿用了很多明人的材料和成果,所以《四库全书总目》将之列入"存目",《提要》中又对此作了严厉的批判。

一种风气形成之后,需要经历相当长的时间才能根本改变。明代刻书的陋习,仍在清人若干丛书中反映出来。例如马俊良刻《龙威秘书》一百七十三种、三百二十一卷;顾之逵刻《艺苑捃华》四十八种、九十六卷;仍如《唐人说荟》一样,芜杂零乱,不可信从。《龙威秘书》第四集名曰《晋唐小说畅观》,所收篇目即与《唐人说荟》多相合。第五集《古今丛说拾遗》中有《说郛杂著》类,内有温庭筠《乾䐠子》一卷,仅存八则,若与《太平广记》中的文字相比较,即可知其远非完帙;若与吴聿《观林诗话》中引用的两则文字(萧嵩注《文选》、温庭筠纪狐书两篇)中的《萧嵩》一则相比较,亦可断其多所改削。夏承焘《温飞卿系年》中说:"洪迈《夷坚支志》称其'整齐可玩',今《龙威秘书》所载,与散见于《说郛》《太平广记》及《考古质疑》诸书者,往往不相同,必赝作无疑。"①

但自康熙之时起,学术风气即在逐渐发生变化,《续修四库全书提要》子部"杂丛类"录《雅雨堂丛书》十四种、一百三十六卷,提要中说:"当清康熙时,王渔洋司马喜谈说部,士大夫喜谈小说、传奇,已成风气。是编唐代说部诸刻,即本其旨。至见曾所刻诸书,每书皆有序文以冠卷端,其所据之书多出精校名钞,如吴方山、钱牧斋、陆敕先、叶石君、王阮亭、朱竹君诸人题记,均附刊于后,而所刊李氏《易传》诸书,实治汉学家之先河也。"②此举无异预告新的学风已经开始进入丛书领域。明代刻书的陋习,至此渐告失势,而清代朴学的成就,也就直接反

① 载《唐宋词人年谱》,上海古籍出版社1979年版。
② 载该书第九册第161页。

映到唐人笔记小说的整理工作中来了。《雅雨堂丛书》中的《封氏闻见记》《唐摭言》《北梦琐言》等书，一直被人视为善本。

比之前代，乾嘉学派的史学观念也已不同。朴学兴起，考据之业盛行，学者强调实事求是，无征不信，史学家考订史籍，要求史料的完整与可靠，于是司马光在上《资治通鉴》的表文中提出的修史主张，所谓"遍阅旧史，旁采小说"，至此又得到了确认。乾隆时期的一些史学家反复申言过小说作为一种史料的重要价值。王鸣盛在《十七史商榷序》中说：

> 二纪以来，恒独处一室，覃思史事，既校始读，亦随读随校。购借善本，再三雠勘；又搜罗偏霸杂史，稗官野乘，山经地志，谱牒簿录，以暨诸子百家，小说笔记，诗文别集，释老异教；旁及于钟鼎尊彝之款识，山林冢墓、祠庙伽蓝碑碣断阙之文，尽取以供佐证，参伍错综，比物连类，以互相检照，所谓考其典制事迹之实也。

王氏还曾举过一个生动的事例，说明小说入史的必要和价值，《十七史商榷》卷九三《欧史喜采小说薛史多本实录》条曰：

> 大约实录与小说，互有短长，去取之际，贵考核斟酌，不可偏执，如欧史〔朱〕温兄全昱传，载其饮博取骰子击盆呼曰"朱三，尔砀山一百姓，灭唐三百年社稷，将见汝赤族"云云。据〔王〕禹偁谓《梁史》全昱传，但言其朴野，常呼帝为三，讳博戏事。所谓《梁史》者，正指《梁太宗实录》。今薛史全昱传亦不载博戏诋斥之语。欧公采小说补入，最妙。然则采小说者未必皆非，依《实录》未必皆是。

在当时来说，这是一种很进步的观点。王氏甚至认为采取小说入史之后，可使史传的文字更具神采。这真是宋祁、欧阳修的知音，也是对唐代笔记小说的热情支持。于此可见，唐代笔记小说的地位在清代学者眼中已有明显的提高。

钱大昕是乾嘉学派中最负盛名的学者之一，他在论述历代史学时，也有强调小说重要性的言论。《续通志列传总叙》曰：

> 史臣载笔，或囿于闻见，采访弗该；或怵于权势，予夺失当。将欲补亡订误，必当博涉群书，考唐、宋、辽、金、元、明正史之外可备取材者。编年则有司马光、朱熹、李焘、李心传、陈均、刘时举、陈桱、薛应旂、王宗沐、商辂，别史则有曾巩、王偁、叶隆礼、宇文懋昭、柯维骐、王维俭、邵远平，典故则有杜佑、王溥、王钦若、马端临、章俊卿、王圻，传记杂事则有温大雅、刘肃、韩愈、王禹偁、郑文宝、林峒、马令、陆游、张唐英、宋敏求、李心传、徐梦莘、杜大圭、徐自明、王鼎、刘祁、元好问、苏天爵、陶宗仪、郑晓、王世贞、沈德符、孙承泽等，遗书具在；以及碑版石刻，文集选本，舆地郡县之志，类事说部之书，并足以证正史之异同，而补其阙漏。（《潜研堂文集》卷十八）

由此可知，清代学人所以能够热情地投入唐人笔记小说的整理工作，起因于学风的改变，即如卢见曾之刻《雅雨堂丛书》，就曾得到惠栋的大力帮助。有了这些朴学大师的参与，清代丛书的刊刻也就取得了前所未有的成就。

卢文弨以其校勘成果汇纂成《群书拾补》三十九卷。他对周秦以来经、史、子、集中的三十八种重要著作作了精到的校勘，钱大昕序其书，推崇备至，后世一致认为可作校勘的典范。乾嘉学派中的代表人物均以精研经、史著称，卢氏颜其堂曰"抱经"，取义于韩愈《寄卢仝》诗中"独抱遗经究终始"之句，(《昌黎先生集》卷五)即可明白其平日用心所在。然而《抱经堂丛书》第七十六册刻的是唐皇甫枚《三水小牍》三卷，亦可觇知其时唐人笔记小说已经得到朴学大师的垂顾，从而升入了学术领域的殿堂。

一般说来，那些从事著名丛刻的主人，大都具有相当高的学识，可以主持其事。有的学识稍差，但他们或为官员，或为乡绅，或为富商，因而可以借助外力。他们投入这项文化事业，不惜花费巨大资财，聘请著名学者担任校订工作。如鲍廷博刻《知不足斋丛书》，很多书籍经过卢文弨、顾广圻、吴翌凤、朱文藻等人校勘；钱熙祚刻《守山阁丛书》，聘请张文虎、顾观光、程文荣等人前来协助；伍崇曜刻《粤雅堂丛书》，始终由谭莹任校勘之劳。这些丛书中都收有唐人笔记小说，因有著名学者为之加工，大都具有较高的水平。清人所刻的唐人笔记小说，其学术水准超过明代，是与朴学的兴起有关的。

钱熙祚刻《守山阁丛书》时，安排了一种良好的工作环境。钱氏兄弟学识颇佳，又好校刻书籍，他们为了便于求书，也就偕同许多学者前往杭州文澜阁畔居住。张文虎《孤麓校书图记》曰：

道光乙未冬，钱锡之通守辑《守山阁丛书》，苦民间无善本，约同人往侨寓湖上之杨柳湾。去孤山二里许，面湖环山，上有楼，楼下集群胥，闲日扁舟诣阁领书，命抄毕则易之，往返数刻耳。同人居楼中校雠，湖光山色，溰潒几席间，铅椠稍倦，凝睇四望，或行湖滨数十步，意豁如也。朝日夕月，晦冥雨雪，湖之变态不穷而皆得之。伸纸舐笔之际，奇文疑义，互相探索，旁征博引，驳诘辨难，或达昏旦。……是役也，以十月初至西湖，居两月，校书八十馀种，抄书四百三十二卷。同游六人：金山钱熙祚、熙泰、顾观光，平湖

钱熙咸,嘉兴李长龄,南汇张文虎。(《舒艺室杂著》乙编卷下)

在这样优裕的条件之下,也就产生了许多经过详细校勘的好本子。《守山阁丛书》中的《羯鼓录》等书,随文附有详细的校勘;《明皇杂录》《唐语林》等书,则正文之后附详细的校勘记。《明皇杂录》后面还有逸文数十条,这些佚文除辑自《太平御览》《太平广记》《白孔六帖》《海录碎事》《事文类聚》等类书外,还从《乐府杂录》《避暑录话》《证类本草》《吴郡志》《唐语林》《碧鸡漫志》《能改斋漫录》等书中多方发掘,可见其工作之认真细致。《羯鼓录》之校勘,几乎每句之下均曾博引载籍。这样细致加工的著作,自然具有很高的价值。

丛书的刻印,在晚清又曾涌现一个高潮。张之洞在《书目答问》卷五《古今人著述合刻丛书目》中强调"丛书最便学者,为其一部之中可该群籍,搜残存佚,为功尤钜。""群籍"之中自然包括唐人笔记小说。而在唐人笔记小说的刊刻上,缪荃孙的贡献尤为突出。他刻《云自在龛丛书》三十五种、一百十二卷,内有《奉天录》《三水小牍》《北梦琐言》等数种。前此《雅雨堂丛书》《抱经堂丛书》《石研斋四种》等丛刻中曾经刊布过这些书,但流传不广,所以缪氏为之重新审定刊行。而他在《奉天录》四卷之后附徐岱《奉天记》,《三水小牍》《北梦琐言》之后均附逸文,说明他已重新作了整理加工。缪荃孙还刻有《藕香零拾》三十九种、一百一卷,内有《大唐创业起居注》《安禄山事迹》《牛羊日历》《东观奏记》《广陵妖乱志》等书。与前时丛书中的这几种书相比,情况也有改进。缪氏得到了与前刊刻者不同的本子,都作了必要的校勘,也就提供了另一种有价值的新本子。例如《大唐创业起居注》一书,即因得到了黄荛圃旧藏影宋钞本,复得章硕卿蓝格钞本,从而整理了一种新的本子。而缪氏诸书刊刻又极精美,即以版式而言,也可视作艺术珍品。于此可见他对唐人笔记小说的重视和热忱。

清代的刻印唐人笔记小说,有一种值得注意的现象,那就是单刻之书极为罕见,差不多所有的著作都刻入了丛书。不像明代,还有建业张氏用铜活字印行《开元天宝遗事》等,清代就绝不见这样的书籍了。或许唐人笔记小说篇幅都很小,而清人常是从事规模宏大的古籍整理,所以不屑单刻的吧。所喜者清人对唐人笔记小说的看法已有根本改变,不再以小道视之,而是视为可以稗补史缺的重要史料,因而放在正经、正史一起,认真加以整理。这样,凡经清代学者认真整理过的笔记小说,其水平也就超过了前人,这为今日读者的阅读和研究提供了不少便利。

唐代笔记小说的校雠问题

中国的文化在世界上独树一帜。作为一个文明古国，早在商代起就有系统的历史记载，并有数量众多的文献流传下来，这些中国文化的物质载体，历经岁月的冲刷而终得保存，它与历代王朝的重视保存文献有关，也与历代文士的重视整理古籍有关。

汉代的刘向、刘歆父子等人开始有系统地分门别类地进行古籍整理，历代王朝中都有一些杰出的学者曾在这一领域中作出过巨大的贡献。清代学者的成绩更为辉煌，一些著名的朴学大师不但在实践上取得了丰富的成果，而且开始构建有关的理论。近代一些受过严格训练的学者还进一步作了总结，更使古籍整理成为一种具有完整理论体系的科学。它制订了一系列可供检核的操作程序，指导人们循序渐进地去完成任务。

由于古人轻视小说，学者不愿把很多精力放在小说的整理上，致使这类著作中留下的问题甚为复杂。今以唐代笔记小说为例，从版本、校勘、辑佚三个方面展开论述，抉发这一领域中存在的问题，并对如何解决困难提出一些个人的看法。

版　本

整理唐代笔记小说，首先就会遇到一个困难问题，就是不易找到好的本子作底本。

日本高山寺藏唐钞本《冥报记》三卷，当是存世最早的唐人笔记小说。其价值之高，自不待言。《旧唐书》卷八五《唐临传》曰："所传《冥报记》二卷,大行于世。"故在唐时即已传入日本。藤原佐世于宇多天皇宽平年间(889~898,即唐昭宗龙纪元年至光化元年)编撰之《日本国见在书目录》"杂传类"著录《冥报计(记)》十卷,而该国保存古钞本三种,除高山寺本外,尚有三缘山寺本与知恩院本,均作三卷,与我国唐宋书目记载都不相同。《旧唐书·经籍志》《新唐书·艺文志》《宋史·艺文志》《直斋书录解题》与《法苑珠林》卷一一九"杂集部"之著录与其本传相同,均作二卷。由此可知,高山寺本《冥报记》与唐临原著已有出入。①

　　敦煌遗书中保存着数量众多的唐代和五代时人抄写的卷子,可惜不见唐人笔记小说的钞本。据王重民的调查,其间仅存伯3741《周秦行纪》残本一种,计六十行,约占全文的三分之二,写于后晋清泰二年(934)。钞手学识不高,误字很多,然与《太平广记》卷四八九中所录的《周秦行纪》相校,则仍偶有胜处。例如卷子本云"夫人约指以玉环,照见指骨",《太平广记》则作"光照于座",下有原注,引《西京杂记》云"高祖与夫人玉环,照见指骨"。比较之下,似以唐钞本中文字更为近真。② 只是这类可供参考的文字数量过少,也很难指望日后能有很多发现。

　　从事古籍整理的人都知道,我国自唐代起就已有版刻行世。但早

---

　　① 《涵芬楼秘笈》六集《冥报记》依日本高山寺本排印,商务印书馆于1918年出版,误字很多,使用时须谨慎。杨守敬《日本访书志》卷八著录古钞本《冥报记》三卷,云"传是三缘山寺保元间写本",岑仲勉《唐临〈冥报记〉之复原》一文于此有详论,原载《历史语言研究所集刊》第十七本,1948年刊;后收入《岑仲勉史学论文集》,中华书局1990年版。方诗铭辑校《冥报记》三卷,附《补遗》十五则,为目下最为完备之本;方氏于《辑校说明》中对此书的情况有简要之介绍,可参看。此书由中华书局于1992年出版。

　　② 王重民《敦煌古籍叙录》卷三"子部上"《周秦行纪》,商务印书馆1958年版。按此事原出《西京杂记》卷一,文曰:"戚姬以百炼金为弧环,照见指骨。"

期的刻本,大都属于历书与佛教文献之类。到了五代时,始有皇家主持刻印经典之事,如自后唐至后周,绵延四个朝代,刻成"九经",后蜀毋昭裔亦刻有"九经"等书,说明其时雕板印刷事业已有迅速的发展。但小说一向被视为"小道",人们自不会首先考虑去刻印这类书籍。因此,唐人笔记小说的宋本原刻流传至今者绝少。如莫友芝《宋元旧本经眼录》等书中,均未发现有关唐人笔记小说版刻的记录。清初朱彝尊藏宋椠本《鉴诚录》十卷,携至扬州书局供编纂《全唐诗》之馆臣检阅,查嗣瑮、曹寅、汪士铉等人均有题跋,后王士禛、徐嘉炎、朱彝尊、赵怀玉、顾广圻等亦加题跋,黄丕烈获此书后,视若珙璧,详细记录此书流传经过。① 于此可见宋椠唐人笔记小说中物以稀为贵的情况之突出。

北宋初年王尧臣等编《崇文总目》六十六卷,欧阳修等编《新唐书·艺文志》四卷,在"杂史""传记""故事""小说"等类中著录了许多笔记小说,但未注明孰为刻本,孰为钞本。估计这时不大会有数量众多的刻本行世,因此书目中著录的唐人笔记小说,应当都是一些前代流传下来的钞本。尤袤《遂初堂书目》首创著录版本之例,但仅限于经书数种,对唐人笔记小说的著录甚为简单,仅将之归入"杂史""杂传""杂家""小说"诸类,在版本问题上无所提示,因此,有关唐人笔记小说在北宋之前的传播系统,以及各本的原貌如何,今日已难确说。

到了南宋之后,唐人笔记小说的刻本逐渐增多。明代嘉靖年间阳山顾元庆刻《顾氏文房小说》四十种、四十七卷,其中唐人笔记小说多种,为覆刻宋本而成,如《隋唐嘉话》三卷之末注云"夷白斋宋版重雕";藏书家的题跋中也常有覆宋本或仿宋本的记载,如八千卷楼旧藏明

---

① 载缪荃孙等辑《艺风藏书题识》卷六《鉴诚录》。

覆宋本《开天传信录》（即《开天传信记》）一卷，影宋钞本《中朝故事》一卷，丁丙《善本书室藏书志》卷二一中均有介绍。二书今藏南京图书馆。皕宋楼旧藏明仿宋刊本《松窗杂录》一卷，陆心源《皕宋楼藏书志》卷六二"小说类"有介绍，此书今归日本静嘉堂文库，此外各地藏有影宋钞本唐人笔记小说之图书馆与藏书家尚多，如北京图书馆即藏有清影宋钞本王定保《唐摭言》、清初影宋钞本《钓矶立谈》各一种。

从版本学的角度来说，唐人笔记小说自然也以宋本为可贵，因为这是最为接近唐人写作原貌的本子。但也正因前人普遍轻视小说，锓刻时态度随便，以致某些原出宋本的唐人笔记小说的内容仍存在着不少问题。今举一个极端的例子加以说明，《顾氏文房小说》本《刘宾客嘉话录》后有跋曰：

> 右韦绚所录刘宾客嘉话，《新唐书》采用多矣，而人罕见全录。圈家有先人手校旧本，因锓版于昌化县学，以补博洽君子之万一云。乾道癸巳十一月旦海陵卞圈谨书。

乾道癸巳即宋孝宗乾道九年（1173），可知这是南宋初年的一种刻本。按例来说，应该是比较可信的了，但因其中条目多与他书相重，也就引起了读者的怀疑，《四库全书总目》子部"小说家类"作《刘宾客嘉话录》提要，用力甚勤，属于小说提要中考核最详的文字之一。馆臣大量揭发书中与李绰《尚书故实》中相重的文字，以此归罪于曹溶刻《学海类编》而造成诸多错误，"盖《学海类编》所收诸书，大抵窜改旧本，以示新异，遂致真伪糅杂，炫惑视听。"实则《学海类编》此书即按《顾氏文房小说》本刻入，只是四库馆臣所见到的仅《学海类编》本罢了。但这些错误也非顾元庆窜改旧本而成，卞圈跋文中提到他刻书时依据的是

"先人手校旧本"，可知早在宋代此书内部即多羼杂讹误。①

二十世纪六十年代前期，唐兰、罗联添二人分别对《刘宾客嘉话录》一书作了精密的考辨，对书中文字的真伪也作了细致的甄别，得出了大体相同的结论。唐兰在《〈刘宾客嘉话录〉的校辑与辨伪》四、"今本辨伪"中说："兰按今本《嘉话录》已非原书，其间多为后人以他书搀入。除卷首'韦绚序'至'蔡之将破'条，凡二十五条，及'石季龙'条至'予与窦丈'条，凡二十条，总计四十五条，是真韦书外，前段搀入《尚书故实》二十七条，《续齐谐记》二条，后段搀入《尚书故实》十条，《隋唐嘉话》二十九条，总计六十八条。"②罗联添在《〈刘宾客嘉话录〉校补及考证》的《前言》中也说："总计全书记叙人事一百一十三条，其中误窜的作品竟有六十六条之多，占全书二分之一以上。"③可见自宋至清流传于世的《刘宾客嘉话录》一书错误之严重了。经过唐、罗二人的整理，《刘宾客嘉话录》的原貌可说已经大体恢复。

总结上言，可知后人已经难以见到唐人笔记小说的宋本原刻，据

---

① 卞圜之父名大亨，字嘉甫，泰州（一作海陵）人。靖康中以遗逸荐。卞圜，字养直，一作子东，又作子车，绍兴三十年（1160）进士。二人尚有《集注杜诗》三十卷，今已佚，然据周采泉分析，知其编次不伦，内容杂乱，详见周著《杜集书录》卷二"全集校刊笺注类二"《卞氏集注杜诗三十卷》按语，上海古籍出版社 1986 年版。周必大《二老堂诗话》于《辨杜诗阆殷阆韵》亦讥之曰："卞氏本妙不可言。"唐兰《〈刘宾客嘉话录〉的校辑与辨伪》五《跋》中以为卞本《刘宾客嘉话录》原出三馆，宋初馆阁之书曾为火焚，而借太清楼之书抄补，太清楼书又有损蠹，校书者遂杂取他书以补之，故多错乱。此说假设过多，不太可信。卞氏父子社会地位不高，安得馆阁本而录之。况卞圜自言此本乃其"先人手校旧本"，未曾言及"馆阁"只字。按之卞氏父子编注杜集之情况，则卞本《刘宾客嘉话录》之讹误特多，亦应与其父子二人的学识欠佳与工作草率有关。

② 载《文史》第四辑，1965 年 6 月。

③ 原载《幼狮学志》二卷一期、二期，1963 年 1 月、4 月，后收入《唐代文学论集》下册，台湾学生书局 1989 年版。

之复刻的本子,也常杂有错误,这对整理工作来说,当然是一件颇令人感到遗憾的事。

明人刻书,颇招后人物议,这时虽有多种唐人笔记小说的刻本流传下来,但称得上是善本的却不多。前面已经介绍过的《顾氏文房小说》,却值得重视。顾元庆,字大有,长洲人。钱谦益《列朝诗集》丁集中"大石山人元庆小传"曰:"所居曰顾氏青山,在大石左麓。山中有胜迹八,自为之记,名其室曰'夷白'。藏书万卷,择其善本刻之,署曰'阳山顾氏文房'。"所刻诸书,每附题记,如《隋唐嘉话》后曰"夷白斋宋版重雕",《周秦行记》《白猿传》后曰"长州顾氏家藏宋本校行",《博异志》后曰"阳山顾氏十友斋宋本重刻",《集贤记》后曰"阳山顾氏十友斋宋本重雕";有时还记刻印年岁,如钟嵘《诗品》后曰"正德丁丑(1517)长洲埭川顾氏雕",《山家清事》后曰"嘉靖壬辰(1532)长洲顾氏家塾梓行"。因其刻书时代尚早,还未受到万历之后刻书业中贸利之风的影响,故颇注意刻印质量,不轻易变动原书格式,中如《次柳氏旧闻》《资暇集》《幽闲鼓吹》《开元天宝遗事》等数种都已成了著名版本,后人每据之复刻。《顾氏文房小说》对保存唐代笔记小说作出了很大的贡献,因而一直受到藏书家的重视。黄丕烈跋《开元天宝遗事》曰:"《开元天宝遗事》上、下,顾氏文房小说本也,书仅明刻耳,在汲古毛氏时已珍之,宜此时视为罕秘矣。……安得尽有顾刻之四十种耶!以明刻而罕秘如是,宜毛氏之珍藏于前,而余亦宝爱于后也。"①可知《顾氏文房小说》全书至此已很难得。直到涵芬楼于民国十四年(1925)影印行世后,后人方得较易获睹。

唐人笔记小说主要依靠明人的钞写与刻印而得流传。区分明本唐人笔记小说的优劣,或辨别其真伪,也就是很重要的事。关于辨别

---

① 载缪荃孙等辑《荛圃藏书题识》卷六《开元天宝遗事》。

真伪,我在论述《唐人说荟》时曾作过分析,①今就刻本问题续作一些论述。

比之宋、元时期,明代刻书的质量有所下降,但仍有若干唐人笔记小说的善本流传下来。例如范摅的《云溪友议》一书,《新唐书·艺文志》与《郡斋读书志》著录时均作三卷,《直斋书录解题》则作十二卷,又云"《唐志》三卷",说明宋代已有分卷不同的两种本子在流传。《四部丛刊续编》影印明刊本为三卷本,《稗海》本为十二卷本,二者相较,自以三卷本为善。《四部丛刊续编》本后附张元济《校勘记》一卷;序曰:"《稗海》所刻即十二卷,以校是本,其讹夺不可胜数。是为明代刊版,范序及三字标题均全,即《四库》所称较为完善之本。黄荛圃尝得桐乡金氏旧藏明版,行款相同,亦云此刻最善也。"②又《嘉业堂丛书》采入此书,亦为三卷本,后附刘承幹《校勘记》。经过张、刘二人整理,此书已较便读。

明代中叶之后,刻印笔记小说之事大盛,然书贾竞为贸利计,大都粗制滥造,又因其时考订之业未盛,因而所刻之书往往缺乏必要的整理,故学术价值不高。但唐人笔记小说中的有些著作传本稀少,后人别无选择,则又不能不仰仗这类丛刻,例如赵璘的《因话录》一书,史料价值甚高,而传世者仅见《稗海》六卷本,《稗乘》三卷本,《重辑百川学海》《唐宋丛书》《唐人说荟》本均一卷,比较之下,也只能推《稗海》本为善了。黄宗羲《天一阁藏书记》曰:"越中藏书之家,纽石溪世学楼其著也。余见其小说家目录亦数百种,商氏之《稗海》皆从彼借刻。"(《南雷文案》卷二)但商濬可能只是就纽家所有付刊,因而所刻之书水准高下

① 见本书《唐代笔记小说的崛兴与传播》中的三、《〈唐人说荟〉中存在的问题》。

② 此文已收入《涉园序跋集录》,古典文学出版社 1957 年版。

不等。然商氏之刻《稗海》,时在万历中期,距今年代已久,后人多次翻刻,原书也已难觅,如有此书,也可算是好的本子了。又如李绰《尚书故实》一书,传世者有《重辑百川学海》《宝颜堂秘笈》《五朝小说》《唐人说荟》《畿辅丛书》诸本。尽管叶昌炽在《藏书纪事诗》卷三中批评说:“眉公《宝颜堂秘笈》,改窜删节,真有不如不刻之叹。”但比较之下,也只能推陈继儒所刻的《宝颜堂秘笈》本为善了。

到了清代,学界刻印丛书之事,更盛于前。一些热心保存古籍与注意文化传播的人,聘请著名学者主持其事,由是传下了很多著名的版刻。特别是到了乾嘉之后,整理古籍之事更是受到重视,学者每尽瘁于此,于是一些经过名家整理的唐人笔记小说,每随丛书之刻而传世了。

在唐人笔记小说中,几种叙及典章制度与重要史实的著作首先受到青睐。《四库全书总目》卷一二〇子部“杂家类”《封氏闻见记》提要曰:“唐人小说多涉荒怪,此书独语必征实,前六卷多陈掌故,七、八两卷多记古迹及杂论,均足以资考证。末二卷则全载当时士大夫轶事,嘉言善行居多,惟末附谐语数条而已。”又王士禛《跋〈摭言〉足本》曰:“唐人说部流传至今者绝少,此书洎《封氏闻见记》皆秘本可贵重,当有好事者共表章之。”(《蚕尾集》卷九)为此清人刻印此书者甚多,内有乾隆二十一年(1756)刻《雅雨堂藏书》(一名《雅雨堂丛书》)本,乾隆五十七年(1792)江都秦黉刻本,道光十年(1830)秦恩复刻《石研斋四种》本,以及《学津讨原》《指海》《学海类编》《畿辅丛书》本等多种。雅雨堂本早出,卢氏诸书且曾请惠栋等名家校勘,故近人赵贞信作《封氏闻见记校证》十卷,即以雅雨堂本为底本。[①]《唐摭言》一书,亦以材料可

① 赵贞信《封氏闻见记校证》十卷,哈佛燕京学社 1933 年印。后赵氏将此书精简成一小册,中华书局 1958 年印行。

贵,受人重视,李慈铭曰:"唐人《登科记》等尽佚,仅存此书,故为考科名者所不可少。"①此书亦以《雅雨堂丛书》本为善。②

一般说来,在清人所刻的一些著名丛书中总可见到若干唐人笔记小说的好本子,如《知不足斋丛书》中所刻的《唐阙史》三卷,《贵池先哲遗书》本中的《剧谈录》三卷,附逸文一卷等。今举两种在这方面有突出贡献的丛书为例,略作介绍。

一是嘉庆年间常熟张海鹏刻《学津讨原》《借月山房汇钞》《墨海金壶》丛书三种。张氏得到了毛晋《津逮秘书》的版片,而又嫌其采择不精,故每另觅善本重刻。尝云:"藏书不如读书,读书不如刻书;上以寿作者之精神,下以惠后来之沾溉。"因为他把刻书之事看得很郑重,全力以赴,故所刻之书,内容形式俱有可称。就唐人笔记小说而言,《学津讨原》中的《唐国史补》《开元传信记》等数种,甚可信据。

二是道光年间钱熙祚刻的《守山阁丛书》。钱氏富藏书,好校勘之学,又聘请了著名学者张文虎、顾观光等协助,所刻书后每附详细的校勘记,学术价值甚高,故阮元《守山阁丛书序》称"其采择雠校之精,迥出于诸家丛书之上"。钱氏自己在《守山阁丛书总目》识语中说,他得到了张海鹏《墨海金壶》的残版,嫌其"所采既驳,校雠未精,窃尝纠其鲁鱼,几于累牍;脱文错简,不可枚举,遂拟刊订,重为更张"。可见清人之刻丛书,精益求精,不断加工,从而留下了很多好的本子。

但唐人笔记小说在篇幅巨大的丛书之中,所占比重都比较小,

① 由云龙辑《越缦堂读书记》卷八《文学》,中华书局1963年版。
② 顾麟士(鹤逸)旧藏池北书库王氏钞本《唐摭言》十五卷,今藏苏州博物馆。王士禛《浙江访书记》叙此书始末,云从朱彝尊处借钞,原书则为宋嘉定中柯山郑昉刻于宜春者。(《居易录》卷十六)钞本有王士禛跋、惠栋校。谢国桢《江浙访书小识》以为雅雨堂本或即据此刻出。谢文载《中华文史论丛》1979年第3辑。

人们要想知道其中某书的质量，只能将各种丛书中的该书提出，进行比较，才能判断哪一种本子为优，哪一种本子为劣，而这无疑是一种很费时间和精力的工作，但是这项工作甚有意义，值得我们为此努力。

裴廷裕撰《东观奏记》三卷，为记载宣宗一朝政事的重要典籍。裴氏于昭宗大顺中官右补阙兼史馆修撰，与柳玭等纂修《宣宗实录》，因日历、起居注等均已亡佚，只能采摘有关宣宗一朝耳目闻睹，编年排列。因在史馆修撰，故称"东观"；因奏记于主持此事者晋国公杜让能，故称"奏记"。可知此书即裴氏所上之监修稿本。书前有自序，所言亦约略如是。因其史料价值甚高，为后世所重，故传世有《稗海》本、《续粤雅堂丛书》本、《小石山房丛书》本、《藕香零拾》本等版刻多种。其中《小石山房丛书》刻者顾湘，字翠岚，江苏常熟人。据叶裕仁《小石山房丛书序》称，"道光中，（湘）刊有《小石山房丛书》四十馀种，菘耘（季锡畴）先生序而传之。"学术界对此亦有较高评价。但以其所刻《东观奏记》与其他本子比较，则可发现此本最劣，不但文字多脱误，而且常见整段文字脱落，例如卷中"以楚州刺史裴坦为知制诰"一则，《小石山房丛书》本即整段脱去。这种情况的出现，当是由于顾氏刻书时没有求得较佳底本之故。

如果现在有人要想从事唐人笔记小说的整理工作，访求宋元旧刻，希望得到前人从未见到过的善本，可能性是不大的，但散在各处的钞本数量还是不少，应该多方寻觅，广搜善本，以资比较。目下《中国古籍善本书目》已陆续问世，即如史部的"杂史"类中，就著录有《东观奏记》的钞本多种，如北京图书馆即藏有明钞本两种，山西省文物局藏有明钞本一种，北京图书馆还藏有清乾隆三十七年吴翌凤钞本一种。此外，台湾"故宫博物院"藏有玉蘂斋钞本一种，有志于整理此书的学者，凭借这些钞本，择善而从，相信可以整理出超过目下几种《东观奏记》的本子。

在唐人笔记小说中，《封氏闻见记》一书的不同版本较多，赵贞信还作过认真的整理，但此书仍有好几种钞本未被发现或未受重视，例如张宗祥在《铁如意馆随笔》中就介绍过一种珍贵的钞本：

《封氏闻见记》十卷，晁氏《读书志》作五卷，与《唐书》《宋史》同。元明以来，此书无刊本。清乾隆中，卢氏据虞山陆敕先所录孙伏生家本，刊入《雅雨堂丛书》，为是书刊本之祖。孙本为吴岫方山旧藏，录于正德戊辰，不言所出，孙氏又假秦酉岩别本校勘。秦本则朱良育依唐子畏、柳大中两本，先后各钞五卷者。有至正辛丑夏庭芝跋，盖元钞也。卢氏后，有江都秦氏刊本。据丹徒蒋氏所藏旧钞，于卢本多所订补。然第七卷《视物近远》《海潮》《北方白虹》《西风则雨》《松柏西向》《石鼓》《弦歌驿》《高唐馆》，诸条皆阙，《蜀无兔鹘》一条皆不全。予所得莫郘亭藏旧钞本一，末有记云："隆庆戊辰借梁溪吴氏宋钞本录。"是在卢、秦两刊所据本之前矣。然第七卷缺处亦相同。则此书全本，恐非五卷本，不得见矣。但五之析为十，不知何时。《世说新语》尚有三卷本可见，此书既无刊本，当更难矣。其缺文见王谠《唐语林》者，如北方白虹、西风则雨、石鼓三条皆在。《蜀无兔鹘》，亦首尾完备。又俞氏《海潮辑说》，海潮一条亦在，独其他四条，无可考耳。此钞本校卢刊本，胜处甚多。如卷二《石经》条，卢本自"后汉明帝"云云起，此本首有"初太宗以经籍多有舛谬，诏颜师古刊定，颁之天下。年代久，传写不同。开元以来，省司将试举人，皆先纳所习之本，文字差（原缺一字）辄以习本为定；义或可通，虽与官本不合，上司务于收奖，即放过。天宝敕改《尚书》古文，悉为今本。十年，有司上言，经典不正，取舍无准。诏儒官校定经本，送尚书省并国子司业张参共相验考。①参遂撰定五声字样，①书于太学讲堂之壁，学者咸就取正焉。又颁字样于天下，俾为永制。由是省司停纳习本云"一百六十馀字。卷三《制科》条"六曰员外、郎中不入"下，有"七曰中书舍人、给事中不入，八曰中书侍郎、中书令不入"二十二字。卷四《尊号》条"开元天地宝圣文武"下，有"应道肃宗号光天文武，代宗号宝应元圣文武，今上号圣文武神"二十五字。卷五《烧尾》条"问吏部船何在"上，有"吏部船为仗所隔，兵部船先至，嗣立奉觞献寿上"十九字。《图画》条"使数十人吹角"下，有"击鼓百人齐声嗷叫，顾子着锦袄锦缠头，饮酒半酣，绕绢帖走"二十四字。卷七温汤一条，乃温汤、高唐馆二条合成一条，盖温汤条缺尾，高唐馆条缺首也。五卷本既不得见，此钞本出于宋，又较刊本为善，倘再将《唐语林》《海潮辑说》各条辑入，亦可为善本矣。②

利用钞本整理唐人笔记小说，前景是很可观的。有些著作，前人以为已佚的，实际上尚有钞本存在。《贾氏谈录》一书的情况即如此。《直斋书录解题》卷七"传记类"著录《贾公谈录》一卷："序言庚午衔命宋都，闻于补阙贾黄中，凡二十六条，而不著其名。别本题清辉殿学士张泊，盖泊自江南奉使也。庚午实开宝三年(970)。"《郡斋读书志》（袁州本）卷三下"小说类"著此，则云"凡录三十馀事"。可知宋时流传的本子篇幅即有不同。张泊，字思远，改字偕仁，全椒人。初仕南唐，为知制诰、中书舍人；入宋，为史馆修撰、翰林学士，后官至参知政事，《宋史》卷二六七有传。贾黄中亦尝任相，《宋史》卷二六五有传，中叙其

---

① "五声"当是"五经"之误。张参《五经文字》三卷，见《新唐书》卷五七经部"小学类"。《直斋书录解题》著录于卷三"经解类"，题解曰："唐国子司业张参撰。大历中刻石长安太学。"

② 张氏此文乃其遗稿，此处所引见卷二，载《中华文史论丛》1984 年第 1 辑。

"多知台阁故事,谈论亹亹,听者忘倦"。此书所录皆其所叙唐代轶闻,颇有参考价值。然此书传世甚少,四库全书馆臣从《永乐大典》中辑出,益以《类说》《说郛》诸书所载,共得二十六条,再加上《说郛》中的《自序》,辑入《武英殿聚珍版丛书》,乃成传世最为详备之本。其后《守山阁丛书》本等即据此刻出,学术界使用此书,一向依赖这一杂编的本子。实则此书尚有完整之钞本传世,只是前人未曾留意而已。傅增湘《〈贾氏谈录〉跋》内叙及他所得到的一种旧钞本,内录三十一条文字,与《郡斋读书志》著录者相合,他并具体指出其中"平泉庄一条,《四库》本文字前后倒置,正文、小注又复淆乱,而'李汧公百衲琴'条只著'制度甚古,其音清越无比'二语,不知其下尚有龙池题记、道士吴大象题诗五十八字。且就二十六条中详考之,'平泉庄'及'僖、昭时士族避寇南山',此一条离析为二,实只存二十四条,今以'盛事录'等七条加入,适符三十一条之数",因此认为"是钞本之佳实远出《四库》之上。他时有重印阁书,当以此本授之,俾复张氏旧观"。① 又北京图书馆藏原出海日楼的明钞本一种,前有目录,凡二十九条,中多今本所无文字。王维受安禄山伪职而获罪,后因曾作《菩提寺禁,裴迪来相看,说逆贼等凝碧寺上作音乐,供奉人等举声便一时泪下,私成口号示裴迪》诗而得赦宥,关于此诗的本事,前人每据《明皇杂录·补遗》中的记载为说,而不知《贾氏谈录》中亦记此事。海日楼藏明钞本《贾氏谈录》此则并云此诗手稿"后祖师收得之,相传至智满。贾君既得披阅,遂录得其辞云。"说明贾黄中还亲自见过王维手迹,故此记载值得重视。《贾氏谈录》早佚,传世诸本均无此诗踪迹可寻。又钞本中"平泉庄"一条与傅氏所言亦相同,可证这一钞本胜过聚珍本远甚。

---

① 载《藏园群书题记》卷八《旧钞本〈贾氏谈录〉跋》,上海古籍出版社 1989年版。

总的说来,在唐人笔记小说的版本问题上不能仰求宋元旧本的发现,而是应该广泛访求明清人的旧钞,进行比较研究,缜密考辨,然后吸收各本之长,自可整理出一些接近原貌的本子来。

校　勘

古书流传日久,经过多次抄写,必然会发生错误;如经鼠啮虫蚀,或遭水火兵燹之灾,那么受害古书中更有可能发生大面积的错乱。整理这类书籍,就得花上一番校勘的功夫。

校雠学的发展已有千百年的历史,前人于此积累了丰富的经验,建立了系统的理论。但因学术的门类不同,校勘的对象有异,因而唐人笔记小说的校勘工作也有一些需要特别注意的地方。

总的来说,唐人笔记小说的校勘工作情况相当复杂,要想做好这项工作,也非易事。

潘景郑跋明本《南部新书》曰:

> 《南部新书》,通行伍氏粤雅堂本。伍本舛讹,无由是正。茮翁尝称钱遵王藏有明本,多校改之字;义门先生亦曾校此书,意钱校实不逮何义门先生,亦以不得宋刻名钞,是正脱讹,其所校当有未尽可据者。顾涧苹先生驳正数事,以证刻本之不误而义门先生妄改者,洵乎旧本之难觏,轻下雌黄,强作解事,虽通人犹不免此病耳。[1]

这一分析道出了校勘唐人笔记小说难点之所在。

---

[1]　载《著砚楼题跋》二四八,古典文学出版社 1957 年版。

在校勘古书的常用方法中，"对校法"占有最为重要的位置。陈垣以为："凡校一书，必须先用对校法，然后再用其他校法。"①可知"对校"实为校勘工作中最为基本的一种方法。

运用对校，在"校异同"之后，还应"校是非"。但不管如何对校，首要条件就在多聚异本。然而唐人笔记小说的具体情况却是异本不多，宋元旧本更为难得。正如上节所介绍的，唐人笔记小说中的若干种书还有一些钞本可供参考，但是明代之前的钞本也已罕见，而且这些钞本分散全国各地，有的则已远播海外，要想一一搜罗到手，也非易事。目下出版的《中国古籍善本书目》，所以有此详细而广泛的记录，那是经过全国普查才会有此发现。古人的读书条件，比之今日，虽亦有其便利之处，但掌握这么多的学术讯息，无疑是困难的。

由此可见，唐人笔记小说中的大部分作品因为传本不多，善本更少，要想做到校异同，已很困难；若要校是非，则难度更大。

采用"本校法"吧，也有困难。

运用"本校法"取得成功的一些名著，如吴缜的《新唐书纠缪》二十卷、汪辉祖的《元史本证》五十卷，因为所校的对象《新唐书》《元史》本身篇幅很大，前后关涉的事情很多，以本书前后互证，抉发其异同，回旋的馀地就比较大。唐人笔记小说大都篇幅短小，而且所记之事，主题不集中，前后比照，不易发现问题。学者运用此法校勘唐人笔记小说，或能解决个别难点，但想取得全面丰收，则不太可能。

黄永年指出："古籍不出一手，不能本校"；"史源不同，不能本校。"②这种意见可供参考。有关唐人的笔记小说中却常见集纳前人

---

① 《元典章校补释例》卷六、第四十三《校法四例》，北京师范大学出版社1982年影印《励耘书屋丛刻》本。

② 《古籍整理概论》由《校勘》(四)《本校》，陕西人民出版社1985年版。

文字而成之作,如《南部新书》《唐语林》等,都是汇集前人文字而成的;像《前定录》《独异志》等,很多条目改写前人文字而成;即使纯出一手的著作,有的文字也每因袭前人,如《大唐新语》《大唐传载》中常袭用《隋唐嘉话》中文字,这类著作也不太适用以"本校法"来整理。

当然,校勘古籍时仍应注意各种校法都能发挥其作用,前人于此也曾取得一些可观的成就,如唐兰校本《刘宾客嘉话录》中有云:

刘□□云:("刘"作"郑",今以意改。)"张燕公文逸而学奥,苏许公文似古,学少简而密。张有河朔刺史冉府君碑,序金城郡君云:'薤华前落,蕙瘗城隅,天使马悲,启滕公之室;人看鹤舞,闭王母之坟。'亦其比也。"公又云:"张巧于才,近世罕比。端午三殿侍宴诗云:'甘露垂天酒,芝盘捧御书。含丹同蝘蜓,灰骨慕蟾蜍。'上亲解紫拂袜带以赐焉。苏尝梦书壁云:'元老见逐,谗人孔多。既诛群凶,方宣大化。'后十三年视草禁中,拜刘幽求左仆射制,上亲授其意,及进本,上自益前四句,乃梦中之词也。"(《唐语林》二)

又曰:("曰"本作"闻",今以意改。)杜工部诗如爽鹘摩霄,骏马绝地,其《八哀诗》,诗人比之大谢拟魏太子邺中八篇。杜曰:"公知其一,不知其二。吾诗曰:汝阳让帝子,眉宇真天人。虬髯似太宗,色映塞外春。八篇中有此句不?"或曰:"百川赴巨海,众星拱北辰。所谓世有其人。"杜曰:"使昭明复生,吾当出刘曹二谢上。"杜善郑广文,尝以花卿及姜楚公画鹰示郑,郑曰:"足下此诗可以疗疾。"他日郑妻病,杜曰:"尔但言,子章髑髅血模糊,手提掷还崔大夫。如不瘥,即云:观者徒惊帖壁飞,画师不是无心学。未间,更有:太宗拳毛䯄,郭家师子花。如又不瘥,虽和扁不能为也。"其自得如此。(《唐语林》二)

唐兰"按：此二条本为一条；详其文义，当亦出《嘉话录》。文中引'公又云'即韦书通例。末云'其自得如此'，按张巡守睢阳条云：'其忠勇如此'，杜丞相鸿渐条云：'贵人多知人也如此'，苗给事条云：'其父子之情切如此'，贞元末太府卿韦渠牟条云：'名场险巇如此'，均与此相类，故定为《嘉话录》佚文。"这一结论自属可信。因为唐兰归纳出了《刘宾客嘉话录》全书的义例，掌握了韦绚行文的习惯，才能有此发现。这种校雠方法，可谓自校法中的上乘之作。可惜在整个唐人笔记小说的校勘工作中，类似的发现不多。

在唐人笔记小说的整理工作中，以理校法定是非，前人只是偶一为之，没有见到过有人曾大规模地运用。陈寅恪在援引有关唐人笔记小说时，因为这类文字常有误衍窜夺之处，才是每用埋校之法随手改正，例如他在诠释白居易《新乐府·牡丹芳》时引《独异志》上中文，曰：

> 唐裴晋公度寝疾永乐里。暮春之月，忽遇（过）游南园，令家仆童舁至药栏，语曰，我不见此花而死，可悲也。怅然而返。明早报牡丹一丛先发，公视之，三日乃薨。（寅恪按，据新唐书陆叁宰相表下及通鉴贰肆陆唐纪文宗纪纪裴晋公薨于开成四年三月丙戌，旧唐书壹柒拾裴度传裴晋公薨于开成四年三月四日。是月癸未朔，则丙戌为四日。是新表旧传通鉴之纪载相合也。而旧唐书壹柒下文宗纪作三月丙申司徒中书令裴度卒。丙申盖丙戌之讹。通常牡丹以三月中旬开放，是年闰正月，故花开较早也。）①

又如岑仲勉考《因话录》中"柳芳"为"柳并"之误，曰：

---

① 《元白诗笺证稿》第五章《新乐府·牡丹芳》，古典文学出版社 1958 年版。

《唐语林》二、代宗独孤妃薨,时殿中侍御史柳并字伯存,掌书记奉使在邠,弁、并之讹也。全文三七二有并代汾阳王祭贞懿皇后文,(本因话录。)同书、意林序,并于贞元三年丁卯作。全诗十二函六册、吴筠有舟中遇柳伯存归潜山诗。广记四三三引元化记,柳并为监察御史,入岭推复。并官殿御,亦见载之集二四。解题一六、萧颖士集有门人柳并序。稗海本因话录宫部,"时予外伯祖殿中侍御史(讳芳,字伯存。)掌汾阳书记",(即前引唐语林所本。)又商部,"余外伯祖殿中侍御史柳君(讳芳,字伯存。)掌汾阳书记,时有高堂之庆",两芳字均并讹,同书商部下、固称芳为"郎中芳",可以反证。①

　　陈、岑二氏的考辨至为精当,但如能找到与这些文字有关的其他本子,而又可以作为重要参考材料时,则仍应援引这类文字为证。因为理校的结果往往只是一种假设,是否可信常随读者认识的不同而有异。如能提供某种相关文字作证,则校雠者的态度更见客观,结论更易取信于人。例如岑氏提到的《因话录》中有关"柳并"误字,《唐语林》卷二《文学》门与卷四《贤媛》门中均曾转录,聚珍本《唐语林》中前者作"柳弁",后者作"柳芳",而据明齐之鸾本与《历代小史》本《唐语林》,知"弁""芳"均为"并"字之误。岑氏未举这些材料为证,总嫌尚有不足。用齐之鸾本《唐语林》校聚珍本《唐语林》,是为对校;用《唐语林》校《因话录》,则是他校。应该说,在唐人笔记小说的整理工作中,他校法的运用,回旋的馀地最大。

　　前人整理古籍而运用"他校法"时,多从类书、古注中去发掘可供

---

　　① 《元和姓纂四校记》卷七"四十四、有"并、殿中侍御史,商务印书馆 1948年版。

参证的材料,但对整理唐人笔记小说而言,资源却不太丰厚。这与时代特点与唐人笔记小说的文体特点有关。

在宋人所刻的类书中,《太平御览》一书最受后人推崇,但是内部所收的唐人笔记小说,仅《国朝传记》(《隋唐嘉话》)、《国史补》等数种。

南宋之后所刻的类书数量众多,远超北宋时期,篇幅小的类书,如《新编分门古今类事》《海录碎事》《锦锈万花谷》等;篇幅大的类书,如《古今合璧事类备要》《白孔六帖》等;明人刻的类书,如《天中记》等,都曾著录唐人笔记小说中的一些文字。但自南宋起,类书的编纂日趋草率,里面援及的一些文字,往往不径录原文,而是以意改削,因此难得作为严格的校勘资料。而且南宋之后的类书目下均无索引可供运用,学者翻检有关材料,有如大海捞针,费力甚多,而收获往往并不理想。这些类书记载的书名还往往有错乱,这就更给运用的人增加了困难。

但在类书中却有一部大书值得重视。这就是《永乐大典》。此书绝大部分虽然已经亡佚,但在残存的文字中,还有很多宝贵材料,可供校勘之用。其中一些唐人笔记小说的文字,大都照录原文,故颇可信据。例如《永乐大典》卷之二千九百七十九《人·知人》引《刘公嘉话录》,曰:

> 丈人曰:元伯和,季腾,腾弟淮,王缙子某,时人谓之"四凶"。刘宗经、执经兄弟入"八元"数。

《唐语林》卷五亦有此文,则云:"元伯和、李腾、腾弟淮、王缙,时人谓之'四凶'。"以前读到此处,总是不太明白,因为元伯和是元载长子,见《旧唐书》卷一一八、《新唐书》卷一四五《元载传》。王缙依附元载,同时在朝,自不应与元伯和并列,今知此处本作"王缙子某",也就豁然贯通了。此处所言者,实为一群作恶多端的官僚子弟;"四凶"云云,反映出了当时人们对于这类人物的痛恨。

用古注校勘,对整理唐人笔记小说而言,其主要对象也只是十多种宋诗宋注。宋人作诗多好用典,然着重驱使古代经史,一些信佛的人还时而援用佛典,但对前代的笔记小说,则格于古人轻视小说的偏见,还未能普遍作为"典故"而加以援用。总的看来,王安石、苏轼、黄庭坚等几位博学而又喜好用典的诗人援及唐人笔记小说中的记载较多,如《山谷诗集》内集卷二《次韵子由绩溪病起被召寄王定国》诗任渊注引《剧谈录》之类,他们引书时又以《国史补》等几种著名小说为多。

由上可知,从事唐人笔记小说的校勘工作与从事其他类别的古籍有所不同,"他校"的取资对象,自与一般经、史、子、集的著作不同。后人从事这一工作时,应从唐人笔记小说的具体情况出发。这也就是说,研究唐人笔记小说,要注意它的个性;在唐人笔记小说的校雠问题上,也应注意它的特殊情况。

总的来说,这一领域天地相当广阔,后人可从许多门类的著作中寻找旁证。因此"他校"的取资对象是很丰富的。

下面试从四个方面进行介绍:

(一)笔记小说总集。宋太宗命李昉等人编成《太平广记》五百卷,集纳了宋代之前的各类小说,因此学术界一致认为此书可称古代小说的渊薮。而《太平广记》卷前列有《引用书目》,计为三百四十三种,但此书目编得很草率,没有什么参考价值。邓嗣禹编《太平广记引得》统计为四百七十五种,[①]马念祖《水经注等八种古籍引用书目汇编》统计为五百二十六种,[②]罗锡厚等所编《太平广记索引》则以为"《广记》引书往往有错,或一书而分为几个书名,或把两种以上的书混

---

① 即燕京大学编纂处所编之《太平广记引得》。此据上海古籍出版社 1982 年影印本。

② 见该书《序言》,中华书局上海编辑所 1959 年版。

① 即燕京大学编纂处所编之《太平广记引得》。此据上海古籍出版社 1982 年影印本。

② 见该书《序言》,中华书局上海编辑所 1959 年版。

而为一,还有书名错讹的。无法作出精确统计。"①这是符合实际情况的。但若说是该书收书约五百种,当去事实不远。这五百种左右的书,就传统的目录分类而言,集中在杂史、传记、故事、小说等类。唐代之前,此类杂著门类已多,但因保存与传播不易,流传下来的数量有限,《太平广记》中的材料,绝大部分为唐人笔记小说,研究唐人笔记小说的人,自可依据此书进行多方面的研究。

南宋初曾慥刻《类说》五十卷,②朱胜非、(?)刻《绀珠集》十三卷,曾慥《〈类说〉序》署绍兴六年(1136),王宗哲《〈绀珠集〉序》署绍兴丁巳(1137),则是二书约在同时刊行,孰先孰后已难确说。它们在内容与形式上亦多相同之处,所有文字均曾节录,且改削幅度甚大,每从所引用的文字中摘抄一句作为标题。《类说》录书二百六十五种,(此据上海图书馆抄本,明刻本作二百五十二种。)《绀珠集》录书一百三十七种,十之七、八也是唐人笔记小说。二者相较,自以《类说》的容量为大。但《绀珠集》中也有一些不见于《类说》的文字,例如该书卷十《大中遗事》有《老儒生》一条,云:"宣宗嗜书,尝构一殿,每退朝,必独坐内观书,或至夜中烛她委积,禁中谓上为'老儒生'。"就是一条不见《类说》的重要史料。因此,《类说》及《绀珠集》各有其独具的价值,二者不能替代。

《太平广记》与《类说》《绀珠集》三书,收录的唐人笔记小说面广量大,好多失传的小说,可以从中找到;好多文字上的问题,可以据此校

---

① 见该书《说明》,中华书局 1982 年版。

② 《郡斋读书志》(衢州本)卷十三"小说类"著录,云"五十六卷",《宋史·艺文志》著录,云"五十卷"。明天启六年岳钟秀刻本云六十卷,文学古籍刊行社于 1956 年曾影印。上海图书馆藏钞本五十卷,乃据宋建安堂刻本抄出。又《郡斋读书志》(袁州本)卷三下"小说类"著录《类记》六十卷,"皇朝曾慥编",《类记》当是《类说》之误。

正。因此,后人若是想要从事唐人笔记小说方面的研究,首先就得在这三种书中下功夫。但《类说》与《绀珠集》无善本传世,文字又经大幅度改削,以此作为校勘时的"他本",价值自比《太平广记》为低。《太平广记》目下已无宋本传世,但谈恺于嘉靖四十五年(1566)据钞本重刻,后人陆续作了一些校补的工作,近人汪绍楹以此为底本,而以清陈鳣校残宋本、明沈氏野竹斋钞本及许自昌本、黄晟本为参校,整理出了一种较为理想的本子,先后由人民文学出版社和中华书局印行。汪氏在许多条文后加有按语,介绍明钞本中所标的书名,每与谈恺本不同,而明钞所标示者常是更为可据,故其有参考价值,不可忽视。

《太平广记》中的引文,比较完整,用作校勘材料,颇有价值。因为《太平广记》编者见到的小说,一般都是唐代与五代时的钞本,与原书问世的年代距离较近,这是其优胜之处。但在《太平广记》的编纂过程中,李昉等人为了统一全书的体例,对原文也常有所改动。陈尚君说:"本书所录文字,一般均曾作过润饰加工,以致本书所录文字与原书文字有所不同。这种加工大致包括以下几个方面:一、在所录各条前,加上朝代名;二、凡原书以第一人称叙述的,一律改为第三者叙述的口吻;三、原书中对当时人的尊称、简称之类,多改为直称姓名;四、原书中一些按当时语言表达,而宋初已难以理解的文字,也作了改动;五、个别篇章入录时曾有所并合删节。凡此之类,读者在引用本书时应有所注意。"①

元末明初,有陶宗仪所编的《说郛》一百卷。此书性质与《类说》《绀珠集》为近,但其内容更为复杂。因为此书历经改编,因此目下流

---

① 《中国历代小说辞典》第二卷"宋、元、明"中《太平广记》辞条说明,云南人民出版社 1992 年版。

传的宛委山堂一百二十卷本,究竟出自何人之手,也属未明之事。台湾学者昌彼得撰《说郛考》,从源流与书目两方面进行考证,解决了一些疑难问题,也得出了一些可信的结论,但仍有很多可以深入探讨的地方。①

《说郛》中录入的唐人笔记小说,有些地方很难令人理解。从全书体例看,陶氏对采入的书都作了摘引,一般只是从全书中摘录若干条,从整条中摘引若干文句,因此所录的文字数量是很有限的。但如《杜阳杂编》三卷,则一字不漏全文载入;《资暇集》三卷,与《顾氏文房小说》本全同,可证目下流传的宛委山堂本或陶珽重编本已经后人改窜,决非明初旧物。民国十六年(1927)张宗祥辑明钞本多种,编为一百卷,由商务印书馆印行,则颇得学术界好评。比之宛委山堂本,此书自然更为近真。唐人笔记小说中的有些珍贵材料,如《酉阳杂俎》卷三六中有《语录》一类,与黄伯思《东观馀论》卷下《跋段太常〈语录〉后》所言合。又如卷三十四《豪异秘纂》中有《扶馀国主》一则,即《虬髯客传》,与《直斋书录解题》卷十一该书提要所言相合。宛委山堂本卷一一二《虬髯客传》作者亦署张说,与《豪异秘纂》所署作者同,可证《虬髯客传》作者为张说之说绝非起于元末明初的《说郛》,而是宋代已有。宛委山堂本《说郛》中有些不见他人记载的异说,不宜轻易否定。

《说郛》二种引及同一著作时,相同之处仍占多数。如宛委山堂本卷四六、张宗祥辑明钞本卷十一引《玉泉子真录》,记令狐绹侍父镇东平,问民间疾苦事,不见流传至今的各种《玉泉子》。南京图书馆藏有明刊本《玉泉子》一种,北京图书馆藏有明钞本《玉泉子闻见真录》一

---

① 参看程毅中《〈说郛考〉评介》,《书品》1992 年第 2 期。《说郛考》,台湾文史哲出版社 1987 年版。

卷,均无此则。这类文字不太可能伪造,可证宛委山堂本中还是保存着很多陶宗仪的原稿。《四库全书》卷一二三《子部·杂家类》该书提要曰:"虽经窜乱,崖略终在,古书之不传于今者,断简残编,往往而在,佚文琐事,时有征焉,固亦考证之渊海也。"评价可谓公允。

宋代还有一些小说集与《太平广记》等书的性质相近,其中《唐语林》与《南部新书》二书尤应注意。

《唐语林》是北宋王谠集合了唐、五代及宋初共五十种有关唐代文史的重要文献而编成的小说集。全书多记唐人嘉言懿行,也有一些典章制度和民俗物产的记载,都是唐代历史与社会情况的重要资料。从现存的《〈唐语林〉原序目》中可知,这五十种书大都是唐人记唐事,即使一些宋初编成的书,也是汇纂唐人记载而成的。王谠择取材料时,排除了虚幻无稽的成分,因此所记录的都是些较有价值的史料。原书在南宋时代已有几种不同的本子在流传,因此几家书目中记载的卷数都不一致,《郡斋读书志》著录为十卷,《直斋书录解题》作八卷,《玉海》与《宋史·艺文志》则作十一卷。原书至明代已经亡佚。嘉靖二年(1523)齐之鸾曾据残本刻出,分为二卷。原书本仿《世说新语》体例,分为五十二门,齐本仅存《德行》至《贤媛》十八门。清代乾隆时修四库全书,从《永乐大典》中辑出佚文多条,编成四卷,以《补遗》的名义附后。自从此书以聚珍版行世后,始有《唐语林》八卷的所谓足本出现。

《南部新书》的情况与《唐语林》有相似处。作者钱易,由五代入宋。书中的好多条目,也从其他唐代笔记小说中转引而来,但有一些文字则出于自撰。其子钱明逸序,称此书"凡三万五千言,事实千,成编五,列卷十",而据存世之本,则仅存八百五十多条,且不分编,已与原书不同。全书以十干标卷数,记载唐、五代时人遗闻轶事与朝野掌故者占十之八九,故也可以用作重要的参考资料。只是此书未经整理,利用之时尚须多方考查。

（二）史书。宋祁、欧阳修编纂《新唐书》时,喜欢援用唐代笔记小说中的材料,这已成了研究唐史者的共识。《直斋书录解题》卷四"正史类"《新唐书》提要下引文简曰:"今《唐史》务为省文,而拾取小说、私记,则皆附著无弃。"①岑仲勉在《唐史馀瀋》中论证道:"旁采小说,旧本已开其端",《新唐书》亦复如此,并曾举出例证九条。② 实则稍加发掘,据其文字有脉络可循者计,再增十倍亦不难列出。这些都是可资参证的重要材料。例如《唐语林》卷五有云:

> 薛万彻尚平阳公主。人谓太宗曰:"薛驸马无才气。"因此公主羞之,不同席者数月。帝闻之,大笑,置酒召诸婿尽往,独与薛欢语,屡称其美。因对握槊,赌所佩刀,帝佯为不胜,解刀以佩之。酒罢,悦甚。薛未及就马,主遽召同载而还,重之逾于旧日。

《隋唐嘉话》卷中则云"薛万彻尚丹阳公主",二者必有一误。查《新唐书》卷八三《诸帝公主·高祖十九女传》有云:"丹阳公主,下嫁薛万彻。万彻蠢甚,公主羞,不与同席者数月。太宗闻,笑焉,为置酒,悉召他婿,与万彻从容语,握槊赌所佩刀,阳不胜,遂解赐之。主喜,命同载以还。"两相比较,可知宋祁即采《隋唐嘉话》中文字而立传。《唐语林》作"平阳公主"者有误。《隋唐嘉话》作"薛驸马村气",与《新唐书》合,《唐语林》中改为"无才气",文词就逊色得多。但《唐语林》中"诸婿尽往,独与薛欢语,屡称其美,因"十四字,《隋唐嘉话》中却乏相应的文

---

① "文简"为宋新安程大昌谥,参看陈乐素《〈直斋书录解题〉作者陈振孙》,载 1946 年 11 月 20 日《大公报·文史周刊》,今据徐小蛮、顾美华点校本《直斋书录解题》附录二所载文字,上海古籍出版社 1979 年新 1 版。
② 见该书卷四《杂述·总论〈新唐书〉》,上海古籍出版社 1979 年版。

字,致使语气有损,参之《唐语林》中的记载,可以推知《隋唐嘉话》中本有这些文字,尽管所佚者不一定即此十四字,但自可据《唐语林》中的记载而补足。《新唐书》则可作"他校"的材料。类似情况甚多,前人校小说者似尚未及注意。

司马光在《进〈资治通鉴〉表》中明言他曾"参之史传,旁采小说",而他在甄别材料之后,还加以记录,说明去取的原因,从而辑成《资治通鉴考异》三十卷。里面牵涉的问题,又以唐人笔记小说为多。据张须统计,李唐一代,计采录杂史凡六十种,传记凡十九种,小说凡十五种。[①] 这一数字是否正确,还可再作考查,但可明白《考异》之中积累了大量有关唐代笔记小说的资料,足供后人参考。

由于司马光治学极为严谨,加之其时距离唐代尚近,所见到的大都是较为接近原书面貌的本子,因此《资治通鉴考异》中引及的文字,一般说来都很可信,足供"他校"之需。试举一例以明之。《新唐书》卷二○七《宦者上·仇士良传》:

> 崔慎由为翰林学士,直夜未半,有中使召入,至秘殿,见士良等坐堂上,帷帐周密,谓慎由曰:"上不豫已久,自即位,政令多荒阙,皇太后有制更立嗣君,学士当作诏。"慎由惊曰:"上高明之德在天下,安可轻议?慎由亲族中表千人,兄弟群从且三百,何可与覆族事?虽死不承命。"士良等默然,久乃启后户,引至小殿,帝在焉。士良等历阶数帝过失,帝俯首。既而士良指帝曰:"不为学士,不得更坐此。"乃送慎由出,戒曰:"毋泄,祸及尔宗。"慎由记其事,藏箱枕间,时人莫知。将没,以授其子胤,故胤恶中官,终讨除之。

---

① 张须《通鉴学》卷上第三章《通鉴之史料及其鉴别》,开明书店 1948 年版。

这一条文字，原出皮光业《皮氏见闻录》。《永乐大典》卷之二千七百三十七《崔·崔慎由》引《见闻录》，《白孔六帖》卷十四、《古今合璧事类备要》外集卷五一引《皮光业见闻录》同，《唐语林》卷三《方正》门引此，虽不注明出处，然略作比较，即可推知其渊源关系。

《资治通鉴考异》卷二一"杀生除拜皆决于两中尉"引《皮光业见闻录》，司马光曰：

> 按旧《传》，崔慎由大中初始入朝为右拾遗、员外郎、知制诰，文宗时未为翰林学士。盖崔胤欲重宦官之罪而诬之，新《传》承《皮录》之误也。

《考异》中的文字，亦有优胜之处。《新唐书》言其时在场的宦官，为仇士良、陈弘志，《考异》引文则作"左右二广燃蜡而坐"，下又曰"二广默然"，"二广径登阶而疏文宗过恶"，"二广自执炬送慎由出邃殿门"，比较之下，自以《考异》引文为近真。盖此处乃皮氏用典，《左传》宣公十二年："其君之戎，分为二广。"唐人习用此典，《北里志·俞洛真》言于琼从子棁应举，"后投迹今左广〔田〕令孜门，因中第。"《剧谈录》卷上《浑令公李西平燕朱泚云梯》有云"李司徒尝于左广效职"，盖言李晟曾任右神策军都将也。《剧谈录》作"左广"，误。王说改作"二中尉"，《永乐大典》进而改作"二珰"，虽无错误，然已改动原文，不若《考异》引文独得其真。

前面已经提到，《因话录》中文字有误，因无善本可校，必须旁求与此有关的文字，始可订正其误。这里尚可再举一例。此书卷二"商部上"叙柳公绰杖杀神策小将事，曰："柳元公初拜京兆尹，将赴府上，有神策军小将乘马不避，公于街中杖杀之。及因对敭，宪宗正色诘公专杀之状。公曰：'京兆尹天下取则之地，臣初受陛下奖擢，军中偏裨，跃

唐代笔记小说的校雠问题 — 99

马冲过,此乃轻陛下典法,不独侮臣。臣杖无礼之人,不打神策军将。'上曰:'卿何不奏?'公曰:'臣只合决,不合奏。'上曰:'既死,合是何人奏?'公曰:'在街中,本街使金吾将军奏;若在坊内,则左右巡使奏。'上乃止。"乍看文从字顺,似无误字,然《唐语林》卷三《方正》亦引此文,则作"不独试臣","侮""试"孰为正字,很难裁夺。按《资治通鉴考异》卷二十"〔元和〕十一年十一月,柳公绰杖杀神策将"引《因话录》此文,正作"不独试臣";《新唐书》卷一六三《柳公绰传》载此事,亦作"试臣",凡此均可作为史书足供他校的证据。

(三)诗话。宋代盛行诗话的创作,时而也可见到一些有关唐代笔记小说的材料。唐代诗歌盛极一时,诗家辈出,《国史补》《北梦琐言》等书中即多有关唐代诗人的轶事。宋人撰诗话,当然会注意到这些宝贵的资料了。

李肇《国史补》卷中《韩愈登华山》曰:

> 韩愈好奇,与客登华山绝峰,度不可返,乃作遗书,发狂恸哭,华阴令百计取之,乃下。

魏泰《临汉隐居诗话》中引用此文。胡仔《苕溪渔隐丛话》后集卷十则引用两家驳论:一为《历代确论》载沈颜《登华旨》,一为《艺苑雌黄》引谢无逸所作《读李肇〈国史补〉》。显然,他们引用的文字,即可供"他校"之用。

在宋人诗话中,《唐诗纪事》一书最应得到重视。计有功纂辑成书,计有八十一卷之多,里面经常引用到唐代笔记小说,例如此书卷二《宣宗》下引令狐澄《贞陵遗事》曰:

> 旧制:盛春内殿赐宴三日。帝妙章律,每先裁制新曲,俾禁中

女伶迭相教授,至是出宫女数百,分行连袂而歌。其曲有曰《播皇
猷》者,率高冠方履,褒衣博带,趋走俯仰,皆合规矩,于于然有唐、
尧之风焉。有曰葱女踏歌队者,率言葱岭之士,乐河湟故地,归国
复为唐民也。若《霓裳曲》者,皆执节幡,被羽服,态度凝澹,飘飘
然有翔云舞鹤见左右。如是数十曲,流传民间。

《类说》卷二一、《绀珠集》卷十、《白孔六帖》卷六一中的《大中遗
事》均引此文,题曰《播皇猷》。《古今合璧事类备要》外集卷十二引《大
中遗事》亦载,但诸书引文均甚简略。《唐语林》卷七亦录此文,则颇
为完整,若与《唐诗纪事》中的引文比较,其中文字显得更近原貌;只
是"趋赴俯仰,皆合规矩"后,《唐诗纪事》引文尚有"于于然有唐尧之
风焉"一句;"率皆执幡节,被羽服"后《唐诗纪事》引文尚有"态度凝
澹"一句。以此补入,则全文更为顺当。于此可见,像《贞陵遗事》这
样的佚书,因无完整的本子可供校勘,只能多方发掘材料,然后汇纂
成文。

《唐诗纪事》中还有一些条文,不标出处,似乎计氏自拟,实际上
也是改写某种唐人笔记小说而成的。例如上引《宣宗》中有一条文
字称:"帝好进士及第,每对朝臣问'及第',苟有科名对者,必大喜,
便问所试诗赋题目并主司姓名;或佳人物偶不中第,必叹惜移时。
尝于内自题'乡贡进士李道龙'。"实则此文出自卢言《卢氏杂说》,此
书早佚,但《太平广记》卷一八二引《卢氏杂说》即有此文,题曰《宣
宗》。《说郛》(宛委山堂本)卷四八《卢氏杂说》亦题《宣宗》。《唐语
林》卷四《企羡》门与《南部新书》卷癸亦引此文,唯不标出处。《南部
新书》文甚简略。

在宋人诗话中，还有《诗话总龟》一书值得留意。① 阮阅著此书，与其他诗话著作有所不同，他注意搜集有关诗歌的本事，也就征引了许多唐代笔记小说中的文字。例如卷五《评论门一》曰：

> 刘梦得曰："柳八驳韩十八《平淮西碑》云：'左餐右粥'，何如我《平淮西雅》之云'仰父俯子'？"柳云："韩《碑》兼有帽子，使我为之，便说用兵伐叛矣。"刘曰："韩《碑》柳《雅》，予为诗云：'城中晨鸡喔喔鸣，城头鼓角声和平。'美李愬入蔡，贼无觉者。落句云：'始知元和十二载，四海重见升平时。'言十二载以见平淮西之年。"

此文当出《刘宾客嘉话录》，据其体例即可知。《唐语林》卷二《文学》门亦引此，而文前无"刘梦得曰"四字。《临汉隐居诗话》曰："刘禹锡诗固有好处，及其自称《平淮西诗》云：'城中喔喔晨鸡鸣，城头鼓角声和平。'为尽李愬之美。又云：'始知元和十四载，四海重见升平年。'为尽宪宗之美。吾不知此两联为何等语也。"显然是为驳斥《刘宾客嘉话录》中的话而有此一说的。魏泰引诗有误，可据《诗话总龟》引文纠正。《诗话总龟》引诗与刘氏文集不同，当以刘诗前后有所改动之故，这样，《诗话总龟》中的文字反而可以提供研究刘诗的新线索。

但《诗话总龟》中的引文，往往不从原书录入，而是根据宋人改写的一些书载入，这就降低了文字的可信程度。用作校勘资料时应该倍

---

① 《诗话总龟》的性质很复杂，在流传过程中经过后人改编，已失原貌。《前集》五十卷，当仍为阮书之旧，后集五十卷，基本上是《苕溪渔隐丛话》《碧溪诗话》《韵语阳秋》三书的杂凑，当出书贾之手，决非原书之旧，引用时当区别对待。

加注意。如卷一《忠义门》引《有宋佳话》，云"张巡守睢阳，明皇已幸蜀。胡羯方炽，城孤势促，人食竭，以纸布切煮而食之，时以茶汁和食，而意自如。……"实则此文原出《刘宾客嘉话录》。《类说》卷五曰《刘禹锡佳话》，《说郛》（宛委山堂本）卷三六、（张宗祥辑明钞本）卷二一《刘宾客嘉话录》均载，《侯鲭录》卷六、《四六话》卷下亦引，唯不注出处。文中引张巡《谢金吾将军表》，内有"臣被围四十七日"之句，各本均同，《诗话总龟》则作"四十九日"。"九"字或误，但总是提出了一种可供追究的线索，故亦不可轻易否定。

（四）学术性随笔。宋代学者读书有得，每每写下一些笔记，如吴曾《能改斋漫录》、王观国《学林》、洪迈《容斋随笔》、程大昌《演繁露》、高似孙《纬略》等均是。这些人的阅读范围至广，往往记下一些唐代笔记小说的文字，例如《能改斋漫录》卷四《辨误》内有《李远诗异同》一条，曰："《北梦琐言》谓'李远诗云："人事千杯酒，流年一局棋。"宣宗以非牧人之才，不与郡守。'及观唐张固《幽闲鼓吹》，乃云'宣宗坐朝，令狐相荐李远知杭州。上曰："远诗'长日惟消一局棋'，岂可临郡哉！'"二书所载，事虽同而诗则异。"即可供后人"他校"之用。他们时而针对唐代笔记小说中的一些考证文字，如《资暇集》《刊误》等书中的若干论点，进行商榷，例如《能改斋漫录》卷五《辨误》内有《行李》一条，即引《资暇集》中《行李》一文而加驳正。这类文字更可供研究工作者参考。

以上我对"他校"时可供取资的四类著作分别作了介绍。学者整理唐人笔记小说，多方发掘材料时，自不应限于上述数端，即如彭叔夏的《文苑英华辨证》十卷等书中，都有可供参考的地方。

在此还应郑重提出的是：整理唐人笔记小说，应该广泛吸收清代学者的校勘成果。拙作《古今文史观念的演变（以正史、小说为重点所进行的探讨）》中曾言及清代学者治史因追求史料完整而已顾及笔记小说，①有的学者还对某些著作进行过认真的校勘。例如缪荃孙校《北梦琐言》，叶景葵就称："《北梦琐言》缪艺风三校本，根据商本，《广记》本，刘、吴两钞本，前后二十馀年，用力勤劬，校笔整饬。"②但清人的校本散落人间，访求不易，如不及时普查且予保存，则极易湮没。黄裳叙及《剧谈录》嘉靖刻二卷本时曰："存卷下，棉纸，写刻。卢文弨朱笔校并跋两行。淡墨欹倾，晚年书也。后归丹铅精舍。劳季言墨笔手校并考，蝇头细字，书于书眉，往往数十百言。"③此书卷上当仍在人间。学者如能得到劳权、劳格兄弟等人的校本，并吸收其成果，则对校勘水平的提高当大有助益，这在整理唐人笔记小说时亦不容忽视。

辑　佚

唐代笔记小说散佚甚多，《新唐书·艺文志》中"杂史"与"小说家"等类中所著录者，今已佚去大半，其中像《芝田录》《贞陵遗事》《续贞陵遗事》《异闻集》等颇有价值的著作，到了明代即已不存，今日只能从小说总集与类书等有关著作中发掘出其个别条文了。

为了补救唐代笔记小说的散佚，前人早就着手进行辑佚。他们通常是利用《太平广记》等几种内容丰富的小说总集，从中发掘材料，重行编纂。胡应麟《少室山房笔丛》卷三五《二酉缀遗》上叙《酉阳杂俎》曰："今世行本，余尝得三刻，皆二十卷。无所谓续者。近于《广记》中录出，然不能十卷，而前集漏轶殊多，因并录续集中，以完十卷之旧，俟好事博雅者刻之。"此事虽因《续集》十卷尚存，胡氏所辑十卷未曾行

---

①　载拙著《当代学术研究思辨》，南京大学出版社1993年版。
②　顾廷龙编《卷盦书跋》，古典文学出版社1957年版。
③　《前尘梦影新录》卷三，齐鲁书社1989年版。

世,但这一常用的工作方法,却是具有典型意义的。

孙光宪的《北梦琐言》,据孙氏自序与《宋史》卷四八三《荆南高氏世家》记载,原为三十卷,《崇文总目》《郡斋读书志》《直斋书录解题》等均同,然《文献通考·经籍考》作二十卷,《宋史·艺文志》则作十二卷,当是二十卷之误。由此可知,此书到了宋末元初即已佚去十卷。清初乾隆时卢见曾刻《雅雨堂丛书》,即二十卷本;清末缪荃孙刻《云自在龛丛书》,又从《太平广记》中辑得佚文四卷,成了此书内容最为丰富的一种本子。但文字仍有遗漏。王仁俊辑有《北梦琐言》佚文一卷,实际上只是又从《太平广记》中辑出了两条,而林艾园续作校点,又从《太平广记》卷二〇五中辑得《王氏女》一条。可见《太平广记》因容量特大之故,辑录唐人笔记小说者,无不首先于此取资。

有些早就不见明代书目的唐人笔记小说,后代又有完整的本子出现。那就有可疑之处。如北京图书馆藏有戴孚《广异记》旧钞本六卷,钱曾《述古堂藏书目》卷三、《读书敏求记》卷二均曾著录,实际上是辑录《太平广记》中的佚文而成的;南京图书馆藏有前八千卷楼所藏牛肃《纪闻》旧钞本十卷与胡璩《谈宾录》旧钞本十卷,丁丙《善本书室藏书志》卷二一均曾著录,实际上也都是辑录《太平广记》中的佚文而成的。

从《太平广记》中辑录佚文,较为省力而且易见成效,但对恢复全书原貌来说,无疑是不够的。林艾园以《北梦琐言》为例,说明除了可从《太平广记》中进行发掘之外,《资治通鉴考异》和苏轼《八月十五观潮五绝》中"三千强弩射潮低"施元之注中尚有佚文,[①]这当然也只是举例的性质,细加发掘,当不止这寥寥数处。于此可见唐人笔记小说的辑佚工作,尚待大力展开。

刘崇远《金华子》一书,记载晚唐、五代轶事甚多,颇有参考价值。

---

① 林艾园点校本《北梦琐言·前言》,上海古籍出版社 1991 年版。

原书早佚，四库全书馆臣从《永乐大典》中发掘佚文，辑入《武英殿聚珍版丛书》。后海宁周广业见其材料可贵，乃加校注补缀，嘉庆初年顾修刻入《读画斋丛书》，乃成传播最广内容最佳的本子。周广业为其时颇有声名的学者，①经他整理的书，水平自有可观。他还从《说郛》《绀珠集》《唐诗纪事》中共辑得佚文三条，从《稽神录》中辑得疑出《金华子》的佚文一条，可见他曾多方发掘材料，进行《金华子》的辑佚工作。可惜的是，他的工作仍很不够。

令人奇怪的是，周广业已经注意到了《绀珠集》卷十中有《面部三无》一条，那他又为什么不到性质相似的《类说》中去翻检一下呢？比之《绀珠集》，《类说》中还多出两条，周氏都未曾录入。按李宽故事分别曾为《绀珠集》卷十、《类说》卷二五、《锦绣万花谷》后集卷三四、《白孔六帖》卷三一所征引，标题均作《面部三无》。宋代类书常是辗转抄袭，此则情况或许即是如此。然《新编分门古今类事》卷十引《金华子》此文，记事较诸书远为完整，《唐语林》卷七亦有此文，与《新编分门古今类事》引文近似，虽不标出处，但为《金华子》中文字则无可疑。周广业不广求异本，仅以《绀珠集》中残缺的文字补入，故其所辑仍有缺遗。

比之同时学者，周广业的学术观点有其先进之处，他能为唐人笔记小说作校注，前人未见有此举措；但他的整理工作还未做得很充分，说明他还不能把笔记小说的地位看得和正经、正史并重，像他作《孟子四考》那样，全力以赴，因而在《金华子》的辑佚中难免给人以工作草率的感觉。当然，他之所以未能广搜异本，与当时得书不易也有关系。

---

① 周广业，字勤补，别字耕厓，海宁人。《清史列传》卷六八有传。吴骞《愚谷文存》卷十《周耕厓孝廉传》云："于书无所不窥。凡十四经、二十四史以及九流百氏，靡不溯流讨源，钩沈索隐。晚尤注意孟子。……于是覃思竭虑，作《出处考、时地考》。合前《逸文考》《异本考》《古注考》)为《孟子四考》。书成，极为大兴朱石君中丞、南汇吴白华侍郎所击节，为序而行之，一时纸贵。"

四库全书馆臣从《永乐大典》中辑录《金华子》佚文时，工作本来做得就很草率，例如《永乐大典》卷之一万一千一《府·恩府》引《金华子杂编》一条，首尾完整，文曰：

> 以恩地为恩府，始于唐马戴。戴，大中初为掌书记于太原李司空幕，以正言被斥，贬朗州龙阳尉。戴著书，自痛不得尽忠于恩府，而动天下之浮议。

《唐语林》卷二《文学》门引此略同，其下尚有一段文字，曰："行道兴咏，寄情哀楚，凡数十篇。其《方城怀古》云：'申胥枉向秦城哭，靳尚终贻楚国羞。'《新春闻赦》云：'道在猜谗息，仁深疾苦除。尧聪能下听，汤纲本来疏。'"此文虽不标出处，然为《金华子》中文字则无可疑。《唐诗纪事》卷五四《马戴》引《金华子》此文，略有删节，而二诗尚存。四库全书馆臣则仅录至"而动天下之浮议"，故后出各本均有残缺，《读画斋丛书》本也一样，周广业未能广搜异本而纂成较为完整的文字。

又《资治通鉴考异》卷二三"九月，刘邺请赠李德裕官"引《金华子杂编》曰：

> 宣宗尝私行，经延资库，见广厦连绵，钱帛山积，问左右曰："谁为此库？"侍臣对曰："宰相李德裕执政日，以天下每岁备用之馀，尽实此。自是以来，边庭有急，支备无乏者，兹实有赖。"上曰："今何在？"曰："顷以坐吴湘狱贬于崖州。"上曰："如有此功于国，微罪岂合深谴？"由是刘公邺得以进表乞追雪之。上一览表，遂许其加赠归葬焉。

《读画斋丛书》本中无此文字，周广业亦未辑入。《资治通鉴考异》

为常见之书,而周氏竟未顾及。上举诸例,说明周氏确是未能广求异本,做好辑佚工作,从而整理出一种更为理想的本子。

一些有宋、元刻本作依据的唐人笔记小说,也可从《永乐大典》中发掘佚文。明初修《永乐大典》时,能够看到很多宋、元旧本,这些本子,常是优于目下传世之本,其所收容的文字,有的也比目下传世之本为多。例如《刘宾客嘉话录》一书,《顾氏文房小说》复刻南宋卞圜本已多错误,具见上述;《唐语林》中收有佚文多条,说明王说所见到的《刘公嘉话》,尚接近原貌。《永乐大典》中还有佚文多条,则又可见此种较为完整的本子,明初尚存。如《永乐大典》卷之一万二千四十四《酒·罚酒》引《刘公嘉话》曰:

> 丈人曰:当裴延龄之横也,丈人座主顾侍郎挺笏欲击之,曰:"段秀实笏击贼臣,顾少连笏击奸臣。"时会于田镐宅,元友直为酒纠,各罚一盏以弥缝之,俗谓"笾合"是也。

此文即不见今本《刘宾客嘉话录》。前引《永乐大典》卷之二千九百七十九《人·知人》引《刘公嘉话录》,亦为佚文,亟应补入。唐兰与罗联添二人为《刘宾客嘉话录》作了很好的整理工作,可惜其时《永乐大典》佚文的影印本尚未问世,因此未能收入此书所引佚文。

《类说》《绀珠集》和《说郛》中保存着很多唐人笔记小说的佚文,后人从事辑佚,自然不可忽视这些书籍。但据此辑出的文字,常有语气不全的现象,因为这些书中的文字一般都经过删节,自与原书有别。

《类说》卷三二《语林》中有《州图为裙》一条,文曰:

> 信州有一窭士,有人乞州图,因浣染为裙,墨迹不落。会邻邀之,出数妓,设酒。良久,一婢惊报云:"君子误烧裙。"其人遽问所

损处，婢曰："正烧着大云寺门楼。"

此文今本《唐语林》已佚，然《说郛》（宛委山堂本）卷二四高怿《群居解颐》中《烧裙》亦叙此事，文字类同，显然出于一源。《唐语林》所依据的书中无《群居解颐》，高怿当据《会昌解颐录》写入，因为谐谑之书每陈陈相因。二者相校，知《类说》《说郛》引文均有误。《说郛》之中，如"窦士"误为"女子"，"门"下夺一"楼"字；《类说》之中，则将"娘子误烧裙"误作"君子误烧裙"，致使全文扞格难通。《唐语林》引文时常作改写，《类说》《说郛》引文多以意改削，而工作时又常是粗枝大叶，留下不少错误，引用者应当倍加注意。

总结上言，可知唐人笔记小说的辑佚工作，其可供发掘佚文的典籍，有小说总集、类书等许多门类，若依其价值而言，则可分三等：

（一）《永乐大典》和《资治通鉴考异》二书最值得重视。二者的文字很少经过改削，因此可信的程度很高。而且二书的篇幅都很大，从中发掘材料的潜力很大。二者之间，又以《资治通鉴考异》中的文字为可信。《永乐大典》中的个别条文，由于抄手工作草率，文字多残夺，例如该书卷之一万三千四百九十六《制·草制》引《唐语林》曰："韩十八初贬之制，席十八舍人为之词，曰：'早登科第，亦有声名。'席以无令子弟，岂有病阴毒伤寒而与不絜吃耶？韩曰：'席十八契大迟。'人问曰：'何也？'曰：'出语不是当。'盖忿其责词云'亦有声名'耳。"读者稍加推敲，即可知其文多夺误。此文原出《刘宾客嘉话录》，《太平广记》卷四九七引，题曰《席夔》，《类说》卷五四《刘禹锡佳话》题作《韩愈制词》，《说郛》（宛委山堂本）卷三六亦载。比较之下，始知席夔制词之后夺"席既物故，友人曰"二句，韩愈忿词中夺"吃不"二字，"以"字误衍，"絜（潔）"字则误写成"契"。在这七八十字的一小段文字中，错误竟如此之多。四库全书馆臣发现问题严重，也就不得不从其他书中引文补足,然后辑入《唐语林》卷六。

（二）《太平广记》可作第二等材料使用。这书文字一般说来还称完整,但如上所言,文中常有改写之处,故与原书时有出入,这一点不可不注意。例如《剧谈录》卷上有《裴晋公天津桥遇老人》一则,中有"明年登第,及秉钧衡"之句,《贵池先哲遗书》本《剧谈录》据《太平广记》卷一三八引文改作"明年及第,洎秉钧衡",《唐语林》卷六亦有此文,正作"明年登第,及为相",可见"登""及"二字原书不误。刘世珩过分信从《太平广记》,遂致妄改原文,如加注意,这类错误是可以避免的。

（三）《类说》《绀珠集》《说郛》等书中的文字,价值又要低一层,但张宗祥辑明钞本《说郛》中的文字,又当别论,其中时见完整的文字,颇为近真。

以上也只是就其大体而言。学者利用这些材料时,应该坚持实事求是的原则,逐条检视,区分其优劣。其他著作,像《新编分门古今类事》等书中,偶尔也可发现很好的材料,自当多方搜求。

按聚珍本《唐语林》卷八中有如下一条:

> 兖州邹县峄山,南面半腹,东西长数十步。其处生桐,相传以为《禹贡》"峄阳孤桐"者也。土人云:此桐所以异于常桐者,诸山皆发地土多,惟此山大石攒倚,石间周回,皆通人行,山中空虚,故桐木响绝,以是珍而入贡也。按《汉书·地理志》,下邳县西有葛峄山,古之峄阳下邳者是矣。关西西风则雨,东风则晴,皆以为常候。夫九州之地,洛阳为土中,风雨之所交也。今关西西风则雨,关东东风则雨,是风气各自其方而来,交于土中,阴阳和则雨成。

《守山阁丛书》本《唐语林校勘记》于"关西西风则雨"句下注曰:

"此当提行另起。《闻见记》卷七目有《西风则雨》条,注'缺',当即此条也。"说明钱熙祚等人已经认识到《唐语林》中的这一条文字实际上是两条各自独立内容不同的文字,前者原出《封氏闻见记》卷八《峄山》,"关西西风则雨"以下则原出《封氏闻见记》卷七《西风则雨》。原书此条已佚,钱氏发现正可利用《唐语林》中文字来补足。赵贞信作《封氏闻见记校证》,则又发现《续博物志》中尚有封书佚文,即在首句和尾句之上尚有文字,可用以补充。赵氏辑入佚文之后,《西风则雨》一条之始末曰:"关东西风则晴,东风则雨;关西西风则雨,东风则晴,皆以为常候。……是风气各自其方而来,阳之专气为霓,阴之专气为霰,交于土中,阴阳和则雨成。"可见封书中的这一条文字,经过钱熙祚、赵贞信等人的辑佚,文字更见完整,符同或接近原书了。

《守山阁丛书》本《唐语林校勘记》于该书卷五"大历末,北方有白虹夜见……"一条下加注曰:"《封氏闻见记》卷七目有《北方白虹》条,注'缺',当即此条。"赵贞信《封氏闻见记校证》亦已据此补入。王国维读《唐语林》,发现卷五"郐西鼓山东北,有石鼓……"一条,即《封氏闻见记》卷七《石鼓》佚文;卷八"御史旧例……"一条,即《封氏闻见记》卷三《风宪》佚文,赵贞信亦已据此辑入。

王国维在一九一八年一月四日致罗振玉的信中说:"近阅唐人说部,以《唐语林》校《封氏闻见记》,殊有补益。"[1]上述两条文字的发现,对于恢复封书的原貌起了重要作用。赵贞信吸收了清代学者与当代学者在辑佚上的成果,才编订了最为完整的《封氏闻见记》新本。《封氏闻见记》一书具有很高的学术价值,钱、王等人的辑佚工作作出了重要的贡献。唐代笔记小说中文字有残佚者甚多,从事整理工作的学者,只要认真发掘,都有可能在其致力的著作中作出重要的贡献。

---

[1] 《王国维全集·书信》第237页,中华书局1984年版。

唐代笔记小说的整理心得

——就《唐语林校证》事答客问

问：笔记小说都有杂乱的问题。古人轻视笔记小说，是有道理的。您为整理笔记小说《唐语林》而花去很多时间，值得么？

答：这里也有一个观念更新的问题。笔记小说之中，水平高下不等，应该具体分析。《唐语林》的文献价值很高，值得下些功夫整理，我在《唐语林校证》前言①中已有说明，这里不再重复。古人受正统观念的支配，重视正史，轻视小说，实则正史之中纪传部分的许多内容，常是依据小说中提供的材料写成，例如《旧唐书》卷八五《唐临传》中唐临尝欲吊丧，家僮误取馀衣，及令人煮药失制一段，全袭《大唐传载》，后人把《旧唐书》等正史看得很神圣，把《大唐传载》等笔记小说看得很低下，不是数典忘祖了么？

问：唐代中、后期以后，时局混乱，帝王实录和保存在史馆中的许多原始史料得不到很好的保存，五代宋初编新、旧《唐书》和《资治通鉴》时，确曾采录笔记小说入史，但史家整理史料时，大都经过一番考核的功夫，因此正史中的记载总是比较可信，这该是事实吧？

答：这也难说。司马光著《资治通鉴》，采录笔记小说时，确曾做过细致的考核工作，值得重视，但由于他政治上有偏见，看待某些具体事件时，在材料的取舍和处理上就未必尽当。宋祁编写《新唐书》，大量吸收笔记小说入史，就不见得做过多少细致的考核工作，例如《文艺

---

① 即本书《〈唐语林〉考》。

传》中一些文人的记载,大都直接引自笔记小说,传闻失实之处甚多,但因为它是正史,对后世影响却又很大。由此可知,研究唐代文史,还应对那些提供原始记录的笔记小说重作一番钻研和整理。

问:笔记小说的作者囿于个人的见闻,时有记载错误的情况,这您也已承认了。据以考史,总是让人不太放心,是否还是少用为妙?

答:考史之时,应该根据材料的性质,灵活运用。有的文人,本来见闻不广,修养不足,却又喜欢舞文弄墨,草率著书,他们记叙的东西,不可能有什么重要的价值;有的作者囿于个人或朋党的成见,歪曲事实,甚至捏造事实,用以攻击对方,发泄私愤,这类笔记小说对搞清事实的真相来说,也不可能有什么可靠的史料价值。但我们如果用另一种角度来观察,不是也可以发挥它们应有的作用么? 例如《唐语林校证》卷七 881、883 条均言李吉甫安邑坊是"玉杯地","玉杯破而不完",对李德裕一家的破败持幸灾乐祸的态度。这两条文字出于《卢氏杂说》。作者卢言,乃牛党中人,在贬逐李德裕时起过重要作用。他在《卢氏杂说》的另一条(《太平广记》卷二五六《李德裕》)中,引用了两首恶意攻击李德裕的诗,夸张虚构,有乖史实,但充分地反映出了牛党中人的敌视情绪,这不就是研究牛李党争的上好材料么?

问:这样说来,笔记小说中的记载不管是否真实,都是有价值的了。

答:可以这么说。《唐语林》中的材料,大都是唐人记唐事,从中可以觇测时代风气,了解唐代社会的一些特殊情况,这就有很高的认识作用和研究价值。例如《幽闲鼓吹》中有一则白居易见顾况的著名故事,并见《唐语林校证》卷三 412 条,文曰:"白居易应举,初至京,以诗谒顾著作况。况睹姓名,熟视曰:'米价方贵,居亦不易。'及披卷,首篇曰:'咸阳原上草,一岁一枯荣。野火烧不尽,春风吹又生。'乃嗟赏曰:'道得个语,居即易也。'因为之延誉,声名遂振。"这件事情是否实有,很难说,有的学者就认为二人不可能在长安见面。但不管怎样,这件轶事还是可以用来说明不少问题。一,唐人在应试之前,先要晋谒名流,献上诗作,求得赞誉。这种行卷的作风,大作家在未成名前也无不如此。二,京师人口密集,生活水平很高,故有"居亦不易"之说。这使我们想到,杜甫四十三岁时居京,却把家眷安置在奉先,可能也是嫌京城里生活水平太高,因而不得不把家眷安置到郊区去。三,从顾况的赞语中可知,诗写得好的人,在京城里却也不难待下去。这使人想到李白,他以布衣的身份,只是凭借诗名,就能在京城里轻松地生活。由此可知,那些内容不见得很可信的记载,有的却也包含着丰富的信息,可以从中了解到唐代文人的特有风气和复杂心态。

问:这样说来,笔记小说的情况很特殊,如何发挥其作用,关键在于人们的认识,是么?

答:笔记小说的性质介于文史之间。说它是文吧,记的都是史实;说它是史吧,却又有文的特点,如夸张、渲染,甚至想象、虚构等。这种作品,读之饶有兴味。如果其中某个故事已为正史所采纳,那我还是愿意再找原始记录一读,因为这像保持原汁原味的饮料一样,从中往往可以发掘到更多的馀味。至于如何把这类材料用到科学研究上,那可就要根据使用材料时的特殊要求灵活处理了。

问:既然笔记小说生动有趣,又有它固有的价值,那为什么这类著作大都失传;传下来的,也乱七八糟了呢?

答:我国学术受儒家的影响至深。儒家讲求治国平天下,故首重经学;他们重历史,目的也在以古为鉴。儒家中人以为笔记小说不足以言大道,也就影响到这类著作的正常发展。即使那些涉足于此的人,态度大都也很随便,不像撰述经史著作时严肃。例如周广业曾整理过《金华子》一书,后刻入《读画斋丛书》,这已算是笔记小说中的好本子了。但周氏的工作做得很不够。此书后附补文四条,附文一条,乃从《绀珠集》《说郛》等书中辑出，但同类的书，如《类说》卷二五中尚有逸文两条，亦未补入。甚至常见的书，如《资治通鉴考异》中录引的文字，亦未顾及。《唐语林》中还保留着很多完整的文字，可补《金华子》之残缺，周氏全然不知，可知他在整理笔记小说时工作很草率。返观他的《孟子四考》等著作，那著述态度之差异，真不可以道里计了。

问：整理古籍，后人盛称乾嘉朴学贡献之巨，看来笔记小说的整理工作没有沾到乾嘉朴学的馀润了。

答：乾嘉朴学的主要目标，是经史之学，部分作者做过整理子书和文集的工作。近代学者高步瀛为《文选》李善注作笺疏，已被人视为突破传统规范的创辟之举。在这种观念的笼罩下，那些水平很高的学者，怎么会花大力气去整理笔记小说？钱熙祚刻《守山阁丛书》，对收入的一些笔记小说曾加整理，这些大都出自张文虎、顾观光等著名学者之手，应该说是水平较高的本子了。《守山阁丛书》本《唐语林》后附《校勘记》，更为读者提供了不少方便。但钱氏等人用以校勘者，只是那些有单刻本传世的笔记小说，如《国史补》《因话录》之类；一些原本已逸而有文字残存的笔记小说，如《芝田录》《贞陵遗事》之类，则全未顾及，这就不能不降低全书的校勘水平。就是那些经过校勘的文字，结论有的也不可信，如《唐语林校证》卷三456"金瓯命相"一条，原出《次柳氏旧闻》，钱氏《校勘记》云"会太子入侍"之"侍"《旧闻》讹"视"……查《顾氏文房小说》本《次柳氏旧闻》，上举数处均不误，钱氏等人以不误为误，可见他们所据者乃劣本。又《校勘记》中附入完整的逸文八条，这是拿聚珍本和齐之鸾本对校，发现四库馆臣所遗漏了的；其后陆心源再次拿齐之鸾本对校，辑得佚文十四条，刻入《潜园总集》十九《群书拾补》卷四中。比起《守山阁丛书》中的《唐语林校勘记》来，又补充了六条文字，但陆心源的辑佚工作实际上还有遗漏。《唐语林校证》卷三390牛僧孺奇士一条，是齐之鸾本所原有的，但各家均未发现。于此可见，此书仅存的一部明刻本，薄薄的两卷文字，大家都不愿好好地翻检，可见这些学者工作时都不是很认真的了。我还可再举缪荃孙刻的《藕香零拾》本《东观奏记》为例以说明之。缪氏是版本名家，学问博大，所辑《藕香零拾》丛书，刻印皆精，向为学术界所珍视。但他校的《东观奏记》，随便改字，有时还将不相干的材料并入，转失其真。例如《唐语林校证》卷六 861 条言萧倣、郑裔绰为柳珪不孝驳还诏书，原出《东观奏记》，《藕香零拾》本于郑裔绰前凭空插入"郑公舆"一名，实则郑公舆之驳还诏书乃因杨汉公事，与柳珪无涉。可见缪荃孙在校勘时态度随便，以意为之，所以我在校勘《唐语林》中从出的条文时，宁可用《稗海》本《东观奏记》，因为它毕竟窜乱较少，不像《藕香零拾》本的失真。

问：这样说来，笔记小说的整理工作缺乏良好的基础，这对您的校勘工作会带来不少困难吧。

答：是的。整理古籍，先要审定文字的正误。但《唐语林》的校勘工作有其特殊之处，因为此书向无善本传世。前面四卷，只有明嘉靖二年齐之鸾刻的二卷残本可作参考，而齐氏自言"惜予所得本多谬"，后出的《历代小史》本情况同样如此。后面四卷，四库馆臣从《永乐大典》中辑录而得，只是《永乐大典》久已散佚，目下也已难以找到相应的文字作对勘之需。不得已，只能根据《类说》《说郛》以及各种类书或其他集子中引用的《唐语林》文字来加以校勘，这就需要作一番广泛的搜求工作。再说《唐语林》是汇辑五十种笔记小说而成的，王谠加以改写，与原文时有出入。他的工作态度也不能说是很严肃的，学识欠佳工作草率之弊，在在有之。况且这书还是一部未定稿的著作，更会留下不少问题。从著作的流传来说，经过《永乐大典》《四库全书》馆臣的多次摘钞和誊录，而这些官书修得都很马虎，因此在每一阶段都留下了疵病。用原书来核对，先要找到每一条文字的出处，这又得花一番

唐人笔记小说考索

功夫。笔记小说善本不多,亡佚的原书大体占到五分之二,这又得从多种杂书中去搜求。为此我对五十种原书,以及羼入进去的其他一些书,都要作一番研究工作。后来我写了《唐语林原序目考辨》一文,将笔记小说中的混乱情况归为十类,或许可以说,这是笔记小说中普遍存在的问题。此文已收入我的论文集《文史探微》中。①

问:既然您据之作校勘的本子多而杂乱,那又如何理清头绪?

答:我做校勘工作,先划下一条大的界线。在聚珍本《唐语林》之前,有的书中引用到《唐语林》原文,可作校勘之资者,我就据之改动文字。如《唐语林校证》卷二191条、卷四598条,言及殿中侍御史柳某,前作柳弁,后作柳芳,实乃柳并之误,我就根据齐之鸾本、《历代小史》本径行改正。但如《唐语林校证》卷四476条叙玄宗自言门族官品,内有"上乃连饮三银船,尽一巨馅"之句,此文原出《松窗杂录》,传世各本均如此。《南部新书》卷甲亦载此事,则作"尽一巨觥"。显然,"馅"乃误字,然而《南部新书》与《唐语林》系统不同,不能据之径行改字,我就改用注文提示,供读者参考。

问:为整理此书,您还做了哪些工作?

答:这可不必一一细说,读之自明。正像《唐语林校证》封面上所提示的,这是《唐宋史料笔记丛刊》中的一种。整理此书的目的,是为学术界提供有用的史料。为整理此书,我做过一些研究工作,而其目的,其成果,也是为一般读者和研究工作者提供一部可信、便用的资料书。笔记小说之中经常插入一些唐人习用的词语,如"从容""大家""我弥""掌武"之类,读者容易误解,我就加上一些注释。书中常有一些语意双关的对话,如《唐语林校证》卷五688条,原出《因话录》卷四

---

① 此文已纳入本书中的《唐代笔记小说的崛起与传播》一文,列为第二部分。

《角部之次·谐戏附》中云："上又尝登北楼望渭，见一醉人临水卧，问左右'是何人'，左右不对。幡绰曰：'是年满令史。'又问曰：'尔何以知之？'对曰：'更一转，入流。'上大笑。"不懂唐代典章制度的人，一定会觉得莫名其妙。我就加注说明："唐制以九品内职官为流内，九品以外为流外，由流外进入流内，称'入流'。令史为九品外之吏职，然有年劳者可进入流内。此处黄幡绰乃取渭水之'流'与流品之'流'谐音而有此谑。"这就可以帮助读者读通原文，知道小有声名的黄幡绰确是滑稽多智。又如同书卷一25条叙孙愨"进状乞省觐，其词曰：'陟彼岵兮，孰不瞻父；方寸乱矣，何以事君？'"我在注中指出：第一句出《诗经·魏风·陟岵》，第三句出《三国志》卷三五《蜀书》五《诸葛亮传》，乃徐庶之语，这就可使读者了解到孙愨此文用典之精当。这些都是为了帮助读者加深领会而作的努力。我在《附录》中还编写了六种资料，从各个不同方面给读者提供方便。一般读者看到条文后面标示的原书，什么《东观奏记》《杜阳杂编》等等，还是不清楚这些书的性质，从而也难估量这些条文的价值。因此我就写了《〈唐语林〉援据原书提要》，对各种书的基本知识一一作了介绍，希望有助于提高读者的水平，也希望对笔记小说的研究工作能有所推进。

问：您虽然做了一些工作，但《附录》用了一百八十页纸，《前言》写了两万多字，标明出处时又啰哩啰唆地写上了一大堆，是否有些不厌其烦？

答：我觉得做古籍整理工作，只要有利于使用，应该不厌其烦。例如提示书名吧，过去的学者常是用简称，这是因为过去木版刻书，工作困难，不得不多方简化。现在印刷术水平大大提高了，不必事事求简。这我可有深切的体会。当我开始学习唐代文史的时候，看到岑仲勉常用"千唐"一词，却不懂这是一部什么书。问人家，也没有人懂。过了很长时间，才知道指的是张钫编的《千唐志斋藏石》。我接受此教训，深信文字表达必须尽量做到明确易懂，因而提示出处时，不管书名、卷数或是年代等等，需要多少字，都详细写下。这倒不是故意啰唆，想多拿一些稿费，而是考虑到读者的方便，好让他们多学些知识，而又一目了然。当然，表达上还是要力求简练。

问：请您再举一例说明如何不厌其烦，行么？

答：查材料时，也要不厌其烦，务必追个水落石出。例如《唐语林原序目》中有《庐陵官下记》一书，但我查遍各书，《唐语林》一千多条文字中，没有一条材料出自《庐陵官下记》。后来查看《古今合璧事类备要》，这书总计有三百六十六卷，还只有明刊本传世。承南京图书馆古籍部的大力帮助，让我从头到尾翻阅一遍。全书堆满了一张长条桌子。我花了不少时间，却只查到一条重要材料，此书前集卷十一《气候门·暑》内，有《庐陵官下记》一条，就是《唐语林校证》卷四 481 条玄宗起凉殿之事。这使我了解到，《唐语林原序目》中的记载是可信的；《庐陵官下记》中的好些文字，段成式后已编入《酉阳杂俎》，因此《唐语林》中出现了好多条出自《酉阳杂俎》的文字，但也有未编入者，此条即是。长安有凉殿的建筑，说明唐代都城之中受到了西域文化的影响，向达在《唐代长安与西域文明》一文中曾引过这一材料，但不知道它原出《庐陵官下记》。段成式博闻多识，所以有此记载，了解到作者之后，更对这条文字的价值提高了认识。当我查到这条材料时，不禁狂喜，深感做古籍整理工作，应该不厌其烦，不论对人对己，都有好处。

按此文原发表于《书品》1989 年第 2 期，由中华书局出版发行。1998 年时，中华书局决定将《书品》上发表过的文章遴选若干篇重新发表，藉以扩大影响，故此文再次刊登于《书品》1998 年第三期的《旧文新赏》栏内。他们还约请程毅中先生撰写了导读文字，兹迻录于下：

打通文史、开拓新的入口

《唐语林》是一部研究唐代文史时必须参考的笔记选集,然而又是一部残缺而杂乱的书,不经过整理很难使用。周勋初先生对它进行了精密细致的校证,使《唐语林》一书得到了新的生命,这是古籍整理中的一大贡献。周勋初先生在《就〈唐语林校证〉事答客问》(《书品》1989年第2期)一文中谈了他的心得体会,对《唐语林》的读者和古籍研究整理者有许多有益的启示。

首先是对唐人笔记作了充分的估价,除了它的史料价值之外,还有多方面的文献价值。他指出:"笔记小说的性质介于文史之间。""这种作品,读之饶有兴味。如果其中某个故事已为正史所采纳,那我还是愿意再找原始记录一读,因为这像保持原汁原味的饮料一样,从中往往可以发掘到更多的余味。"他还举例说明了如何灵活使用这类材料,可以得到许多信息,可以觇测时代风气,了解唐代社会的一些特殊情况。这就是陈寅恪先生所说的在史实之真实以外的"通性之真实"。从这一点出发,《答客问》以《唐语林》为实例,打通了文史研究的一条新路,拓展了视野,为正史、小说并重的论点找到了支持。笔记著作前人多称之为小说,因而被视为"君子弗为"的"小道",很少人愿意为之作严肃认真的整理工作。而周勋初先生却在整理工作中进一步认识了唐人笔记的价值,由此也说明他为此而付出了大量的精力并不是"可怜无补费精神"的事。

其次是通过对《唐语林》五十种引书的全面校证,为古籍整理工作积累了新的经验。前人以乾嘉朴学著称的校雠方法,主要用于经史。近人逐步运用乾嘉朴学的方法来治小说,还只限于志怪、传奇和通俗小说。而笔记则处于文和史的中间地带,研究工作却相对地冷落。《答客问》一文就总结《唐语林》校证工作的甘苦得失,归纳了整理古代笔记的许多普遍性的问题。主要的一点是校点工作必须和研究工作相结合，还需要不厌其烦。当年陈垣先生校勘《元典章》，从中总结出了《校勘学释例》，为我们古籍整理工作者指点了不二法门。现在周勋初先生整理《唐语林》一书，又从中归纳了校证唐人笔记的许多通例，为我们开拓了新的蹊径。他已经以《答客问》为基础，扩写成了《唐人笔记小说考索》一书，其中的一篇通论《唐代笔记小说的校雠问题》，从版本、校勘、辑佚三个方面作了详细的阐述，就不止是校勘学的四法了。中国传统的校雠学，本来是包括了对古籍本身的综合研究的。（我已写了一篇《唐人笔记小说考索》的书评，即将刊出于《燕京学报》新四期，可以参看。）《答客问》一文，谈的也不止是《唐语林校证》一本书的问题，除了校勘、考证之外，还谈到了如何打通文史、具体分析和灵活处理古代笔记的新路，以答问的方式阐述不少独到的见解，言之有物，深入浅出，无疑是一篇兼具学术性和可读性的好文章。

下编　作家作品考

韦绚考

　　韦绚是两部笔记小说的作者。更准确些说,韦绚是两部笔记小说的笔录者。《刘公嘉话录》一书,是他记录刘禹锡的言论而写成的;《戎幕闲谈》一书,是他记录李德裕的言论而写成的。刘、李二人都是中唐时期的名人,所谈内容,重要而有趣,韦绚加以记录,遂使咳唾成珠玉,其功不可没。但韦绚其人,新、旧《唐书》无传,事迹不详,今勾稽各种材料,叙其行年如下:

韦绚,字文明,为顺、宪两朝宰相韦执谊之子。

　　《新唐书》卷五九《艺文志》三子部"小说家"类载韦绚《刘公嘉话录》一卷,注:"绚,字文明,执谊子也。咸通义武军节度使。刘公,禹锡也。"韦执谊于顺宗、宪宗两朝拜相,《新唐书》卷七四上《宰相世系表》韦氏龙门公房载韦执谊四子,长子曙;次子曈,字宾之,郑州刺史;三子昶,字文明;四子旭,字就之。陈寅恪《李德裕贬死年月及归葬传说辨证》曰:"《新唐书·宰相世系表》所载执谊诸子虽无绚之名,但昶字文明,与《新唐书·艺文志》所载绚之字符合。且即以《嘉话录》言,亦可见其与刘禹锡交谊之深切。衡以韦、刘永贞同党之关系,《艺文志》所言虽未知何所依据,但绚为执谊之子,似可无疑,或者绚乃昶之改名耶?"此说可供参考。宋拓《慈恩雁塔唐贤题名》云:"韦许、韦旷、韦映、韦绚、韦旭,大和四年八月十二日同登。"绚、旭当是兄弟行,此亦可证韦昶即韦绚。按韦氏为西汉以来世代相传之显族,《宰相世系表》云:"韦氏定著九房:一曰西眷,二曰东眷,三曰逍遥公房,四曰郧公房,五曰南皮公房,六曰驸马房,七曰龙门公房,八曰小逍遥公房,九曰京兆韦氏。

宰相十四人。"而据中华书局点校本《新唐书》表后所附《校勘记》，以为尚漏计二人。可见韦氏一族地位之尊荣。《新唐书·艺文志》史部"谱牒类"载《韦氏诸房略》一卷，韦绚撰，又可知其颇以家世自许。《太平广记》卷四二四《费鸡师》条，原"出《戎幕闲谈》"，内云"韦绚长兄为杜元颖从事"，此人当即韦曙。

元稹之婿。

白居易《唐故武昌军节度处置等使正议大夫检校户部尚书鄂州刺史兼御史大夫赐紫金鱼袋赠尚书右仆射河南元公墓志铭并序》曰："太和五年七月二十二日遇暴疾，一日薨于位，春秋五十三。……前夫人京兆韦氏，懿淑有闻，无禄早世。生一女，曰保子，适校书郎韦绚。"（《白氏长庆集》卷六一）

唐德宗贞元十七年（801）生，一岁。

韦绚《刘公嘉话录序》曰："绚少陆机入洛之三岁，多重耳在外之二年，自襄阳负笈至江陵，挐叶舟，升巫峡，抵白帝城，投谒故赠兵部尚书、宾客中山刘公二十八丈，求在左右学问。是岁长庆元年春。"按《左传》《国语》等书载重耳在外流亡十九年，乃古人习知之语，韦绚比他尚多两年，则是正当二十一岁。陆机入洛之年，史无明文，后世传说甚为分歧。一说陆机时年二十四岁。《南史》卷十三《彭城王义康传》云："袁淑常诣义康，义康问其年，答曰：'邓仲华拜衮之岁。'义康曰：'身不识也。'淑又曰：'陆机入洛之年。'义康曰：'身不读书，君何为作才语见向。'"前事见《后汉书》卷十六《邓禹传》，曰"封为酂侯，食邑万户。……禹时年二十四"。可知六朝之时曾有陆机二十四岁入洛之说。韦绚即持此说。而他自谓尚少陆机入洛之三岁，同样说明其时韦氏正当二十一岁也。这种句法，正如刘勰在《文心雕龙·丽辞》篇中所指出的，所谓"若斯重出，即对句之骈枝也"。长庆元年，韦绚二十一岁，则其出生当在是年。

穆宗长庆二年（822），二十二岁，赴夔州向刘禹锡问学。

说已见前。《序》言韦绚于长庆元年春抵夔州，记忆有误。刘禹锡于长庆二年正月始抵夔州，见《夔州谢上表》，故韦绚当于是年春始来问学。《序》中又云："蒙大人许措足侍立，解衣推食，晨昏与诸子起居，或因宴命坐，与语论，大抵根于教诱，而解释经史之暇，偶及国朝文人剧谈，卿相新语，异常梦话，若谐谑卜祝，童谣佳句。即席听之，退而默记……其不暇记，因而遗忘者不知其数，在掌中梵夹者，百存一焉。今悉依当时日夕听话而录之，不复编次，号曰《刘公嘉话录》。"盖刘禹锡与韦执谊于永贞年间共同从事政治变革活动，故视韦绚为通家子弟，所言亲切有味。《酉阳杂俎》续集卷三《支诺皋下》曰："河南少尹韦绚，少时尝于夔州江岸见一异虫。"当即此时之事。

文宗大和二年（828），二十八岁，贤良方正能直言极谏科及第。

《唐会要》卷七六《制科举》载大和二年闰三月贤良方正能直言极谏科下十九人及第，内有韦昶；《册府元龟》卷六四五《贡举部·科目》同。《唐大诏令集》卷一〇六录《放制举人敕》，《全唐文》卷七一作文宗皇帝《委中书门下处分制科及第人诏》，韦昶列第四次等。故韦昶即于是年入仕。《说郛》（委宛山堂本）卷五一引宋高似孙《唐科名记》误作"大历二年"。

文宗大和四年（830），三十岁，登雁塔。时已改名韦绚。

宋拓《慈恩雁塔唐贤题名》录韦氏五人题名，已见上。

文宗大和五年（831），三十一岁，任剑南西川节度使巡官，撰《戎幕闲谈》。

韦绚《戎幕闲谈序》曰："赞皇公博物好奇，尤善语古今异事。当镇蜀时，宾佐宣吐，亹亹不知倦焉。乃谓绚曰：'能题而记之，亦足以资于闻见。'绚遂操瓠录之，号为《戎幕闲谈》。大和五年十一月二十三日巡官韦绚引。"（《说郛》〔宛委山堂本〕卷四六、〔张宗祥辑明钞本〕卷七）《郡斋读书志》卷三下"小说类"著录《戎幕闲谈》一卷，"右唐韦绚撰。大和中为李德裕从事，记德裕所谈"。此书已佚，而尚有文字见于《太平广记》《类说》《说郛》等书，内记张说、颜真卿等人之事迹，为正史所未载，有甚高之价值。淮水巫支祈事亦详见此书。惟《增订四库简明目录标注》卷十四、子部十二"小说家类"记有"《灯下闲谈》二卷，唐韦绚撰。瞿氏有冯己苍旧钞本。是书见《馆阁书目》，宋陈道人书铺刊行，似一名《戎幕闲谈》。"查《文献通考》卷二一六《经籍考》四十三"小说家类"载《灯下闲谈》二卷，马端临引陈氏曰："不知作者。"《宋史》卷二〇六《艺文志》五"小说类"记载相同。《适园丛书》有此书，乃据江郑堂手钞本刻入，张钧衡跋谓"大约宋初人，犹著于五代时也"。书前有序，言仿《戎幕闲谈》而作，目录后有两行，云"《馆阁书目》载《灯下闲谈》二卷，不知作者，载唐及五代异闻，陈道人书籍铺刊行"。可知此书与李德裕《戎幕闲谈》一书实为二种。按李德裕与元稹为至交，长庆元年与李绅同供职翰林，时称"三俊"，其后诗文往还不绝。此时任韦绚为巡官，且命之笔录《戎幕闲谈》，当以韦绚为元稹之婿，顾念旧交故也。

文宗大和六年（832），三十二岁，回朝任校书郎。

白居易于大和六年七月撰《元稹墓志铭》，已称韦绚为校书郎。同年十一月前李德裕尚在西川节度任上，《旧唐书》卷十七下《文宗本纪》大和六年十二月"丁未，以前西川节度使李德裕为兵部尚书"。疑李德裕回京任职之事于数月之前即已酝酿，故韦绚乃离四川回朝任职也。

文宗开成末年（840），四十岁，由左补阙迁起居舍人。

《太平广记》卷一八七引《嘉话录》曰："开成末，韦绚自左补阙为起居舍人。"时文宗稽古右文，多行贞观、开元之事。妙选左右史……时绚已除起居舍人，杨嗣复于殿下先奏，曰：'左补阙韦绚新除起居舍人，未中谢，奏取进止。'帝颔之。李珏招而引之，绚即置笔札于石阶栏槛之上，遽然趋而致词拜舞焉。左史得中谢，自开成中，至武宗即位，随仗而退，无复簪笔之任矣。遇簪笔之际，因得密迩天颜，故时人谓两省为侍从之班，则登选者不为不达矣。"又《宋高僧传》卷三十《唐上都大安国寺好直传》曰："会昌四年起居舍人韦绚为碑记代焉。"可知截至武宗之时仍在起居舍人任上。

其后，任职吏部员外郎与司封员外郎。

考《唐郎官石柱题名》，吏部员外郎中有韦绚，次于陈湘、韦悫之间。劳格《唐郎官石柱题名考》卷四征引材料颇丰，然未加审择，岑仲勉《郎官石柱题名新考订》曰："劳所引同姓名者最少约三人，似以《新唐书·艺文志》执谊子绚为近是。其仕进在大和时代。高宗时之殿中绚，固然时代不合，元和韦端之子，又与执谊子房系弗同。"又《唐郎官石柱题名》中，司封员外郎中亦有韦绚，次于卢懿、魏扶之间。然今已不能确知韦绚之任司封员外郎究在吏部员外郎之前抑或其后。岑氏以为韦绚任郎官在大和时代，为时过早。按官阶计，当已至宣宗大中时代。

宣宗大中十年（856），五十六岁，任江陵少尹，正式纂述《刘公嘉话录》。

考《刘公嘉话录序》署衔曰"时大中十年二月朝散大夫、江陵少尹、上柱国京兆韦绚序"。唐兰《〈刘宾客嘉话录〉的校辑与辨伪》五《跋》曰："然绚所记刘语，实不仅幼年从学之时，'李程善谑'一条，谓程讥李石太和九年（835）冬朝廷有事之时而登庸，又'开成末韦绚为起居舍人'条,谓刘氏望魏謩善事朝廷,均已在文宗末年矣。按刘氏以开成元年(836)为太子宾客分司东都,始离外任,绚所记当有在此年以后之语也。《云溪友议》所记刘语多与此书合,而云'余二十八年在外,五为刺史',皆非夔州时语,亦可证也。韦绚此书,在当时实为创作,盖杂记之书,大抵述故事,陈怪异,而此书或讨论经传,评骘诗文,前所未有也。"《酉阳杂俎》言韦绚为河南少尹,不知河南为江陵之误,抑是韦绚于此前后又曾至河南任职?

懿宗咸通四年(863),至七年(866),六十三岁至六十六岁,任义武军节度使,易定观察处置、北平军等使。

见前引《新唐书·艺文志》"小说家类"所载《刘公嘉话录》原注。又吴廷燮《唐方镇年表》卷四,咸通六年下引《定州志·金石》:"《北岳题名》,咸通六年二月二十九日,初献易定等州观察处置等使、定州刺史兼御史大夫韦绚。"孙星衍、邢澍《寰宇访碑录》卷四直隶曲阳上云"北岳庙易定观察使韦绚题名,正书,咸通六年二月",与上为同一事。

自此以后不详。

《宋史》卷二〇六《艺文志》五子部"小说类"有韦绚《佐谈》十卷,不见他书记载,或为宋人托名杂纂之书。

卢言考

卢言其人，《卢氏杂说》一书，学术界不太重视，实则都有研究的价值。今略事考辨如下：

《卢氏杂说》的作者不是《上安禄山》诗的作者

唐代较知名的文人，叫做卢言的，先后有二人。一是盛唐时期的诗人，《全唐诗》卷八八七《补遗》六有卢言《上安禄山》诗一首，作者名下注曰："一作'颜'，诗一首。"按此诗原载姚汝能《安禄山事迹》卷下："禄山入洛阳之日，大雪盈尺。……禄山云：'才入洛阳，瑞雪盈尺。'卢言上禄山诗曰：'象曰云雷屯，大君理经纶。马上取天下，雪中朝海神。'""卢言"名下注曰："一作'颜'。"①《全唐诗》转录时在诗题下也引用了《安禄山事迹》中叙述此事的原文。一是笔记小说《卢氏杂说》的作者，《中国文言小说书目》著录《卢氏杂说》一卷，唐卢言撰，下曰："《全唐诗》卷八八七有卢言《上安禄山》诗一首。"②以为诗人卢言就是此书作者，则不符事实。《卢氏杂说》中记载的事件，大部分出于中唐，有的则发生在晚唐。这些事件的记录者，不可能是盛唐时期的人物。

---

① 此据《知不足斋丛书》本。

② 袁行霈、侯忠义编《中国文言小说书目》第 40 页，北京大学出版社 1981 年出版。

《卢氏杂说》在书目中著录的情况

《新唐书》卷五九《艺文志》丙部"子录·小说家类"著录《卢氏杂说》一卷，不著撰人。尤袤《遂初堂书目》著录于"小说类"。《崇文总目》"小说类"著录卢言《杂说》一卷，当指同一书。《直斋书录解题》卷十一"小说家类"著录《卢氏杂记》一卷，题"唐卢言撰"，其下更无说明。《唐语林》卷七《补遗》有云："《卢氏杂记》：'泓师云：长安永宁坊东南是金盏地，安邑里西是玉杯地。后永宁为王锷宅，安邑为马燧宅。后入官，王宅赐袁弘①及史宪诚等，所谓"金盏破而成"；马燧宅为奉诚园，所谓"玉杯破而不完"矣。'"《古今合璧事类备要》别集卷十四《第宅·玉破不完》引此，亦云出《卢氏杂记》，而《太平广记》卷四九七《王锷》条引此，则云"出《卢氏杂说》"，可证《卢氏杂记》即《卢氏杂说》。《宋史》卷二〇三《艺文志》二"传记类"著录卢言《杂说》一卷，可知《卢氏杂说》的性质介于"小说"与"传记"之间。

此书传世已无全帙。《太平广记》引文颇多，计有六十六条。② 其中卷一八〇《宋济》一条，原注"出《卢氏小说》"。"小说"当是"杂说"之误。《类说》卷四九《卢氏杂说》内有《宋五坦率》一条，文字相同。其他书籍中也常引用到《卢氏杂说》中的这一文字。

拿各种本子的《卢氏杂说》互校，可知各种本子上的篇目有出入：有的收了这篇，不收那篇，有的则反是。《绀珠集》卷九、《类说》卷四九、《说郛》（宛委山堂本）卷四八均作一卷，与他本参校，可知亦非全

---

① 袁弘，《太平广记》引文作"韩弘"，当据改。

② 中华书局配合此书而出版的《太平广记索引》漏标一条，于刘允章 183/1363 下应补入杜昪 183/1368。

书。其他书中的有些条文,与此书时有重出,例如《玉泉子》中有十一条文字与《卢氏杂说》相重,因为《玉泉子》迻经改编,误将《卢氏杂说》中之文字大量羼入。

《卢氏杂说》为当时风行之书

《卢氏杂说》中的若干故事,甚为脍炙人口,故言典章制度及名人轶事者颇多征引,史传中亦间见征引。《新唐书》卷一七二《杜中立传》中的一则故事值得注意:

> 中立数求自试,愤愤不乐。因言:"朝廷法令备具,吾若不任事,何赖贵戚挠天下法耶?"帝闻异之,转太仆、卫尉二少卿,历左、右金吾大将军。京师恶少优戏道中,具驺唱珂卫,自谓"卢言京兆",驱放自如。中立部从吏捕系,立箠死。

这段文字颇为生动。值得探究的是:"京师恶少"扮演的到底是什么节目?"卢言京兆"的内容究竟是什么? 为什么杜中立要立即采取激烈的措施予以制裁?

查《太平广记》卷二三三《夏侯孜》条,原"出《卢氏杂说》",可能就与此事有关。文曰:

> 崔郸为京尹日,三司使在永达亭子宴丞郎,崔乘酒突饮,众人皆延之。时谯公夏侯孜为户部使,问曰:"尹曾任给舍否?"崔曰:"无。"谯公曰:"若不曾历给舍,京兆尹不合冲丞郎宴。"命酒纠来,命下筹,"且吃罚爵"。取三大器物,引满饮之。良久方起。

唐代常常发生这类矛盾，京兆尹虽有权势，但常是受到自命清高的朝官的鄙薄。尉迟偓《中朝故事》曰："京兆尹有生杀之柄，然而清要之官多轻薄之。"崔郓任京兆尹，史籍阙载，其事迹附《旧唐书》卷九一《崔玄暐传》，叙历官曰："开成三年，自商州防御判官兼殿中侍御史，入为监察御史。"但他似乎未曾进入过中书、门下，没有主持过御前笔札，所以遭到夏侯孜的凌辱，使得这位京师首长极为狼狈。"京师恶少"扮演的这场"优戏"，看来就是卢言著录的京兆尹故事，他们以此为乐，喧呼道中，倒像演出活报剧似的，表示对上级官长的蔑视。难怪杜中立要勃然大怒，立即下令捉拿，并处以死刑了。

这一故事还见于《玉泉子》中，但《说郛》卷四八、《永乐大典》卷之一万二千四十四《酒·罚酒》引此，均作《卢氏杂说》，可知《玉泉子》中之文乃羼入者。《南部新书》卷辛、《唐语林》卷七《补遗》亦载此文，各本后面还有"笞引马前军将至死，寻出为宾客分司"二句。这是《卢氏杂说》中记载得较为完整的一件轶事。

"卢言京兆"的内涵既已明了，那就可以推知，《卢氏杂说》当时颇为风行，各阶层的人都熟悉它，所以"京师恶少"才会从中撷取这一有趣的材料而扮演一番。这是我国古代戏剧史上的一项珍贵材料，亟应注意。

卢言为牛党中人

杜中立尚真源长公主，乃宪宗之婿，而其仕宦年代，则在文宗至宣宗时。由此可知，"卢言京兆"的作者不可能早于此时。

检阅今存《卢氏杂说》中的条文，可知此书确以中唐时的事件为主，卢言的活动年代主要要在中唐时期。

《新唐书》卷一八〇《李德裕传》，叙及晚年受到牛党中人的猛烈打击，因而远贬崖州事，文曰：

白敏中、令狐绹、崔铉皆素仇,大中元年,使党人李咸斥德裕阴事,故以太子少保分司东都,再贬潮州司马。明年,又导吴汝纳讼李绅杀吴湘事,而大理卿卢言、刑部侍郎马植、御史中丞魏扶言:"绅杀无罪,德裕徇成其冤,至为黜御史,罔上不道。"乃贬为崖州司户参军事。

　　白敏中之流乘宣宗迁怨李德裕之机缘,极力倾陷李党中人,重新翻出四年之前基本上已成定谳的吴湘一案来覆勘,以此为突破口而兴大狱,对李党中人作彻底的清算和最后的打击。在这案子的重新审理过程中,作为大理卿的卢言起了重要的作用。

　　卢言的为人和政治态度究竟怎样,因为记载残缺,无法全面地了解。但他作为此案的主要审理人之一,却是没有仗义执言,全面分析,则是可以断言的。[1] 此案波及郑亚,李商隐《樊南文集补编》卷七有《为荥阳公与三司使大理卢卿启》,婉转陈词辩明事实,后来好像也没有什么结果,可知卢言处理此事,是和马植等人沆瀣一气的,由此看来,卢言应当归为牛党中人。

　　《太平广记》卷二五六《李德裕》条,原"出《卢氏杂说》",文曰:

　　唐卫公李德裕,武宗朝为相,势倾朝野。及罪谴,为人作诗曰:"蒿棘深春卫国门,九年于此盗乾坤。两行密疏倾天下,一夜阴谋达至尊。目视具僚亡匕箸,气吞同列削寒温。当时谁是承恩者?背有馀波达鬼村。"又云:"势欲凌云威触天,权倾诸夏力排山。三年骥尾有人附,一日龙髯无路攀。画阁不开梁燕去,朱门

---

　　① 　关于大中二年复勘吴湘狱事,可参看傅璇琮《李德裕年谱》,齐鲁书社1984年版。

罢扫乳鸦还。千岩万壑应惆怅,流水斜倾出武关。"

这些诗中反映的观点和情绪,对牛党中人来说,很有代表性。他们引为口实的,是李德裕得武宗的宠信,从而势倾朝野;他们最快意的,是武宗已死,李德裕骤失依傍,而他在执政过程中得罪的不少政敌,目下正是报复的日子到了。一些见风使舵的政客,与此本无关系,这时也表现得义愤填膺,纷纷跟上。他们根据"一朝天子一朝臣"的规律,利用宣宗对武宗的憎恨,在效忠新主的旗号下,添油加醋,以此践踏武宗的宠臣,发泄自己的私愤,满足自己的私欲。"两行密疏倾天下,一夜阴谋达至尊";"三年骥尾有人附,一日龙髯无路攀",表达出了牛党中那些轻薄小人的得意之感。① 但从史料的角度来看,《卢氏杂说》中却也记下了有关这一事件的珍贵资料。

《太平广记》卷二〇三《董庭兰》条,原"出《卢氏杂说》",文曰:

> 响泉、韵磬,本落樊泽司徒家,后在珠崖宅,又在张彦远宅,今不知流落何处。

这里称李德裕为"珠崖",也是以其贬死此地为快意的笔法。又《太平广记》卷四九《王锷》条一说,亦出《卢氏杂说》,已见前引。今为申述其内容计,再次征引如下:

> 李吉甫安邑宅,及牛僧孺新昌宅。泓师号李宅为"玉杯",一

---

① 《南部新书》卷癸亦载二诗,且曰:"此温飞卿诗也。"《温飞卿诗集笺注》卷九顾嗣立续注与夏承焘《温飞卿系年》均以为不足置信。

破无复可全；①金碗或伤，庶可再制。

作者在牛李党争中的立场，在此暴露得明白无遗。他对李氏的彻底失败，持幸灾乐祸的态度。

从此书的政治倾向来看，作者就是那位任大理卿时参加排挤李德裕的卢言，应该是不成问题的。可知此人乃是牛、李党争中的重要人物。这一点也亟应注意。

卢言的生活年代

卢言，新、旧《唐书》无传，各种典籍上也少有记载。

白居易有《三月三日被禊洛滨》诗，序曰：

> 开成二年三月三日，河南尹李待价以人和岁稔，将禊于洛滨。前一日，启留守裴令公。令公明日召太子少傅白居易，太子宾客萧籍、李仍叔、刘禹锡，前中书舍人郑居中，国子司业裴惮，河南少尹李道枢，仓部郎中崔晋，司封员外郎张可续，驾部员外郎卢言，虞部员外郎苗愔，和州刺史裴俦，淄州刺史裴洽，检校礼部员外郎杨鲁士，四门博士谈弘谟等一十五人，合宴于舟中。由斗亭历魏堤，抵津桥，登临溯沿，自晨及暮，簪组交映，歌笑间发，前水嬉而后妓乐，左笔砚而右壶觞。望之若仙，观者如堵，尽风光之赏，极游泛之娱。美景良辰，赏心乐事，尽得于今日矣。(《白氏长庆集》

---

① 《唐语林》卷七"李吉甫安邑宅"条与此文全合，当出《卢氏杂说》，而此处有"牛宅为金杯"一句，当据之补入。又《唐语林》同卷尚有内容相同之另一条文字，上冠《卢氏杂记》字样，已见上引，当是四库全书馆臣沿用《永乐大典》中的原来写作格式。

可知文宗开成二年，卢言已任驾部员外郎之职。

《唐尚书省郎官石柱题名》卷九"考功郎中"有卢言，次在李德裕之后，同书卷十一"户部郎中"亦有卢言，次于崔璩之后。崔璩尝任左司郎中，《新唐书》卷一九七《循吏·卢弘宣传》载"开成中，山南、江西大水，诏弘宣与吏部郎中崔璩分道赈恤，使有指。"而大中二年，卢言已任大理卿之职，《新唐书》卷四八《百官志》三记大理寺卿一人，从三品，官位可谓显赫。《金石录》卷十第一千九百十载"唐兵部尚书卢纶碑。卢言撰，崔倬正书，大中十三年正月。"卢纶诗名藉甚，而其三子卢弘宣、卢简辞、卢弘正，俱为达官，弘宣等人恳请卢言为父撰文，足见卢言社会地位颇高，文名亦盛。

由上可知，卢言的仕宦年代正当穆宗至宣宗时。自此之后，史书上就不见有关此人的记载了。

但从《卢氏杂说》中记载的事件来看，卢言活得年岁很高，《太平广记》卷一八三《李蔚》条、卷二〇四《懿宗》条、卷二三七《杨收》条、卷二五一《杨玄翼》条，均"出《卢氏杂说》"，叙懿宗时事，《类说》卷四九《卢氏杂说》有《黄贼打黑贼》一条，言及黄巢事；《炼腿》一条，言及僖宗在藩邸时事：可见此书的最后完成，已至唐末了。

卢言为文墨中人，长期在朝廷任职，故而熟悉典章制度和朝廷掌故。《卢氏杂说》中的记载，虽然篇幅无多，但颇可信据，文献价值很高。里面还有不少前代旧事，如《太平广记》卷一九七《沈约》条引此，文曰："梁武帝多策事，因有贡径寸栗者，帝与沈约策栗事。帝得十馀事，约得九事。及约出，人问'今日何不胜？'约曰：'此人忌前，不让必恐羞死。'时又策锦被事"。这是征引两种材料而编纂起来的。"策栗"事见《梁书》卷十三《沈约传》，"策锦被事"见《南史》卷四九《刘峻传》。

其他条文,如《太平广记》卷二〇三《阮咸》条,也是有所承受而来的。这些文字的史料价值就差得多了。

综合起来考察,可知此书涉及范围至广,确属"杂说""杂记"之作。卢氏记载的事件,上至南朝,下至懿、僖。可以想见,这些文字并非一次完成,大约陆续写好之后,历经抄写传播,由后人编纂而成,所以《新唐书》上著录此书时不著撰人,或许欧阳修等人看到的《卢氏杂说》就没有标出作者姓名。

卢言的世系和籍贯

后人所以能够了解到这部书的作者是谁,可能和里面的一条文字有关。《太平广记》卷二一四《杂编》条,原"出《卢氏杂说》",文曰:

　　故德州王使君椅①家有笔一管,约一寸,粗于常用笔。管两头各出半寸以来,中间刻《从军行》一铺,人马毛发、屋木亭台远水,无不精绝。每一事刻《从军行》两句,若"庭前琪树已堪攀,塞外征人殊未还"是也。似非人功。其画迹若粉描,向明方可辨之,云用鼠牙刻。故崔郎中铤文有《王氏笔管记》是也,类韩文公《画记》。椅,玄质子,绍孙,高雅博古,善琴阮。余旧宅在东洛归德坊南街,厅屋是杏木梁,西壁有韦旻郎中散马七匹,东壁有张旭草真

───────────

① 　《绀珠集》卷九《卢氏杂说》内《笔管从军行》条和《类说》卷四九《卢氏杂说》内《笔管刻从军行》条叙此,均不著笔管主人之名。郭若虚《图画见闻志》卷五《卢氏宅》、阮阅《诗话总龟》前集卷二七引《古今诗话》、《说郛》(宛委山堂本)卷八十聂奉先《续本事诗》叙此,此人均作"王倚"。今按:《松窗杂录》内《物之异闻》条有"笔管上镂卢思道《燕歌行》",李濬云:"已上二十一物皆得其所自,或经目识。"说明王氏笔管乃罕见珍玩,故屡见记载。

踪数行。旭世号张颠。宅之东果园。《西京新记》是马周旧宅。

卢言是中、晚唐时的达官,有关他的事迹,唐宋之际的人不会太陌生,他在洛阳的旧宅又是气派非凡,宋初的人自然可以据此探知这条文字原出何人,从而了解到《卢氏杂说》一书作者的名字。于是《崇文总目》也就径称此书曰"卢言《杂说》",而《唐语林》卷八《补遗》节引此文,曰:

> 卢言旧宅在东都归德坊南街,厅屋是杏木梁,西壁有韦冕郎中画马六匹。

这里就径自改为"卢言旧宅"了。但《唐语林》中记画家之名曰"韦冕",却是误改原文。宋郭若虚《图画见闻志》卷五《故事拾遗》内《卢氏宅》条也记此事,全袭《卢氏杂说》之文,画家正作"韦旻"。《新唐书》卷七四上《宰相世系表》四上逍遥公房世康之后有韦旻,河南府参军,当即此人。

这段文字以"卢氏宅"为名,叙述的是卢家的事,由此可知,卢言是东都洛阳的一位旧家子弟。他在介绍"旧宅"之前,首先介绍王氏笔管,而其用意所在,还在突出卢思道的《从军行》一诗,郑处诲《明皇杂录》内《补遗》曰:"唐玄宗自蜀回,夜阑登勤政楼,凭栏四望,烟云满目。上因自歌曰:'庭前琪树已堪攀,塞外征夫久未还。'盖卢思道之词也。"胡应麟《诗薮》"内编"卷三曰:"六朝歌行可入初唐者,卢思道《从军行》,薛道衡《豫章行》,音响格调咸自停匀,体气丰神尤为焕发。"也就博得了唐人的推崇。卢言在叙及"旧宅"之前先介绍此诗,二者之间必有联系,卢思道应当是卢言一族中人。卢思道出自范阳卢氏,可知卢言也是这一世家大族的后裔,但前代因仕宦之故,已定居洛阳多时。

卢肇考

卢肇是中晚唐时期的著名文士,著作很多,交游亦广,与李群玉辈均有交往。① 然仕途多舛,官位不显。两《唐书》无传,各种文献中颇多记载,但道听途说,亦多误解。今先略考其生平,然后抉发其著作中隐含之微旨。

《新唐书》卷六十《艺文志》四"别集类"载卢肇《海潮赋》一卷,又《通屈赋》一卷,注林绚《大统赋》二卷,下注:"字子发,袁州人。咸通歙州刺史。"时至唐代,写作大赋的人已经不多了,卢肇《海潮赋》规模宏大,且有科学研究成果为基础,《海潮赋后序》后附《日至海成潮入图法》等文字多篇,可知他的学识之佳。

《新唐书》卷五九《艺文志》三"小说家类"著录《卢子史录》一种,下注"卷亡";又《逸史》三卷,下注"大中时人"。《崇文总目》仅录《逸史》,已归入史部"杂史类"。《宋史·艺文志》子部"小说家类"中尚见记载,史部"传记类"中亦有《逸史》一卷,其后则已不见著录了。但皕宋楼旧藏中有《逸史》此书,今已归日本静嘉堂文库。陆心源在《皕宋楼藏书志》卷六二中介绍此书,云是周世教家旧物。周氏题识据叶梦得语定作者为卢肇。今按叶氏《避暑录话》卷上云:

> 《白乐天集》自载李浙东言海上有仙馆待其来之说,作诗云:"吾学空门非学仙,恐君此说是虚传。海山不是吾归处,归即须归

---

① 《太平广记》卷二六五《李群玉》条引《北梦琐言》,记卢肇与李群玉交往事,并见《南部新书》卷丙。《云溪友议》卷中《钱唐论》载张祜亟称卢肇《题甘露寺》诗。

兜率天。"顷读卢肇《逸史》,记此事差详。李浙东,李君稷也。①
会昌初为浙东观察使。……唐小说事多诞,此既自见于乐天诗,
当不谬。

由此可知,卢肇的著作目录中还应列入《史录》《逸史》二书。

《逸史》一书今日也已亡佚。今藏静嘉堂文库的这一旧钞本虽仍
为三卷之数,但据近人分析,可能是明人从《太平广记》中辑出来的。
好在《太平广记》《类说》《绀珠集》《分门古今类事》《说郛》(张宗祥辑明
钞本)等书中著录着近百条佚文,仍可窥知此书面貌。

《说郛》卷二四《逸史》还保存着卢肇自序,文曰:

卢子既作《史录》毕,乃集闻见之异者,目为《逸史》焉。其间
神仙交化,幽冥感通,前定升沉,先见祸福,皆摭其实、补其漏而
已。凡纪四十五条,②皆我唐之事。时大中元年八月。

这就牵涉到了中唐文坛上的许多问题,可以展开一些论证。

卢肇是唐武宗会昌三年的状元,科举场中春风得意人物,而他这
次独占鳌头,却是出于不喜科举的宰相李德裕的推荐。李德裕秉公执
法,曾为科举制度的完善采取过好些有效的措施,如防止宰相对考试
的干扰,一由主司确定及第的名次等,这次他却亲自为卢肇吹嘘,可见
他对卢氏的赏识。

---

① 《新唐书·杨嗣复传》:"始。〔杨〕于陵在考功,擢浙东观察使李师稷及
第。"《会稽掇英总集》卷十八《唐太守题名记》:"李师稷,会昌二年二月自楚州团练
使淮南营田副使授。"知作"李君稷"者误。

② 此处记数有误,当出后人改动,参看程毅中《唐代小说史话》第六章《唐代
中期的小说集》中的《逸史》部分,文化艺术出版社 1990 年版。

《北梦琐言》卷三叙此事曰：

> 唐相国李太尉德裕，抑退浮薄，奖拔孤寒。于时朝贵朋党，掌
> 武破之，由是结怨。而绝于附会，门无宾客，唯进士卢肇，宜春人，
> 有奇才，每谒见，许脱衫从容。旧例，礼部放榜，先禀朝廷，恐有亲
> 属言荐。会昌三年，王相国起知举，先白掌武，乃曰："某不荐人，
> 然奉贺今年榜中得一状元也。"起未喻其旨，复遣亲吏于相门侦
> 问，吏曰："相公于举子中，独有卢肇久接从容。"起相曰："果在此
> 也。"其年卢肇为状头及第。时论曰："卢虽受知于掌武，无妨主司
> 之公道也。"

这事《玉泉子》与《唐语林》卷三《品藻》中均有记载。《玉泉子》曰：
"会昌□年，王起知举，问德裕所欲。答曰：'安问所欲？借如卢肇、丁
稜、姚鹄，岂可不与及第耶？'于是依其次而放。"似乎是李德裕亲自向
王起提的名。《唐语林》依据的另一记录则云："卢肇、黄颇同游李卫公
门下。王起再知贡举，访二人之能。或曰'卢有文学，黄能诗'。起遂
以卢为状头，黄第三人。"则是以为卢虽得到李的赏识，但向王起提名
的，却是深知李德裕心意的另一人。按之李氏为人，这一记载似更符
合事实。

自此之后，卢肇进入仕途。有关履历，主要见于《进海潮赋状》。
今先摘引文中自叙部分，《唐文粹》卷五卢肇《进海潮赋状》曰：

> 臣于会昌三年应进士举，故山南节度使同中书门下平章事王
> 起擢臣为进士状头。筮仕之初，故鄂岳节度使卢商自中书出镇，
> 辟臣为从事。自后故江陵节度使赠太尉裴休、故太原节度使赠左
> 仆射卢简求，皆将相重臣，知臣苦心，谓臣有立，全无亲党，不自吹

噓，悉賞微才，奏署門吏。臣前年二月，蒙恩自潼關防禦判官除秘書省著作郎；其年八月，又蒙恩除倉部員外郎，充集賢院直學士；去年五月，又蒙恩除歙州刺史。臣謹行陛下法令，常懼僭違。理郡周星，未有政績。潛被百姓詣闕，以臣粗能緝理，求欲留臣。奉七月二十二日敕，又蒙聖恩賜臣金紫。

今依此編一簡單年表，並略作考辨。

盧肇行年考

盧肇，字子發，宜春人。幼好學，穎拔不群。

文宗大和初，受知於宜春令盧嶭。

　　趙希弁《郡齋讀書附志》卷下"別集類"一錄盧肇《文標集》三卷，提要中敘盧氏事跡頗詳，內以出自小說者為多。雖頗多疏誤，而亦有原書遺落然賴此以存者，如趙氏敘幼年事後即續敘曰："宜春令盧嶭一見奇之，曰：'子異日有聞乎？'由是愈激厲。"即不見他種記載。按盧嶭於大和五年至宜春任職，見盧肇《閱城君廟記》。盧嶭，一作"盧萼"。

大和九年—開成元年（835—836），受知於袁州長史李德裕。

　　《資治通鑒》卷二四五載文宗大和九年四月"庚子，制以向日上初得疾，王涯呼李德裕奔問起居，德裕竟不至；又在西蜀征逋懸錢三十萬，百姓愁困，貶德裕袁州長史。"而據《舊唐書·李德裕傳》，云大和九年"十一月，王璠與李訓造亂伏誅，而文宗深悟前事，知德裕為朋黨所誣。明年三月，授德裕銀青光祿大夫，量移滁州刺史。"盧肇受知李氏，從此時始。《玉泉子》曰："盧肇，宜春人，有奇才。德裕嘗左宦宜陽，肇投以文卷，由此見知。"趙希弁《郡齋读书附志》曰："始李德裕以言事出为宜春长史,嘉肇文行,异礼之。"

开成中,就江西解试,试官不送。

见《唐摭言》卷二《恚恨》。卢肇乃作谢启,以"巨鳌屃赑,首冠蓬山"讥之,以为顽石处上。赵希弁叙此事,定在会昌二年,误。

卢肇如于会昌二年解送,则势难于元年至襄阳献诗牛僧孺也。

开成四年—武宗会昌二年(839—842),卢肇计偕至襄阳,献诗牛僧孺,后又献诗卢钧。

《唐诗纪事》卷五五"卢肇"曰："肇初计偕至襄阳,奇章公方有真珠之惑,肇赋诗曰:'神女初离碧玉阶,彤云犹拥牡丹鞋。知道相公怜玉腕,强将纤手整金钗。'"又《天中记》卷十九《姜侍》引《吟窗叙录》亦云："奇章公纳妓曰真珠,有殊色。卢肇至,奇章重其文,延于中寝。会真珠沐发,方以手捧其髻,插钗于两鬓间。丞相曰:'何妨一咏。'肇曰:'知道相公怜玉腕,故将纤手整金钗。'"查《唐方镇年表》卷四山南东道,吴廷燮据《旧唐书·文宗纪》与李珏《赠太尉牛公碑》、杜牧《太子少师奇章公牛公墓志》,定牛僧孺于开成四年八月至会昌元年七月,以检校司空、同平章事,兼襄州刺史,充山南东道节度使。卢肇之过襄阳,当在开成之末。按杨慎《谭苑醍醐》卷三《弓足》条引张君房《丽情集》,云"章仇公镇成都,有真珠之惑,或上诗以讽"云云,诗之上二句与此同。《全唐诗》卷三一一载范元凯《章仇公(兼琼)席上咏真珠姬》诗,则又以为范作。牛僧孺嬖真珠事,屡见唐人记载,如李绅有《忆被牛相留醉州中时无他宾牛公夜出真珠辈数人》诗(《全唐诗》卷四八一)、《唐摭言》卷十《韦庄奏请追赠不及第人近代者》引"或曰:〔皇甫〕松,丞相奇章公表甥,然公不荐。因襄阳大水,遂为《大水辨》,极言诽谤,有'夜入真珠室,朝游瑇瑁宫'之句。公有爱姬名真珠。"

刘轲《牛羊日历》亦叙真珠事,其可信程度殊难断言,但真珠为牛僧孺之宠姬,殆无可疑。《姬侍类偶》引《真珠叙录》亦曰:"牛丞相镇襄阳,纳婢曰真珠,有殊色。歌舞之态,时号绝伦。"故王仲镛《唐诗记事校笺》与《升庵诗话笺证》卷十亦断"神女"之诗为卢肇之作。又杜牧《牛公墓志》言会昌元年七月汉水溢堤,李太尉德裕曰修利不至,罢为太子少师。继任者为卢钧,详见孙樵《复召堰籍》(《全唐文》卷七九五)。卢肇乃作《汉堤诗》颂卢钧治水之功,诗序中云"明年春,堤成",可知会昌二年卢肇尚在襄阳。

会昌三年(843),进士状头及第,座主为王起。

徐松《登科记考》是年卢肇名下录《永乐大典》引《瑞阳志》曰:"卢肇字子发,望蔡上乡人,会昌三年进士第一。"其下征引材料颇详,可参看。按卢肇幼年家业贫乏,颇为郡中官吏及黄颇等人所轻,然谦退自守,卒夺魁天下。参看《唐摭言》卷三《慈恩寺题名游赏赋咏杂记》内各条所引。

会昌四年—六年(844—846),曾至江南漫游。

卢肇及第后,曾赴江南漫游,《全唐诗》卷五五一录《及第后江宁观竞渡寄袁州刺史成应元》《题甘露寺》等诗。

宣宗大中元年—三年(847—849),为鄂岳观察使卢商从事。

《唐诗纪事》曰:"肇筮仕之初,为鄂岳卢商从事,其后江陵节度裴休、太原节度卢简求奏为门吏。"按《唐方镇年表》卷六引《通鉴》,知卢商于大中元年二月受命为武昌节度使;又据《旧唐书》本传,云卢商于大中十三年以疾求代,征拜户部尚书,其年八月,卒于汉阴驿。说明卢商殁时尚未回朝任职。十三年自为三年之误。据此可知,卢商之官衔乃据其殁时之官衔言之。

大中四年——十三年（850—859），为宣歙观察使裴休幕僚。

　　《唐方镇年表》卷五据杜牧《授裴休礼部尚书制》、李商隐《为荥阳公上宣州裴尚书启》、卢肇《新兴寺碑》、陈思《宝刻丛编》、裴休《黄檗山断际禅师传心要法序》，定裴休于大中元年至三年在宣州。此说似与卢肇于《进海潮赋状》中所言裴休之仕履不合。实则卢肇状称"故鄂岳节度使卢商""故江陵节度使赠太尉裴休""故太原节度使赠左仆射卢简求"先后辟置门下，乃据三人殁时之官衔而言。卢商、裴休均曾拜相，而卢商仅云鄂岳节度使，说已见上；裴休殁于江陵节度使任，《新唐书》本传曰"……久之，由太子少保分司东都，复起，历昭义、河东、凤翔、荆南四节度，卒，年七十四，赠太尉。"卢肇《宣州新兴寺碑》叙裴休之仕履曰，"凡三拜廉察，五授节旄。……搥路既长乎百辟，荆门复平乎水土。公降由辛未，归以甲申。"可知裴休殁于江陵，其时已在咸通五年也。按《宝刻丛编》卷十五"宣州"录卢肇撰并书《新兴寺碑》，署歙州刺史，云以大中二年立，乃据《集古录目》录入。实则卢肇至歙州任职，乃在咸通四年之后，碑文乃追记而作，故曰："若夫宣城新兴寺者，会昌四年既毁，大中二祀故相国太尉裴公之所立也。"明言其时裴休已死，可知卢肇此文定当作于咸通五年之后。《宝刻丛编》乃据卢肇撰文时所署官衔著录。按卢肇离新安时，曾暂回宜春故居，有《将归宜春留题新安馆》诗。

懿宗咸通元年（860），为太原节度使卢简求幕僚。

　　《唐方镇年表》卷四据《旧唐书·懿宗纪》，云咸通元年八月以凤翔节度使、检校刑部尚书卢简求为河东节度使。按《旧唐书·卢简求传》曰："牛僧孺镇襄汉，辟为观察判官。"则是早在会昌初年，卢简求与卢肇即已相识。

咸通二年（861），任潼关防御判官。

　　《云溪友议》卷上《梦神姥》："卢著作肇为华州绛干公臬①防御判官。"文末有"云溪子曰：'新闻范阳所述，故书之。'"故此说可信。潼关属华州管辖，华州刺史例兼潼关防御。

咸通三年（862）二月，自潼关防御判官除秘书省著作郎，其年八月，又蒙恩除仓部员外郎、充集贤院直学士。曾与其他门生公荐其师王镣，果擢上第。

　　见《进海潮赋状》。《郎官石柱题名》仓部员外郎有卢肇，次于皇甫炜、刘允章之间。劳格、赵钺于《郎官石柱题名考》卷十八卢肇名下集纳有关卢氏材料，可参看。卢肇荐师中第事，见《太平广记》卷二〇二引《抒情诗》与《唐诗纪事》卷六六"王镣"。二书均不定年代，唯《唐诗纪事》云"镣登咸通进士第"，卢肇仅咸通三年二月至四年五月在京师，故系此事于是年。

咸通四年—七年（863—866），除歙州刺史，去职后归宜春。

　　卢肇于四年五月除歙州刺史，五年进《海潮赋》，见《进海潮赋状》。状前署称"朝散大夫、持节歙州诸军事、守歙州刺史：柱国、赐紫金鱼袋臣卢肇谨进上《海潮赋》一首"，《赋》后附懿宗诏曰："敕卢肇文学优瞻，时辈所推，穷测海潮，出于独见。征引有据，图象甚明，足成一家之言，以祛千载之惑。其赋宜宣付史馆。"宋赵不悔修、罗愿纂《新安志》卷五"婺源沿革"："咸通六年，刺史卢肇奏于县界内置弦高、五福二镇。"《唐摭言》卷十《海叙不遇》记卢肇任歙州刺史时与姚岩杰龃龉事。而卢肇《震山岩记》曰："咸通七

---

① 《云溪友议》传世各本此处原文均作"泉"，又卷下《羡门远》云："绛干尚书泉苦求龙虎之丹，镇江右，大延方术之士。"按崔瑕撰《授绛干臬江西观察史制》，载《文苑英华》卷四〇八，与《新唐书·韦丹传》、杜牧《唐故江西观察使武阳公韦公遗爱碑》中记载相符，知此人应为绛干臬，《云溪友议》中作"绛干泉"者均误。

年,予罢新安守,以俸钱易负郭二顷,在震山之西,又得枫树之林于溪南,日与郡守高公游其下。公名厚,衣缨之茂士也。……是岁景戌十一月二十三日谨记。"足征卢肇每优游故土林下,诗文中多见。《说郛》(张宗祥辑明钞本)卷十六杜季扬《云林石谱》卷上《卢溪石》中言卢肇隐居处有奇石。

咸通中,为池州刺史。

郁贤皓《唐刺史考》第十六编"江南西道·池州""卢肇"下引《全唐诗》卷五五一卢肇小传:"咸通中,知歙州,移宣、池、吉三州,卒。"下按语曰:"卢肇咸通四年至七年在歙州刺史任,未尝为宣州。《全诗》误。"其说是。此事盖因卢肇《新兴寺碑》树于宣州而牛附会。《全唐文》卢肇小传与《全唐诗》小传同,当是沿袭赵希弁《郡斋读书附志》中《文标集》提要之误。

尝谪连州。

卢肇有《被谪连州》《谪后再书一绝》《谪连州书春牛榜子》等诗可证。

咸通末,罢春州刺史(?),归宜春。后为吉州刺史,卒。

宋陈思《书苑菁华》卷十六载林韫《拨镫序》曰:"韫咸通末为州刑掾,时卢陵卢肇罢南浦太守,归宜春。公之文翰,故海内知名。韫窃慕小学,因师于卢公子弟安期。"南浦郡即山南东道万州,而据卢氏传世诗文,则一无入川之踪迹可循。《拨镫序》叙卢安期又云"吾昔受教于韩吏部",后代志书如《宜春志》等又附会云卢肇初受教于韩愈,二者年代不合,殊不可信。陆游《渭南文集》卷二三《跋唐卢肇集》曰:"子发尝谪春州,而集中误作青州,盖字之误也。《题清远峡观音院》诗作'青州远峡',则又因州名而妄窜定也。"今按:"青"字诚误。"春州"即"南陵郡",颇疑《拨镫序》中所言之"南浦太守"为"南陵太守"之误。又"南浦"一词,或泛指南海而言。《太平广记》卷四六一引《纪闻》记王轩事，云"卢肇住在京南海，见从事王轩有孔雀……"此人当即作《逸史》之卢肇，而当为春州时事。赵希弁《文标集》提要云："后为吉州刺史，卒。"不知卢肇是否于袁州家居后再赴吉州就职，卒于任所？

子文秀，咸通中进士。为长安令，有声，官至弘文馆学士。

　　见清陈廷枚、杨应瑶修，熊曰华、鲁鸿纂《袁州府志》卷二五《人物》引《豫章书》，乾隆二十五年刊。

有女乱离失身，嫁江南钟令，弟兄有在班行者耻之。

　　见《北梦琐言》卷四。

殁后文集散佚，三百年后始由许衷裒集遗文编成《文标集》，至南宋绍兴年间又由童宗说集其遗稿编成三卷。

　　卢肇为宜春文标乡人，故集名"文标"，见明严嵩纂《袁州府志》卷六《人物》，正德九年刊。《皕宋楼藏书志》卷七十"别集类"四录《文标集》三卷，旧钞本，有宋绍兴庚辰袁州教授南城童宗说序，云肇"殁后三百年，郡人许衷集其遗文，仅百篇，目曰《文标集》。传笔日久，序存而集亡。"迨至绍兴庚辰，童宗说始受命重为纂集。此集今归日本静嘉堂文库。《善本书室藏书志》卷二五"集部"四录《文标集》三卷、《外录》一卷，精写本，丁丙云是"前有袁州教授南城童宗说序。……《外录》一卷，乃同郡李原冈编正，皆述肇之行谊事迹。因墓在江西分宜县文标乡，故名其集云。"此集今藏南京图书馆。民国胡思敬辑《袁州二唐人集》（卢肇《文标集》三卷、郑谷《云台编》三卷），刻入《豫章丛书》。又《全唐文》辑其文为一卷，即第七六八卷。《宋史·艺文志》尚有卢肇《愈风集》十卷，不见其他记载，不知何据？

《逸史》的时代特征

  《玉泉子》上说到卢肇早年家居时,即见知于李德裕,"后随计京师,每谒见,待以优礼。"《北梦琐言》卷三也说:"每谒见,许脱衫从容。"可见宾主相得之欢。

  李德裕与卢肇之间又为什么能够谈得这么投机呢？看来这与二人都喜好神怪小说有关。李德裕功业辉煌,文学出众,他在筹划军政要务之馀,喜与文士漫谈神仙鬼怪之事,韦绚《戎幕闲谈序》曰:"赞皇公博物好奇,尤善语古今异事。当镇蜀时,宾佐宣吐,亹亹不知倦焉。"①而按韦绚奉命撰写的《戎幕闲谈》的佚文来看,十之八九属于神仙道化一类,与《逸史》的内容极为相似,可知二人之间的共同语言颇多。难怪卢肇由此得到了李德裕的赏识,以致李德裕破例为之说项,卢肇终于荣登进士状头。

  卢肇随计至京时,与李德裕交往,而他路经襄阳时,则投诗牛僧孺,首以"神女"之事咏其宠姬真珠。牛僧孺也是一位小说的爱好者,可以想见,卢肇求见牛氏,不会光以诗文投赠,二人从容晤对,神仙道化之事,应当也是主要内容之一。

  会昌三年王起再主文柄时,周墀有诗寄贺,备致仰崇之意。其时王起门生一榜二十二人均有和诗,详见《唐摭言》卷三《慈恩寺题名游赏赋咏杂记》,卢肇名列该榜之首,故其和诗亦名列第一。由此可知卢肇与周墀亦有因缘。② 周墀为牛党要人,早与李宗闵关系深切,则是

---

  ① 《戎幕闲谈》原书已佚,此序今存《说郛》(宛委山堂本卷四六、张宗祥辑明钞本卷七),其残文则见于《太平广记》《类说》《绀珠集》等书。

  ② 《唐诗纪事》卷五五"卢肇"亦记此事,内云"自肇至王甚夷各和主司起一章,多用起韵",与《唐摭言》中以金厚载殿后之次序不同。

卢肇厕身两党之间，以文学周旋，而大家所共同感兴趣的，除诗文外，当在《逸史》中所宣扬的"神仙交化，幽冥感通，前定升沉，先见祸福"等情事。

卢肇的这种情况，颇富时代特点。它似可说明下列问题：

一、唐代帝王以姓李之故，尊崇道教。吕思勉以帝王对道教的态度为准，分为三期。① 第三期自宪宗至宣宗，除文宗外，均服金丹，访异人，希冀长生，故神仙道化之说更盛于前。在王室的倡导下，将相大臣亦多推波助澜。邵博《邵氏闻见后录》卷二七曰："牛僧孺、李德裕相仇，不同国也，其所好则每同。"如李德裕作有《次柳氏旧闻》，又命韦绚撰《戎幕闲谈》，二书均侈陈怪异，牛僧孺作有《玄怪录》十卷，从书名也就可以了解其内容了。牛、李党争势若水火，但牛、李党魁都喜好神仙道化的小说，可见这是时代风气的反映。

卢肇曾著《史录》一书，可见其颇以史笔自许；《逸史》一书，可知也是作为史书著述对待的。但"史"而称"逸"，自与正史有别，而从所录内容来看，偏于民间传说，颇与后世"稗官野史"之说为近，可以说是一部专记神仙道化的野史。李宗为说："《逸史》的故事内容以神仙定数为主，多因袭前人传奇，如《崔生》《李君》取材于《会昌解颐录》之《张卓》《牛生》，《吴清妻》来源于《续玄怪录》之《杨敬真》，《卢李二生》模仿《广异记》中《张李二公》故事，《张及甫》规拟《集异记》之《蔡少霞》。唐人传奇之'记'类作品本来常陈陈相因，而此书表现得尤其明显。"② 这一判断自然是不错的。但我们是否可以从另一角度进行考察：《逸史》中的故事，好多是流传甚广的民间传说，观前引白乐天海上见仙山事

---

① 吕思勉《隋唐五代史》第二十二章《隋唐五代宗教》，上海古籍出版社 1984年版。

② 《唐人传奇》第四章《唐人传奇发展中期（穆宗—懿宗朝）》，中华书局 1985年版。

即可知。有人分头著录，内容自然大同小异；记录的时间如有先后，也很难说后人定是因袭前人。其他学者所提出的，如：《逸史》中的《卢李二生》(《太平广记》卷十七引)，又与《续玄怪录》中的《裴谌》相近；《逸史》中的《李主簿妻》(《太平广记》卷三七八引)，与《纪闻》中的《刑和璞》(《太平广记》卷二六引)、《广异记》中的《赵州参军妻》(《太平广记》卷二九八引)与《河东县尉妻》(《太平广记》卷三百引)、敦煌变文斯6836《叶静能诗》相近；《逸史》中的《术术》(《太平广记》卷一四九引)，与《前定录》中的《韩滉》相近……凡此均可作如是观。这也说明了《逸史》一书的出现，同样是时代潮流的体现。

其后牛党、李党中人每用小说为手段攻击对方，如李党中人刘轲撰《牛羊日历》，皇甫松撰《续牛羊日历》，中伤牛僧孺；牛党中人卢言著《卢氏杂说》，攻击李德裕。宣宗之后，李党彻底失败，牛党占尽上风，偏于牛党的文人利用小说进行笔伐，夸大事实，或捏造事实，用以污蔑李德裕者甚多。[①]《逸史》中则没有偏于任何一方的踪迹。

二、童宗说《文标集序》曰：

> 当卫公再主魁柄，炙手可热，子发廷试第一，稍自求显，何爵不縻，而乃韬晦州县，屡从外辟，未尝奔走于形势之途。

这种说法貌似有理，实则不符事实。因为卢肇中举已在会昌三年，一年之后，宣宗即位，李德裕即遭贬斥，而唐代士人初入仕途时，一般都要经过一段时间低级职务的锻炼，很少有人遽躐高位。卢肇还没有来得及在职位上迅速升迁，李德裕即已失势，此时他即使想对卢肇有所照顾，也已无能为力了。但卢肇官运虽然不能说是亨通，毕竟屡

———————————

① 参看傅璇琮《李德裕年谱》，齐鲁书社 1984 年版。

次出任"太守"一级的地方官。其时牛党已经占尽优势，有人如与李德裕关系深切，而被牛党视为敌党中人，也就很难在官场中耽下去。卢肇历任诸州刺史，说明他不属李党，所以未遭牛党排斥。他虽与牛党中人有过交往，但关系不深，所以也未得到牛党中人的重用。

这就说明，卢肇从入仕之时起就已超越于当前的党争。如从吸收他参加幕府的几位人物来看，如卢商、裴休、卢简求等，也是党派色彩不浓的官员。

而从卢肇在《逸史》中反映的情绪来看，他的观点又显然与牛、李二党的魁首有别。按《逸史》中有三篇文章，《李林甫》(《太平广记》卷十九引)、《齐映》(《太平广记》卷三十五引)、《太阴夫人》(《太平广记》卷六十四引)中的主角李林甫、齐映、卢杞，都有成仙的机缘，但他们都经不住权势的诱惑，最后都作出了任人间宰相的选择。卢肇假托仙人之口，备致惋惜之意。作者叙事时表达的一些看法，当然与他的世界观有关，卢肇在这些故事中的慨叹，也就是有关出世与入世的议论。这些观点，也是唐代社会风行神仙道化的社会观念的生动体现。兹引《李林甫》一文为证：

唐右丞相李林甫，年二十，尚未读书。在东都，好游猎打球，驰逐鹰狗。每于城下槐坛下骑驴击，略无休日。既惫舍驴，以两手返据地歇。一日，有道士甚丑陋，见李公据地，徐言曰："此有何乐，郎君如此爱也。"李怒顾曰："关足下何事？"道者去，明日又复言之。李公幼聪悟，意其异人，乃摄衣起谢。道士曰："郎君虽善此，然忽有颠坠之苦，则悔不可及。"李公请自此修谨，不复为也。道士笑曰："与郎君后三日五更会于此。"曰："诺。"及往，道士已先至，曰："为约何后？"李乃谢之。曰："更三日复来。"李公夜半往，良久道士至，甚喜，谈笑极洽，且曰："某行世间五百年，见郎君一人，已列仙籍，合白日升天。如不欲，则二十年宰相，重权在己。郎君且归，熟思之。后三日五更复会于此。"李公回，计之曰："我是宗室，少豪侠。二十年宰相，重权在己，安可以白日升天易之乎！计已决矣。"及期往白，道士嗟叹咄叱，如不自持，曰："五百年始见一人，可惜可惜！"李公悔，欲复之，道士曰："不可也，神明知矣。"与之叙别曰："二十年宰相，生杀权在己，威振天下。然慎勿行阴贼，当为阴德，广救拔人，无枉杀人。如此则三百年后，白日上升矣！官禄已至，可使入京。"李公匍匐泣拜，道士握手与别。

这一段文字甚为有名，后代单行，改称《李林甫别传》。文中以成仙为人生追求的最高目标，反映了卢肇的观点，而这与牛僧孺、李德裕不同。牛、李二人虽也信奉神仙道化，但仍热衷权势，以人间事功为追求的首要目标，所以他们的作品的内容，虽与《逸史》有相通处，但他们的为人处世，则颇不相同，所以卢肇没有沦为牛、李两党中的成员，也没有得到过两党中人的援引。

按卢肇先后与李德裕、牛僧孺、卢商、裴休交往，这些人均曾拜相，牛、李还结成朋党，彼此攻击不休。《逸史》中对拜相之事持异议，当与他对现实政治的看法有关。大约他也看到了党争中许多"阴贼"之事，因而不愿介入的吧。文学是人生的反映，这在神怪小说中也会曲折地表现出来。

三、宋赵彦卫《云麓漫钞》卷八曰：

> 唐之举人，先藉当世显人以姓名达之主司，然后以所业投献。逾数日又投，谓之温卷，如《幽怪录》《传奇》等皆是也。盖此等文备众体，可以见史才、诗笔、议论。至进士则多以诗为贽，今有唐诗数百种行于世者是也。

陈寅恪曾据此阐发《长恨歌》与《长恨歌传》等诗文之体例。但由于传世史料没有明确记载说明某人曾以传奇向何人行卷，因而好多研究工作者对此持存疑或否定的态度。今日虽难找到大量材料证成赵、陈二氏之说，但据卢肇《逸史》此书，则似乎也可用以说明传奇行卷之说并非绝无根据。

唐人小说中常见诗歌与议论的穿插。《逸史》此类笔墨不多，但仍可看出三者兼容的情况。

《太平广记》卷六七引《逸史》，叙"吴清妻"事。吴妻杨氏，号监真，到仙方台，后遇仙真五人，得受仙诗一首，后又得四诗如下：

道启真心觉渐清，天教绝粒应精诚。云外仙歌笙管合，花间风引步虚声。

（其一）

心清境静闻妙香，忆昔期君隐处当。一星莲花山头饭，黄精仙人掌上经。

（其二）

飞鸟莫到人莫攀，一隐十年不下山。袖中短书谁为达，华山道士卖药还。

（其三）

日落焚香坐醮坛，庭花露湿渐更阑。净水仙童调玉液，春霄羽客化金丹。

（其四）

摄念精思引彩霞，焚香虚室对烟花。道合云霄游紫府，湛然真境瑞皇家。

（其五）

这是卢肇在小说中展示诗才的地方。又《太平广记》卷七十引《逸史》,叙"许飞琼"事曰:

> 唐开成初,进士许澣游河中,忽得大病,不知人事。亲友数人,环坐守之。至三日。蹶然而起,取笔大书于壁曰:"晓入瑶台露气清,坐中唯有许飞琼。尘心未尽俗缘在,十里下山空月明。"书毕复寐。及明日,又惊起,取笔改其第二句曰"天风飞下步虚声",书讫,兀然如醉,不复寐矣。良久,渐言曰:"昨梦到瑶台。有仙女三百馀人,皆处大屋。内一人云是许飞琼。遣赋诗,及成,又令改,曰:'不欲世间人知有我也。'既毕,甚被赏叹。令诸仙皆和。曰:'君终至此,且归。'若有人导引者,遂得回耳。"

这诗叙许澣推敲诗艺,也是卢肇显露文才的表现。此文影响后世甚巨,可见卢肇文才之出众。①

《逸史》中虽无大段议论出现,但作者在叙述故事时,总有其见解在。有些议论,虽只寥寥数语,但也可以看出作者的见解。由此可知,赵彦卫提出的所谓传奇可见史才、诗笔、议论之说,似不能作偏狭的理解,唐代一般的传奇作品中常见这种史、诗、论兼容的情况,这在《逸史》中也有线索可循。

查《逸史》所载故事,年代最晚者,即《太平广记》卷四八叙"白乐天"的一条。查此文首言"唐会昌元年,李师稷中丞为浙东观察使",岑仲勉《唐方镇年表考证》卷下据《绍兴志》《嘉泰会稽志》,定李师稷于会昌二年至浙东任职,则是《逸史》此书写成于卢肇进士登科之前。《太平广记》卷六九引《逸史》,《马士良》条叙士良成仙,"至会昌初,往往人

---

① 参看程毅中《唐代小说史话》。

见。"与上说一致。由此可以推想,卢肇晋谒李德裕时,极有可能将《逸史》进呈,从而得到后者的赞赏;况且唐代文士常将一些得意的篇章单独传播,因此卢肇也有可能仅将《逸史》中的某些篇章进呈。退一步说,卢肇在与李德裕"脱衫从容"时也不会不涉及《逸史》中的一些故事。因此,李德裕与韦绚"宾佐宣吐,亹亹不知倦焉"时,产生了《戎幕闲谈》一书;卢肇与李德裕"脱衫从容,亹亹不知倦焉"时,不可能不涉及《逸史》或其中的一些故事。

根据赵彦卫的记载,牛僧孺未及第前曾将《玄怪录》一书作行卷之用。与此相同的是,卢肇在与牛僧孺交往时,也有可能将《逸史》或其中的某些篇章作行卷之用。小说在文坛上的地位和社交中所起的作用,由此可见。

赵璘考

　　唐代笔记小说的创作甚为繁荣,翻阅《新唐书·艺文志》中的杂史、故事、杂传记、小说家以及《崇文总目》《郡斋读书志》《直斋书录解题》《遂初堂书目》等目录书中的有关记载,就可知道这类书籍的品种之多和数量之大了。它为后人了解唐代社会提供了许多宝贵的资料。只是这类书籍的水平高下不等,出入甚大。有的文人,本来见闻不广,修养不足,却又喜欢舞文弄墨,草率著书,他们记叙的东西,也就不可能有什么高的价值。有的作者囿于个人或朋党的成见,歪曲事实,甚至捏造事实,用以攻击对方,发泄私愤,这类书籍也不可能有什么可靠的史料价值。前人之所以轻视小说,就是因为上述笔记败坏了声誉,未能提供可靠的资料的缘故。

　　赵璘的《因话录》可与众不同。它不但内容丰富,而且翔实可信,提供了许多珍贵的史料,博得了后代学者的赞誉。《四库全书总目》卷一四〇子部"小说家类"为之作提要时说:"……故其书虽体近小说,而往往足与史传相参。……其他实多可资考证者。在唐人说部之中,犹为善本焉。"又同书卷一二〇子部"杂家类"为《尚书故实》作提要时,盛赞此书"颇有考证",后人"皆据为出典,在唐人小说中,亦《因话录》之亚也。"可见在四库全书馆臣的心目中,《因话录》是这类著作中可称典范的上乘之作。

　　当代唐史专家岑仲勉也极为推重此书。《唐史馀瀋》卷三叙《因话录》曰:"赵《录》事实,余尝以他史料参合勘之,殊少大疵谬,实晚唐笔记之上乘,其价值远超乎王士禛所推许之《唐摭言》也。"

　　赵璘的著述态度很审慎。他记下的事,大都得之于亲身见闻,而他家世显赫,自己也有很多官场的经历,书中道听途说的成份很少,没有什么捕风捉影的地方,提供的是可信程度很高的史料,这当然会博得后人的高度评价了。

兹将他的历史和家族情况介绍如下:

赵璘,字泽章。

《新唐书》卷五九《艺文志》三丙部·子录"小说家类"载赵璘《因话录》六卷,①注:"字泽章,大中衢州刺史。"晁公武《郡斋读书志》(袁州本)卷三下"小说类"载《因话录》六卷,注:"右唐赵璘撰,字泽章,大中衢州刺史,记唐史逸事。"

出自南阳赵氏后徙平原的一支。赵氏原出河东,内一支迁陇西天水,其后又迁南阳宛县。故赵璘叙及同宗之人,或言河东,或言天水;天水已成此一支之郡望。

按《新唐书》卷七三下《宰相世系表》三下叙赵氏氏族之自出曰:"赵氏出自嬴姓。颛顼裔孙伯益,帝舜赐以嬴姓。十三世孙造父,周穆王封于赵城,因此为氏。其地河东永安县是也。六世孙奄父,号公仲,生叔带,去周仕晋文侯。五世孙夙,晋献公赐采邑于耿,河东皮氏县有耿乡是也。夙生共孟,共孟生衰,字子馀,谥曰成季。成季十八世孙迁,为秦所灭,赵人立迁兄嘉为代王,后降于秦。秦使嘉子公辅主西戎,西戎怀之,号曰赵王,世居陇西天水西县。……"远古茫昧,这里提到古代赵氏的迁徙,情况是否全然可信,颇难断言,只是赵氏子孙的谱牒上一直就是这么记载的。赵璘在《因话录》中屡次提及河东、天水,即由此故。

《因话录》卷二商部上曰:"族祖天水昭公,以旧相为吏部侍郎。"此人即赵宗儒。《新唐书》卷一五一《赵宗儒传》曰:"赵宗儒,

---

① 《崇文总目》作二卷,当系误记,或所见者为残本。

字秉文,邓州穰人。"德宗贞元十二年拜相,"谥曰昭",故称昭公。赵宗儒父名骅,①李华《杨骑曹集序》称"天水赵骅"应进士试入高等(《全唐文》卷三一五),又李华《三贤论》曰:"天水赵骅云卿,才美行纯。"(《唐摭言》卷七引)均可用作赵氏以天水为郡望之证。《元和姓纂》卷七叙赵氏"南阳穰县"又一支时即曰:"称自天水徙焉。"

又《因话录》卷三商部下:"胡尚书证,河中人。太傅天水昭公镇河中,尚书建节赴振武,备桑梓礼入谒,持刺称百姓,献昭公诗曰:'诗书入京国,旌旆过乡关。'州里荣之。余宗侄櫯应进士时著《乡籍》一篇,大夸河东人物之盛,皆实录也。同乡中,赵氏轩冕文儒最著,曾祖父、祖父世掌纶诰,櫯昆弟五人进士及第,皆历台省。卢少傅弘宣、卢尚书简辞、弘正、简求,皆其姑子也,时称'赵家出'。外家敬氏,先世亦出自河中,人物名望皆谓至盛,櫯著《乡籍》载之。"《元和姓纂》卷七叙及河东赵氏时称"状云自天水徙焉。"说明河东赵氏与南阳赵氏宗人之间的联系颇为密切,应当是有完备之谱牒可查的缘故。河中(府)即河东(郡)。《因话录》卷四、卷六叙卢弘宣、卢简辞、弘正、简求事,看来即得之于姻族间传闻。又简辞、弘正、简求之父即大历十才子之巨子卢纶,见《旧唐书》卷一六三《卢简辞传》。

《新唐书·宰相世系表》又云:"南阳赵氏亦世居宛县,后徙平原。"宋本《古今姓氏书辨证》内"诸郡赵氏"下亦曰:"南阳赵氏世居宛县,后徙平原。"②《元和姓纂》卷七则云:"南阳穰县〔赵〕"。

---

① 《旧唐书》卷一八七《忠义传下》作"赵晔",然各家著述以作"赵骅"者为多。又《忠义传下》言赵晔父名敬先,《元和姓纂》与《新唐书·宰相世系表》均作"敷先"。

② 钱熙祚《〈古今姓氏书辨证〉校勘记》引,附《守山阁丛书》本《古今姓氏书辨证》后。

穰县为郡治所在,赵氏居处当在宛县。

曾祖赵骊,乃赵骅从弟。祖赵涉,父赵伉,弟赵璜、赵珪。

《新唐书》卷七三下《宰相世系表》三下列赵氏世系为:赵骅从弟赵骊,京兆士曹参军,生子二人,长子涉,侍御史;次子浑,大理丞。赵涉子儇,监察御史。赵浑子三人,长子伉,昭应尉;次子侔,初名儹,字德融;三子佶,兼监察御史。赵伉子三人,长子璘,字泽章;次子琏,字几颜;三子璜,字祥牙。参之他种资料,可知此表尚有舛误。今一一辨析如下:

赵骊,当作赵骊,"骊"为误字,赵璘撰文之《唐故处州刺史赵府君(璜)墓志》曰:"九代祖静,封晋陵公于元魏;八代祖鉴,袭爵于高齐。国朝以来,位卑而儒风、婚媾不替。五代祖讳仁泰,邢州南和令;高王父讳慎己,相州内黄主簿;曾王父讳骊,大明帝时制举,自同州韩城令擢拜京兆府士曹,转河阴令,再迁扶风郡长史。王父讳涉,进士擢第,累佐藩府,至朝散大夫检校著作郎兼侍御史。先君讳伉。自建中至元和,伯仲五人登进士第,时号卓绝。虽奕叶文学政事相续,而士大夫最以孝友称。"①赵璜撰文之《唐故进士赵君(珪)墓志》则曰:"赵氏自赵主匡,二十一代生靖,魏侍中,封晋陵公;靖生鉴,黄门侍郎;鉴生荣,隋兵部侍郎;荣生君衡,原武令;君衡生仁泰,唐邢州南和令。……"其下记载与《赵璜墓志》略同。②

赵伉为赵涉之子,非赵浑之子。《元和姓纂》卷七曰:"〔涉〕生儇、伉、伸。"《赵珪墓志》曰:"侍御史府君生皇考府君讳伉,进士及

---

① 拓本《唐故处州刺史赵府君墓志》,署"兄中大夫守衢州刺史璘撰",北京图书馆藏,原石存开封博物馆。

② 拓本《唐故进士赵君墓志》,北京图书馆藏。

第，监察御史。"赵珪为赵璘之弟，参看《赵璜墓志》。

赵伉有弟赵伸。《赵珪墓志》曰："世以进士相贵重。自吾皇祖、皇考、伯修、叔伸、叔佶、叔偕及吾昆仲，爰暨中外，咸以科名光显记册。"知《宰相世系表》漏标赵伸一名。岑仲勉《元和姓纂四校记》于"叔偕"二字中加括号，添入"佶叔？"二字，然贞元八年之《卢峤墓志》内署"前乡贡进士赵佶撰"，①与《赵珪墓志》合，岑氏遽加括号与问号，当以所见拓本模糊，未能自信之故。李公佐《庐江冯媪传》曰："元和六年夏，五月，江淮从事李公佐使京，回次汉南，与渤海高钺、天水赵偕、河南宇文鼎会于传舍，宵话征异，各尽见闻。钺具道其事，公佐为之传。"（《太平广记》卷三四三，引自《异闻集》）可证赵偕亦好小说。

赵璜为兄，赵珪为弟。赵琏则为再从兄。

《元和姓纂》曰："〔伉〕生瑞、璜、琏。"宋本《古今姓氏书辨证》同。瑞、璘形近而误。《赵珪墓志》曰："进士赵珪，字子达……秀才府君第三子也。……长兄江西观察判官、监察御史里行璘……次兄京兆府鄠县尉璜。"赵琏则为赵璜、赵珪之再从兄。《赵璜墓志》曰："君讳璜，字祥牙。……开成三年，礼部侍郎高公锴奖拔孤进，君与再从兄琏同登进士第。"按岑仲勉考赵氏世系颇详，然以未见《赵璜墓志》之故，尚有舛误。

总结上言，可知《宰相世系表》记赵骃以上各代，唯德言与《赵珪墓志》所记之君衡不同，其原因当如岑氏之分析，"（一）仁泰非德言子，今《姓纂》误缺君衡，遂将仁泰并入为德言之子，或（二）仁泰本德言子而出嗣君衡也。"赵骃以下各代则颇多舛误，今据上述

---

① 唐故给事郎守永州司马赐绯鱼袋范阳卢府君墓志铭，前乡贡进士赵佶撰。载《隋唐五代墓志汇编》（洛阳卷）第十四册。天津古籍出版社1992年版。

考订，制表如后，至各家所记仕历颇有出入，则已难详考。

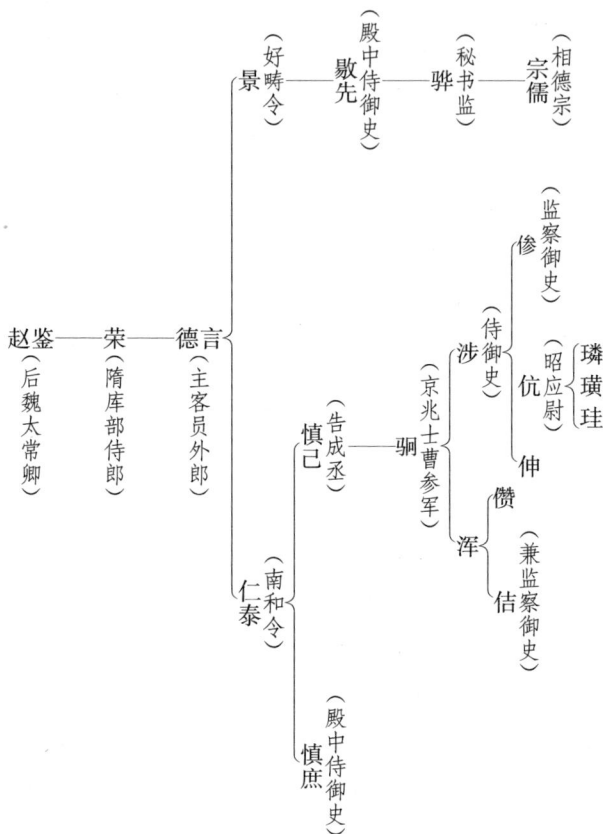

赵鉴（后魏太常卿）—荣（隋库部侍郎）—德言（主客员外郎）

德言 — 景（好畤令）— 勖先（殿中侍御史）— 骓（秘书监）— 宗儒（相德宗）

德言 — 仁泰（南和令）

仁泰 — 慎己（告成丞）— 骊（京兆士曹参军）— 涉（侍御史）— 僋（监察御史）；伉（昭应尉）；璘瑝珪；伸

骊 — 浑 — 儹；佶（兼监察御史）

仁泰 — 慎庶（殿中侍御史）

《因话录》中就记载着上述家族中人的事迹。如：

赵宗儒　这是南阳赵氏一系中地位最显赫之人。《旧唐书》卷一六七、《新唐书》卷一五一有传。《因话录》卷二商部上称之为"族祖天水昭公"，记其考前进士杜元颖宏词登科，杜元颖又奏宋申锡为从事，杜、赵先后去世之事讫，又曰："公凡八任诠衡，三领节镇，皆带府号；为尚书，惟不历工部，其兵、吏、太常皆再往。年八十七薨，其间未尝遇重疾，异数寿考，为中朝之首焉。"又卷三商部下记赵宗儒镇河中，胡证备桑梓礼入谒事，已见前。

赵傪　《因话录》卷一宫部称"余伯父自监察里行，浙东观察判官，特授高陵县令"，后德宗对苑中执役的高陵人说："我近为汝拣得一好长官。"自注："伯父讳傪，贞元三年进士及第，当年制策登科。"王谠《唐语林》卷一《政事上》迻录此文，作"贞元六年进士及第，又制策登科。"按《唐会要》卷七六《贡举中·制科举》《册府元龟》卷六四五《贡举部·科目》记赵傪①于贞元四年制科（贤良方正能直言极谏科）及第，故徐松《登科记考》卷十二于贞元三年进士赵傪名下加按语曰："傪于四年登制科，则《语林》误矣。"

赵伉　小名侗奴，见韦应物《答侗奴重阳二甥》诗自注。《因话录》卷二商部上叙李勉之子兵部员外郎约"以近属宰相子，而雅度玄机，萧萧冲远，德行既优，又有山林之致……与璘先君同在浙西使府，居处相接，慕先君家行及诗韵，契分最深。"《因话录》卷三商部下叙"裴澥为陕府录事参军，李汧公勉除长史充观察"事，应当是由赵伉与李约有友好的同事关系而了解到的。

赵傪妻韦氏　上述《因话录》卷二叙李约与赵伉交往事后，又说："伯父高陵府君夫人韦氏，即兵部之姨妹也。"知李约之妻韦氏，乃赵傪妻韦氏之姊。

祖母韦氏，与韦应物为堂姊妹行。

《因话录》卷六羽部叙"都水使者崔绰，少年豪侠"事，中云"苏州刺史韦公集中所赠崔都水诗者是也。""韦公"下有自注："余之祖舅。"按《韦江州集》卷五有《沣上精舍答赵氏外生伉》《答赵氏生伉》《答侗奴重阳二甥》三诗。赵伉即赵璘之父。《赵璜墓志》曰："先君韦氏之出，堂舅苏州刺史应物，道义相契，篇什相知。舅甥

---

① 《唐会要》作"赵参"，《册府元龟》作"赵修"，均形近致误。今径行改正。

之善,近世少比。"

崔绰与韦应物为至交,《韦江州集》中屡见酬和之作。《因话录》又曰:"崔即苏州之堂妹婿也。"查《新唐书》卷七二下《宰相世系表》二下,知崔绰为博陵崔氏第三房子孙。《因话录》中屡次叙及崔群、崔枢、崔寿、崔慎诸事,当得之于姻族间传闻。

又《因话录》中屡记江南名僧事,且详叙韦应物指点皎然作诗等情事,当由祖母一系中人告知。

母柳氏,名默然,字希音。出自关中贵族西眷柳氏,乃柳中庸之女,柳氏之母萧氏,出自兰陵萧氏,为梁武帝之后裔。萧氏乃萧颖士之女。

《因话录》卷三商部下叙"太子陆文学鸿渐,名羽……与余外祖户曹府君交契深至。"自注:"外族柳氏,外祖洪府户曹讳澹,①字中庸,别有传。"别一条记萧颖士之世系,曰:"杨府功曹讳颖士,字茂挺,门人谥曰文元先生。……功曹以其子妻门人柳君讳澹,字中庸,即余之外王父也。"《唐诗纪事》卷二一"萧颖士"记作颖士之孙东以女妻柳淡,误。查《新唐书》卷七三上《宰相世系表》三上,河东柳氏"淡,字中庸,洪府户曹参军"。上有兄曰"〔柳〕并,字伯存,殿中侍御史。"《因话录》卷二商部上:"余外伯祖殿中侍御史柳君掌汾阳书记时,有高堂之庆。"原注:"讳芳,字伯存。"此人即柳并,"芳"为误字。《唐语林》卷四《贤媛》门逐录此事,亦曰"郭子仪镇汾阳,时殿中柳芳为掌书记。"齐之鸾本《唐语林》作"柳并"不误,当据改。《新唐书》卷二〇二《文艺传中》:"柳并者,字伯存。大历中,辟河东府掌书记,迁殿中侍御史。"可证此人当是柳并无疑。又《因话录》卷一宫部叙"代宗独孤妃薨,赠贞懿皇后。将葬,

---

① 《因话录》卷五徵部:"武宗皇帝讳炎,改两火相重。其偏旁,言谈字已改为'谭',淡改为'澹'。"柳中庸名淡,赵璘记作"澹",即由此故。

尚父汾阳王在邠州,以其子尚主之故,欲致祭。遍问诸从事,皆云:'自古无人臣祭皇后之仪。'汾阳曰:'此事须得柳侍御裁之。'时予外伯祖殿中侍御史掌汾阳书记,奉使在京,即以书急召之。"注亦误作"讳芳,字伯存。"《唐语林》卷二《文学》门迻录此事,则误作"殿中侍御史柳弁",凡此均应据齐之鸾本《唐语林》改正。《因话录》叙郭子仪家庭琐事趣闻甚多,当由柳并曾任掌书记之故。查柳芳字仲敷,柳并字伯存,二者不容混淆。今传世《因话录》无善本,此事一误再误,亟应改正。

柳氏为虔诚的道教徒,两个女儿受她影响,也出家奉道。传世有《大唐王屋山上清大洞三景女道士柳尊师真宫志铭》,内云:"尊师姓柳氏,讳默然,字希音,河东虞乡人也。高祖范,皇朝尚书右丞,以直道事君,名载青史。曾祖齐物,莱、睦二州刺史。祖喜,冀州武邑主簿。避燕寇江南,因自绝禄仕。父谈功,①善属文,学通百氏,诏授洪州户曹掾,不就,高论于贤侯之座以终世。户曹娶杨府萧功曹颖士女,生尊师。尊师生三岁而失怙恃,见育于祖母。祖母殁,祭养于外族。……享年六十八,有子男三人。……长曰璘,以前进士赴调,判入高等,为秘书省校书郎;次曰璜,进士及第;幼曰珪,应乡举。女子二人,皆早从玄志,列位上清,长曰右素,先解化;次曰景玄,今居王屋山。"②《因话录》中间有宣扬神仙道化之事,卷三商部下言元沛妻刘氏,卷四角部言南岳道士田良逸、蒋含弘,居安南之道士陶天活等道教中神异事。当受母氏影响。

---

① 诸书及《因话录》均记作"淡"。此人或一名"淡功"。
② 拓本《大唐王屋山上清大洞三景女道士柳尊师真宫志铭》,署"朝议郎守尚书都官郎中上柱国赐紫金鱼袋李敬彝撰",北京图书馆藏。

《因话录》卷一宫部首叙"玄宗柳婕妤"事，下有自注云："余母之叔曾祖母也。"盖柳婕妤为柳齐物之妹，而柳齐物则为赵璘之母柳氏之曾祖故也。《因话录》下文即云："柳氏乃尚书右丞范之女，睦州刺史齐物之妹也。"下加自注："柳氏姻眷，奕叶贵盛，而人物尽高。方舆公、康城公皆《北史》有传。"方舆公为"方舆公"之误，《唐语林》卷四《贤媛》篇迳录此文，正作"方舆公"。此人即柳僧习，《宰相世系表》柳氏小序曰："僧习，与豫州刺史裴叔业据州归于北魏，为扬州大中正、尚书右丞、方舆公。"《北史》则无传，此处乃赵璘误记。柳带韦封康城县男，赐曰恺，《北史》卷六四有传。

《因话录》自注中又叙及柳齐物以锦帐三十重聚名娼娇陈始末。此事曾轰动一时，"玄宗在人间，常闻娇陈名，访之"，还想把她纳入宫中，娇陈遂介绍柳齐物之妹入侍，即后来生延王玢及永穆公主之柳婕妤。《绀珠集》卷九引潘远《纪闻谭》，即转录此事。《白孔六帖》卷十四、《古今合璧事类备要》外集卷四九中均曾引用，可见其脍炙人口。《因话录》于上举条文中还说："肃宗每见〔延〕王，则语左右曰：'我与王，兄弟中更相亲，外家皆关中贵族。'"又《因话录》中曾记肃宗宫闱琐事多则，当出家族中之传闻。

柳氏为萧颖士之外甥，已见前述。萧颖士与赵骅为至交。《新唐书》卷二〇二《文艺传中》记萧颖士"友殷寅、颜真卿、柳芳、陆据、李华、邵轸、赵骅，时人语曰：'殷、颜、柳、陆、李、萧、邵、赵'，以能全其交也。"《册府元龟》卷七七七《总录部·名望二》记载同。这一批人之间还有同年登第的亲密关系。《杨骑曹集序》曰："……举进士时，刑部侍郎乐安孙公逖以文章之冠为考功员外郎，精试群材，君以南阳张茂之，京兆杜鸿渐，琅玡颜真卿，兰陵萧颖士，河东柳芳，天水赵骅，顿邱李琚，赵郡李萼、李欣，南阳张阶，常山阎防，范阳张南容，高平郗昂等连年高第，华亦与焉。"（《全唐文》卷三一五)看来萧颖士与赵骅交情尤为深切。唐佚名《大唐传载》曰:"萧功曹颖士、赵员外骅①,开元中同居兴敬里肄业,共一靴,久而见东郭之迹。"所以《因话录》卷三商部下叙萧颖士世系及子孙事迹特别详细,看来这些家族之间辗转都有婚姻关系,《因话录》卷上商部叙柳并之母赵夫人,下注"君外族赵氏,事具《家传》",说明柳并、柳淡之母乃赵璘之上辈。《唐语林》卷四《贤媛》曰:"玄宗柳婕妤有才学,上甚重之。婕妤妹适赵氏。"这个赵氏,恐怕也是赵璘一族中人。

《因话录》卷三商部下言及"尝闻外族长老说"萧颖士恃才与宰相李林甫敌礼事,"后余见今丞相崔公铉,说正同。崔公外祖母柳夫人,亦余族姨,即李北海之外孙也。柳夫人聪明强记,且得于其外族,可为实录。"说明赵氏姻亲族望之高。《因话录》之材料确以得自亲属间传闻为多,故可信。

德宗贞元十九年(803),赵璘生。少时漂寓江汉。

赵璘生卒年月史无记载,其二弟之生卒年则可考知。赵璘撰文之《赵璜墓志》言璜卒于咸通三年(862),年五十九,可知赵璜生于贞元二十年(804)。赵璜撰文之《赵珪墓志》言珪卒于大中元年(847),年四十二,可知赵珪生于元和元年(806)。《赵璜墓志》曰:"君生三岁而孤,与兄璘、弟珪,年齿相差,蒙先夫人柳氏严教慈育,虽漂寓江汉,而克嗣素风。嗜学工文,才调清逸,童年便富知己。以兄蹇钝名场,十年旅食京国,能自晦迹,竭养色志,不羞低屈,以致甘安,使余克绍家声,叨忝名宦,皆君之力也。'《因话录》卷六羽部亦曰:"余年小在江汉。"

赵璘《书戒珠寺》曰:"余长庆中始冠,将为进士生,寓此肄

---

① 《唐语林》卷五作"赵骅","骥"乃误字,当据之改正。

业。"末云"赵璘直书"。(《会稽掇英总集》卷十六①)今知赵璘之二弟赵璜生于贞元二十年,则赵璘定当生于贞元十九年(803)。盖赵璘如生于贞元十八年,则"始冠"时值长庆元年,不得称"长庆中"。故知赵璘"始冠"时,值长庆二年(822),正寓居戒珠寺攻读。

贞元二十年(804),二弟赵璜生。

宪宗元和元年(806),父赵伉殁。三弟赵珪生。

《赵璜墓志》曰:"君生三岁而孤。"故知赵伉殁于是年。

文宗大和六年(832),应京兆府试,入等第。

《因话录》卷三商部下:"唐尚书特,太和六年尉渭南,为京兆试进士官。杜丞相悰时为京兆尹,将托亲知间等第,(原注:时重十人内为等第。)召公从容,兼命茶酒。及语举人,则趋而下阶,俯伏不对,杜公竟不敢言而止。是年上第内近三十馀人,数年内皆及第,无缺落者,前后莫比。(原注:时余偶在等第之选。)"此言唐特选拔人才之公,亦寓自得之意。

大和八年(834),应进士举试及第,座主为礼部侍郎李汉。后即赴姻礼,傧相为薛能,以诗嘲之。

《因话录》卷三商部下:"余座主陇西公为台丞,奏今孔尚书温、丞相徐公商为监察,及孔为中丞,陇西公淹恤在外多年,除宗正少卿归朝,而孔、徐二公并时为丞相。每宴集,时人以为盛事,亦可太息于宦途也。"陇西公即李汉,是年任礼部侍郎,知贡举。《册府元龟》卷六四一《贡举部·条制三》:"是月(八月),礼部侍郎李汉奏:准大和七年八月敕,贡举人不要试诗赋策,且先帖大经、

---

① 《会稽掇英总集》著录此文作者误作"赵璘直",《全唐文》卷七九一已改正。赵钺、劳格《唐尚书省郎官石柱题名考》卷十五仓部郎中"赵璘"下加按语曰:"'直'疑'真'误。"

小经共二十帖,次对正义十道,次试议论各一首讫,考核,放及第。"于此可见赵璘应试之内容。

李汉为韩愈之婿,也是古文运动中的著名人物,《因话录》卷三商部下:"韩文公与孟东野友善。韩公文至高,孟长于五言,时号孟诗韩笔。元和中,后进师匠韩公,文体大变;又柳柳州宗元、李尚书翱、皇甫郎中湜、冯詹事定、祭酒杨公、余座主李公皆以高文为诸生所宗,而韩、柳、皇甫、李公皆以引接后学为务。"《因话录》中屡次言及韩愈、柳宗元与当代众文人事,当与座师有关。祭酒杨公为杨敬之。

《诗话总龟》卷三九"讥诮门"下:"赵璘仪质么陋,第名后赴姻礼,偎相以诗嘲之,曰:'巡关虽傍樗蒲局,望月还登乞巧楼。第一莫教娇太过,缘人衣带上人头。'又曰:'不知元在鞍桥里,将谓空驮席帽归。'又曰:'火炉床上平躯立,便与夫人作镜台。'"①此文或出卢瓌《抒情诗》,今见《太平广记》卷二五七引,云是偎相为薛能。《唐诗纪事》卷三五'陆畅'内亦引此事,曰:'赵麟仪质么陋,成名后,以薛能为偎相。……"麟乃"璘"之误。

开成三年(838),举拔萃科,任秘书省校书郎。弟赵璜登进士第。

赵璘《赵璜墓志》曰:"开成三年,礼部侍郎高公锴奖拔孤进,君与再从兄璇同时登进士第。余是时亦以前进士吏部考判高等,士族荣之。"《因话录》卷三商部下:"开成三年,余忝列第,考官刑部员外郎纥干公,崔相国群门生也。公及第日于相国新昌宅小厅中集见座主。及为考官之前,假舍于相国故第,亦于此厅见门生焉。是年科目八人,六人继升朝序。鄙人蹇薄,晚方通籍。敕头

---

① 《全唐诗》卷五六一"薛能"四载《嘲赵璘》诗,首句作"巡关每傍樗蒲局"。

孙河南縠①，先于雁门公为丞。"自注："公后自中书舍人观察江西，又历工部侍郎，节制南海，累赠封雁门公。"《唐语林》卷四《企羡》门逐录此事，作"书判考官刑部员外郎纥干公"，可证赵璘乃登书判拔萃科。按《登科记考》卷二一开成三年博学宏词科内列有赵璘，亟应另标拔萃科而位置于后，以免淆混。纥干公为纥干臮。《新唐书》卷五九《艺文志》三录纥干臮《序通解录》一卷，原注："字咸一，大中江西观察使。"赵璘登科后任秘书省校书郎，见前《柳尊师真宫志》。

计有功《唐诗纪事》卷五二：赵璜"开成三年登第"。

开成五年（840），母柳尊师殁。

宣宗大中元年（847），任江西观察判官、监察御史里行。三弟赵珪殁，年四十二。

赵璜《赵珪墓志》内云："长兄江西观察判官、监察御史里行璘，寄财毕葬事；次兄京兆府鄠县尉璜，乞假护丧东归。以其年九月十四日殡于河南府河南县平乐乡伯乐村先夫人茔阙东北一十五步。"赵璘、赵璜殁后亦当葬此。按吴廷燮《唐方镇年表》卷五据崔龟《授纥干臮江西观察使制》、韦悫《滕王阁记》、杜牧《谢许受江西观察使纥干臮所寄撰韦丹文人事》，定纥干臮于大中元年至三年为江西观察使。纥干为赵璘应吏部试时之座主，赵璘任职江西，当出座主提携。

大中三年（849），弟赵璜任鄠县尉。

李商隐《樊南乙集序》记三年选为盩厔尉，同僚有"天水赵璜"等，"皆能文字"。（《李义山文集》卷四）其时赵璜任鄠县尉，见《赵璜墓志》。

---

① 当作孙縠，参见《登科记考》卷二一。

大中七年（853），任左补阙，奏事，得宣宗赞赏。

　　《因话录》卷一宫部："大中七年冬，诏来年正月一日御含元殿受朝贺，璘时为左补阙，请权御宣政殿。疏奏之明日，闻上谓宰臣曰：'有谏官疏，来年御含元殿事如何，莫须罢否？'宰臣魏公谟奏曰：'元年大庆，正殿称贺，亦是常仪。况当无事之时，陛下肆觐百辟，朝廷盛礼，不可废阙。'上曰：'近华州奏：光化贼劫下邽县，又关辅久无雨雪，皆朕之忧，岂谓之无事？须与他罢。假如权御宣政，亦何不可也！'宰臣奉诏，方欲宣下，而日官奏太阳当亏，遂罢之。其后宰相因奏对，以遗补多阙，请更除八人，上曰：'谏官但要职业修举，亦岂在多。只如张道符、牛业、赵璘辈三数人足矣。使朕闻所未闻。'"牛业乃"牛丛"之误。《资治通鉴》系此事于宣宗大中八年二月。《新唐书》卷一七四《牛丛传》亦采录，惟张道符作"张符"。赵璘《请元正权御宣政殿疏》载《全唐文》卷七九一。

大中十年（856），任祠部员外郎，受知贡举黄门侍郎郑颢委托，撰成《登科记》十三卷。

　　裴庭裕《东观奏记》卷上："大中十年，郑颢知举，后宣索科名记，颢表曰：'自武德已后，便有进士诸科。出莺谷而飞鸣，声华虽茂；经凤池而阅视，史策不书。所传前代姓名，皆是私家记录，虔承圣旨，敢不讨论，臣寻委当行祠部员外赵璘采访诸家科目记，撰成十三卷，自武德元年至于圣朝，谨专上进，方俟无疆。'"《唐语林》卷四《企羡》门迻录此事，《唐会要》卷七六《缘举杂录》亦载此事，可知赵璘所撰之《登科记》乃综合前此几家私人编纂之《登科记》而成。郑颢所以委托赵璘重行编纂，当然是由于他本人出身于进士，熟悉科举情况，还可能与他伯父赵儋也曾撰有《登科记》，家族中有此传统有关。王定保《唐摭言》卷一《述进士上篇》曰："永徽已前，俊、秀二科犹与进士并列；咸亨之后，凡由文学一举于有司者,竞集于进士矣。繇是赵儋等尝删去俊、秀,故目之曰《进士登科记》。"吴曾《能改斋漫录》卷四《林藻欧阳詹相继登第》条曰:"予家有唐赵儋撰《唐登科记》。尝试考之,德宗贞元七年,是岁辛未,刑部杜黄裳知贡举,所取三十人,尹枢为首,林藻第十一人……赋题《还珠合浦》,诗题《青云干吕》;次举贞元八年,是岁壬申,兵部侍郎陆贽知贡举,所取二十三人,贾棱为首,欧阳詹第三人……赋题《明水》,诗题《御沟新柳》。"《文苑英华》卷七三七有赵儋《李奕〈登科记〉序》,末署"〔贞元〕七①年春三月丁亥序"。《玉海》卷一一五《选举·唐进士举》引《中兴书目》则载有《崔氏登科记》一卷,下云"贞元十七年三月丁亥校书郎赵儋序。"②可见赵儋自撰《登科记》外,还屡为他人所作之《登科记》作序,对于科举中的情事非常熟悉。

赵璘《登科记》,《新唐书·艺文志》《崇文总目》《郡斋读书志》《遂初堂书目》《直斋书录解题》等书目中均未见著录,想是流传不广之故。洪适《盘洲文集》卷三四《重编唐登科记序》中曾转述"《会要》载郑氏上宣宗者十三卷",看来洪适也未曾看到此书,董逌《广川书跋》卷八《赵璘〈登科记〉》条曰:"秦始晦藏赵璘《登科记》,书本唐人,盖笔画工力,殆出《遗教经》而稍为出入,绳墨不拘,律度内顾,后世书名者未能伯仲间。见首末尽亡。盖自开元二十三年至贞元九年,其间亦又有缺剥,不可伦序,或遗去十年,或少三、四年,在姓名中又泯灭过半。此书既久其存,宜若是。以

---

① 一作"十七"。
② 傅璇琮《唐代科举与文学》第一章《材料叙说·唐登科记考索》以为《文苑英华》和《玉海》上说的都是赵儋为《显庆登科记》作序,王定保、吴曾所看到的《进士登科记》,仍是崔氏所作,赵儋为之作序,或有所补正,因此五代和宋朝人刻书时就把赵儋也作为编撰者了。此说可供参考。

赵参(修)所记姓名,则又有异者,此不能尽考也。……今所存才六卷,而亡者十七八矣。虽然,犹幸以书字著显而存之,故今得有传也。余尝访今藏书家,并官书所籍,殆无璘所撰登科人目,则此书尤可贵也。"可知宋代之时此书已极罕见,董氏介绍的本子因为书法佳妙而仅存。

《因话录》卷四角部之次(《谐戏附》)曰:"京兆庞尹及第后,从事寿春。有江淮举人,姓严,见《登科记》误本,倒书庞严姓名,遂赁舟丐食就谒。时郡中止有一判官,亦更不问其氏,便诣门投刺,称从侄。庞之族人甚少,览刺极喜,延纳殷勤,便留款曲,兼命对举匕箸。久之,语及族人,都非庞氏之事,庞方讶之,因问止竟:'郎君何姓?'曰:'某姓严。'庞抚掌大笑曰:'君误矣! 余自姓庞,预君何事?'揖之令去。其人尚拜谢叔父,从容而退。"这种趣事,当是赵璘在搜访各种《登科记》时了解到的。

在此前后,曾任水部员外郎。

《类说》卷十四《因话录》书名之下署作者之名曰"唐水部员外郎衢州刺史赵璘",《说郛》(张宗祥辑明钞本)卷十五《因话录》署"水部员外郎",述古堂藏钞本题衔亦同。钱曾《读书敏求记》卷三"杂家"题识曰:"璘为水部员外郎,载元宗至宣宗时事甚核。"则是赵璘著此书时当在水部员外郎任上。

大中十年至十二年(858)间,出任汉州刺史。

《新唐书》卷五九《艺文志》三"道家类"载《栖贤法隽》一卷。原注:"僧惠明与西川节度判官郑愚、汉州刺史赵璘论佛书。"《因话录》卷六羽部记汉州开元寺菩萨像事,"余与京大德知玄法事西川从事杨仁赡同谒。"即任职汉州刺史时事。《资治通鉴》咸通三年"以桂管观察使郑愚为岭南西道节度使",其时赵璘已至衢州任职,由是可知郑、赵二人之相聚,只能在大中后期。

约于大中末年至懿宗咸通三年(862)时,任衢州刺史。二弟赵璜殁于咸通三年。

前引《新唐书·艺文志》与《郡斋读书志》均曾言及赵璘"大中衢州刺史"。赵璘《书戒珠寺》文,末云:"咸通三年正月二十五日中大夫守衢州刺史赵璘书。"陈思《宝刻丛编》卷十三两浙东路越州有唐戒珠寺记,引《集古录目》,曰:"唐衢州刺史赵璘撰","碑以咸通元年正月立。"

《因话录》卷四角部之次(《谐戏》附)曰:"衢州视事际,有妇人姓翁,陈牒论田产,称阿公、阿翁在日,(原注:下"阿翁"两字,言其大父也。)坐客笑之。"此为任职衢州刺史时事。赵璘抵任与离此之具体时间则无可考。

弟赵璜于是年卒于处州刺史任上。《赵璜墓志》曰,"〔璜〕刺缙云也,余前此自祠部郎守信安……〔璜〕以咸通三年四月十一日遭大病于郡廨,享年五十九。"赵璜之妻苏氏则卒于咸通十五年,有《唐故处州刺史赵府君妻上邽县君苏氏夫人墓志铭》,乾符元年立。

咸通九年(868)至十二年(871)间,在襄阳,曾任山南东道节度使裴坦从事。

《宝刻丛编》卷三京西南路·襄州有《唐延庆院经藏铭》,引《复斋碑录》曰:"唐赵璘撰","咸通九年六月建。"孙光宪《北梦琐言》卷十:"赵璘员外为裴坦相汉南从事。璘甚陋,裴公戏之,曰:'赵公本不丑。孩抱时,乳母怜惜,往往抚弄云:"作丑子,作丑子。"因此一定。'赵公大哈。"按"赵璘仪质么陋",见前引大和八年下记载。

卒年不详,或在僖宗乾符之初。

《唐尚书省郎官石柱题名》载赵璘曾为金部郎中与度支郎中,

当在出任裴坦从事之后。《全唐诗》卷六七四录郑谷《赵璘郎中席上赋蝴蝶》一诗,当为此一时期之作。如此,则其卒年当已入乾符年间。

著有《表状集》一卷、《因话录》六卷。

《新唐书》卷六十《艺文志》四"别集类"有赵璘《表状集》一卷,《崇文总目》《宋史·艺文志》"别集类"尚见著录,后出之书目中已无记载,想已佚失。

又卷五九《艺文志》三"小说家类"有赵璘《因话录》六卷,与目下流传之书卷数相同。《因话录》卷五徵部"高宗朝,改门下省为东台,中书省为西台,尚书省为文昌台,故御史台呼为南台"一条,程大昌《演繁露》卷七转引,下云:"《话》卷五",足证今本编次与初本相同。然此文"又呼杜门下黄裳"下即有阙文,而《永乐大典》卷之二千六百六《台·西台》引《唐语林》,正可据之增补,盖此处《唐语林》中文字乃迻录《因话录》中文字而入者。可见此书已有所遗佚。

《宋史》卷四三九《文苑·梁周翰传》载"有集五十卷及《续因话录》",说明宋人对赵氏之作颇为重视。又《遂初堂书目》"职官类"有《御史台因话录》一种,《玉海》卷一六七《宫室·唐御史三院》引《中兴馆阁书目》,有《御史台三院因话录》当是同一书。此书为咸通中御史卢骈所作,"论订三院称谓官曹仪式、百官坐次之制,大和中舒元舆为台属所撰《御史台新造中书南院》并载于此。"足见此书与赵璘无涉。

《隋唐嘉话》考

小说异称情况略说

小说多异称，情况多样，如《金华子》又称《金华子杂编》《金华子新编》《刘氏杂编》《刘氏新编》，《刘公嘉话录》又称《刘公嘉话》《刘宾客嘉话录》《刘禹锡佳话》。这类情况容易搞清，发生混乱的可能性较小。刘禹锡有大名，故人们称之曰"公"；他曾任太子宾客，故又称"刘宾客"。了解刘氏历史的人不难掌握书名的变化。金华子乃南唐刘崇远的别号，此书前有自序，言少幕赤松子兄弟，"恍若游于金华之境"，因自号金华子。"杂编""新编"等不同词汇的附加，属于小说中的常见现象，了解情况的人，还是容易辨识的。

《尚书故实》又称《尚书谭录》，《玉泉子》又称《玉泉笔端》《玉泉子闻见录》《玉泉子见闻真录》，情况与前又有不同。前者一名《张尚书故实》，这位张尚书的名字，至今未能考证清楚，但"故实""谭录"之前均有"尚书"二字，由此可以想到谈论故实的人或是同一个人。玉泉子的情况与金华子类同，读者不难看出，这是一个文人的别号，后世虽然不能确知此人姓甚名谁，但此书乃是他的见闻实录，则是顾名思义不难明白的。

此外有如《贞陵遗事》一称《大中遗事》，凡是了解宣宗一朝掌故的人，不难了解二名之可以相通；《补国史》一作《后史补》，当由此书接续吴兢等人所撰之《唐书》而得名，凡是了解唐代国史撰述情况的人，也不难了解二名可以沟通。

但有一些书，几种异名之间缺乏明显的联系，不了解这些书的内情，也就很难摸清底细。例如《次柳氏旧闻》一称《明皇十七事》，《松窗杂录》一称《摭异记》……字面上看不出任何相通的迹象，读者也就不太容易搞清这种一书多名的情况了。当然，假如读者具有文献学方面的知识，依靠各种书目的介绍，还是可以理清头绪的。

《隋唐嘉话》一书，本是唐代很有价值的一部笔记小说，但在《四库全书总目》等书目上无所反映，因而自古至今存在着种种混乱现象。程毅中先生为中华书局《唐宋史料笔记丛刊》校点《隋唐嘉话》而作的《点校说明》中说：“根据本书的初步校勘，大致可以认为，今本《隋唐嘉话》，实即《传记》(亦即《国史异纂》)及《小说》的异名。但在宋代却有四种书名并行，不但书目中重见叠出，而且类书、丛书里也兼收并蓄。”这就把小说中一书多称的现象具体而典型地剖析清楚了。今对《隋唐嘉话》的性质和书名的演变续作论证，附带介绍各种书名之间的错乱情况，希望对该书的问题能有更多的说明。

《隋唐嘉话》的原名与异称

《传记》《国朝传记》

《传记》当是该书的原名。

李肇《国史补序》曰：“昔刘餗集小说，涉南北朝至开元，著为《传记》。”唐人引用此书时，均称《传记》，如段成式《酉阳杂俎》续集卷四引《传记》：“太宗使宇文士及割肉，以饼拭手，上屡目之。士及佯不悟，徐卷而啖。”今见《隋唐嘉话》卷上；同卷又引《传记》：“有患应病者，问医官苏澄，澄言：‘无此方。吾所撰《本草》，网罗天下药可谓周。’令试读之。其人发声辄应，至某药，再三无声，过至他药，复应如初。澄因为方，以此药为主，其病遂差。”今见《隋唐嘉话》卷中。《旧唐书》卷一〇二《刘𫗧传》上也说他"著《传记》三卷"。

但此书到《崇文总目》卷二"传记类"中加以著录时，却已改名《国朝传记》了。改名的原因，很难确说。推断起来，当因"传记"之称近于一般动词，容易发生混乱，例如李肇序中说的"著为《传记》"以及后面所说的"续《传记》而有不为"云云，如果不加书名号来标明，也就容易作为一般词汇看待，如果加上"国朝"二字，当代读者一看就会知道这是一部记载本朝传记的小说。此书里面虽有一些记载南北朝传记的材料，但绝大部分的条目记的是开元之前的唐代传记，加上"国朝"二字，还是适当的。

《传记》一名还容易和其他书名相混。《说郛》(张宗祥辑明钞本)卷三八有《传载》一书，下注"三卷"，所录之文，与《隋唐嘉话》内容全合，《传载》当是《传记》的误写。而唐代尚有《传载》一书，也记录了许多初盛唐时期的史料，出于同样的原因，经常和《传记》(《隋唐嘉话》)中的文字相混。例如《隋唐嘉话》卷上英公为姊煮粥一条，亦见《传载》；又如卷上鄂公尉迟敬德善避矟一条，亦见《传载》："载"字显为"记"字之误，这是因为某一总集或类书中误标《传载》之名，因而羼入本书的。相反，《传载》中有颜鲁公刻姓名于石一条，《太平广记》卷二〇一《房琯》条下云"出《传记》"；又《传载》中有卢迈四瑟一条，《太平广记》卷二〇三《瑟》条亦云"出《传记》"：《传记》实乃《传载》之误。

正如《传记》后来改名《国朝传记》一样，《传载》后来也改名《大唐传载》。《四库全书总目》编者习见通行本称《大唐传载》，遂谓唐、宋《艺文志》均不载《传载》此书，失察之甚。基于同样的原因，他们看到通行的《隋唐嘉话》一书，唐、宋《艺文志》上均不见记载，也就以为此书出于后人编写了。殊不知唐人叙唐事，自然不必加上"大唐"字样。同样，刘𫗧在《传记》之前本来也不必加上"国朝"字样。

《传记》一名又易与《传奇》一书混淆。例如《太平广记》卷三一一

《萧旷》条叙大和中处士萧旷遇洛浦神女事,云出《传记》,实乃《传奇》之误。明钞本《太平广记》即作《传奇》,《类说》亦有此篇之节文,录在《传奇》中。又如《太平广记》卷四五四《姚坤》一条,叙大和中处士姚坤遇狐狸报恩事,云"出《传记》",亦为《传奇》之误。

《国朝传记》一名,后又误作《国朝杂记》。《太平广记》卷一六四《虞世南》、二四八《长孙无忌》、二四九《许敬宗》、①二五四《御史里行》、二八三《唐武后》、二八五《胡僧》诸条,任渊《后山诗注》卷五《次韵无斁偶作》释"肩耸"引文,均作《国朝杂记》,其文均见《隋唐嘉话》,"杂记"亦为"传记"之误。

自从《国朝传记》一名出现后,《传记》一名逐渐弃而不用了。自从《隋唐嘉话》一名出现后,《国朝传记》一名也逐渐弃而不用了。《传记》《国朝传记》二名反而成了《隋唐嘉话》一书的异称。

《国史异纂》

《新唐书》卷五九《艺文志》三"小说家类"著录刘𫗧《传记》三卷,原注:"一作《国史异纂》。"宋代笔记小说总集与类书中常用《国史异纂》这一名字,《说郛》(张宗祥辑明钞本)卷六七即录有《国史异纂》三卷。

《新唐书》卷一三二《刘𫗧传》中说刘知幾、刘贶、刘𫗧父子三人"更莅史官",《旧唐书·刘𫗧传》中也说他曾"修国史",但《隋唐嘉话》中的文字,杂有不少传记成份,故刘𫗧取名为《传记》;又以其与国史有异,故或名《国史异纂》。然《太平广记》引文,均作《国史纂异》;《梦溪笔谈》卷五张率更求玉磬条引文,亦作《国史纂异》:"纂异"当是"异纂"之异写。

---

① 此条前半部分言"一彪一狼"事,不见《隋唐嘉话》,《太平广记》卷一八五《杨思玄》条叙此,云"出《唐会要》",则是《许敬宗》条原由两处文字合成,编者误遗《唐会要》一名。

《小说》

《隋唐嘉话》的另一异称,曰《小说》。《资治通鉴考异》中引用《隋唐嘉话》文字,均作《小说》。《直斋书录解题》卷十一"小说家类"著录"刘𬤊《小说》三卷,唐右补阙刘𬤊鼎卿撰",说明这一名称在宋代很流行。

这个名字又是怎么产生的呢?

看来这是出于文字上的误会。刘𬤊自序曰:"余自髫𬚗之年,便多闻往说,不足备之大典,故系之小说之末。""小说"一词有可能被认为书名。李肇《国史补序》曰:"昔刘𬤊集小说,涉南北朝至开元,著为《传记》。""小说"一词更有可能被认作书名。

而《小说》这一名称,容易和梁代的殷芸《小说》混为一谈。《郡斋读书志》卷下"小说类"有刘𬤊《小说》十卷,"右唐刘𬤊撰,纂周、汉至晋江左杂事。"其内容与各家记载有异,大约是把殷芸《小说》和刘𬤊《小说》混为一谈了。《隋书》卷三四《经籍志》三、子部"小说类"载《小说》十卷,梁武帝敕右长史殷芸撰。梁目,三十卷。"此书才是记"周、汉至晋江左杂事"者。但由晁公武的误题书名,可以推知当时确有刘𬤊《小说》一书传世。《直斋书录解题》卷十一"小说家类"有《殷芸小说》十卷,提要曰:"宋殷芸撰。①《邯郸书目》云'或题刘𬤊,非也。'今此书首题秦、汉、魏、晋、宋诸帝,注云:'齐殷芸撰。'非刘𬤊明矣。"《郡斋读书后志》卷二"小说类"载《殷芸小说》十卷,提要中也有同样的说明,可证宋代确有径题殷芸《小说》为刘𬤊《小说》者。《宋史》卷二〇六《艺文志》五"小说类"在殷芸《小说》十卷之后,还列有刘𬤊《传记》三卷、《隋唐嘉话》一卷、《小说》三卷,当是直录各种不同本子的书名而混在一起著录的。

---

① "宋"字误。殷芸为梁代人,见《梁史》卷四十与《南史》卷六十。

《诗话总龟》卷四、五、二十九、三十一、三十七引文,则作《小说旧闻》,"旧闻"二字当为后人添加。在笔记小说的传播中,这类因文字的增减而发生的异称,是并不罕见的。

《隋唐嘉话》

《国朝传记》《国史异纂》《小说》等名词后来逐渐弃而不用了,这又是什么原因呢?

《小说》一名易滋纷扰,已如上述。进入宋代之后,《国朝传记》《国史异纂》二名也不能适应形势了。犹如宋代李攸著《本朝事实》,到了元代之后必须改名《宋朝事实》;清代沈德潜编纂《国朝诗别裁》,到了民国之后必须改名《清诗别裁》一样,后代的人已经不能再用"本朝""国朝"之类的名了。可以推知,宋代的人也不能再在记载前朝旧事的书上加以"国朝""国史"字样。

看来《隋唐嘉话》一名就是适应这种情况而产生的。这个名词比较合适,书中除卷上薛道衡聘陈,卷下谢灵运须美、兰陵王长恭著假面以对敌、王右军《兰亭序》、王廙得索靖书、王右军《告誓文》、卢思道谒和士开、徐陵轻魏收等数条外,均记隋唐两代之事。有趣的故事而冠以"嘉"名,上标隋唐二代作为区划,确是合适的称呼。

《隋唐嘉话》简称"嘉话",《刘公嘉话》也可简称"嘉话",而二书作者又都姓刘,由是两种"嘉话"经常相混。因为《隋唐嘉话》出现在前,里面的条目也就大批羼入《刘公嘉话》之中。据唐兰统计,共有二十九条之多;又因误编者生活在宋元祐之前,所见各书尚为善本,取校今本《隋唐嘉话》,则颇有胜处,且可增佚文四条。[1] 掌握这一情况,不但可以恢复目下通行的两书的基本面貌,而且对于区别类书与后人记载中

---

[1] 唐兰《〈刘宾客嘉话录〉的校辑与辨伪》,载《文史》第四辑。

二书相混的情况,也至有帮助。

总结上言,《隋唐嘉话》一书的异称和混乱情况,可列表以明之。

书 名	异 称	相混之书名	误 称
(一) 传记	国朝传记	传载(大唐传载)传奇	国朝杂记
(二) 国史异纂	国史纂异		
(三) 小说	小说旧闻	小说(殷芸小说)	
(四) 隋唐嘉话		刘公嘉话	

《隋唐嘉话》之称起于北宋

现在要问,《隋唐嘉话》一名起于何时?

此名出现很早,北宋时已多次见到。下列材料可证:

《道山清话》:"余少时尝与文潜在馆中,因看《隋唐嘉话》,见杨祭酒赠项斯诗云:'度度见诗诗总好,今观标格胜于诗。平生不解藏人善,到处逢人说项斯。'因问诸公,唐时未闻项斯有诗名也,文潜曰:'必不足观。杨君诗律已如此,想其所好者,皆此类也。'"

《优古堂诗话》:"唐刘𫗦《隋唐嘉话》载:隋炀帝为《燕歌行》,群臣皆以为莫及,王胄独不下帝,因此被害,而帝诵其句云'"庭草无人随意绿"能复道邪?'然予读周庾信《荡子赋》曰:'游尘满床不用拂,细草横阶随意生。'乃知王胄'庭草无人随意绿'盖取诸此,以之丧命,岂不枉哉。"

邵博《邵氏闻见后录》卷三十:"三峡中,石壁千万仞,飞鸟悬猿不可及之处,有洞穴累棺椁,或大或小,历历可数,峡中人谓之'仙人棺椁'云。按《隋唐嘉话》:将军王果于峡口崖侧,见一棺将坠,迁之平处,得铭云:'后三百年水漂我,欲坠不坠逢王果。'今洞穴在悬绝石壁千万仞之上，唯大禹初凿三峡，道岷山之江时，人迹或可至，不在崖侧，不止三百年也。望其棺椁皆完好如新，不知果何物为之，亦异矣。"

《道山清话》提到的《隋唐嘉话》中的故事，实际上见之于李绰《尚书故实》，但宋代已有误入《刘公嘉话》者。葛立方《韵语阳秋》卷四言"刘禹锡《嘉话》载杨祭酒赠项斯诗"云云即是。《刘公嘉话》与《隋唐嘉话》中的材料经常相混，但从这条文字之中也可反证北宋中期已有《隋唐嘉话》一书出现。查张耒（文潜）之任馆职，在元祐元年（1086），至绍圣元年（1094）去馆，前后共八年。① 此时之前肯定已有标名《隋唐嘉话》之书行世。

《优古堂诗话》的作者究竟是吴开还是毛开，学术界还没有定论，②如果此书真是毛开之作，那也可以用来说明北宋之时已有《隋唐嘉话》一名。

邵博也是生活在北宋、南宋之交的人，与上述情况一致。

从这些材料来看，《隋唐嘉话》一名，北宋中期已经出现，到了南宋时，此名已经广泛运用了。

顾元庆刻《顾氏文房小说》，乃是明代早期的著名版刻，其中《隋唐嘉话》三卷，书尾注明"夷白斋宋版重雕"。今知顾元庆本《隋唐嘉话》中"贞""构"等字缺笔，可与上说互证，亦可说明此书确是出于宋代的一种早期的本子。

今本《隋唐嘉话》的可信程度

上面已经提到，《四库全书》馆臣以为《隋唐嘉话》乃是伪书，因而

---

① 参看邵祖寿《张文潜先生年谱》，附李逸安、孙通海、傅信点校《张耒集》后，中华书局 1990 年版。

② 参看郭绍虞《宋诗话考》卷中。

将之排斥出书目中。而顾氏文房小说本《隋唐嘉话》末尾又明言据宋版重雕，则是此书应该保留着原书的一些面貌。经过众多学者的研究，伪书之说已可排除，然而目下流传的《隋唐嘉话》是否近于刘氏原书面貌，换一句话说，《隋唐嘉话》三卷和《传记》三卷到底是否大体一致？还可进行探索。

因为《传记》等书没有任何一种完整的本子传世，这个问题难以圆满解决，然可根据间接的材料推断，今本《隋唐嘉话》的编次当接近《传记》原貌。

《太平广记》录《国史异纂》中的文字近五十条。《太平广记》的一个特点，凡所引用的条文，性质相类而归入同一名目之下的，往往就照原书的序次一气抄下。查《太平广记》卷二〇三《乐》一《唐太宗》条之"又"凡四条，均录太宗时有关音乐之事，与《隋唐嘉话》卷中"润州得玉磬十二以献"以下四条全同，可证《隋唐嘉话》条目的序列与原书相同。

《唐语林》一书，根据五十种小说中的材料编成，《四库全书》馆臣利用《永乐大典》重行编纂此书时，录下《唐语林原序目》一纸，纳入聚珍本《唐语林》中，里面就有《国朝传记》这一书名。可知《唐语林》中曾经录存《国朝传记》中的材料。

《唐语林》卷三《识鉴》有文云：

> 张沛为同州，任正名为录事，刘幽求为朝邑尉。沛常呼二公为任大、刘大，若交友。玄宗诛韦氏，沛兄殿中监涉见诛，并合诛沛。沛将出就刑，正名时谒告在家，闻之，遽出曰："朝廷初有大艰。同州，京之左辅，奈何单使至，害其州将？请以死守之。"于是劝令复奏。送沛于狱曰："正名若死，使君可忧；不然，无虑也。"时刘幽求方立元勋，用事居中，竟脱沛于难。

这条文字,见今本《隋唐嘉话》卷下,内分两条,自开端至"若平常之友"为前一条,下一条自"自今上之诛韦氏起"至"竟脱沛于难,二公之力"止。《唐语林》中之文从此而出,那是没有疑问的。可知王谠见到的《国朝传记》,文字就是这样,它和《隋唐嘉话》中文字的出入,最多不过是否分行罢了。

但最能用来说明问题的是下面一段文字。《唐语林》卷五《补遗》内有云:

> 侯君集为兵部尚书,以罪流岭南。于其家得二美人,容色绝代。太宗问其状,曰:"自小常食人乳而不饭。"

下一条云:

> 侯君集家有金簟二,甚精妙,御府所无,隐而不献。后君集获罪,乃于其家得之。

按此事见于今本《隋唐嘉话》卷上,内有数条,前后相连,均叙侯君集事,今录之于下:

> 太宗令卫公教侯君集兵法。既而君集言于帝曰:"李靖将反。至于微隐之际,辄不以示臣。"帝以让靖,靖曰:"此君集反耳。今中夏义安,臣之所教,足以制四夷矣,而求尽臣之术者,是将有他心焉。"
>
> 卫公为仆射,君集为兵部尚书,自朝还省,君集马过门数步不觉,靖谓人曰:"君集意不在人,必将反矣。"
>
> 太宗中夜闻告侯君集反,起绕床而步,亟命召之,以出其

不意。既至，曰："臣常侍陛下幕府左右，乞留小子。"帝许之。流其子岭南为奴。侯君集既诛，录其家，得二美人，容色绝代。太宗问其状，曰："自尔已来，常食人乳而不饭。"又君集之破高昌，得金簟二甚精，御府所无，亦隐而不献，至时并得焉。

前面一条文字，王谠转录时辑入《唐语林》卷二《识鉴》门，而上述《唐语林》卷五《补遗》中的两条文字，则是从《永乐大典》中辑入者。检查前面一条文字，可证王谠转录此文时有所改削，但工作粗枝大叶，出现了严重的错误，因为侯君集是因为谋反而被杀的，只是临终时请求不要绝其后嗣，太宗顾念旧勋，流其子岭南为奴，这点新旧《唐书·侯君集传》和《资治通鉴》卷一九七《唐纪》十三贞观十七年上的记载是一致的。看来司马光在编写时还参考了《小说》中的记叙，但《唐语林》中却误作"侯君集流岭南"了。比较之下，可知王谠看到的《国朝传记》，其文字的次序与今本《隋唐嘉话》一致，所以才会看错前后行的文字而胡乱地概括在一起。据此推断，《隋唐嘉话》与《国朝传记》的内容如有不同，也不会相差太远。

由此可知，宋人翻刻《国朝传记》时，为使书名更符实际，改名《隋唐嘉话》，但内容上变动不大。

刘𫘝的创作原则与撰述情况

刘𫘝生平不详。新、旧《唐书》附《刘子玄传》，记载极简略，其他典籍中也少有记叙，仅知他是刘知幾的次子，长兄贶，父子三人曾任史官之职。《旧唐书》本传上说："𫘝，右补阙、集贤殿学士，修国史。著《史例》三卷、《传记》三卷、《乐府古题解》一卷。"《新唐书》本传则曰："𫘝，字鼎卿。天宝初,历集贤院学士,兼知史官。终右补阙。父子三人更莅史官,着《史例》,颇有法。"

看来《新唐书》本传上的记载不太可信。《册府元龟》卷五五六《国史部·采撰》二载"刘𫘧为右补阙、集贤殿学士,著《传记》三卷。"有关仕履的记叙,与《旧唐书》同,说明刘𫘧于出任集贤殿学士之前,曾任右补阙之职,并不是说他"终于右补阙"。

刘𫘧任集贤殿学士、修国史,在天宝初期,因此他在《传记》中所记载的事件,下限截至开元时。

大家知道,刘知幾是一位态度至为严正的历史学家和史学理论家,刘𫘧继承父业,在记录史实和阐发史论上也作出了贡献,享有很高的声誉。梁肃《给事中刘公(迥)墓志》曰:"文公讳子玄。初,文公儒为天下表,有才子六人,曰贶、曰𫘧,继文公典司国史,时议比子长、孟坚。"(《文苑英华》卷九四四)《玉海》卷四六《艺文·正史》门曰:"司马谈之子迁,刘向之子歆,班彪之子固,王铨之子隐,姚察之子简,李大师之子延寿,刘知幾之子𫘧,继业汉简。"说明唐宋两代的学人对刘𫘧的史学成就评价甚高,以为可继父业。刘知幾的名著《史通》就由他呈进,而他的名著《史例》,则应当是继《史通》而作的。《玉海》卷四九《艺文·论史》门于《史通》下注曰:"景龙二年作,开元十年十一月刘𫘧录上。"又《玉海》卷四九《艺文·论史》门于《唐史例》下引《中兴书目》云:"刘𫘧《史例》三卷,以前史详略,由于无法,故隐括诸凡,附经为例。"凡此均可说明刘𫘧重视著作体例的严正有法。

刘𫘧将所"闻往说"取名《传记》,也是重视"史例"的表现。因为此书里面有些传说有裨政教,序云"若高宗拒乳母之言",近于"昔汉文不敢更先帝约束而天下理康",有些"往说"虽"不足备之大典",但应"系之小说之末"。这也就是说,有些"记异"之说不宜列入国史,但可聊备一格,用笔记小说的方式记载下来。

既云"传记"，便是未经认真考核的材料。有的材料可信的程度高，已为新旧《唐书》和《资治通鉴》等史书所吸收；有些材料则传闻失实，已为后代史学家所驳正。例如《资治通鉴》卷一八八《唐纪》四高祖武德三年"罗士信将前军围慈涧"条，《考异》引《单雄信传》，云"太宗围逼东都，雄信出军拒战，援枪而至，几及太宗，徐世勣呵止之，曰：'此秦王也！'雄信惶惧，遂退。太宗由是获免。"又引刘𫗧《小说》曰："英公勣与海陵王元吉围洛阳，元吉恃膂力，每亲行围。王世充召雄信告之，酌以金碗，雄信尽饮驰马而出，枪不及海陵者一尺。勣惶遽连呼曰：'阿兄，此是勣主！'雄信乃揽辔而止，顾笑曰：'胡儿不缘你，且竟！'"司马光下加按语曰："《旧〔唐〕书》盖承此致误尔。雄信若知是秦王，则取之尤切，安肯惶惧而退！借如《小说》所云，雄信既受世充之命，指取元吉，亦安肯以勣故而舍之。况元吉之围东都，勣乃从太宗在武牢，今不取。"这个故事今见《隋唐嘉话》卷上。又《资治通鉴》卷一九一《唐纪》七高祖武德九年叙颉利可汗入侵京师事，《考异》引刘𫗧《小说》曰："武德末年，突厥至渭水桥，控弦四十万。太宗初亲庶政，驿召卫公问策。时发诸州军未到，长安居人胜兵不过数万，胡人精骑腾突挑战，日数合。帝怒，欲击之。靖请倾府库赂以求和，潜军邀其归路，帝从其言，胡兵遂退。于是据险邀之，虏弃老弱而遁，获马数万匹，金帛一无遗焉。"司马光下加按语曰："今据《实录》《纪》《传》，结盟而退，未尝掩袭，《小说》所载为误。"这个故事亦见今本《隋唐嘉话》卷上。两条材料与史实有出入，但是这些故事当时可能流传很广，所以刘𫗧也把他们写入《传记》中去的吧。

《资暇集》卷下《阮咸》条内也有辩驳的文字。

《风俗通》云"以手枇杷，谓之'琵琶'。自弹拨巳后，唯今四弦始专琵琶之名。"因依而言，则刘𫗧所云'贞观中裴洛儿始弃拨用

□，以指琵琶'，足是不知故事之言也。

所指裴洛儿事见今本《隋唐嘉话》卷中。看来刘𬬮只是记下当时有关琵琶的某一传说，本不像李匡文那样引经据典地想考证明白。

类似情况还可再举一个故事来讨论。《隋唐嘉话》卷中：

> 梁公夫人至妒，太宗将赐公美人，屡辞不受。帝乃令皇后召夫人，告以媵妾之流，今有常制，且司空年暮，帝欲有所优诏之意。夫人执心不回。帝乃令谓之曰："若宁不妒而生，宁妒而死？"曰："妾宁妒而死。"乃遣酌卮酒与之，曰："若然，可饮此酖。"一举便尽，无所留难。帝曰："我尚畏见，何况丁玄龄！"

与此类似的故事，还见于张鷟《朝野佥载》卷三，文曰："初，兵部尚书任瓌敕赐宫女二人，皆国色。妻妒，烂二女头发秃尽。太宗闻之，令上官赍金壶瓶酒赐之，云：'饮之立死。瓌三品，合置姬媵。尔后不妒，不须饮；若妒，即饮之。'柳氏拜敕讫，曰：'妾与瓌结发夫妻，俱出微贱，更相辅翼，遂致荣官。瓌今多内嬖，诚不如死。'饮尽而卧，然实非酖也，至夜半睡醒。帝谓瓌曰：'其性如此，朕亦当畏之。'因诏二女令别宅安置。"这一任瓌妻的故事，还见于《太平广记》卷二四八《任瓌》条，原出《御史台记》。比较之下，又当以《朝野佥载》《御史台记》上的记载更为接近事实。

《新唐书》卷二〇五《列女·房玄龄妻卢传》："房玄龄妻卢，失其世。玄龄微时，病且死，诿曰：'吾病革。君年少，不可寡居，善事后人。'卢泣入帷中，剔一目示玄龄，明无它。会玄龄良愈，礼之终身。"这位列女，与《隋唐嘉话》上的记载差距实在太大了，因此《隋唐嘉话》上的记载很难认为是真实的。这个故事的主角应以任瓌之妻为是。

像房玄龄之妻卢氏这样突出的事迹，当时的史官一定有所记载。我国史官记事的制度设置甚早，到了唐代，已经相当完备。《唐会要》卷六五《史馆上·诸司应送史馆事例》内规定："硕学异能，高人逸士，义夫节妇"等事，"有即勘报史馆，修入国史。"上列义项下有注曰："州县有此色，不限官品，勘知的实，每年录附考使送。"州县的情况尚且如此，像房玄龄妻这样的事迹，当时定会记录在案的。

除了各级行政机构注意搜集上述事迹逐级呈报外，个人也可把自己了解到的情况向史官推荐。元稹了解到甄济在安禄山之乱时大义凛然，因而作书向当时担任史官的韩愈推荐，《元氏长庆集》卷二九有《与史馆韩侍郎书》，随后甄济之事得载之史册。又如柳宗元访知段秀实的事迹甚详，作《段太尉逸事状》，并将这些资料向史官韩愈推荐，《柳河东集》卷三一有《与史官韩愈致段秀实太尉逸事状》，后来《新唐书》修段秀实的传记时，就大量采取了这篇文章记载的事迹。

唐初即有国史的编纂，《唐语林》卷二有云："魏文帝诗云：'画舸复堤'，即令淮浙间舳船篷子上帷幕耳。《唐书·卢藩传》言之。船子着油□，比惑之，见魏诗方悟。"这条文字原出《刘公嘉话录》，《永乐大典》卷之八千八百四十一《油·舡子着油》引此，即云出于韦书。《唐语林》则把它夹在《刘公嘉话录》的许多文字之间。因此，尽管今本《刘公嘉话录》中阙载，四库全书馆臣也可根据《永乐大典》得知这是什么书中的文字。但《永乐大典》编者和四库全书馆臣都不了解唐初修史的情况，所以他们于《唐书·卢藩传》下加按语曰："《唐书》无《卢藩传》。韦绚唐人，亦无引《唐书》之理，疑有脱误。"这也就是缺乏知识的臆断之词了。岑仲勉《隋唐史》第六十二节《学术与小说》"史学"中说："开、天间吴兢撰《唐书》，韦述、柳芳、令狐峘、于休烈等续成之，即《旧唐书》一部分之底本而唐人称曰'唐书'者也。"其下加注说明，即引《语林》校语，说是《四库全书》馆臣"盖以为指《新唐书》也。按《酉阳杂俎》'续四'有一条亦引《唐书》,可参拙著《旧唐书逸文辨》。"①可见唐初即有国史的编纂。

房玄龄妻卢氏的事迹,史馆中也会有材料留存。刘知幾父子都曾在史馆供职,自然会了解到各种有关情况。刘𫗧在《传记》中记下了卢氏酷妒的一条,看来这类故事社会上流传很广,一时真伪也难分,所以才记入笔记小说中去的吧。

"传记"一名,与"国史"相对;"国史异纂"一名,也与"国史"相对。刘𫗧依据"史例",将有别于"国史"的另一著作称为《传记》或《国史异纂》,按其内容来说,确是很合适的。

---

① 岑仲勉《旧唐书逸文辨》,载《历史语言研究所集刊》第十二本。

《明皇十七事》考

李德裕的《次柳氏旧闻》,一名《明皇十七事》,而传世的有些本子所载不止十七事,于是有人提出了疑问,以为后一名称不符事实。我在研究各种材料之后,认为"十七事"之说还是可信的。今将考核的结果缕陈如下。

李氏自序与宋代书目著录均作"十七事"

传世各本《次柳氏旧闻》的正文之前均有李氏自序,文曰:

> 大和八年秋,八月乙酉,上于紫宸殿听政,宰臣〔王〕涯已下奉职奏事。上顾谓宰臣曰:"故内臣力士终始事迹,试为我言之。"臣涯即奏曰:"上元中,史臣柳芳得罪,窜黔中,时力士亦徙巫州,因相与周旋。力士以芳尝司史,为芳言先时禁中事,皆芳所不能知,而芳亦有质疑者。芳默识之。及还,编次其事,号曰《问高力士》。"上曰:"令访史氏,取其书。"臣涯等既奉诏,乃召芳孙度支员外郎璟询事。璟曰:"某祖芳前从力士问,觊缕未竟,复著《唐历》,采摭义类尤相近者以传之。其馀或秘不敢宣,或奇怪,非编录所宜及者,不以传。"今按求其书,亡失不获。臣德裕亡父先臣与芳子吏部郎中冕贞元初俱为尚书郎,后谪官,亦俱东出,道相与语,遂及高力士之说,且曰:"彼皆目睹,非出传闻,信而有征,可为实录。"先臣每为臣言之。臣伏念所忆授凡有十七事。岁祀久,遗稿不传。臣德裕非黄琼之达练,习见故事;愧史迁之该博,惟次旧

闻。惧失其传,不足以对大君之问,谨录如左,以备史官之阙云。

这里介绍成书的经过,也就说明了《次柳氏旧闻》得名的由来。

《旧唐书》卷十七下《文宗纪》下大和八年九月"己未,宰臣李德裕进《御臣要略》及《柳氏旧闻》三卷。"《唐会要》卷三六《修撰》载大和八年"九月,宰相李德裕进《御臣要略》《次柳氏旧史》。"《册府元龟》卷五五六《国史部·采撰三》载"李德裕为中书侍郎平章事。太和八年九月己未,进《柳芳旧闻》三卷。"均指此事。只是《次柳氏旧闻》中一共只有十七个故事,至多只能编成薄薄的一卷,"三卷"云云,当是和《御臣要略》合在一起计算的。《新唐书》卷五九《艺文志》三、子录"儒家类"载"李德裕《御臣要略》",下注"卷亡",卷五八《艺文志》二、史录"杂史类"则载"李德裕《次柳氏旧闻》一卷",可知《御臣要略》当有二卷之多。

南唐刘崇远撰《金华子杂编》,卷上言及《次柳氏旧闻》,文曰:

> 《柳氏旧闻》,唐宰相李德裕所著也。德裕以上元中史臣柳芳得罪窜黔中,时高力士亦徙巫州,因相与周旋,力士以芳尝司史,为芳言先时禁中事,皆所不能知,而芳亦以质疑者默识之,次其事,号曰《问高力士》。上令采访故史氏取其书。今按其书已失不获。德裕之父与芳子吏部郎中冕贞元初俱为尚书郎,后谪官俱东出,道相与语,遂及高力士之说,乃编此为《次柳氏旧闻》,以备史官之说也。

与上比较,可知这段文字差不多是照抄李德裕的自序而成的。里面虽然没有提到"凡有十七事"之说,但因前后文字类同,《次柳氏旧闻》自序中的这一句话也不大可能出于后人的添加或擅改。"凡有十七事"之说应当可信。

宋代书目上记载此书,说法相同。晁公武《郡斋读书志》(袁州本)卷二上"杂史类"载《次柳氏旧闻》一卷,内云"但记十七事";陈振孙《直斋书录解题》卷五"杂史类"载《次柳氏旧闻》一卷,也说"凡十七条";可知截止宋代之时,这书的情况是很清楚的,李德裕一共记下了十七条有关唐明皇的轶事。

只是此书问世不久,柳珵《常侍言旨》中就记录了一条异闻,《说郛》(宛委山堂本)卷四九《常侍言旨》中第一事曰:

> 玄宗为太上皇时,在兴庆宫。属久雨初晴,幸勤政楼。楼下市人及往来者愈喜曰:"今日再得见我太平天子。"传呼"万岁",声动天地。时肃宗不豫,李辅国诬奏云:"此皆九仙媛、高力士、陈玄礼之异谋也。"下矫诏迁太上皇于西内,绝其扈从,部伍不过老弱二三十人。及中道,攒刃辉日,辅国统之。太上皇惊,欲坠马数四,左右扶持得免。高力士跃马前进,厉声曰:"五十年太平天子,李辅国旧为家臣,不宜无礼!"李辅国下马失其鞚。又宣太上皇语曰:"将士各得好在否?"于是辅国令兵士咸韬刀鞘中,高声云:"太上皇万福!"一时拜舞。力士又曰:"李辅国拢马。"辅国遂拢马着靴行,与将士等护侍太上皇平安到西内。辅国领众既退,太上皇泣持力士手曰:"微将军,阿瞒已为兵死鬼矣!"九仙媛、力士、玄礼皆呜咽流涕。翌日竟为辅国所构,流九仙媛于岭南安置,力士、玄礼长流远恶处。此事本在朱崖太尉所续《程史》第十六条内,盖以避时事,所以不书也。

《四库全书总目》卷一四〇、子部"小说家类"一著录《次柳氏旧闻》一卷,提要曰:"……柳珵《常侍言旨》(原注:案此书无别行之本,此据陶宗仪《说郛》所载。)首载李辅国逼胁元宗迁西内事,云'此事本在朱崖太尉所续《桯史》第十六条内,盖以避时事,所以不书也.'李德裕所著,别无所谓《桯史》者,知此书初名《桯史》,后改题今名。又知此书本十八条,删此一条,今存十七。至其名《桯史》之义,与所以改名之故,则不可详矣。"实则这个问题是由不同版本的文字歧误而引起的。四库馆臣看到的《说郛》,为明末清初人陶珽重辑,此书承明末刻书的遗风,草率从事,可靠的程度较差。民国初年张宗祥辑明钞本《说郛》,卷五录《常侍言旨》中文凡五条,第一条即宛委山堂本中的上述故事,而内云"此事本在朱崖太尉所续《柳史》第十六条内。"可知《桯史》中的"桯"字实为"柳"字之误。《唐会要》卷三六中称此书为《次柳氏旧史》,《太平广记》卷一三六、一六五引此书作《柳氏史》,《柳史》一名,当是简称。

而《说郛》中所载的这个高力士慑服李辅国的故事,还见于《戎幕闲谈》。《太平广记》卷一八八《李辅国》条,原"出《戎幕闲谈》",文字类同,只是"力士、玄礼长流远恶处"下作"此皆辅国之矫诏也。时肃宗大渐,辅国专朝,意西内之复有变故也"。可见这件禁中要闻确是由李德裕传述下来的。

这里得对《戎幕闲谈》一书的性质先作些介绍。《郡斋读书志》卷三下"小说类"著录《戎幕闲谈》一卷,"右唐韦绚撰。大和中为李德裕从事,记德裕所谈。"《直斋书录解题》卷十一"小说家类"著录《戎幕闲谈》一卷,"韦绚撰。为西川巡官,记李文饶所谈。"而《说郛》(宛委山堂本卷四六、张宗祥辑明钞本卷七)所录之《戎幕闲谈》,前有韦氏自序,文曰:"赞皇公博物好奇,尤善语古今异事。当镇蜀时,宾佐宣吐,亹亹不知倦焉。乃谓绚曰:'能题而记之,亦足以资于闻见。'绚遂操觚录之,号为《戎幕闲谈》。大和五年十一月二十三日巡官韦绚引。"可知"戎幕"也者,乃因李德裕时任剑南西川节度使之故。大和八年,李德裕撰《次柳氏旧闻》,曾把大和五年对韦绚谈过的这个故事写入,大约里面牵涉到宦官之间的一些复杂关系，不便奏上，后来还是删去了，这才成了《明皇十七事》中的"十七"之数。

这样也就涉及了《明皇十七事》《戎幕闲谈》两种小说之间的复杂关系，可以用来说明宋代刊刻小说时一种常见的现象。

《明皇十七事》中的文字与《戎幕闲谈》等书中的文字相混

曾慥《类说》卷二一的《明皇十七事》中，比起其他的本子，如《顾氏文房小说》本《次柳氏旧闻》，多出了五条文字，因此有的研究者认为此书所记不止十七事。丁如明辑校《开元天宝遗事十种》，所录《次柳氏旧闻》之后附《补遗》七则，后面五则即从《类说》中补入。① 这种混乱的情况，应该加以澄清。

《类说》卷二一《明皇十七事》中多出来的这五则故事，实际上是《戎幕闲谈》中的文字。因为《明皇十七事》出于李德裕自撰，《戎幕闲谈》出于李德裕口述，二者篇幅都很小，所以宋人刻书时也就合在一起，但他们又不加以说明，这才发生了上述混乱的情况。

今将这五条文字逐一考核。第一条《阿瞒》曰：

> 李辅国矫迁上皇于西内。中路见兵攒耀日，上皇惊顾，高力士在左右，到内，称平安。上皇泣曰："微将军，阿瞒已为兵死鬼矣！"

大家知道，《类说》或《绀珠集》中转录他书文字时，大加删节改写，但把这条文字和上引《太平广记》卷一八八所录《戎幕闲谈》中的文字

---

① 上海古籍出版社1985年版。

比较,那么此文原出后者,却不难看出。

第五条《客土无气》曰:

> 泓师与张说相宅,戒勿动西北土,以损旺气。后见气索,果掘三坑,说欲填之。泓曰:"客土无气,与地脉不相连。"

查《太平广记》卷七七《泓师》条,原"出《大唐新语》及《戎幕闲谈》"。此文前半叙张敬之忠于唐室事,泓师预言其弟讷之当得三品,"皆如其言",见《大唐新语》卷五《忠烈》第九;后半叙泓师与张说卜宅事,文字甚详,兹录引前面一部分如下:

> 泓复与张燕公说置买永乐东南第一宅,有求土者,戒之曰:"此宅西北隅最是王地,慎勿于此取土。"越月,泓又至,谓燕公:"此宅气候忽然索漠甚,必恐有取土于西北隅者。"公与泓偕行,至宅西北隅,果有取土处三数坑,皆深丈馀。泓大惊曰:"祸事!令公富贵止一身而已。更二十年外,诸郎君皆不得天年。"燕公大骇曰:"填之可乎?"泓曰:"客土无气,与地脉不相连。今总填之,亦犹人有疮痏,纵以他肉补之,终无益。"

接着叙述张说之子均、垍二人投降安禄山。其后张均弃市,张垍长流远恶处,竟终于岭表,"皆如其言"。两相比较,也可看出《类说》中的这条引文是从《戎幕闲谈》中节录出来的。

第四条《颜郎衫色如此》曰:

> 颜真卿问范氏尼曰:"吾得五品否?"尼指坐上紫丝布云:"颜郎衫色如此。"

查《太平广记》卷二二四《范氏尼》条，原"出《戎幕闲谈》"，文曰：

> 天宝中，有范氏尼，乃衣冠流也，知人休咎，鲁公颜真卿妻党之亲也。鲁公尉于醴泉，因诣范氏尼问命曰："某欲就制科，再乞师姨一言。"范氏曰："颜郎事必成，自后一两月必朝拜，但半年内慎勿与外国人争竞，恐有谴谪。"公又曰："某官阶尽，得及五品否？"范笑曰："邻于一品。颜郎所望，何其卑耶？"鲁公曰："官阶尽，得五品，身著绯衣，带银鱼，儿子补斋郎，某之望满也。"范尼指坐上紫丝布食单曰："颜郎衫色如此，其功业名节称是，寿过七十，已后不要苦问。"鲁公再三穷诘，范尼曰："颜郎聪明过人，问事不必到底。"逾月大酺，鲁公是日登制科高等，授长安尉。不数月，迁监察御史。因押班，中有喧哗无度者，命吏录奏次，即哥舒翰也。翰有新破石堡城之功，因泣诉玄宗，玄宗坐鲁公以轻侮功臣，贬蒲州司仓。验其事迹，历历如见。及鲁公为太师，奉使于蔡州，乃叹曰："范师姨之言，吾命悬于贼必矣！"

前者出于后者，也是不容置疑的。

《戎幕闲谈》一书，《文渊阁书目》卷八"子杂"内尚见记载，后来可就散佚了。而从《太平广记》中的引文来看，李德裕曾经集中讲述过几个著名的长篇故事，如卷七七《泓师》中的泓师故事，卷四六七《李汤》中的巫支祁故事，而卷三二《颜真卿》、二二四《范氏尼》中的颜真卿故事，更是铺叙详尽，为唐代的这位名臣提供了不少生动有趣可补正史不足的材料。

《戎幕闲谈》中的这个范氏尼故事，还曾为《唐语林》所转录，见今本卷六《补遗》。而在这条文字之前的第二条文字，也记颜真卿事，文曰：

颜鲁公尝得方士名药服之，虽老，气力壮健如年三四十人。至奉使李希烈，春秋七十五矣。临行，告人曰："吾之死，固为贼所杀必矣。且元载所得药方，亦与吾同，但载贪甚，等是死，而载不如吾。吾得死于忠耶？"于是命取席固圜其身，挺立一跃而出。又立两藤倚子相背，以两手握其倚处，悬足点空，不至地三二寸，数千百下。又手按床东南隅，跳至西北者，亦不啻五六。乃曰："既如此，疾焉得死吾耶？异日幸得归骨来秦，吾侄女为裴郾妻者，（原注：郾，即鲁公之亲表侄。）此女最仁孝，及吾小青衣翦彩者，颇善承事；是时汝必与二人同启吾棺，知有异于常人之死尔！如穆护，（原注：穆护，即鲁公男硕之小名也。）天性之道，难言至此。"至蔡州，责希烈反逆无状。竟不敢以面日相见，亦不敢以兵刃相恐，潜命献食者馈空器而已。翌日，贼令官翌来缢之。鲁公曰："老夫受箓及服药，皆有所得。若断吭，道家所忌。今赠使人一黄金带。吾死之后，但割吾他支节，为吾吭血以给之，死无所恨。"且曰："使人悟慧如此，不事明天子，反事逆贼，何所图也？"官翌从其言。至明年，希烈死，蔡帅陈仙奇奉鲁公丧归京。犹子颜岘实从柳常侍与裴氏女及剪彩同迎丧于镇国仁寺。咸遵遗旨，启棺如生。（原注：柳制鲁公挽歌词曰："杀身终不恨，归丧遂如生。"）

再来查看《类说》中《明皇十七事》的异文，即第二条《翦彩》曰：

颜真卿小鬟青衣名翦彩。

不难发现，这条文字正是由《唐语林》所从出的原文中节录出来的，而《唐语林》中的这个故事，又正是李德裕所叙述的颜真卿生平事迹完整故事中的一个部分。不论从《唐语林》中文字的性质来看，还是从《类说》中的引文来看,均可确定这一"翦彩"故事原出《戎幕闲谈》。

向达在《唐代长安与西域文明》第二章《流寓长安之西域人》中曾引用到《唐语林》中的这一条文字,他说:"又按康国人中每多摩尼教徒……穆护原为摩尼教中僧职之名,说者多以鲁公以穆护名其次男为异,今观其所作《康金吾神道碑》,可知鲁公与康国人曾有交往,则《语林》所云,或者鲁公服膺摩尼教旨,而获其养生之术欤?"[①]这种解释值得注意。唐代文人的思想,颇为复杂,即使是像颜真卿这样一位儒家正统思想的忠实信徒,也有很多"异端"的表现。原来他除兼崇佛、道之外,还与摩尼教有关。看来那时的文人并不细细辨析各家教旨的异同,也没有什么教派之间的门户之见,他们往往兼收并蓄,因而各种宗教思想纷然杂陈。李唐王室最为重视并极力宣扬的是道教,唐代文人或多或少受到过它的影响。颜真卿殉节之事甚为壮烈,于是信奉道教的人便使用"尸解"之说来作解释。

李德裕的宗教思想也有兼收并蓄的特点。作为"宗相"之后,他和李唐王朝的信仰保持一致,尤重道教。其所作《三圣记》曰:"有唐宝历二年,岁次丙午,八月丙申朔,十五日庚戌,玉清玄都大洞三道弟子、正议大夫、使持节润州诸军事、守润州刺史兼御史大夫充浙西道都团练观察处置等使、上柱国、赞皇县开国男、食邑三百户、赐紫金鱼袋李德裕,上为九庙圣主,次为七代先灵,下为一切含识,于茅山崇玄观南敬造老君殿院及造老君、孔子、尹真人像三躯,皆按史籍遗文,庶垂不朽。"(《李文饶别集》卷七)这里李德裕自称道号,为老君等造像,为先人求福,可见其信道的诚笃。何光远《鉴诚录》卷二曰:"李德裕相公性好玄门,往往冠褐,修彭祖房中之术,求茅君点化之功,沙汰缁徒,超升术士,但无所就,身死朱崖。"虽受晚唐五代贬抑李党的时风的影响,但

---

① 《唐代长安与西域文明》第 15 页,三联书店 1957 年版。

也道出了部分事实。这和李德裕在《戎幕闲谈》的几条文字中透露出来的对道教的兴趣，是完全一致的。

第三条《颜真卿地仙》曰：

> 颜真卿尝得神丹服之，后为李希烈所杀。希烈平后，欲改葬，发其棺，瞑目如生。隐士曹庸山曰："后三十年，必飞腾而去，被羽衣，行山泽间，即所谓地仙也。"

不难明白，嵌在前后四条《类说》引文中的这一文字，也是李德裕在《戎幕闲谈》里所讲述的颜真卿故事中的一个部分了。《永乐大典》卷之七千七百五十六·十九庚"形·死后全形"引唐《柳常侍言旨》，叙颜鲁公奉使李希烈为贼缢死事，后面接着说：

> ……蔡帅陈仙奇奉鲁公丧归京师，犹子颜岘启棺，瞑目如生，两手拳握，十指掐掌，爪出手背。肌体完全，悉无败坏，时隐士唐若山闻言曰："道流中以形全为上，气全次之。颜公能全其形，此后三、二十年，纵藏于铁石中，必能擘裂飞腾而去，被羽衣裘于山门间，所谓地仙也。"①

两相比较，这段文字与《颜真卿地仙》同出一源，应当是不成问题的；和前引《唐语林》卷六《补遗》中的文字同出一源，也应当是不成问题的。《永乐大典》编者以为上文原出《柳常侍言旨》，《常侍言旨》中的

---

① 唐若山，当时著名术士。《唐语林》卷一《言语》曰："代宗时，有术士曰唐若山，饵芝术，咽气导引，寿不逾八十。"《太平广记》卷二七有《唐若山》一条，原出《仙传拾遗》，叙其轶闻颇详。上文作"曹庸山"者乃误写。

故事与《戎幕闲谈》同出一源，因而记载类同，可知《类说》中的《颜真卿地仙》一文决非《明皇十七事》中之"事"。

《绀珠集》卷五《明皇十七事》中也先后录有《翦彩》《真卿地仙》《客土无气》《颜郎衫色如此》四条，今知三、四两条均出《戎幕闲谈》，一、二两条与第四条叙同一故事，不但俶诡周折，文风一致；而且首尾贯通，浑然一体。《太平广记》卷三二《颜真卿》条，原出《仙传拾遗》及《戎幕闲谈》《玉堂闲话》，相当于"及"下二书的位置内有"别传"云云的两段文字，至"自当擘裂飞去矣"为止，显然就是概括《戎幕闲谈》中《翦彩》《真卿地仙》两条文字而成的。那么《绀珠集》中的这四条文字均出《戎幕闲谈》，或可成为定论。

总结上言，可知附在《类说》卷二一《明皇十七事》之后的五条异文，都是《戎幕闲谈》中的文字，后人不应该把它们作为"补遗"而附入《明皇十七事》。

唐代文人都喜欢谈明皇时的轶事。高力士是明皇的亲信宦官，河东柳氏世代均掌史职，李吉甫父子又是博闻多识的达官贵人，由李德裕笔录而进上之书，自然会不胫而走。但是此书毕竟过于简略，于是不断有人起而续作或仿作。《新唐书》卷一六五《郑处诲传》曰："先是，李德裕次《柳氏旧闻》，处诲谓未详，更撰《明皇杂录》，为时盛传。"《郡斋读书志》于《次柳氏旧闻》的提要中也说："后文宗访力士于德裕，德裕编次上之，多同《明皇杂录》。"这是征诸二书而可知的。例如《次柳氏旧闻》中叙张果事，《明皇杂录》卷下亦叙张果事甚详；《次柳氏旧闻》叙元献皇后思食酸，张说袖木瓜以献，《白孔六帖》卷一百引《明皇杂录》亦载。但《明皇杂录》散佚的情况很严重，现已无法一一详考。只是李德裕著书在前，郑处诲的《明皇杂录》产生在后，应该说是后书多同《明皇十七事》。

宋代编印笔记小说时，出于当时社会上的偏见，大家并不把这类著作的价值看得很高,态度一般都较随便,目的可能还在于牟利。而且这类著作的篇幅常是很小,有人也就经常把同类性质的书或是有关的书合在一起刊行了。《绀珠集》卷五载《明皇十七事》,于作者李德裕名下注明附"柳珵《常侍言旨》"说明此书是把《明皇十七事》和《常侍言旨》合在一起刊行的。按之下文,乃是《明皇十七事》和《戎幕闲谈》合刻,加入了《常侍言旨》中的《上清》《陆九》两条。由此可见,《次柳氏旧闻》《戎幕闲谈》二书的合编由来已久,和《常侍言旨》合编在一起也已历有年代,所以《绀珠集》等书的编者也就不再把内部的条文分别标明了。

这种情况造成笔记小说文字归属问题上的很多混乱。即如上述《范氏尼》一条,《太平广记》卷二二四引此,云出《戎幕闲谈》,《白孔六帖》卷八引此,亦名《范氏尼》,云出《明皇十七事》,而同书卷三三引此,又云出《常侍言旨》,《海录碎事》卷十四引此,亦名《范氏尼》,则云出《大中遗事》。或许《常侍言旨》和《大中遗事》中记载的事件性质多类同,故而辗转相混的吧。《南部新书》卷辛亦载范氏尼事,不知钱易从何处录得?但由此可见,宋代刊刻笔记小说时纷糅殊甚,如不熟悉各种书的源流演变,那是很难清理的。

王和《从〈开元天宝遗事十种〉谈古籍整理的方法》一文,也谈到了这方面的问题,里面提到"又如《次柳氏旧闻》,根据《类说》本的《明皇十七事》辑了五条佚文作为补遗。其中第一条'李辅国矫迁上皇于西内'比较可信,其馀四条都不是玄宗时的故事,而且掘《绀珠集》卷五《明皇十七事》题下注作'柳珵常侍言旨',似乎已经混入《常侍言旨》的佚文。其中《客土无气》一条,就见于《唐人说荟》本的《常侍言旨》。另外三条恐怕也不是《次柳氏旧闻》的原文。"[1]所言切中要害,目光可谓

犀利。可惜他只注意到《绀珠集》中的注文,轻信《唐人说荟》等不可靠的本子,而没有注意到关系更为密切的《戎幕闲谈》一书,以致功亏一篑,殊为可惜。实则《资治通鉴》卷二二〇《唐纪》三六"上欲免张均、张垍死"下,《考异》引柳玭《常侍言旨》中的文字,即《客土无气》的后面部分,说明《常侍言旨》和《戎幕闲谈》之间的混乱情况尤为严重。但《太平广记》编者见到的《戎幕闲谈》,应当是近于原书面貌的单行本,此书不录《常侍言旨》,可能因其流传的广泛程度逊于《戎幕闲谈》。总的看来,《类说》中引录的颜真卿故事应当全部出自《戎幕闲谈》。

《明皇十七事》书写格式和文字真伪的考辨

《顾氏文房小说》本的《次柳氏旧闻》,没有《开元天宝遗事十种》内《次柳氏旧闻·补遗》中的七条文字,全书正作十七条,与宋代书目上的记载相符,但其间还存在着问题。

无畏请雨一条,末云"洛京天津桥有荷泽寺",复述时于"荷"下加注曰:"上声"。古人常有这种加注的体例,但古代刻书时因条件限制,有时刻成小字,有时则仍刻成大字,夹在正文中,这就难于区别了。然而若把各种本子对校,则仍不难发现,例如《顾氏文房小说》本的《资暇集》,与《唐语林》中相应的条文对校,可知不少文字实为小注。

这种情况,对于那些比较熟悉古书体例的人来说,还是不难识别的。

《次柳氏旧闻》中玄宗诏掖庭令选女子赐太子一条,内云"〔上〕顾力士曰:'太子居处如此,将军盍使我闻之乎?'"下面接着三句:"上在禁中,不名力士,呼为'将军'。"《说郛》(宛委山堂本)卷三六《次柳氏旧闻》、卷五二《明皇十七事》均作双行夹注。这条文字并见《唐语林》卷一《德行》,上述三句亦作小注。可知《顾氏文房小说》本《次柳氏旧闻》

中的文字已和李德裕原来的书写格式不合,但可通过这条文字而类推,将之一一抉发。

唐人撰写的笔记小说,为了表示传承有自,言必有据,时常标明出处,用小注的方式提示。《杜阳杂编》《北梦琐言》等书中的好些条文,尚斑斑可考。《次柳氏旧闻》中的一些文字同样如此。此书第一条,叙元献皇后方娠,张说悉心侍奉事,末云:"〔柳〕芳本张说所引,说尝自陈述,与力士词协也。"《说郛》本即作双行夹注。这应当是保持原貌的书写格式。

与此同类,如无畏请雨条中有句曰:"时孟温礼为河南尹,目睹其事。温礼子皞,尝言于臣先祖、先臣,与力士同。"原来也应当是用小字书写,作为注文提示出处的。

清初陶珽重辑《说郛》,擅自增损材料,以致真伪杂糅,遭到后人不少批评。但它里面毕竟保留着许多元代陶宗仪所辑的原书,因而也不能截然加以否定。如能细加甄辨,还是可以用来探知不少古籍的原貌。查该书卷三六有《次柳氏旧闻》十六条,卷五二有《明皇十七事》十七条,文字小有异同。通过比较,且与他书辗转互证,可以作为替李德裕此书作复原工作的有用材料。

首先,这两种本子中的玄宗诏掖庭令选女子赐太子和一殿有三天子两条都合为一条,这是可信的。按照上面的分析,这条文字的原样应是这样的:

> 肃宗在东宫,为李林甫所构,势几危者数矣。无何,须鬓斑白。常早朝,上见之,怃然曰:"尔第归院,吾当幸汝。"及上至,见宫中庭宇不洒扫,而乐器久屏,尘埃积其间,左右使令无有妓女,上为之动色。顾谓力士曰:"太子居处如此,将军盍使我闻之乎?"上在禁中,不名力士,呼为将军。力士奏曰:"臣尝欲上言,太子不许,

曰：'无勤上念。'"上即诏力士下京兆尹，丞选人间女子颜长洁白者五人，将以赐太子。力士趋出庭下，复还奏曰："臣他日尝宣旨京兆阅致女子，人间嚣嚣然，而朝廷好言事者得以为口实。臣以为掖庭中故衣冠以事没其家者，宜可备选。"上大悦，使力士诏掖庭令按籍阅视，得三人，乃以赐太子，而章敬皇后在选中。顷之，后侍寝，魇不寐，吟呼若有疾痛、气不属者。肃宗呼之，不解，窃自计曰："上始赐我，卒无状，不寤，上安知非吾护视不谨耶？"遽秉烛视之，良久方寤。肃宗问之，后以手掩其左胁曰："妾向梦中，有神人长丈馀，介金甲，操利剑，谓妾曰：'帝命吾与汝为子。'自左胁以剑抉而入腹，抉处痛殆不可忍，及今未之已也。"肃宗验之于烛下，有若綖而赤者存焉。遽以状闻，遂生代宗。吴操尝言于先臣，与力士说符。代宗之诞三日，上幸东宫，赐之金盆，命以浴。吴皇后年幼体弱，皇孙龙体未舒，负媪惶惑，乃以宫中诸王子同日生而体貌丰硕者以进。上视之不乐，曰："此非吾儿。"负媪叩头具服。上睨谓曰："非尔所知，趣取吾儿来！"于是以太子之子进见。上大喜，置诸掌内，向日视之，笑曰："此儿福禄一过其父。"及上起身还宫，尽留内乐，谓力士曰："此一殿有三天子，乐乎哉！可与太子饮乐焉。"吴溱尝言于先臣，与力士说亦同。

这样看来，《顾氏文房小说》本的《次柳氏旧闻》中实际上只有十六条文字。

又《说郛》本的《次柳氏旧闻》和《明皇十七事》的第十一条曰：

天宝中，安禄山每来朝，上特异待之，为致殊礼，殿西遍张金鸡障，来辄赐坐。肃宗谏曰："自古正殿无人臣坐礼。陛下宠之既厚，必将骄也。"上呼太子前曰："此胡有奇相，吾以此厌弭之尔。"

显然，这就是《开元天宝遗事十种》内《次柳氏旧闻·补遗》中的第一条文字。《顾氏文房小说》本缺佚，亟应据此补入。考金鸡障之事，唐代传播甚广，多次见于记载。新、旧《唐书》的《安禄山传》、《资治通鉴》卷一二五天宝六载、《安禄山事迹》卷上、郑嵎《津阳门诗》"金鸡画障当罘罳"原注、《开元天宝遗事》卷下《金鸡障》等文中也有记载，而以《次柳氏旧闻》中的这条文字记叙最为完整，足供治史者参考。

　　《独异志》卷下也记此事：

　　　　玄宗御勤政楼，下设百戏，坐安禄山于东阁看。肃宗谏曰："历古今无臣下与君王同坐阅戏者。"上曰："渠有异相，故襐之。"

　　不难看出，这是改写上述故事而成的。按《独异志》一书，作者和时代都不清楚，但考之文字，可知此书乃纂辑前人著作而成，即使叙及当代的事，也以改编同时人的著作为多。如卷上"玄宗打羯鼓"一条，原出南卓《羯鼓录》；"唐高宗尝苦头风而目闭心乱"一条，原出丁用晦《芝田录》（《类说》卷十一引）或胡璩《谈宾录》（《太平广记》卷二一八引）；卷中"唐文宗朝，宰相路随志行清俭"一条，原出丁用晦《芝田录》（《类说》卷十一引）；卷下"太宗朝罢归"一条，原出《隋唐嘉话》卷上。作者从《隋唐嘉话》一书中收录的条文较多，其他各书则仅各自摘录一、二条而已。大约这是为了注意故事的"独异"而态度特别慎重的吧。

　　胡璩为"文、武时人"，《羯鼓录》的前录部分成于大中二年，而《独异志》中的故事又截止于中唐，可知此书应当写成于宣宗时或稍后。作者李亢（一作李冗）和李德裕为同时人。此书卷下曰："武宗朝，宰相李德裕奢侈极，每食一杯羹，费钱约三万，杂宝贝珠玉雄黄朱砂煎汁为之。至三煎，即弃其滓于沟中。"则又似乎写在李德裕已死之后。《独异志》中集纳同时人所编写的奇特故事,有关安禄山的这一条,有踪迹可循者,只能是李德裕的《次柳氏旧闻》一书。

如上所言,《顾氏文房小说》本的《次柳氏旧闻》中的十六条文字再加上"金鸡障"一条,恰合"十七"之数。"明皇十七事"云云,谅由此起。

《说郛》本的《次柳氏旧闻》末尾还有这样一条文字:

> 天宝中,上于内道场为兆庶祈福,亲制素黄文。及登坛之际,其文乃自然凌空而上,腾于天也。闻空中有言"圣寿延长",王公已下请编入史册,制从之。

这也就是《开元天宝遗事十种》内《次柳氏旧闻·补遗》中的第二条文字了。此文并见《南部新书》卷丙,文曰:"天宝四年,撰黄素文于内道场,为民祈福。其文自飞上天,空中云:'圣寿延长。'"则是《说郛》本末尾之文当出唐人某小说,今已无法详考。查此文有史实为根据,《册府元龟》卷五四《帝王部·尚黄志二》曰:"〔天宝〕四载正月甲子,帝于内道场为兆庶祈福,亲撰黄素文,登坛,其文腾空,自飞上天,空中有言曰'圣寿延长'。丁卯,皇太子、诸王上表贺曰:'今年六月,伏见陛下昭告上帝,阴骘下民,勤恤苍生,克成黄素;况灵丹神合,秘药天成,聿修增坛,奉以行事。肃恭展礼,飞章腾踊而入云;虚空有言,"圣寿灵长"而象岳。休祐灵感,旷古未闻。伏望宣示朝廷,录付史馆。'手诏报曰:'顷以献岁,亲祠百灵,岂精至之上昭,而祯祥之展应。神言报休徵之庆,黄素飞云汉之间。皆宗社降灵,福流寰宇。岂予微盛,独能致之。所请宣示朝廷光于史册者依。'"《资治通鉴》亦载此事,卷二一五《唐纪》三十一玄宗天宝四载"春正月庚午,上谓宰相曰:'朕比以甲子日,于宫中为坛,为百姓祈福。朕自草黄素置案上,俄飞升天,闻空中语去"圣寿延长"。'……太子、诸王、宰相皆上表贺。"胡三省注:"史言唐之君诞妄而臣佞谀。"《说郛》本《次柳氏旧闻》中末尾的这一条文字原来即出于此。但何人节录编写，则已无法查考了。

这条文字不可能是《次柳氏旧闻》的原文。按李德裕撰写此书，是照年代先后排列史实的，末尾两条似有乖舛，实则二者叙黄缯绰事，按照古人撰述通例，谐谑之类的文字例当列于全书之末。玄宗"亲制素黄文"事发生在天宝四载，岂能置于谐谑之后，全书之末？据此可以断定该文字非《次柳氏旧闻》的原有。颇疑此事原出《国史》，或为《戎幕闲谈》中文，因为李德裕曾阅读过《国史》，并对神异之事饶有兴趣，观《资州献龙》一条即可知。此文今见《类说》卷五三引《戎幕闲谈》。

总结上言，可知《次柳氏旧闻》一名《明皇十七事》，与事实相符。清人所刻的《学海类编》，《明皇十七事》中有十九事，乃因考核不精而有误入误出的情况所致。今知若将前面的九、十两条合为一条，删去最后一条，正合"十七事"之数。

《常侍言旨》考

一部扑朔迷离的小说

《常侍言旨》一书,似有似无,若隐若现,情况颇为复杂。令人费解的是:

(一)宋初李昉等人奉敕编纂《太平广记》,共有五百卷之巨,材料极为丰富,实为前此小说集子的渊薮。其时上距唐代至近,唐代的著名小说集子大都包容其中,而《常侍言旨》一书却不见收纳,令人诧异。

(二)后代著作,《说郛》(宛委山堂本)卷四九有《常侍言旨》,共录《李辅国》《杨妃好荔枝》《安禄山心动》《玄宗思张公》《玄宗幸长安》《李唐讽肃宗》六条,其中第一条并见张宗祥辑明钞本《说郛》卷五,当为原书所有,而《太平广记》卷一八八《李辅国》条,文字类同,下注"出《戎幕闲谈》"。其他五条则均见李肇《国史补》卷上,显非原书所有。① 可知宛委山堂本《常侍言旨》已是后人杂编的赝本。《唐人说荟》内亦有《常侍言旨》其书,情况相同,但又增加了《浮屠泓戒张说》一条,此亦当为原书文字。说见下。

(三)《绀珠集》卷五《明皇十七事》题下有注,云:"柳珵《常侍言旨》附。"按此处共摘录十四条文字,自第七条《张果老》至十四条《兴庆小龙》,出自《明皇十七事》;其前《剪彩》《真卿地仙》《客土无气》《颜郎衫色如此》《上清》《陆九》六条,应当就是《常侍言旨》中的文字了。但

---

① 《说郛》中文原无标题,后五条根据《国史补》原标题补。

第四条《颜郎衫色如此》、第三条《客土无气》、第二条《颜真卿地仙》并见《太平广记》卷二二四《范氏尼》、七七《泓师》、三二《颜真卿》条,其下均注"出《戎幕闲谈》",可知《常侍言旨》与《戎幕闲谈》二者之间的混淆尤为严重。

上述种种,说明《常侍言旨》一书的性质至为复杂,其内容殊难辨明,近人于此多所探索,然尚未能得出可信的结论。我在《〈明皇十七事〉考》一文中也作过一些研究,①现在看来也有待于深入,今在前文的基础上续作探讨,以期得到近乎实际的结论。

《常侍言旨》若干文字的考核

《常侍言旨》一书,《新唐书》卷五九《艺文志》三"小说家类"、《崇文总目》卷二"传记类"、《通志》卷六八《艺文略》六"小说类"、《昭德先生郡斋读书志》(袁州本)卷三下"小说类"、《直斋书录解题》卷十一"小说家类"、《宋史》卷二百六《艺文志》五"小说类"均曾著录,都作一卷,《文渊阁书目》卷六"史杂"内有"《常侍言旨》一部,一册,阙。"可知此书直到明代中叶之前尚还存在,不知存者内容是否仍为柳珵之旧?

如上所言,此书文字常与他书相混,但有若干文字可证仍为柳氏原作。

《说郛》(宛委山堂本)卷四九、(张宗祥辑明钞本)卷五中有叙李辅国矫诏逼迫玄宗迁西内事,中有"九仙媛、力士、玄礼皆呜咽流涕。翌日竟为辅国所构,流九仙媛于岭南安置,力士、玄礼长流远恶处"的记载。查《资治通鉴》卷二二一肃宗上元元年六月亦记此事,内云"上又命玉真公主,如仙媛,内侍王承恩、魏悦及梨园弟子常娱侍左右",《考

---

① 原载《古籍整理与研究》第四期,中华书局1989年版。

异》曰："《常侍言旨》作'九仙媛',《唐历》作'九公主、仙媛',今从《新、旧传》,盖旧宫人也。"说明《常待言旨》中确有这一条文字。又《资治通鉴》卷二二〇肃宗至德二载叙上皇与肃宗在处分张均、张垍的问题上持不同意见时,《考异》引柳珵《常侍言旨》云："太上皇召肃宗谓曰：'张均弟兄皆与逆贼作权要官,就中张均更与贼毁阿奴、三哥家事,虽犬彘之不若也。其罪无赦。'肃宗下殿,叩头再拜曰：'臣比在东宫,被人诬谮,三度合死,皆张说保护,得全首领以至今日。说两男一度合死,臣不能力争,倘死者有知,臣将何面目见张说于地下？'呜咽俯伏。太上皇命左右曰：'扶皇帝起。'乃曰：'与阿奴处置张垍,宜长流远恶处；张均宜弃市。阿奴更不要苦救这贼也。'肃宗掩泣奉诏。"司马光随后加按语曰："肃宗为李林甫所危时,说已死,乃得均、垍之力。均、垍以说遗言尽心于肃宗耳。今略取其意。"可知《常侍言旨》中的记叙在细节上还有一些不尽正确之处。但司马光看到过原书,才能"略取其意"加以引证。

《太平广记》中的《泓师》一条,由《大唐新语》和《戎幕闲谈》二书中的文字组成,《戎幕闲谈》中的文字自"泓复与张燕公说置买永乐东南第一宅"始,区划甚为明显。而此书文字又可分前后两段,自"燕公子均、垍皆为安禄山委任"下,与《资治通鉴考异》引《常侍言旨》文合,前面的文字,也就是《绀珠集》卷五附《常侍言旨》中的"客土无气"一条,由此可知《唐人说荟》中的第七条文字,确从《常侍言旨》中录出。《唐人说荟》中的"浮屠泓戒张说"即"客土无气"。《天中记》卷七、卷十四引此,亦均云出《常侍言旨》。

又《唐语林》卷六《补遗》中"颜鲁公尝得方士名药服之"一段文字,我在《〈明皇十七事〉考》一文中以为出于《戎幕闲谈》者,细加考察,《常侍言旨》中或亦有之。因为这条文字末尾一段记载："犹子颜岘实从柳常侍与裴氏女及蒨彩同迎丧于镇国仁寺。咸遵遗旨,启棺如生。

（原注：柳制鲁公挽歌词曰：'杀身终不恨，归丧遂如生。'）"这里提到的柳常侍，显然就是柳登其人了。柳珵记录伯父柳登的"言旨"；柳登以散骑常侍致仕，此乃名位甚高之荣誉职衔，这一称呼正可为《常侍言旨》这一书名提供佐证。

又《永乐大典》卷之七千七百五十六·十九庚《形·死后全形》引唐《柳常侍言旨》，叙颜真卿被李希烈派人缢死，接着说蔡帅陈仙奇奉鲁公丧归京师，犹子颜岘启棺，瞑目如生，两手拳握，十指掐掌，爪出手背。肌体完全，悉无败坏。时隐士唐若山闻言曰："道流中以形全为上，气全次之。颜公能全其形，此后三、二十年，纵藏于铁石中，必能擘裂飞腾而去，被羽衣裳于山门间，所谓地仙也。"显然是《绀珠集》中所引《真卿地仙》的原文。《永乐大典》中保存着许多前代著作的原本，《柳常侍言旨》一书的情况谅亦如此。

通过以上的考核，可使我们对此书的情况增进了解。凭借《常侍言旨》中残存至今的这些文字，可为我们辨析诸书淆乱的情况，提供可靠的依据。

《常侍言旨》《戎幕闲谈》同中有异

上述情况表明，《常侍言旨》与《戎幕闲谈》二书重合的情况极为严重。像《李辅国》《泓师》二条，《太平广记》以为出于《戎幕闲谈》，《资治通鉴考异》则引作《常侍言旨》，要说二者之中有一种书记载错误，可也提不出任何证据，因为《广记》《考异》的编纂者都能看到唐人著作的早期传本，很难说他们引证二书时有误。

那是否还有另一种可能，有的学者即认为《太平广记》征引的《戎幕闲谈》中羼入了《常侍言旨》的文字，或者说，《太平广记》中引用的《戎幕闲谈》可能是和《常侍言旨》合编在一起的，但却只标出《戎幕闲谈》一名，所以全书没有出现《常侍言旨》这一名字。

但是这一假设也有经不起检验之处。

即如《李辅国》一条，《太平广记》中的记载和《说郛》中的记载还有一些不同，结尾时文字有异。《太平广记》引《戎幕闲谈》，于"既而九仙媛、力士、玄礼长流远恶处"句下，接着说："此皆辅国之矫诏也。时肃宗大渐，辅国专朝，意西内之复有变故也。"张宗祥辑明钞本《说郛》中的《常侍言旨》于"……流九仙媛于岭南安置，力士、玄礼长流远恶处"下，接着用下述文字结束："此事本在朱崖太尉所续《柳史》第十六条内，盖以避时事，所以不书也。"不难看出，这是柳珵的原文，《戎幕闲谈》中不可能出现这种语气。《太平广记》卷四七二《高崇文》条，出自《戎幕闲谈》一书，首句作"唐赞皇公李德裕曰"，这一文字显然经过修改，但韦绚称呼李德裕为"赞皇公"，却是符合实际的。《太平广记》卷一八八《李辅国》条末尾加上了几句解释性的文字，说明李辅国矫诏逼迁玄宗于西内的原因，当为《戎幕闲谈》中的原有文字，因为《太平广记》作者摘录他书文字时虽然时有改动，但一般只是在标示朝代和作者名字等问题上略作修改，未见有擅自增加阐释性质的大段文字出现。

再说《太平广记》编者著录《戎幕闲谈》时，假如用的真是夹杂进了《常侍言旨》的合编本，那么像《李辅国》条末尾的"朱崖太尉"等文字，还是不难看出其非原书所当有，而在当时来说，想来也不难找到《常侍言旨》原书以资对勘的。

《常侍言旨》《戎幕闲谈》同源异脉

《常侍言旨》《戎幕闲谈》二书同中有异，确属两种不同的书，那么又有一个疑问有待解决，为什么二者会有这么多类同的情况出现？

这就应当回过头来考察《明皇十七事》李德裕自序内的记载了。李德裕自言他的材料来源出自柳氏，并且详叙有关记录玄宗一朝轶事时多次与柳家交往的经过，可见李氏一门与柳氏一门关系深切。柳氏为史学世家，柳芳尝为史官，与韦述缀辑吴兢所次国史，韦述死后，柳芳整理成书。后柳芳因事遭贬，与高力士于赴黔中时相遇，从力士质开元、天宝间禁中事，号曰《问高力士》，其书不传。李吉甫与芳子吏部郎中冕贞元初俱为尚书郎，后谪官，亦俱东出，又谈到了高力士之说。《新唐书》卷二百《儒学下·畅当传》曰："贞元初，为太常博士。昭德皇后崩，中外服除，皇太子、诸王将服三年，诏太常议太子服。当与博士张荐、柳冕、李吉甫曰……天子从之。"说明柳冕与李吉甫每在政局中同进退，交往非同一般。李德裕有关这一方面的记载，从其父亲处听来，其源则出自柳氏，所以《明皇十七事》一名《次柳氏旧闻》。

柳珵是柳冕的儿子。《郡斋读书志》（袁州本）卷三下"小说类"中有《家学要录》一卷，曰："右唐柳珵撰。采其曾祖彦昭、祖芳、父冕家集所记累朝典章因革、时政得失，著此录，小说之尤者也。"《直斋书录解题》卷十一"小说家类"中载《柳常侍言旨》一卷，"唐柳珵撰。常侍者，其世父芳也。凡六章，末有《刘幽求》及《上清传》。"陈振孙的这一记载是错误的，考柳芳从未任过散骑常侍之职，柳氏门中，只有柳登尝官右散骑常侍，见《旧唐书》卷一四九、《新唐书》卷一三二《柳登传》。柳芳子二人，长子柳登，次子柳冕。柳登之子柳璟。看来柳登承其父芳之遗绪，也喜欢谈论当朝轶事，所以王涯等奉诏搜求高力士终始事迹时要向柳璟了解情况了。柳珵为柳登之侄，所以《郡斋读书志》（袁州本）卷三下"小说类"中正确地记为"柳珵记其世父登所著。"世父即伯父。

李德裕见闻广博，文学过人，他在与韦绚交谈时，有一部分材料出自柳芳、柳冕等所述。当然,也不排除有一部分材料出自柳登所述。《常侍言旨》一书,顾名思义,可知纯系柳珵记录柳登的谈话,而柳登的见闻,反映了柳氏一门的特有经历。由此可知,《常侍言旨》《戎幕闲谈》中有一些文字重合,从材料的来源上考察,不足为怪。况且李氏喜欢谈论轶事异闻,柳氏也有这种作风,二家记叙同一来源的故事,当然会有类同的情况出现了。

但从时间上来说,《常侍言旨》成书的时代显然要晚得多。《李辅国》条末称李德裕为"朱崖太尉",说明其时已在宣宗贬斥李氏之后。李德裕为一代名臣,功烈辉煌,然横遭打击,身后萧条,一直引起人们的同情。此人又是当时朋党中的魁首,时人记载他的轶事,囿于成见,也有一批幸灾乐祸的人,对他的贬逐大肆渲染。一些以其谪死为快的人,或以"朱崖"称代,隐含贬义;而时人称之为"朱崖太尉"者,则大都是抱同情态度的人,"太尉"之上冠以"朱崖",正是顾念其前时功业而对贬死崖州隐含不平之意。柳珵称李德裕为"朱崖太尉",从两家的交谊来看,乃情理中事。看来柳珵看到过韦绚记录的《戎幕闲谈》,他就其中柳登也曾谈到过的几则故事重加记叙,所以情节类同,而文字小有出入。这或许也是对李德裕表示同情与纪念的一种方式吧。

又柳珵撰《上清传》传奇,为窦参翻案,攻击陆贽一党,可见柳氏在窦、陆两大政治集团的斗争中站在窦参一边。李吉甫曾蒙窦参赏识提拔,而为陆贽所贬逐。看来两家政治态度上有一致之处,[①]文学喜好亦有相同之处,而古人撰述小说之时又较随便,不像后人那样定要争得著作权,这就出现了两家著作记述相同的有趣现象。

---

① 参看卞孝萱《唐代小说与政治》中《上清传》部分,载其《唐代文史论丛》,山西人民出版社 1986 年版。

《常侍言旨》一书的价值

《常侍言旨》仅一卷，《郡斋读书志》《直斋书录解题》均云内有六章，这个"章"字指的是什么？

按章为乐曲之名。一组乐曲，演奏时有间歇而告一段落，即称为一章，《诗三百篇》中的许多文字原可施之于乐曲演奏，故亦以章分列。由此可知，《常侍言旨》共收六章文字，当指可以自成段落的六段文字。《郡斋读书志》录《甘泽谣》一卷，"载谲异事九章"，《直斋书录解题》亦云一卷，"所记凡九条"，可知一章即一条。《常侍言旨》六章即六条文字。用现在的话来说，也就是自成起讫的六篇小说。六篇小说外加两篇传奇，编成一卷文字。看来这六篇小说的文字都较长。时至今日，六篇小说的名字已难确知，但其中应当包括《李辅国》《泓师》《颜真卿》等几篇在内。这些文字也是传奇性质的长篇小说。

这几个故事并见《戎幕闲谈》。或许当年《太平广记》的编者看到《戎幕闲谈》成书在前，因而不录《常侍言旨》的吧。《上清传》已吸收进《异闻集》，《太平广记》采录传奇时，大都从《异闻集》中转录，不从原书引录，《刘幽求传》一文则似未被采录，所以《常侍言旨》一名始终没有在《太平广记》中出现。

这些文字都有很高的史料价值。《李辅国》一条已为新、旧《唐书》和《资治通鉴》等书所采录；《泓师》一条，除《资治通鉴》采录外，《宋高僧传》卷二九《唐京兆泓师传》亦引。但比较起来，《戎幕闲谈》《常侍言旨》中的《颜真卿》故事尤其值得重视。这一唐代名臣生平轶事中的许多片断，其他典籍均未记载。后人可把标名《戎幕闲谈》和《常侍言旨》的同一系列文字集合起来进行复原，今将两种书中的文字组合如下：

天宝中，有范氏尼，乃衣冠流也，知人休咎，鲁公颜真卿妻党之亲也。鲁公尉于醴泉，因诣范氏尼问命曰："某欲就制科，再乞师姨一言。"范氏曰："颜郎事必成，自后一两月必朝拜，但半年内慎勿与外国人争竞，恐有谴谪。"公又曰："某官阶尽，得及五品否？"范笑曰："邻于一品。颜郎所望，何其卑耶？"鲁公曰："官阶尽，得五品，身著绯衣，带银鱼，儿子补斋郎，某之望满也。"范尼指坐上紫丝布食单曰："颜郎衫色如此，其功业名节称是，寿过七十，已后不要苦问。"鲁公再三穷诘，范尼曰："颜郎聪明过人，问事不必到底。"逾月大酺，鲁公是日登制科高等，授长安尉。不数月，迁监察御史。因押班，中有喧哗无度者，命吏录奏次，即哥舒翰也。翰有新破石堡城之功，因泣诉玄宗。玄宗坐鲁公以轻侮功臣，贬蒲州司仓，验其事迹，历历如见。及鲁公为太师，奉使于蔡州，乃叹曰："范师姨之言。吾命悬于贼必矣！"（《太平广记》卷二二四《范氏尼》，出《戎幕闲谈》。）

　　颜鲁公尝得方士名药服之，虽老，气力壮健如年三四十人。至奉使李希烈，春秋七十五矣。临行，告人曰："吾之死，固为贼所杀必矣。且元载所得药方，亦与吾同，但载贪甚，等是死，而载不如吾，吾得死于忠耶？"于是命取席固围其身，挺立一跃而出；又立两藤倚子相背，以两手握其倚处，悬足点空，不至地三、二寸，数千百下；又手按床东南隅，跳至西北者，亦不啻五、六。乃曰："既如此，疾焉得死吾耶？异日幸得归骨来秦，吾侄女为裴郾妻者（原注：郾，即鲁公之亲表侄。）此女最仁孝，及吾小青衣翦彩者，颇善承事；是时汝必与二人同启吾棺，知有异于常人之死尔！如穆护，（原注：穆护即鲁公男硕之小名也。）天性之道，难言至此。"至蔡州，责希烈反逆无状。竟不敢以面目相见，亦不敢以兵刃相恐，潜命献食者馈空器而已。翌日，贼令官翌来缢之。鲁公曰："老夫受

唐人笔记小说考索

箓及服药,皆有所得。若断吮,道家所忌。今赠使人一黄金带。吾死之后,但割吾他支节为吾吮血以给之,死无所恨。"且曰:"使人悟慧如此,不事明天子,反事逆贼,何所图也?"官翌从其言。至明年,希烈死,蔡帅陈仙奇奉鲁公丧归京。犹子颜岘实从柳常侍与裴氏女及剪彩同迎丧于镇国仁寺。咸遵遗旨,启棺如生。(原注:柳制鲁公挽歌词曰:"杀身终不恨,归丧遂如生。")(《唐语林》卷六)

真卿将缢,解金带以遗使者曰:"吾尝修道,以形全为先,吾死之后,但割吾支节血,为吾吮血以给之,则吾死无所恨矣。"缢者如其言。既死,复收瘗之。贼平,真卿家迁丧上京,启殡视之,棺朽败而尸形俨然。肌肉如生,手足柔软,髭发青黑,握拳不开,爪透手背,远近惊异焉。行及中路,旅榇渐轻,后达葬所,空棺而已。《开天传信记》详而载焉。(《太平广记》卷三十二《颜真卿》,出《仙传拾遗》及《戎幕闲谈》《玉堂闲话》。此文当出《戎幕闲谈》。)

蔡帅陈仙奇奉鲁公丧归京师,犹子颜岘启棺,瞑目如生,两手拳握,十指掐掌,爪出手背,肌体完全,悉无败坏。时隐士唐若山闻言曰:"道流中以形全为上,气全次之。颜公能全其形,此后三、二十年,纵藏于铁石中,必能擘裂飞腾而去,被羽衣裳于山门间,所谓地仙也。①(《永乐大典》卷之七千七百五十六·十九庚《形·死后全形》引《柳常侍言旨》)

鲁公丧归京,犹子颜现实从世父与裴鄳妻及剪彩者同迎丧于镇国佛寺。丧至,咸遵遗音,启棺公瞑目如生,双鬓如拳,指爪出

---

① 《类说》卷二一《明皇十七事》中有《颜真卿地仙》一条,与此类同。当是《常侍言旨》或《戎幕闲谈》中文而羼入者。唯隐士曹庸山,《常侍言旨》作唐若山,《太平广记》卷三二《颜真卿》引《仙传拾遗》及《戎幕闲谈》、《玉堂闲话》,作道士邢和璞。

手背,肤体完全所衣紫罗夹半臂、花纱夹袴、生罗丝鞋而已。时隐士唐若山闻曰:"道流中以形全为上,气全为次。颜公能全其形,此后二三十年,纵藏于铁石中,亦能擘裂而去,所谓地仙也。"(《姬侍类偶》引《常侍言旨》)

这一有关颜真卿的杂传,包容了许多不见其他文字记载的轶事,饶有意味,可供比勘。这一传说还反映了唐代宗教领域中的许多特殊问题,从中可见唐代士人的心态和宗教信仰方面的一些特点,值得研究。下面提出三点,供大家参考:

(一)颜真卿恪守儒家君臣大义,而又喜与佛、道中人交游,这些都见诸文集与史传,人所共知,可以勿论。而他又受摩尼教的影响,则罕见记载。向达《唐代长安与西域文明》曰:康国人中每多摩尼教徒,而据《唐语林》,颜鲁公之子颀小名穆护,"穆护原为摩尼教中僧职之名,说者多以鲁公以穆护名其次男为异,今观其所作《康金吾神道碑》,可知鲁公与康国人曾有交往,则《语林》所云,或者鲁公服膺摩尼教旨,而获其养生之术欤?"[①]可见唐王朝实行开放政策,许多外来宗教,如袄教、景教和摩尼教等都在长安及内地传播,唐代文人与士大夫亦颇有信奉之者。他们在恪守儒家教义谋取功名立朝为官的前提下,兼崇其他宗教,或是从某一宗教中汲取所需,因此唐代文士的宗教信仰,常是显得异彩纷呈,与其他时代的文士颇不相同。

(二)这一传说情节的开展,已经预示了有向仙道方面发展的趋势。这也显示出中国土生土长的宗教——道教具有兼综融合其他宗教的特点。宋代也有许多关于颜真卿的故事,可以明显地看出是从上述唐人记载中发展起来的。兹引米芾《颜鲁公碑阴记》中的部分文字

---

① 见该文《二、流寓长安之西域人》,三联书店 1957 年版。

于下,供参证:

> 亲族饯于长乐坡,公既饮,乃跃上梁跳踯,谓饯者曰:"吾昔江南遇道士陶八八,得刀圭碧霞饵之,自此不衰,尝云七十后有大厄,当会我于罗浮山,此行几是欤?"次汜水,恍遇陶,笑谓曰:"吉,吉。"指嵩少而去。后公死于贼,贼平,家人启瘗,状有金色,爪发皆长,如生人。归葬偃师北山先茔。后有贾人至罗浮山,遇二道士奕,即而观之。问曰:"子何所来?"贾人曰:"洛阳。"其一笑谓曰:"幸托书达我家。"许诺,即札书付之,其题曰:"至洛都偃师县北小颜家。"及往访之,则茔也。守冢苍头识公书。大惊问状,皆公也。因与至其家白之。家人大哭,卜日开圹,发棺,已空矣。①

《青琐高议》前集卷一《颜真卿罗浮尸解》记载相同,仅个别地方有出入,二者不注出处,但显出一源,当承《戎幕闲谈》《常侍言旨》中的文字而来。《类说》卷十二《纪异录》中有《颜鲁公尸解》一文,与此相同,但已经改写。这样的结局,也就纯粹是仙家之说了。

(三)唐人从道教的立场记载颜真卿殉难之事,有时称之为地仙,有时称之为尸解,实则二者内容不同。《抱朴子·内篇·论仙》引《仙经》曰:"上士举形升虚,谓之天仙;中士游于名山,谓之地仙;下士先死后蜕,谓之尸解仙。"颜真卿之死,道教中人以为兼有后二者的特点,所以称呼不一的吧。由此可见唐人信仰的杂乱,也可看到唐代宗教方面的学说缺乏严格的界说,按道教的教义来说,确是条理混乱而体系不严密,难与佛教相提并论的。

----

① 载《宝晋英光集》卷七,《涉闻梓旧》本。

《刘幽求传》考

《刘幽求传》的发现

中唐时期的传奇作者柳珵写作了两篇著名的小说——《上清传》和《刘幽求传》。《上清传》见《太平广记》卷二七五,云"出《异闻集》";又见《资治通鉴考异》卷十九,亦云出自《异闻集》。①《上清传》经此二书收纳,传播颇广,柳珵以此博得了盛誉。《刘幽求传》一文,《异闻集》中是否曾经收入,无法考知,其他典籍中也无标举此题的文字出现,因此后人都以为此文已佚,实际上它却是保存在《唐语林》一书中,只是该书没有标明出处,大家也就忽略过去了。

按《唐语林》卷三的最后一个故事,自"小子谋餐而已"至末,就是王谠转录的柳珵《刘幽求传》。此文开端文气不顺,首句之前应当还有文字,只是今已佚去,所以显得很突兀。但从保留下来的这段文字看,夸饰跌宕,波澜迭起,与《上清传》类同。二者如出一手,故此残文可以定为柳珵之作。

《唐语林》原书至明末已佚,乾隆四十年左右,四库全书馆臣利用《永乐大典》辑录佚书,才把《唐语林》重行编纂,且用木活字印出,辑入聚珍本丛书。这书的情况颇为特殊,前面四卷,主要是以明嘉靖二年齐之鸾所刻的《唐语林》残本为底本;后面四卷,则是纂辑散在《永乐大

---

① 《异闻集》,唐代传奇总集,陈翰编纂,共十卷,今已散佚。参看程毅中《〈异闻集〉考》,载《文史》第七辑,中华书局1979年版。

典》中的条文而成,所以清代之后流传的《唐语林》,就是这么一种前后体例截然不同的本子。齐之鸾本《唐语林》也不是什么好本子,误、衍、窜、夺,比比皆是,而在"小子谋餐而已"一句之前,更有大段文字脱落,计有三整行二残行之多。《守山阁丛书》本《唐语林》附钱熙祚《校勘记》曰:"此当是《豪爽》门首条,缘脱标题,故误入《夙慧》门末。"这种判断是可信的。根据这条文字的内容来看,着力描写刘幽求的叱咤风云,当入《豪爽》门尤疑。但是这段文字的前面部分究竟佚去了多少文字则已无法估计,因为齐之鸾本于此空了几行文字,实际上这篇小说所佚去的却不一定仅限于几十字,这点齐之鸾在当时也已无法确知了。

研究小说的人都知道,《唐语林》是选辑五十种小说而成的。四库全书馆臣利用《永乐大典》做辑佚工作,曾将原书目抄下,置于聚珍本《唐语林》之前,这样也就给后人提供了探求《唐语林》中各条文字的原始出处的线索。

在这五十种原书中,有柳珵的《常侍言旨》,有陈翰的《异闻集》。前面已经说过,《刘幽求传》是否曾经收入《异闻集》,已经无法考知,但它曾经附在《常侍言旨》之后,则是好几种书目上都这么说的。《昭德先生郡斋读书志》(袁州本)卷三下"小说类"载《常侍言旨》一卷:"右唐柳珵记其世父登所著六章。《上清》《刘幽求》二传附。"因为《常侍言旨》原书也已散佚,所以《唐语林》中哪些文字原出此书,难以确说,今本《唐语林》卷三《规箴》门有李唐讽肃宗一条,卷五《补遗》有玄宗幸长安一条,均见《说郛》(宛委山堂本)卷四九《常侍言旨》,而李肇《国史补》中也有记载,王谠录引的究竟是哪一家的文字,很难作出截然肯定的判断,宛委山堂本中的文字可信与否也难断言。但在《唐语林》中既然出现了情节曲折的上清故事,又出现了情节曲折的刘幽求故事,则只能说是王谠同时采录了附在《常侍言旨》后的《上清传》和《刘幽求传》。卷三末尾（实为《豪爽》门之首）的这个故事，当是《刘幽求传》残文无疑。

《刘幽求传》残文笺释

"小子谋餐而已，此人岂享富贵者乎？"幽求闻之，拂衣而出。卢令遽下阶捉幽求衣，伸谢之，幽求竟去。卢回，谓诸郎官曰："轻笑刘生，祸从此始。"卢令竟为宗、纪所排，左迁金州司马。

首二句为他人轻视刘幽求之语。发言者究为何人，以《传》文残佚，已无法考知，然察后文，似为宗、纪。《旧唐书·宗楚客传》曰："神龙初，为太仆卿。武三思用事，引楚客为兵部尚书、同中书门下三品。……楚客虽迹附韦氏，而尝别有异图，与侍中纪处讷共为朋党，故时人呼为宗、纪。"宗、纪讪笑刘氏，似在郎署之中，故有"诸郎官"之称；而"郎官"云者，即指供职于尚书省内各部之郎中与员外郎。卢令即卢齐卿，贬官金州司马之事，新、旧《唐书·卢齐卿传》均阙载。金州汉阴郡时为中州，属山南道。白居易《江州司马厅记》曰："自武德已来，庶官以便宜制事，大摄小，重侵轻，郡守之职，总于诸侯帅；郡佐之职，移于部从事。故自五大都督府至于上、中、下郡，司马之事尽去，唯员与俸在。凡内外文武官左迁右移者第居之，凡执伇事上与给事于省寺军府者遥署之，凡仕久资高髦昏懦弱不任事而时不忍弃者实莅之。"盖是遭贬而安置于外之闲职。《唐尚书省郎官石柱题名》"仓部郎中"内有卢齐卿，与《传》文相合，而此处称之为"卢令"，则又无法确知其得名之缘由。

六月，中宗晏驾。十五日酺酒间；裴灌卧于私第，幽求忽来诣濯，直入卧内，戴撒耳帽子，著白襕衫，底著短绯白衫，执濯手曰：
"裴三，死生一决。"言讫而去。濯大惊，不测其故。谓其妻曰："仆
竟坐与非笑此子，恐祸在须臾。"

考中宗遇弑在景龙四年六月壬午(二日)。《旧唐书·中宗本纪》：
"甲申(四日)，发丧于太极殿，宣遗制，皇太后临朝，大赦天下，改元为
唐隆。……丁亥(七日)，皇太子即帝位于柩前，时年十六。皇太后韦
氏临朝称制，大赦天下，常赦所不原者咸赦除之。"此时故君新殁，例有
国丧，而太后临朝，则又有大酺之庆。所谓"十五日酺酒间"者，乃指甲
申(四日)后十五日，正值大酺期中也。《汉书·文帝本纪》赐"酺五日"
下颜师古注："酺之为言布也，王德布于天下而合聚饮食为酺。""裴濯
卧于私第"，当以中酒之故。此时已至己亥(十九日)，刘幽求于明日庚
子(二十日)将举大事，此乃孤注一掷之冒险行动，故突来访，且有"死
生一决"之语。裴濯亦曾参予非笑，然事后即悔，知情况有异，故刘幽
求于生死之际仍谋一晤，说明二人交情本不薄。刘幽求之服饰寓有象
征意义，颇堪玩味。"戴撒耳帽子"也者，意谓其时已厕身军中，《唐会
要》卷七二《军实录》："广德二年三月，禁王公百吏家及百姓著皂衫及
压耳帽子，异诸军官健也。"撒耳帽子即压耳帽子，初唐时为军中之服，
刘幽求时任朝邑尉，本不当戴此种帽子也。"著白襕衫"也者，意在说
明刘幽求之文士出身，《新唐书·车服志》言唐太宗时"士人以棠苎襕
衫为上服"，《旧唐书·舆服志》言开元来"臧获贱伍者皆服襕衫"。
《传》文中刘幽求之服色，与史书记载正合。棠苎襕衫亦即白色襕衫。
《尔雅·释木》："杜，赤棠；白者棠。"苎为麻之一种，亦呈白色，唐代士
子常用作衣料，牛希济《荐士论》曰："孟冬之月，集于京师，麻衣如雪，
纷然满于九衢。""底著短绯白衫"也者，则又暗示刘幽求之身份将起变
化。《唐会要》卷三一《章服品第》："贞观四年八月十四日诏曰：冠冕制

度，以备令文，寻常服饰，未为差等。于是三品已上服紫，四品、五品已上服绯，六品、七品以绿，八品、九品以青，妇人从夫之色，仍服通黄。"又"咸亨五年五月十日敕：如闻在外官人百姓，有不依令式，遂于袍衫之内，著朱、紫、青、绿等色短衫袄子，或于闾野公然露服，贵贱莫辨，有致紊伦；自今以后，衣服下上，各依品秩，上得通下，下不得僭上，仍令有司严加禁断。"其时刘氏仅为官居九品之朝邑尉，按例无服绯之可能，《传》中著此服色，乃为后文之入主中书作伏笔。《苕溪渔隐丛话》前集卷二一引《蔡宽夫诗话》曰："唐制：百官服色，不视职事官而视其阶官之①品，与今制特异。乐天为中书舍人知制诰，元宗简为京兆少尹，官皆六品，故犹着绿，其诗所谓'凤阁舍人京兆尹，白头犹未着绯衫，南宫启请无消息，朝散何时复入衔'是也。后与元微之同制，加朝散大夫，始登五品，鼓其诗曰：'命服难同黄纸上，官班不共紫微前，青衫脱早差三日，白发生迟校九年。'中书舍人虽正五品，必待加朝散而后易绯，此知其不系于职事官也。"刘氏头戴军中所用之撖耳帽子，外套文士所服之白襕衫，里衬中书舍人加朝散者所服之短绯白衫，可谓铺叙有致，文多异彩。按刘幽求"忽来诣潅"一事，似幻实真，更能增加故事之神秘紧张气氛，信乎柳珵之于传奇，技巧上确有功夫也。

明日，中宗小祥，百官率慰少帝。是日，月华门至辰巳后方开，传声曰："斩决使刘相公出。"衣黄金甲，佩櫜鞬，统万骑，兵士白刃耀日。自宗、纪及前时轻笑者，咸受戮于朝。

此处言"明日"，已至辛丑（二十一日）。"中宗小祥"，或指少帝听

---

① "之"，原书作"九"。吴景旭《历代诗话》卷五十引《西清诗话》，与此全同，而"九"作"之"，今据改。

政后之十三日。《仪礼·士虞礼》曰："期而小祥"，郑玄注："小祥，祭名。祥，吉也。"贾公彦疏："自祔以后至十三月小祥，故云'期而小祥'。"唐代帝王以日易月，故以十三日为小祥。《唐大诏令集》卷十一《遗诏上》，贞观九年五月六日《神尧遗诏》："军国大事，不得停阙；寻常闲务，任之有司。其服轻重，悉从汉制，以日易月，于事为宜。"贞观二十三年五月《太宗遗诏》、弘道元年十二月四日《大帝遗诏》均有类似之说。意者少帝于八日始正式视事，越十三日而"中宗小祥"，是日正值六月二十一日也。《新唐书·礼乐志》十曰："《周礼》五礼，二曰凶礼。唐初，徙其次第五，而李义府、许敬宗以为凶事非臣子所宜言，遂去其《国恤》一篇，由是天子凶礼阙焉。至国有大故，则皆临时采掇附比以从事，事已则讳而不传，故后世无考焉。"中宗晏驾后，变故迭起，情况至为复杂，与帝王常时之凶礼当有更多不同，今以史籍一无记叙，姑据《刘幽求传》考订如上。然《传》文零乱，颇难清理，所谓"十五日醋酒间"者，亦可视作六月十五日事；"中宗小祥"，亦可定为十五日事。唯如是推断，则刘幽求于"明日"入宫发施号令，当为六月十六日事矣。《传》文虽为小说，而柳氏乃史家之后，想来不致变乱日期，距史实过远，故此处试将《传》文中之日期另作推断如上，供学界参酌焉。《旧唐书·中宗诸子传》曰："中宗四子：韦庶人生懿德太子重润，后宫生庶人重福、节愍太子重俊、殇帝重茂。"又曰："殇皇帝重茂，中宗第四子也。""少帝"即"殇帝重茂"。"月华门至辰巳后方开"云云，乃言昨晚李隆基率万骑入禁城，杀死韦后及安乐公主等人，夺取政权，喧闹至今日上午，大局始定，刘幽求乃能抽身外出，报前时非笑之仇。徐松《唐两京城坊考》卷一《大明宫》："含元殿后曰宣政殿，天子常朝所也。殿门曰宣政门，门外两廊为齐德门（原注：在东）、兴礼门（原注：在西）；其内两廊为日华门（原注：在东）、月华门（原注：在西。《唐诗纪事》言张九龄、裴耀卿罢免之日，自中书至月华门）。日华门外为门下省……月华门外为中书省（原注：省有政事堂。……高宗永淳二年七月，裴炎自中书令执朝政，始移政事堂于中书省）。"刘幽求自月华门至朝堂，乃言其大权在握，声势喧赫。而"斩决使"一名，不见唐代史籍，或系临时所定官称，亦有可能为柳珵所自拟。又陈寅恪《记唐代之李武韦杨婚姻集团》叙玄宗起兵事，引《旧唐书·王毛仲传》："〔景龙〕四年六月，中宗遇弑，韦后称制，令韦播、高嵩为羽林将军，令押千骑营。"下加按语曰："《通鉴》'千'作'万'，是。盖中宗已改'千骑'为'万骑'矣。温公之精密有如是者。"今按：《刘幽求传》此处正作"万骑"。又《资治通鉴》睿宗景云元年言"中书令宗楚客衣斩衰，乘青驴逃出，至通化门，门者曰：'公，宗尚书也。'去布帽，执而斩之。并斩其弟晋卿。""侍中纪处讷行至华州，吏部尚书同平章事张嘉福行至怀州，皆收斩之。"知非辛丑日"咸受戮于朝"也。此处柳珵变动故事情节，亦是小说笔法。按齐之鸾本，聚珍本《唐语林》于"明日"二字下有注："时去清明九十九日"，此说不知何谓。按历法计，此时既非六月二十一日，又非六月十六日也。又齐之鸾本"率慰"作"奉慰"，"前时轻笑者"之前有"邪党"二字，均应据改。

又唤兵部员外郎裴漼，漼股栗而前。幽求曰："相识否？"漼答曰："不识。"刘曰："幽求与公俱以本官一例赴中书上任。"其夜凡制诰百馀首，皆幽求作也。

据《唐尚书省郎官石柱题名》，裴漼实为吏部员外郎，疑"兵"字有误。裴漼与刘幽求有旧，此时股栗而前，乃形容刘氏声势逼人。然裴氏自与前时非笑者有别，故刘氏仍呼之赴中书知制诰。《旧唐书·裴漼传》言曾"三迁中书舍人"，可知此处亦有事实根据。《新唐书·百官志》二中书省"舍人六人，正五品上。掌侍进奏，参议表章。凡诏旨制敕、玺书册命，皆起草进画；既下，则署行。"此即所谓"知制诰"是也。

刘幽求文思敏捷，屡见史籍，《旧唐书·刘幽求传》言"圣历年，应制举"，徐松《登科记考》卷四系于久视元年，定为经邦科登第。《文苑英华》卷三八五载苏颋《授刘幽求左仆射制》曰："刘幽求风云玄感，川岳粹灵，学综九流，文穷三变。"可见其才学之出众。"幽求与公俱以本官一例赴中书上任"一句，齐之鸾本作"幽求请公便以本官知制诰，赴中书上任"。

       自为拜相白麻云："前朝邑尉刘幽求忠贞贯日，义勇横秋，首建雄谋，果成大业。可中书舍人，参知机务。赐甲第一区，金银器皿十床，细婢十人，马百匹，锦彩千段，仍给铁券，特恕十死。"

刘幽求自为拜相白麻一事，史书一无记载，柳珵虚构此一情节，意在说明刘氏之骄恣自得。按唐代诏书例用麻纸誊写，拜免将相则用白麻。《新唐书·百官志》一："凡拜免将相，号令征伐，皆用白麻。"《旧唐书·刘幽求传》言其为朝邑尉时，"及韦庶人将行篡逆，幽求与玄宗潜谋诛之，乃与苑总监钟绍京、长上果毅麻嗣宗及太平公主之子薛崇暕等夜从入禁中讨平之。是夜所下制敕百馀道，皆出于幽求。以功擢拜中书舍人，令参知机务，赐爵中山县男，食实封二百户。……睿宗即位，加银青光禄大夫，行尚书右丞，仍旧知政事，进封徐国公，加实封通前五百户，赐物千段、奴婢二十人、宅一区、地十顷、马四匹，加以金银杂器。景云二年，迁户部尚书，罢知政事。月馀，转吏部尚书，擢拜侍中，降玺书曰：'……加赐卿实封二百户，兼旧七百户。使夫高岸为谷，长河如带，子子孙孙，传国无绝。又以卿忘躯徇难，宜有恩荣，故特免卿十死罪，并书诸金铁，俾传于后。'""金铁"即金书铁券。其券以铁为之，如瓦形，外刻履历恩数之详，以记其功；中镌免罪减禄之数，以防其过。字嵌以金。各分左右。左颁功臣，右藏内府，有事则合之以取信。

可见《传》文云云，大都有其根据，然是数事乃后数年内陆续颁赐者，柳珵据之悬拟一自为拜相白麻，可称构思佳妙。

> 翌日，命金州司马卢齐卿京兆少尹知府事。

新、旧《唐书·卢齐卿传》无此历官。《新唐书·宰相世系表》三上大房卢氏有"承泰，字齐卿，太子詹事，广阳郡公"。《旧唐书·卢承庆传》言齐卿为"广阳县公"，而新、旧《唐书·卢承庆传》均云卢齐卿乃承泰之子，疑《新唐书·宰相世系表》中之"字"字乃"子"字之形讹，此处或承原始资料而致误，故卢齐卿之世系与本名当依新、旧《唐书》本传为准。《文苑英华》卷八三一载梁肃《京兆府司录西厅卢氏世官记》曰："……我王父广阳公以明德懿识，向用休福，羽仪于中朝。我伯父嗣公，以文学政事，载扬茂烈，光绩于前人。皆肇久吏①职，发于京兆纪纲之任。……初，广阳公讳齐卿，由司仓掾，为之骤登郎官，更贰本府，布泽于彭、滑、幽、徐之人，端护春宫，崇赠少保。"《传》文中前称"卢令"，意者其后"端护春宫"，曾任太子率更令欤？梁肃此文所叙卢齐卿之历官，与《刘幽求传》相合。此时卢齐卿之升任京官要职，乃因前时郎署中非笑刘幽求时，别有友好之表示故也。然《唐会要》卷六七《京兆尹》曰："开元元年十二月三日，改为京兆府。"前时此地曰"雍州"，可见卢齐卿以副职而主持州政，其时尚无府称，此处柳珵乃以后名呼之。又《旧唐书·崔日用传》曰："中宗暴崩，韦庶人称制，日用恐祸及己。知玄宗将图义举，乃因沙门普润、道士王晔密诣藩邸，潜谋翼戴。玄宗尝谓曰：'今谋此举，直为亲，不为身。'日用曰：'此乃孝感动天，事必克捷。望速发，出其不意，若少迟延，或恐生变。'及讨平韦氏，其夜，令权

---

① "吏"，原文作"史"，下有注曰："《集》作'吏'。""吏"字是，今据改。

知雍州长史事。"然崔日用党附宗楚客、武三思、武延秀等人日久，玄宗自不予信任，故刘幽求乃命卢齐卿隐持此要害地区之实权。《旧唐书·卢齐卿传》称"时人谓齐卿有人伦之鉴"，此亦可见。柳珵借卢齐卿之升沉形容刘幽求之大权在握，进退由心，以个人恩怨为重，又《传》文后句"京兆少尹"上似脱一动词。

> 载柳冲常侍所著《姓系》刘氏卷。

《新唐书·艺文志》"谱牒类"有柳冲《大唐姓族系录》二百卷，今已散佚。《新唐书·儒学中·柳冲传》曰："中宗景龙中，迁左散骑常侍，脩国史。初，太宗命诸儒撰《氏族志》，甄差群姓，其后门胄兴替不常，冲请改脩其书，帝诏魏元忠、张锡、萧志忠、岑羲、崔湜、徐坚、刘宪、吴兢及冲共取德、功、时望、国籍之家，等而次之。……会元忠等继物故，至先天时，复诏冲及坚、兢与魏知古、陆象先、刘子玄等讨缀，书乃成，号《姓氏录》。……开元初，诏冲与薛南金复加刊窜，乃定。"齐之鸾本"卷"后有"中"字，当据补。

《刘幽求传》的价值

此文很有特点，它与作者的家世有关。

柳珵，新、旧《唐书》无传。《郡斋读书志》上说到他的"世父"是柳登，而《直斋书录解题》卷十一"小说家类"叙《柳常侍言旨》则曰："常侍者，其世父芳也。凡六章，末有刘幽求及上清传。"考柳芳从未任过散骑常侍之职，所以《直斋书录解题》上的记载显然是错误的。《郡斋读书志》"小说类"中还录有《家学要录》一卷，"右唐柳珵撰。采其曾祖彦昭、祖芳、父冕家集所记累朝典章因革、时政得失，著此录。小说之尤者也。"说明柳氏史学传家;柳珵的著作,乃至著作的风格,都是有所承受的。今将他家族中的情况略作介绍。

祖柳芳,肃宗、代宗时著名史家。《新唐书》本传上说:"肃宗诏芳与韦述缀辑吴兢所次国史,会述死,芳绪成之,兴高祖,讫乾元,凡百三十篇。叙天宝后事,弃取不伦,史官病之。上元中,坐事徙黔中。……高力士亦贬巫州,因从力士质开元、天宝及禁中事,具识本末。时国史已送官,不可追刊,乃推衍义类,仿编年法,为《唐历》四十篇,颇有异闻。然不立褒贬义例,为诸儒讥讪。"

伯父柳登,"淹贯群书。……元和初,为大理少卿,与许孟容等刊正敕格。以病改右散骑常侍,致仕。"

父柳冕,"博学富文辞,且世史官,父子并居集贤院。历右补阙、史馆修撰。"

从兄柳璟,"文宗开成初,为翰林学士。初,芳永泰中按宗正谍,断自武德,以昭穆系承撰《永泰新谱》二十篇。璟因召对,帝叹《新谱》详悉,诏璟捃摭永泰后事缀成之。复为十篇,户部供笔札廪料。"

由上可见,河东柳氏乃是一个声名卓著的史学世家,历代都有著述行世。但按正统的史学观点来看,体例颇有不纯之处。柳芳享有大名,且是这一世家的奠基者,然而"不立褒贬义例","弃取不伦","颇有异闻",想来已经杂入小说笔法。其他人的著作今已无法详加,但从晁公武对《家学要录》的评语"小说之尤"来看,可知各类著述中都杂有小说笔法。这就可以帮助我们考察柳珵的写作特点。

《上清传》一文,内容既不可信,而且颂扬窦参而贬抑陆贽,可谓好恶拂人之性,所以司马光在《资治通鉴考异》中说:"陆贽贤相,安肯为此! 就使欲陷参,其术固多,岂肯为此儿戏! 全不近人情。今不取。"这里是说柳珵的作品虽然"颇有异闻",但也犯下了"不立褒贬义例""弃取不伦"的弊病。

唐人笔记小说考索

《刘幽求传》中的情况与《上清传》有所不同,其故事的梗概应该是可靠的,但在细节描写上却使用上了文学手法,因而与事实不能一一合拍。

即如刘幽求自作拜相白麻而言,他所自封的官衔,要求颁赐的实物和优赏,后来大都实现了,但在时间上有差距,因为这些官职和赏赐并不是在发动政变时立即到手的,而是在事后几年之中,睿宗和玄宗陆续颁赐的,可见拜相白麻云云,当是柳珵根据后来的事实悬拟而成。这样做,于历史真实来说,固然不能完全切合,但对塑造刘幽求这一人物形象而言,却能很好地起到突出人物性格的作用。刘幽求那种骄恣自得为所欲为的神态,宛然如在目前。柳珵虚构这一情节,确是水平很高的传神之笔。

史书记载,刘幽求是一个具有豪侠之风的人物。他富有冒险性。按照封建社会中的常规来说,还可以说是不安本份。但在唐玄宗与韦后一党和太平公主一党的尖锐冲突中,他却能见机先觉,帮助玄宗一再发动军事政变,消灭政敌。从这些地方来说,他能临危忘身,拥戴"明"主,所以在文章中应以正面人物的身份出现。

在推翻韦后政权的这一事件中,刘幽求运筹帷幄,确是一位旋乾转坤的关键人物。事后他又高自期许,不甘屈居人后一步,这又必然会引起唐玄宗的疑虑。唐玄宗在夺取政权的过程中,不断诛戮家族中的尊长,用手腕笼络兄弟一辈,实际上是严加防范,那他对异姓中人,那些帮他夺取政权的人,当然也会保持高度警惕。特别是像刘幽求这样一位锋芒毕露的人物,当他们目标一致,刘氏舍死忘生帮他夺取政权时,当然会欣然引为同类,而当政权到手,刘幽求表现出很高的政治欲望时,唐玄宗当然会联想到他在政变过程中自作主张的种种行径,这时便被看作野心勃勃,于是采取断然措施,将之清除出中央政权了。所以唐玄宗在发动政变时,依靠的是刘幽求、钟绍京一流人物;承平之时,刘、钟等人便全被排斥,重用的是姚崇、宋璟一流人物。那么《刘幽求传》中草拟拜相白麻等文字,正好能够用来说明此人后遭疑忌而受排斥的原因。柳珵虚构这一情节,又能暗示历史进程,符合人物形象性格特征的逻辑发展程序。

刘幽求个性鲜明,生平历史大起大落,从传奇作者的眼光看来,当然是创作上的好材料。《说郛》(张宗祥辑明钞本)卷四录白行简撰《三梦记》,乃是唐人传奇中的各篇,其第一梦就是以刘幽求为主角的。《酉阳杂俎》前集卷八《梦》曰:"李铉著《李子正辩》,言至精之梦,则梦中身,人可见。如刘幽求见妻,梦中身也。"柳珵也选这一人物作主角,借以反映初唐政治舞台上的一次重要事件,波澜起伏,风云变幻,可以尽情抒发他的文才。

刘幽求骤起于底层,夤缘际会,遽躐高位。这样的人物,狂放不羁。当他不得志时,容易遭到世人的白眼;得志之后,也就会威风凛凛,不可一世。《隋唐嘉话》卷下记刘幽求任朝邑尉,此地属同州辖下,刺史张沛奴视属下,而对刘氏则特加青睐。玄宗发难诛戮韦后一党,殿中监张涉见杀,其弟张沛亦合同诛[①]。时刘幽求方立元勋,居中用事,竟脱之于难,此事并见《大唐新语》卷六《举贤》与《唐语林》卷三《识鉴》,从中可见刘幽求的处理事情,确以个人恩怨为重,可与此处《刘幽求传》中的记叙互参。古人所谓"一饭之恩不忘,睚眦之怨必报",正是这一类人物的常态。因此,《刘幽求传》中主要人物的形象,具有典型意义,可以帮助广大的读者认识封建社会中的人情世故。只是此文有所残缺,读后还不能获得完整的印象,如是完帙的话,其文学价值是不会在《上清传》之下的。

当然,这篇传奇的性质和《上清传》也有不同。它的史料价值,要

---

① 据新、旧《唐书·张文瓘传》,涉乃沛之弟。

比《上清传》高。因为刘幽求其人，历史上有大名，记载他事迹的文献很多。柳珵在文章结束时就介绍了柳冲《大唐姓族系录》一书。此书计有二百卷之巨，"刘氏卷"中，对刘幽求的记叙应该比较详细。此书在当时颇为人所重视，《新唐书·韦述传》曰："述好谱学，见柳冲所撰《姓族系录》，每私写怀之，还舍则又缮录，故于百氏源派为详，乃更撰《开元谱》二十篇。"前面已经说过，柳芳与韦述相善，韦述的著作，柳芳足成之，《新唐书·儒学中·柳冲传》中还附有柳芳论谱牒的大段文章。其后柳氏一门常是从事谱牒之类的著作，因此柳珵以刘幽求事为题材，可谓渊源有自。柳冲《姓族系录》既然传播很广，人所习知，那么柳珵依傍此书而写作，也就不可能太离谱。文中主角的经历，应该大体符合史实。即如《传》文中提到的刘幽求称"前朝邑尉"，裴漼为中书舍人之类，都与史书记载相合。因此，这一传奇又具有相当高的史料价值，可以补充唐代这一时期史书记载的不足。尤其是初、盛唐时期，有关的杂史、笔记为数很少，唐玄宗推翻韦后政权一事，史书上缺乏生动的描写，《刘幽求传》一文，正可补充这方面的不足。

《酉阳杂俎》考

　　唐代笔记小说的作者在文坛上享大名的不多,在文学史上留名的更少,但段成式的情况不同。《册府元龟》卷七一八《幕府部·才学》叙李商隐"与太原温庭筠、南郡段成式齐名,时号三才",又三人俱排行十六,故其文章号"三十六体"。《旧唐书》卷一九〇下《文苑下·李商隐传》曰:"与太原温庭筠、南郡段成式齐名,时号'三十六'。"《新唐书》卷二〇三《文艺下·李商隐传》亦曰:"商隐初为文瑰迈奇古。及在令狐楚府,楚本工章奏,因授其学。商隐俪偶长短,而繁缛过之。时温庭筠、段成式俱用是相夸,号'三十六体'。"①

　　不过段成式在文学创作上的成就实际上可比不上温、李,因为他的文笔过嫌纤仄佻巧,不及李商隐的沉博与温庭筠的富丽。但段氏的书本知识却超过二人,《旧唐书》本传上就说他:"研精苦学,秘阁书籍,披阅皆遍。……家多书史,用以自娱,尤深于佛书。所著《酉阳杂俎》传于世。"②《新唐书》本传上也说他"博学强记,多奇篇秘籍"。

段成式的博学

　　历史上有很多关于段氏博学的记载。《南楚新闻》曰:

　　　　唐段成式词学博闻,精通三教。复强记。每披阅文字,虽千

---

① 《小学绀珠》卷四亦有"三十六体"之记载。
② 《旧唐书》卷一六八《钱徽传》曰:"〔段〕文昌好学,尤喜图书古画。"可证"家多书史"之说可信。

万言,一览略无遗漏。(《太平广记》卷一九七引)

刘崇远《金华子》卷上则曰:

　　段郎中成式,博学精敏,文章冠于一时,著书甚众,《酉阳杂俎》最传于世。牧庐陵日,常游山寺,读一碑文,不识其间两字,谓宾客曰:"此碑无用于世矣。成式读之不过,更何用乎?"客有以此两字遍咨字学之众,实无有识者,方验郎中之奥古绝伦焉。连牧江南:九江名山匡庐、缙云烂柯、庐陵麻姑,皆有吟咏。前进士许棠寄诗云:"十年三领郡,①郡郡管仙山。"为庐陵顽民妄诉,逾年方明其清白。乃退隐于岘山。时温博士庭筠方谪尉随县,廉帅徐太师商留为从事,与成式甚相善。以其古学相通,常送墨一铤与飞卿,往复致谢,递搜故事者九函,在禁集中。

　　《全唐文》卷七八七录存段成式《寄温飞卿葫芦管笔往复书》及《与温飞卿书八首》,《全唐文》卷七八六则录有温庭筠《答段柯古赠葫芦管笔状》与《答段成式书七首》;又段成式有《寄余知古秀才散卓笔十管软健笔十管书》,《全唐文》卷七六○则载余知古《谢段公五色笔状》,皆可证《金华子》所叙属实。这种竞矜文才、征事数典的作风,自然与魏晋南北朝时文士中隶事的传统有关。因为其时文学处于自觉的初期,各种观念融而未分,学者与文人之间尚未分途,因此士人追慕的目标,是博学与文才并重。步入齐梁之后,文士创作更以"富博"为重,《南齐

---

　　① 　《金华子》原文作"十三年领郡",今按《唐语林》卷二《文学》门引文改。又《唐语林》此句之前作"连典江南数郡,皆有名山:九江匡庐、缙云烂柯、庐陵麻姑,皆有吟咏。"较《金华子》中文字为胜,亦应据之校正。

书·文学传论》上说:"辑事比类,非对不发,博物可嘉,职成拘制。"《诗品》评任昉诗也说:"昉既博物,动辄用事,是以诗不得奇。"这些事后所作的总结,是在这一弊端充分暴露之后才能看清的。只要这一问题不发展到极端,大家仍在追求"富博"的美名,以致文士之间经常为争博学的高低而起风波。梁武帝与刘峻、沈约为竞策锦被与栗事,刘峻不让,沈约背后讥嘲,遭到梁武帝的忌恨,以致影响到仕途的蹇碍。可见其时隶事之风之盛。①

　　在这种风气的推动下,类书应运而起,大批产生。《隋书·经籍志》子部"杂家类"中就著有缪袭等撰《皇览》一百二十卷,梁征虏刑狱参军刘孝标撰《类苑》一百二十卷,梁绥安令徐僧权等撰《华林遍略》六百二十卷,《要录》六十卷,梁尚书左仆射刘杳撰《寿光书苑》二百卷,元晖撰《科录》七十卷,《圣寿堂御览》三百六十卷,《长洲玉镜》二百三十八卷,《书钞》一百七十四卷。到了唐初,此风更盛,帝王竞相提倡,私人撰述也随波逐浪,形成了至为热烈的场面。闻一多论类书曰:"现存的类书如《北堂书钞》和《艺文类聚》,在当时所制造的这类出品中,只占极小部分,此外,太宗时编的,还有一千卷的《文思博要》,后来从龙朔到开元,中间又有官修的《累璧》六百三十卷,《瑶山玉彩》五百卷,《三教珠英》一千三百卷,《芳树要览》三百卷,《事类》一百三十卷,《初学记》三十卷,《文府》二十卷,私撰的《碧玉芳林》四百五十卷,《玉藻琼林》一百卷,《笔海》十卷。这里除《初学记》之外,如今都不存在。"②但仍可以从诸家目录中窥知其时征事风气之盛。

---

　　① 见《南史》卷四九《刘峻传》、《梁书》卷十三《沈约传》。参看王瑶《隶事·声律·宫体(论齐梁诗)》中的"隶事"部分,载《中古文学史论集》,上海古籍出版社1982年版。
　　② 闻一多《类书与诗》,载《闻一多全集》选刊之三《唐诗杂论》,古籍出版社1956年版。

中唐之后，此风稍衰。因为时人的文学观念已经有了进步，文学与学术进一步分流了。而当时的文学，呈多头发展之势。除诗、文外，情节曲折的传奇，或考订名物记录琐事的笔记，也大量产生。后者的内容也近于学术。《酉阳杂俎》中包容了上述各类，所以鲁迅说明其特点时说："或录秘书，或叙异事，仙佛人鬼以至动植，弥不毕载，以类相聚，有如类书。虽源或出于张华《博物志》，而在唐时，则犹之独创之作矣。"①

《酉阳杂俎》中兼容着唐代笔记小说中的几种类型。

例如前集卷一《忠志》内的几条文字，叙事方式近于《传记》(《隋唐嘉话》)一类，《新唐书·艺文志》归入"杂传记类"。

又如前集卷十二《语资》中的文字，叙事方式近于《国史补》等书，《新唐书·艺文志》归入"杂史类"。

又如续集卷五、六《寺塔记上、下》中的文字，叙事方式近于《两京新记》一类，《新唐书·艺文志》归入"地理类"。

又如前集卷十六至二十中的《广动植》与续集卷八至十中的《支动》《支植》等篇，里面的条文，叙述方式近于《岭表录异》等书，《新唐书·艺文志》也归入"地理类"。

又如前集卷七《酒食》中一条云："今衣冠家名食，有萧家馄饨，漉去汤肥，可以瀹茗。庾家粽子，白莹如玉。韩约能作樱桃饆饠，其色不变。又能造冷胡突、鲙醴鱼臆、连蒸麞麞皮索饼。将军曲良翰能为驴鬃驼峰炙。"叙事方式近于《资暇集》等书，《新唐书·艺文志》归入"小说家类"。

又如续集卷四《贬误》中考执笏之制与扁鹊读音等条，叙述方式近

---

① 《中国小说史略》第十篇《唐之传奇集及杂俎》，人民文学出版社 1952 年据鲁迅全集出版社《鲁迅全集》单行本纸型重印。

于《李氏刊误》一类,《新唐书·艺文志》中也归入"小说家类"。

又如续集卷七《金刚经鸠异》中的几条文字,叙事方式近于《前定录》一类,《新唐书·艺文志》也归入"小说家类"。

又如前集卷九《盗侠》中之"僧侠",情节曲折,与唐代中叶之后兴起的传奇故事,如聂隐娘、红线等故事相类。按裴铏《传奇》中的故事,颇多此类,《新唐书·艺文志》亦将《传奇》归入"小说家类"。

由上可知,宋代的书目中每将上述诸书归之于史部的"传记""杂史""地理"与子部的"小说"类,这是唐代笔记中成果最多的几个门类。《酉阳杂俎》中兼有数者之长,从而又形成了一种新的体裁。

段成式特别注意采摭奇闻,晁公武《郡斋读书志》(袁州本)卷三下"小说类"中此书提要曰:"右唐段成式撰。自序云:缝掖之徒,及怪及戏,无侵于儒。诗书为大羹,史折俎,子为醢醢。大小二酉山,多藏奇书,故名《酉阳杂俎》。"说明此书是以提供读者品尝异味命名的,故称"杂俎"。《四库全书总目》卷一四二子部"小说家类"此书提要曰:"其书多诡怪不经之谈,荒渺无稽之物,而遗文秘籍,亦往往错出其中。故论者虽病其浮夸,而不能不相征引。自唐以来,推为小说之翘楚,莫或废也。"确是精到的评论。

目录学家对小说家向视鄙薄的态度,段成式的看法也有其受传统影响的一面。《酉阳杂俎序》中自云"固役而不耻者,抑志怪小说之书也"。他把记录不常见的事物分类编排,从而组织成一部新型的类书性质的"志怪小说"集。

《玉堂闲话》中记载着一起有趣的轶事:

> 成式多禽荒,其父文昌尝患之,复以年长,不加面斥其过,而请从事言之。幕客遂同诣学院,具述丞相之旨,亦唯唯逊谢而已。翌日,复猎于郊原,鹰犬倍多,既而诸从事各送兔一双,其书中征

引典故，无一事重叠者，从事辈愕然，多其晓其故实，于是齐诣文昌，各以书示之，文昌方知其子艺文该赡。（《太平广记》卷一九七引）

　　这里说的是段成式腹笥之富。所以如此，就因平时他就注意积累资料，《酉阳杂俎》前集卷十二《语资》中记载："成式曾一夕堂中食，时妓女玉壶忌鱼炙，见之色动。因访诸妓所恶者，有蓬山忌鼠，金子忌虱尤甚。坐客乃竞征虱拿鼠事，多至百馀条，予戏撮其事，作《破虱录》。"

　　《破虱录》已佚，而段成式与友人聚会时竞相征典之事则还记载在《寺塔记上、下》中。上卷有"二十字连绝句""蛤象连二十字绝句""圣柱连句"等，而于"语"下标示要求曰："各征象事须切，不得引俗书"，"征释门中僻事"等。下卷则有"事征释门古今谜事""征前代关释门佳谱"等，内如"〔事征〕高力士呼二兄（柯古）、呼阿翁（善继）、呼将军（梦复）、呼火老（柯古）、五轮砲（善继）、初施榮戟（梦复）、常卧鹿床（柯古）、长六尺五寸（善继）、陪葬泰陵（梦复）、咏荠（柯古）、齿成印（善继）、上国下国（梦复）、梦鞭（柯古）、吕氏生髭（善继）。"有关高氏异闻种种，颇可与《高力士外传》等书互参，具有文献价值。黄伯思《东观馀论》卷下《跋段柯古靖居寺碑后》曰："段柯古博综坟素，著书倬越可喜。尝与张希复辈敖上都诸寺，丽事为令，以段该悉内典，请其独征，皆事新对切。"数典之事，正是从六朝以来直到中晚唐时文士扩大知识积累材料的一种手段，由此可见当时文士的风貌。李商隐有《杂纂》之作，亦可觇知此乃一时风气。

　　但如上所言，段成式的写作《酉阳杂俎》，除亲身闻见的内容外，还受到前代类书的影响。《酉阳杂俎》中常是征引前代类书中文，如前集卷九《盗侠》中文引《皇览》曰"盗跖冢在河东"。《皇览》乃魏文帝曹丕命刘邵、王象等编成，篇幅巨大，梁时尚存六百八十卷，何承天、徐爰抄合为一百二十二卷、八十四卷两种，中唐之后已经少见有人征引了。同书前集卷十七《虫篇》中云："成式尝日读《百家》五卷"，前集卷十八《木篇》、十九《草篇》中则引及《广志》中文。《汉书·艺文志》"小说家"中有《百家》百三十九卷，《隋书·经籍志》不载。《广志》为晋人郭义恭撰，《新唐书·艺文志》中尚见著录。照书名看，这两种书应当也是类书性质。段成式在《酉阳杂俎》续集卷四《贬误》中说："开成初，予职在集贤，颇获所未见书。"《皇览》等书应当也在其中吧。段成式读过这么多他人不易见到的珍贵类书，也就大量援用。

由此可知，段成式继承了前代类书的传统，还吸收了其中的一些材料，但又根据新的情况而在体制上作了改变，并且加入了个人积累的新材料，从而编成了一部具有鲜明特色的新型类书。

他在《酉阳杂俎》前集卷八《黥》后自申怀抱曰：

成式以君子耻一物而不知。陶贞白每云："一事不知，以为深耻。"况相定黥布当王，淫著红花欲落，刑之墨属，布在典册乎！偶录所记寄同志，愁者一展眉头也。

观乎此，可知段成式之志趣。了解这点，也就可以明白《酉阳杂俎》一书的特点。

博学的秘密

段成式的成功，"博学多闻"四字可以概括。但如仅能翻阅前人编的类书，则决不能达到这样高的成就。上面已经提到，《酉阳杂俎》中综合有他日常见闻和书面阅读两方面的知识。下面对此分别加以考察：

一、目验。段成式在《广动植》之一、二、三、四的羽、毛、鳞介、虫、木、草与《支动》《支植》几类中，详记动、植物中的许多新鲜知识，不少地方出于个人的细致观察。卷二十《肉攫部》叙鸷鸟，亦多个人经验，因为他年轻时即好纵猎，见上引《玉堂闲话》。

《酉阳杂俎》卷十七《虫篇》中叙"蚁"曰："秦中多巨黑蚁，好斗，俗呼为马蚁。次有色窃赤者，细蚁中有黑者，迟钝，力举等身铁。有窃黄者，最有兼弱之智。成式儿戏时，常以棘刺标蝇，置其来路，此蚁触之而返，或去穴一尺或数寸，才入穴中者如索而出，疑有声而相召也。其行每六、七有大首者间之，整若队伍。至徙蝇时，大首者或翼或殿，如备异蚁状也。元和中，成式假居在长兴里，庭中有一穴蚁，形状如窃赤之蚁之大者，而色正黑，腰节微赤，首锐足高，走最轻迅，每教致蝼及小鱼入穴，辄坏垤窒穴，盖防其逸也。自后徙居数处，更不复见此。"可见他经过长期观察，已经注意到了"蚁"的分类和蚁群的生态，说明他的治学已初步具备后代自然科学研究的分析方法和实证精神。

按唐代中期之后社会风气奢靡，官僚私第每建规模巨大的庄园，中植奇花异草，段氏身为贵介子弟，后又出仕中层官僚，交游中多达官贵人，因此他对植物的记载，也多目验。如《酉阳杂俎》续集卷九《支植上》曰："卫公平泉庄有黄辛夷、紫丁香。""东都胜境有三溪，今张文规庄近溪有石竹一竿，生瘿，今大如李。"卷十《支植下》曰："李卫公一夕甘子园会客，盘中有猴栗，无味。陈坚处士云：'虔州南有渐栗，形如素核。'"前卷集十九《草篇》叙异菌曰："开成元年春，成式修行里私第书斋前，有枯紫荆数枝蠹折，因伐之，余尺许，至三年秋，枯根上生一菌，大如斗，下布五足，顶黄白两晕，缘垂裙如鹅鞴，高尺馀，至午色变黑而死，焚之气如芋香。"这些都是他周游园林时不忘研究植物而记录下来的科学资料。又唐代寺院中亦多植奇花异草，段成式喜游佛寺，故每记其所见。

在与段成式交往的人中，自有一批志趣相投的学者。《寺塔记序》曰："武宗癸亥三年夏，予与张君希复善继同官秘书，郑君符梦复连职仙署。会暇日，游大兴善寺。因问《两京新记》及《游目记》，多所遗略，乃约一旬寻两街寺。"而在段氏交往的人中，关系最为深切的，首应注意李德裕等人。《北梦琐言》卷四曰："唐朱崖李太尉与同列款曲，或有征其所好者，掌武曰：'喜见未闻言，新书策。'"所好与段成式同。段氏曾为李氏之浙西、荆南幕府从事，《酉阳杂俎》续集卷四《贬误》中曰："予太和初，从事浙西赞皇公幕中。尝因与曲宴。中夜，公语及国朝词人优劣，云世人言'灵芝无根，醴泉无源'，张曲江著词也。盖取虞翻《与弟求婚书》，徒以芝草为灵芝耳。予后偶得《虞翻集》，果如公言。"这是二人共同具有"喜见未闻言，新书策"癖好的明证。又同书前集卷十五《诺皋记下》中两次提到工部员外郎张周封介绍的异闻，《新唐书·艺文志》"地理类"载张周封《华阳风俗录》一卷，下注：'字子望，西川节度使李德裕从事，试协律郎。'续集卷八、九《支动、植》中则记载李德裕与韦绚的事迹与言论多则，可见段成式与李德裕前后僚属多所交往。这也就是一个喜奇好异的文人集团。

二、采访。个人见识毕竟有限，段成式的记载好多由采访得来，《酉阳杂俎》在一段文字结束之后，常是说明何人见告，例如《酉阳杂俎》前集卷十六《毛篇》中叙"犀"事，内云"成式门下医人吴士皋，尝职于南海郡，见舶主说本国取犀，先于山路多植木，如狙杙，云犀前脚直，常倚木而息，木栏折则不能起。犀牛一名奴角，有鸩处必有犀也。犀三毛一孔"。可知他的这些异闻乃由采访得来。唐代前期有关东方与西方的记载相对来说比较多，有关南方的记载则比较少，到了中后期时，才逐渐增多，段成式的下一辈中有段公路撰《北户杂录》三卷，多载南方民风土俗；段氏门中的著作内保存着有关南方习俗物产的大量记载，显得特别可贵。

世界上有许多流传甚广的民间传说,早在公元九世纪时,段成式即已著录,至为难得。例如杨宪益就以为"《酉阳杂俎》(前集卷十四《诺皋记上》)里的阿主儿故事应为西方史诗里英雄降龙传说的来源,这故事出于龟兹,后因匈奴王阿提拉的威名,而附会到他身上的。"又如《酉阳杂俎》续集卷一《支诺皋上》记吴洞前妻之女叶限故事,杨氏以为显然就是西方的扫灰娘(Cinderella)故事。① 此文后云:"成式旧家人李士元所说。士元本邕州洞中人,多记得南中怪事。"说明这一著名故事传播于今广西地区的边疆民族,段成式首先加以记录,世界其他地区的同一类型故事或许曾受其影响。

段氏常用"相传云"之类的方式记录传闻。《酉阳杂俎》续集卷四《贬误》曰:"相传云,德宗幸东宫,太子亲割羊脾,水泽手,因以饼洁之,太子觉上色动,乃徐卷而食。司空赞皇公著《次柳氏旧闻》,又云是肃宗。刘𫗧《传记》云:'太宗使宇文士及割肉,以饼拭手,上屡目之。士及佯不悟,徐卷而啖。'"这里并列三种异说,不著书名的第一说,显然不是读到的,而是听来的。

三、阅读。前面已经多次言及,段成式阅读的典籍,既多且广,有的还在书中记下名称。有的典籍,今尚存世,如《酉阳杂俎》续集卷四《贬误》中引吴均《续齐谐记》,记阳羡鹅笼事,随后又引"释氏《譬喻经》云:昔梵志作术,吐出一壶,中有女与屏处作家室。梵志少息,女复作术,吐出一壶,中有男子,复与共卧。梵志觉,次第互吞之,柱杖而去。余以吴均尝览此事,讶其说,以为至怪也。"可知段氏已经注意到了中外文化交流的问题。

史载段成式精通佛典,但他也熟悉道经,例如《酉阳杂俎》前集卷

---

① 见杨宪益《零墨新笺》中的《十、中国的扫灰娘故事》与《十一、酉阳杂俎里的阿主儿故事》,中华书局 1947 年版。扫灰娘一名,现在一般都译为灰姑娘。

十八《木篇》叙菩提树,云是"《西域记》谓之卑钵罗",前集卷十一《广知》引《隐诀》言太清外术。但绝大多数的条文,却没有像这样说明出处,例如前集卷十《物异》中一则曰:"旃檀鼓,于阗城东南有大河,溉一国之田。忽然绝流,其国王问罗洪僧,言龙所为也。王乃祠龙。水中有一女子,凌波而来,拜曰:'妾夫死,愿得大臣为夫,水当复旧。'有大臣请行,举国送之,其臣车驾白马,入水不溺。中河而后,白马浮出,负一旃檀鼓及书一函。发书,言大鼓悬城东南,寇至,鼓当自鸣。后寇至,鼓辄自鸣。"实则这一故事也是改写《大唐西域记》卷十二瞿萨旦那国"九、龙鼓传说"中国王大臣与龙女为婚之事而成的。书中原作王"问罗汉僧",今本《酉阳杂俎》却误作"国王问罗洪僧"了。由此可知,《酉阳杂俎》中的好些记载原是转录而来的,但因未注出处,因而后人无法了解他根据的是什么典籍。

段成式对花草树木和飞禽走兽作了大量的记录。尽管他对此饶有兴趣,平时可能有所踏勘与考察,而他所见物产遍及本土四方与域外远地,不可能全部凭藉目睹与传闻,好些知识应当也从书本中来。例如前集卷十一《广知》中引《南蛮记》,前集卷十六《毛篇》中引《南康记》,前集卷十八《木篇》中引《嵩山记》,前集卷十九《草篇》中引王安贫《武陵记》,续集卷四《贬误》中引甄立言《本草音义》……可知他的许多具体知识,大都是从早期的地理书和药物专著等文献中摘录出来的。这些著作,有的是前代流传下来的,有的出自当代人所著,而目下大都已佚,因而显得非常可贵。

段成式在《酉阳杂俎》前集卷十四《诺皋记序》中说:"成式因览历代怪书,偶疏所记,题曰《诺皋记》。"可知他所记的"怪"事,大都得之"怪书"。前卷十九《草篇》中叙异菌时说,"后览诸志怪",得知南齐吴郡褚思庄于大明中忽见一物如芝,足证此事即由阅读前代"志怪"著作而来。又续集卷二《支诺皋中》曰:"学士张乘言,浑令公时堂前忽有一树从地踊出，蚯蚓遍挂其上。已有出处，忘其书名目。"更可用以说明他的好些知识确从书本中来。

四、实践。段成式在《酉阳杂俎》前集卷十九《肉攫部》中详叙"取鹰法"，当出亲身体验，观上引《玉堂闲话》即可知。又前集卷十一《广知》曰："道士郭采真言，人影数至九，成式常试之，至六、七而已，外乱莫能辨，郭言渐益炬则可别。"可见段氏还富有探索精神，书中记下了不少总结实践经验的轶事。

由上可知，段成式通过多种途径积累了丰富的知识，这才写成了一部"百科全书"式的"志怪"之作。

秘籍珍闻之可贵

《酉阳杂俎》中著录了许多不见其他记载的珍贵资料。有关唐代之前的文献，因为书写手段的限制和传播之不易，流传下来的本就不多，其时又迭遭变故，更使文献遭到极大摧残。《隋书·经籍志》卷首叙及几次大的事件说："元帝克平侯景，收文德之书及公私经籍，归于江陵，大凡七万馀卷。周师入郢，咸自焚之。陈天嘉中，又更鸠集，考其篇目，遗阙尚多，其中原则战争相寻，干戈是务，文教之盛，符、姚而已。宋武入关，收其图籍，府藏所有，才四千卷，赤轴青纸，文字古拙。后魏始都燕代，南略中原，粗收经史，未能全具。孝文徙都洛邑，借书于齐，秘之府中，稍以充实，暨于尔朱之乱，散落人间。后齐迁邺，颇更搜聚，迄于天统、武平，校写不辍。后周始基关右，外逼强邻，戎马生郊，日不暇给，保定之始，书止八千，后稍加增，方盈万卷。周武平齐，先封书府，所加旧本，才至五千。隋开皇三年，秘书监牛弘表请分遣使人，搜访异本，每书一卷，赏绢一匹，校写既定，本即归主，于是民间异书往往间出。及平陈已后，经籍渐备，检其所得，多太建时书，纸墨不精，书亦拙恶。"经过隋代的一番努力，情况有所好转，但"大唐武德五年，克平伪郑，尽收其图书及古迹焉。命司农少卿宋遵贵载之以船，溯河西上，将致京师。行经底柱，多被漂没，其所存者，十不一二。"可见文籍散失的严重了。《酉阳杂俎》中却保存着许多珍贵的资料。今按历史顺序，举例略作介绍。

书中记载着许多南北朝后期文化交流之事。

按王渔洋有著名的《再过露筋祠》诗，一直脍炙人口，但人们不易了解"露筋"之说出自何典。惠栋《渔洋精华录训纂》卷五上引王象之《舆地记胜》，注此诗曰："露筋庙去高邮三十里。旧传有女子夜过此，天阴蚊盛，有耕夫田舍在焉。其嫂止宿，姑曰：'吾宁死，不肯失节。'遂以蚊死，其筋见焉。"这是宋代人的意识，露筋娘娘成了贞女的典范。查现存文献，此说即出段成式的记载。《酉阳杂俎》续集卷四《贬误》曰："相传江淮间有驿，俗呼露筋。尝有人醉止其处，一夕，白鸟姑嘬，血滴露筋而死。据江德藻《聘北道记》云：自邵伯埭三十六里至鹿筋，梁先有逻。此处足白鸟，故老云有鹿过此，一夕为蚊所食，至晓见筋，因以为名。"江著尚见《隋书·经籍志》"地理"书部分，著录为《聘北道里记》三卷，江德藻撰。但在新、旧《唐书》的《艺文》、《经籍志》中，均已不见记载了。

又续集卷四《贬误》曰："今军中将射鹿，往往射棚上亦画鹿。李绩《封君义聘梁记》曰：'梁主客贺季指马上立射，嗟美其工。'绘曰：'养由百中，楚恭以为辱。'季不能对。又有步骑射版，版记射的，中者甚多。绘曰：'那得不射獐。'季曰：'上好生好善，故不为獐形。'自獐而鹿，亦不差也。"查《隋书·经籍志》"地理类"书中有《封君义行记》一卷，李绘撰，当即此书。"李绩"自是"李绘"之误，所以上面引文均作"绘曰"。《封君义行记》或《封君义聘梁记》，唐代的书目中亦已不见记载，但段成式却还能见到，可见他所接触的秘籍，又不限于集贤院的中秘书。

正因段成式阅读过魏晋南北朝时期的一些罕见遗籍，《酉阳杂俎》中所记载的有关这一时期的一些轶闻，具有重要意义，发生过很大的影响。例如前集卷十二《语资》中的一条文字，云"庾信作诗用《西京杂记》事，旋自追改，曰：'此吴均语，恐不足用也。'魏肇师曰：'古人托曲者多矣，然《鹦鹉赋》，祢衡、潘尼二集并载。《弈赋》，曹植、左思之言正同。古人用意，何至于此？'君房曰：'词人自是好相采取，一字不异，良是后人莫辨。'魏尉瑾曰：'《九锡》或称王粲，《六代》亦言曹植。'信曰：'我江南才士，今日亦无。举世所推如温子升独擅邺下，尝见其词笔，亦足称是远名，近得魏收数卷碑，制作富逸，特是高才也。'"按之前集卷一《礼异》叙北齐迎南使与魏使李同轨、陆操聘梁事，卷三《贝编》叙魏使陆操见梁主事，卷七《酒食》叙刘孝仪与魏使崔劼、李骞交谈事，卷十《广知》叙梁主客陆缅与魏使尉瑾交谈事，卷十二《语资》多处叙梁宴魏使事，卷十八《木篇》中引及庾信谓魏使尉瑾言蒲萄等事，看来段成式就是读了伴随南北交聘所出现的文化交流从而产生的许多著作而记录下来的。

古诗《为焦仲卿妻作》中有云："其日牛马鸣，新妇入青庐。"《世说新语·假谲》篇言魏武与袁绍劫人新妇，魏武诈呼"有偷儿贼"，"青庐中人皆出观"。对于"青庐"的情况，前代无系统记载，故不易理解。《酉阳杂俎》前集卷一《礼异》中曰："北朝婚礼，青布幔为屋，在门内外，谓之青庐，于此交拜。迎妇，夫家领百馀人或十数人，随其奢俭，挟车俱呼'新妇子催出来'，至新妇登车乃止，婿拜阁日，妇家亲宾妇女毕集，各以杖打壻为戏乐，至有大委顿者。"又《酉阳杂俎》续集卷四《贬误》引《聘北道记》云："北方婚礼必用青布幔为屋，谓之青庐。于此交拜，迎新妇。夫家百馀人挟车，俱呼曰：'新妇子催出来。'其声不绝，登车乃止，今之催妆是也。以竹杖打壻为戏，乃有大委顿者。江德藻记此为异，明南朝无此礼也。"按《陈书》卷三四、《南史》卷六十《江德藻传》，均叙江氏于天嘉中兼散骑常侍，与中书郎刘师知使齐，著《北征道里记》三卷，《酉阳杂俎》中前后均作《聘北道记》，用的当是简称。江书出于亲身闻见，甚为可信。北方民族的风俗习惯，于此可以窥知一二。

《酉阳杂俎》中记下了很多有关唐初与盛唐之间名人的轶事，材料亦至为可贵。中如前集卷十二《语资》言王勃腹稿与李白三拟《文选》等事，不见他已提到的《朝野佥载》、《传记》（《隋唐嘉话》）、《次柳氏旧闻》等书，当是文坛流传已久的美谈，经他记载而流传下来，为文学史增添了可信的资料。前者已被采入《新唐书》与《唐才子传》的王勃本传，后者则如王琦之注李白《拟恨赋》，云是"《酉阳杂俎》：李白前后三拟《文选》，不如意辄焚之，惟留《恨》《别》赋，今《别赋》已亡，惟存《恨赋》矣。"（《李太白全集辑注》卷一）足见段成式的记叙颇为可信。

又如《酉阳杂俎》卷一《忠志》中记太祖、太宗等人的轶闻，则可能得之于段氏先世口传了。其中一条文字云："骆宾王为徐敬业作檄，极疏大周过恶，则天览及'蛾眉不肯让人，狐媚偏能惑主'，微笑而已。至'一抔之土未干，六尺之孤安在'，不悦曰：'宰相何得失如此人？'"《唐语林》卷二《政事下》中亦有相似文字，虽然难以断言是否出于《酉阳杂俎》，然二文定然有同源的关系。

《酉阳杂俎》中记载唐代民情风俗的一些文字，也至可宝贵，例如前集卷八《黥》中一条云："荆州街子葛清，勇不肤挠，自颈以下，遍刺白居易舍人诗。成式尝与荆客陈至呼观之，令其自解，背上亦能暗记。反手指其札处，至'不是此花偏爱菊'，则有一人持杯临菊丛。又'黄夹缬林寒有叶'，则指一树，树上挂缬，缬窠锁胜绝细。凡刻三十馀首，体无完肤，陈至呼为白舍人行诗图也。"可以觇知白诗风行朝野的盛况。元稹在《白氏长庆集序》中说："二十年间，禁省、观寺、邮候墙壁之上无不书，王公妾妇、牛童马走之口无不道。至于缮写模勒，衒卖于市井，或持之以交酒茗者，处处皆是。其甚者，有至于盗窃名姓，苟求自售，杂乱间厕,无可奈何！……又鸡林贾人求市颇切,自云:本国宰相每以百金换一篇。其甚伪者,宰相辄能辨别之。自篇章已来,未有如是流传之广者。"段成式的这一记载,更为白诗的风靡一时增添了生动的例证。

最后还应说明的是:段成式得之于目验或耳闻的许多知识,往往经过书面材料的检验,故结论的可信程度颇高。例如《酉阳杂俎》前集卷十九《草篇》说茄子曰:"茄子本连茎名,革遐反。今呼伽,未知所自。成式因就节下食伽子数蒂,偶问工部员外郎张周封伽子故事,张云一名落苏,事具《食疗本草》。此误作《食疗本草》,原出《拾遗本草》。成式记得隐侯《行园诗》云:'寒瓜方卧垄,秋菰正满陂。紫茄纷烂漫,绿芋郁参差。'又一名昆仑瓜。岭南茄子,宿根成树,高五六尺,姚向曾为南选使,亲见之。故《本草》记广州有慎火树,树大三四围。慎火即景天也,俗呼为护火草。茄子熟者,食之厚肠胃,动气发痰,根能治灶瘃。欲其子繁,待其花时,取叶布于过路,以灰规之,人践之,子必繁也,俗谓之嫁茄子。僧人多炙之,甚美。有新罗种者,色稍白,形如鸡卵,西明寺僧造玄院中有其种。《水经》云,石头西对蔡浦,浦长百里,上有大获浦,下有茄子浦。"可见其考核之认真。按宋初王辟之《渑水燕谈录》卷九云:"钱镠之据钱塘也,子跛,镠钟爱之。谚谓跛为瘸,杭人为讳之,乃称茄为落苏。"此说显为望文生义,故陆游《老学庵笔记》卷二即据《酉阳杂俎》驳正其误。

资料的积累与成书

段成式天份过人,又勤奋异常,取得偌大成果,决非偶然。他创作《酉阳杂俎》,也非一日之功,而是经过长期积累,经过多次编写,才告完成。

现可考知,段成式写作此书前后经历着三个阶段。后出的本子,即以前次编成之书为基础,因此最后完成的《酉阳杂俎》一书,乃其毕生精力所萃。今日考察其成书过程,可以了解古时学者取得成功的原因,对于《酉阳杂俎》一书的性质,也可增加认识。

第一次编集:《语录》

段成式第一次编成的集子,取名《语录》。黄伯思《东观馀论》卷下《跋段太常〈语录〉后》曰:

> 此本是《庐陵官下记》上篇,亦段太常作。政和四年四月十八日以秘阁本校,长睿书。

《语录》一书,后世书目中已无记载,但据上述文字,可知宋代还有若干本子在流传。

查语录之称,大倡于禅宗。[①] 日本佚名《临济钞》注"语录"曰:"语者,本《论语》之语也;录者,记也,记录语言三昧也。"耕云子《临济录摘叶序》曰:"于戏,大龟氏微笑于灵岳,初磨师廓然于梁园,话头已露。自尔祖祖随机应问,横说竖说,其一言半句,咸入道之阶梯也。故其座下学徒竞务记之,诠次成编,是诸家语录之所以兴也。"段成式深通佛典,又处在中唐禅风大盛之时,受其影响而有《语录》之作,是很自然的事。不过段成式取用此名,只是借用一个现成名词就是了。书中内容,并非宣扬佛家教义。但由此名可以推知,他所记书中的轶闻,大都是从他人处采访来的。

《语录》今佚,然《说郛》(张宗祥辑明钞本)卷三六《酉阳杂俎》于《怪术》《酒食》两章之间仍保存着《语录》一类,共录三条,其标题为"桦

---

① 参看张伯伟《禅与诗学》中《禅学与诗话》一章,浙江人民出版社 1992 年版。

香""破虱录""醋心"。《说郛》中的文字大都经过节录,故《语录》全貌已无法考知,但仍可据此三条文字作些推断。

按《庐陵官下记》一书今亦散佚,仅《类说》卷六中录存六条,《说郛》(宛委山堂本)卷十七中录存十六条,其他类书中残存一条、两条而已。今将《语录》中的佚文与《庐陵官下记》《酉阳杂俎》中的记载作些比较。

"桦香"一条,均不见上述各书。

"破虱录"一条,并见《庐陵官下记》(《海录碎事》卷八上《戏谑门〔嗤笑谈谐附〕》中《破虱》条引,宛委山堂本《说郛》亦引)与《酉阳杂俎》前集卷十二《语资》。三种文字固因各家节录方式不同而有差异,但基本内容出入不大。

"醋心"一条,并见《庐陵官下记》,《类说》本标题为《栽植经》,《酉阳杂俎》收入续集卷十《支植下》,三者文字出入甚大。今将三条文字一并引录于下:

〔醋心〕李君鄂言:尝见《栽植经》三卷,言木有病醋心者。(《语录》)

〔栽植经〕世传《栽植经》三卷,云木多病酢心,其候皮液俱酸,有能治者,钩去其蠹,木乃茂。(《庐陵官下记》)

〔醋心树〕①杜师仁尝赁居,庭有巨杏树,邻居老人每担水至树侧,必叹曰"此树可惜。"杜诘之,老人云:"某善知木病,此树有疾,某请治。"乃诊树一处,曰:"树病醋心。"杜染指于蠹处尝之,味

---

① 《酉阳杂俎》今本每条文字之上均无标题,但若干篇内每条文字之上均有提要式的文字,与下句不连接,当是《语录》原式之遗留。今即以标题视之。《太平广记》卷四〇七引《酉阳杂俎》此条,标题正作"醋心树"。

若薄醋。老人持小钩披蠹，再三钩之，得一白虫如蝠。乃傅药于疮中，复戒曰："有实自青皮时必摽之，十去八九则树活。"如其言，树益茂盛矣。又云，尝见《栽植经》三卷，言木有病醋心者。(《酉阳杂俎》)

不难看出，这三条文字的差异不光表现在字数的多少上，而且行文的格局也大不一样，可以用来说明段成式著书时的一些情况。

一、段成式对有些条文，曾不断加工改写。这应当是他后来听到了另一种说法，有胜于前者，因而不断修正前说。

二、《酉阳杂俎》分为前集与续集两大部分，成书时间尚有距离。段成式将《破虱录》一条载之前集，可能以为此文业已定稿，无需再行推敲；《醋心树》一条则还有待于修正，故在大幅度改写之后，方始编入续集。

第二次编集：《庐陵官下记》

《新唐书》卷五九《艺文志》三"子录·小说家类"于段成式《酉阳杂俎》三十卷后，著录《庐陵官下记》二卷。《崇文总目》"小说类"亦作二卷。《郡斋读书志》不载，《直斋书录解题》卷十一"小说家类"载《庐陵官下记》二卷，曰："段成式撰，为吉州刺史时也。"

《文献通考》与《宋史·艺文志》中亦载此书，但编者是否目睹则难断言，不过《说郛》中收有此书条文，则又说明元末明初之时仍在流传。《酉阳杂俎》与《庐陵官下记》二书在很长一段时间内一直并行不悖。

考察《庐陵官下记》佚文，可知此书后已纳入《酉阳杂俎》之中。

查《说郛》(宛委山堂本)卷十七《庐陵官下记》共收十六条文字，其中十五条文字见于《酉阳杂俎》，计："借书"一条，见续集卷四《贬误》；"盗"一条，见前集卷九《盗侠》；"梦"一条，见前集卷八《梦》；"牡丹"一条，见前集卷十九《草篇》；"蝇"一条，见前集卷十七《虫篇》；"黥"一条，

唐人笔记小说考索

见前集卷八《黥》；又"黥"一条，同上；"秦马"一条，见前集卷十二《语资》；"盗侠"一条，见前集卷九《盗侠》；"妓忌"一条，见前集卷十二《语资》；"小奴"一条，见前集卷九《盗侠》；"袭"一条，见前集卷十三《尸穸》；"雷"一条，见前集卷八《雷》；"碧筩"一条，见前集卷七《酒食》；"卧筌筷"一条，见前集卷六《乐》。计《说郛》本《庐陵官下记》中仅第一条"蛙谜"不见今本《酉阳杂俎》。

《类说》卷六《庐陵官下记》收文六条，仅第一条"栽植经"见《酉阳杂俎》续集卷十《支植下》，其他五条均不见今本《酉阳杂俎》，但二者之间仍有若干蛛丝马迹可循，今亦作考核如下：

"墨渖衣"一条，不见今本《酉阳杂俎》，且无任何线索可循。

"飔段"一条，叙武将见梁元帝事。查《酉阳杂俎》中多次叙及梁元帝事，并叙及有关梁元帝的著作，这一条文字可能也是段成式在阅读有关梁元帝的文献时摘录下来的。

"损惠蹲鸱"一条，首见《颜氏家训·勉学》篇。这一故事甚著名，刘纳言《谐噱录》(《说郛》宛委山堂本卷三四)中也曾转录，而借为张九龄戏萧炅事。但不知是否因为《颜氏家训》太常见了，而段氏自称《酉阳杂俎》乃"志怪小说之书"，所以后来又将它删去了。

"我谜吞得你谜"，即《说郛》本首条"蛙谜"，叙曹著之机辨。《酉阳杂俎》续集卷四《贬误》云："世说曹著轻薄才，长于题目人。"看来段成式著录曹著的轶事时所得材料同源。

"勾枝"一条，不见今本《酉阳杂俎》，但却保存在《唐诗纪事》卷五七"段成式"中，引文完整，今录引于下：

　　一夕，予坐客互送连句为烦，乃命工取细斑竹，以白金锁首，如茶挟，以递联名之。予在城时，常与客连句，初无虚日。小酌求押，或穷韵相角，或押恶韵，或煎著一碗，为八韵诗，谓之杂连。若志于不朽，则汰拣稳韵，无所得辄已，谓之苦连。连时共押平声好韵不僻者，出于竹简，谓之韵牒。出城悉携行，坐客句挟韵牒之语，必为好事者所传矣。因说故相牛公扬州赏秀才蒯希逸诗"蟾蜍醉里破，蛱蝶梦中残"，每坐吟之。予因请坐客各吟近日为诗者佳句，有吟贾岛"旧国别多日，故人无少年"。马戴"猿啼洞庭树，人在木兰舟"；又"骨锁金镞在"。有吟僧无可"河来当塞断，山远与沙平"；又"开门落叶深"。有吟张祜"河流侧让关"，又"泉声到池尽"。有吟僧灵准"晴看汉水广，秋觉岘山高"。有吟朱景玄"塞鸿先秋去，边草入夏生"。予吟上都僧元础"寺隔残潮去"；又"采药过泉声"；又"林塘秋半宿，风雨夜深来。"予识蜀中客庞季子，每云："寒云生易满，秋草长难高。"

由上可知，《庐陵官下记》中的文字，有的已经编入《酉阳杂俎》之中，有的则未编入。总的看来，可说多数已经编入，未编入者仅占少数。

按王谠的《唐语林》一书，乃集合五十家小说而成，今存《唐语林原序目》一纸，保存了四十八种书名，内有《庐陵官下记》一书。但将《唐语林》中的一千多条文字和《类说》、《说郛》中《庐陵官下记》的文字对勘，没有一条文字相合，然《古今合璧事类备要》前集卷十一《气候门·暑》内引《庐陵官下记》，叙玄宗起凉殿事，则见于《唐语林》卷四《豪爽》门。后者文字较完整，今录引如下：

玄宗起凉殿，拾遗陈知节上疏极谏，上令力士召对。时暑毒方甚，上在凉殿，座后水激扇车，风猎衣襟。知节至，赐坐石榻。阴雷沈吟，仰不见日，四隅积水成帘飞洒，座内含冻。复赐冰屑麻节饮。陈体生寒栗，腹中雷鸣，再三请起方许，上犹拭汗不已。陈

才及门,遗泄狼藉,逾日复故。谓曰:"卿论事宜审,勿以己方万
乘也。"

这条文字,内容甚为可贵。唐代长安都城中有凉殿、自雨亭子等
建筑,向达曾以此说明"开元前后长安之胡化",以为当是仿效拂林国
之所造。①段成式向来注意记录中外文化交流之事,《酉阳杂俎》中有很
多这方面的记载,但凉殿之事仅见于《庐陵官下记》而不见《酉阳杂俎》,
则又说明段成式前期著作中的某些材料未能全部进入《酉阳杂俎》。

但《唐语林》中却收纳了不少《酉阳杂俎》中的条文,如《唐语林》卷
二《文学》门中有王勃腹稿、徐敬业相不善、太白入月敌可摧三条,与
《酉阳杂俎》前集卷十二《语资》中的有关文字相合;《唐语林》卷四《贤
媛》门寿安公主一条,亦与《酉阳杂俎》前集卷一《忠志》中的有关文字
相合。可证《酉阳杂俎》中的这些文字,原来就是《庐陵官下记》中的文
字。《唐语林》中确曾纳入《庐陵官下记》中的文字。

第三次编集:《酉阳杂俎》

段成式之任庐陵郡太守,时在宣宗执政初期。他于大中十三年居
汉上时作《塑像记》,云:"庐陵龙兴寺西北隅,先有设色遗像,武宗五年
毁废,至大中初重建寺。"(《全唐文》卷七八七)所叙之事与宣宗即位后
恢复会昌法难中之寺宇情况相合。段成式撰此文字,乃因前时曾在此
地任职之故。《塑像记》为事后追忆。方干有《东溪别业寄吉州段郎
中》诗,云:"前山含远翠,罗列在窗中。尽日人不到,一尊谁与同。凉
随莲叶雨,暑避柳条风。岂分长岑寂,明时有至公。"(《全唐诗》卷六四
八)亦可说明其时段成式在吉州任职。

段成式在《酉阳杂俎》续集卷五《寺塔记上》的序文中曾扼要地介

---

① 《唐代长安与西域文明》,三联书店 1957 年版。

绍过仕履，内云："武宗癸亥三年夏，予与张君希复善继同官秘书，郑君符梦复连职仙署。……后三年，予职在京洛。及刺安成，至大中七年归京，在外六甲子。"安成乃吉州庐陵郡之古称，《资治通鉴》卷八七《晋纪》九怀帝永嘉五年记江州刺史华轶奔安成，胡三省注："吴孙皓宝鼎二年，分豫章、庐陵、长沙立安成郡。宋白曰：'吉州安福县，本汉安成县，今县西六十里有安成故城。'"可证段成式《庐陵官下记》的写作与编纂，正在大中元年至七年出任此地刺史时。

《寺塔记序》虽不署写作年月，但可确信定然作于大中七年之后。序文后曰："次成两卷，传诸释子，东牟人段成式，字柯古。"可证这两卷书原是单行的。

按《酉阳杂俎》前集卷十四、十五《诺皋记上、下》，亦首载段氏序文，卷十六《广动植之一》下即明署"并序"，续集卷七《金刚经鸠异》亦首载序文，可证这些部分的文字原来也是单行的。续集卷八、九、十《支动》、《支植上、下》部分，按全书体例来看，应当也是单行的，但前端无序，因而无法断言。

前面我已提到《说郛》(张宗祥辑明钞本)中录有《酉阳杂俎》二十卷之节文，内有《语录》一类，在随后出现的《酉阳杂俎》各种本子中已不再见到，可见段成式在编纂过程中还曾不断有所调整。陶宗仪见到的《酉阳杂俎》，属于早期的本子，看来段成式感到了这一类文字单列之不妥，因为《酉阳杂俎》其他各类中的文字，听来的很多，按例都可冠以《语录》之名，所以后来他就把《语录》一类去掉，并将内属条文分到其他类别中去了。段成式曾将《语录》编为《庐陵官下记》的上卷，后又编为《酉阳杂俎》中的一类，而从《庐陵官下记》中文字也已散入《酉阳杂俎》来看，可知《酉阳杂俎》中纳入了前此著作中的许多材料。

总结上言，可知段成式的著书态度极为认真，他花数十年之功，积累材料，编成集子；材料多了，再扩大而改编为另一种集子，目下段成式留下的著作虽不多，但可考知里面已是包括着他的全部心血。他的早期著作《语录》，后来编入《庐陵官下记》；《庐陵官下记》一书，后来编入《酉阳杂俎》。这样，《酉阳杂俎》中的内容越来越丰富，材料经过再三推敲与审核，也更为可信。这是他写作上的成功之处。但也由于此书反复的次数太多，长期有数种本子在流传，而自钞本至刻版的时期又历有年代，以致书中留下了不少问题。

《酉阳杂俎》中存在的问题

（一）条文有遗佚。《语录》和《庐陵官下记》中的文字，大部分已吸收到《酉阳杂俎》中去，但有好多条文则未见著录。不知这是由于段成式觉得内容不妥，或有待于改写，因而未编入的呢？还是留待后来重行编集，打算编入另外部分中去，这些条文是否偶在遗佚之列？总集与类书中或偶见《酉阳杂俎》佚文，但这类著作大都编写草率，不能作为定准。《唐诗纪事》中的引文一般说来比较可靠。上文引《唐诗纪事》中"勾枝"一条，可证今本《酉阳杂俎》确有遗佚。

（二）文字有增损。《语录》和《庐陵官下记》中的文字，比之《酉阳杂俎》中的文字，出入很大，这可不能作为文字记载歧异的证据。因为类书中的文字大都经过改削，自与原作有别。《太平广记》引用的《酉阳杂俎》中的文字多达六百零七条，与原书文字也间有出入，而《太平广记》在引用其他典籍时引文也时有改削，因而也不能作为二者文字有出入的证据。然《唐诗纪事》卷五七引"成式《酉阳杂俎》"中"古乐府《木兰篇》"一条，原出《酉阳杂俎》前集卷十六《毛篇》，二者相较，文字出入颇大。今征引于下，以资比较。

古乐府《木兰篇》："愿驼千里明，送儿还故乡。""明"字多误作

"鸣"。驼卧腹不帖地,屈足,漏明则行千里。(《唐诗纪事》引)

　　驼,性羞。《木兰篇》:"明驼千里脚",多误作"鸣"字。驼卧腹不贴地,屈足,漏明则行千里。(今本《酉阳杂俎》)

二者文字显有出入。

又《唐诗纪事》上一条文字之下有"又云"一条,与《酉阳杂俎》中的文字上一条内文字相合,今亦征引如下:

　　波斯国谓象牙为白暗,犀角为黑暗,故老杜有"黑暗通蛮货"之句。(《唐诗纪事》引)

　　……故波斯谓牙为白暗,犀为黑暗。(今本《酉阳杂俎》)

此亦可证二者文字有出入,《酉阳杂俎》中文字显有夺误。

又《永乐大典》卷七五四三《金刚感应事迹》引《酉阳杂俎》,与《金刚般若波罗密经感应传》中所引之《酉阳杂俎》全同,与今本续集卷七《金刚经鸠异》中的文字则大有出入,今并列于下,供参考:

　　何轸妻刘氏,年二十六岁,生一男,得两周;一女,方周满。忽夜梦入冥司,判决刘氏来春三月命终,觉后思之,忧惶涕泣不已。其夫与亲属咸问哭泣之因,答曰:"尝梦入冥司,判我只有半年在世。至期果死无憾,但愧儿女无依。"忽一日自省,遂命画士绘画佛菩萨象一轴,恭敬供养。断除荤酒,昼夜恭对佛前,精虔持念《金刚般若经》,回向发愿云:"唯愿我佛慈悲,增延世寿。若满四十五岁,儿女皆有娶嫁之期,死入黄泉,亦自瞑目。"每日专心持念,至三十八岁,儿得娶妇,及四十三岁,女得嫁人;以满所愿。至太和四年冬,恰满四十五岁。悉舍衣资,庄严佛象,为善俱毕,一日偏告骨肉亲缘曰:"吾死期已至。"何轸以为鬼魅所缠,不信有此。至岁除日,刘氏自请大德沙门祇对三宝之前,授以八关斋戒,沐浴更衣,独处一室,跏趺而坐,高声诵念《金刚般若波罗蜜经》。诵毕,寂然无声。儿女亲属俱入室看视,端然而坐,已化去矣。凛然如生,唯顶上热而灼手。凡四众士庶,见者闻者无不归敬三宝,赞叹希有。其夫何轸一依亡僧之礼,营塔安葬于荆之北郭。(《永乐大典》《金刚经感应传》引)

何轸,鬻贩为业。妻刘氏,少断酒肉,常持《金刚经》。先焚香象前,愿年止四十五。临终心不乱,先知死日。至太和四年冬,四十五矣,悉舍资装供僧。欲入岁假,遍别亲故,何轸以为病魅,不信。至岁除日,请僧受入关,沐浴易衣,独处一室,趺坐高声念经。及辨色悄然,儿女排室入看之,已卒,顶热灼手。轸以僧礼葬,塔在荆州北郭。(今本《酉阳杂俎》)

前面两种书中所引用的《酉阳杂俎》,内有刘氏请大德沙门"授以八关斋戒"一语,今本《酉阳杂俎》则已改作"请僧受入关",周叔迦据此以为今本已为不懂佛家教义的人所改。又中国佛教协会藏南宋佛经汇刻本《金刚经感应传》一种,又名《金刚经感应图记》,中有《何轸妻刘氏有感》一则,乃删改《酉阳杂俎》中文而成,文字繁简介于原本、今本之间,而中仍有"刘氏请僧授八关"之语。宿白以朝鲜抄本对校,朝鲜本据所录序跋,系出明成化本,为李云鹄本所从出,由此断定《酉阳杂俎》之被删削,当在明宪宗成化之前。① 实则今本《酉阳杂俎》中的这一文字,与《太平广记》卷一〇八原"出《酉阳杂俎》"标名"何轸"的一条文字几乎全同。由此可知,上述学者以为《酉阳杂俎》在成化之前被改

---

① 参看赵世暹《南宋刻的一种连环画》,文汇报 1962 年 6 月 23 日。

削云云,立论尚须进一步加以论证。

（三）编次杂乱编校失误。黄丕烈《酉阳杂俎》前集二十卷跋曰："《酉阳杂俎》无宋元刻及旧钞,故所储止明刻焉。明刻别有内乡李云鹄校本,虽出自宋刻,而增删已经动手,其所谓赵本也。"①这里是说宋本经过明末藏书家赵琦美(清常道人)的整理,后为李云鹄刻出。赵本即所谓脉望馆本,《四部丛刊》本即据此影印。赵氏为李云鹄本作序,自云:"开窗拂几,较三四过。其间错误:如数则合为一则者辄分之,脱者辄补之,鱼亥者就正之,不可胜屈指矣!又为搜《广记》、类书及杂说所引,随类续补。岁乙巳,嘉禾项群玉氏复以数条见示,又所未备也,复为续之。乃知是书必经人删取,不然何放逸之多乎?"可见赵氏加工幅度之大。一般说来,替古籍加工,总是有得有失的:加工得好,则或可使之更接近古籍原貌;如果学力不够,或草率从事,或主观武断,则往往与原来的用意相反,加工越多,与古籍原貌距离越远。又劳权跋曰:"此米庵旧藏钞本,少末一卷,又卷二、三及后二卷凡少四十七则。虽多传写之误,以勘刊本,有绝胜处。刊本多所校改,有不得其语意而妄改者,非此本末由正之。米庵间有校正处,且分《金刚经鸠异》作上、下,则不知其何所据?……此本米庵定为宋钞,殆未必然,乃从宋刻传钞尔。"又曰:"初八日将午校毕,钞本有嘉定癸未邓复后序,影写增入。宋刻虽未得见,实亦坊本耳。"②可见《酉阳杂俎》中存在的问题,有些是由无法区分孰为定本而产生的。有些是由缺乏善本而产生的,有些则是由于后人多次校改而滋生的。《酉阳杂俎》递经前代诸多文士校雠,但仍存在着许多误字与误文,前面已经多次提及,今不赘述。

此书编次上也存在着很多问题,如前面引到的"青庐"之事,一见

---

① 载缪荃孙等辑《荛圃藏书题识》卷六。
② 载《劳氏碎金》卷中,《丁丑丛编》本。

于前集卷一《礼异》,一见于续集卷四《贬误》,是为前后重出之例。按《全唐文》卷七八七中录段成式《韦斌传》一文,首尾完整,可知此文本单篇行世,所以清代馆臣才将它收入文学总集,今本《酉阳杂俎》则将它收入续集卷三《支诺皋下》。《酉阳杂俎》中的这条文字,介绍主角韦斌,着重叙述韦氏门中轶事,而与神怪之说无关。今本《酉阳杂俎》收入此文,当是由于后来的加工者草率从事而羼入的,是为编次有误之例。

　　总的说来,《酉阳杂俎》续集中的条文问题尤多。段成式在《酉阳杂俎序》中仅云"偶录记忆,号《酉阳杂俎》,凡三十篇,为二十卷。"可知续集十卷编成在后。续集之中亦列篇目,不大可能出于后人伪造,但因其无善本传世,故与原书或多差异。即以前面提到的续集卷七《金刚经鸠异》中的何轸妻事而言,即似引自《太平广记》,前人疑《酉阳杂俎》中羼入了许多后人改写或笔削的文字,看来是有道理的;但这也有可能恰是某种《酉阳杂俎》早期本子的原貌,而《太平广记》中"入关"等误文,则又有可能为明人刻书时误改,今本《酉阳杂俎》亦有此误,则又可能是据《太平广记》误改的。这些问题,情况甚为复杂,有待后人深入辨析。

《玉堂闲话》考

"玉堂"释义

"玉堂"一词,古籍屡见。按照辞典上的解释,它有宫殿、官署、妃嫔所居之处、神仙所居之处等多种涵义。此外,它还经常用作翰林院的代称,例如宋太宗《赐苏易简》诗曰:"翰林承旨贵,清净玉堂中。"黄庭坚《双井茶送子瞻》诗曰:"人间风日不到处,天上玉堂森宝书。"王实甫《西厢记》第三本第一折《寄生草》曰:"休为这翠帏锦帐一佳人,误了你玉堂金马三学士。"

为什么翰林院会有"玉堂"这一代称,叶梦得《石林燕语》卷七曾有介绍:

> 学士院正厅曰"玉堂",盖道家之名。初,李肇《翰林志》末言"居翰苑者,皆谓凌玉清,溯紫霄,岂止于登瀛洲哉,亦曰登玉堂焉。"自是遂以"玉堂"为学士院之称,而不为榜。太宗时,苏易简为学士,上尝语曰:"'玉堂'之设,但虚传其说,终未有正名。"乃以红罗,飞白"玉堂之署"四字赐之,易简即扃镂置堂上。每学士上事,始得一开视,最为翰林盛事。绍圣间,蔡鲁公为承旨,始奏乞摹,就杭州刻榜揭之。以避英庙讳,去下二字,止曰"玉堂"云。

叶调生、胡心耘《石林燕语》合校本引何焯曰:"《汉书·李寻传》,哀帝初,待诏黄门,故云'食太官,衣御府,久污玉堂之署。'〔颜师古〕注:'玉堂殿在未央宫。'汉时待诏于玉堂殿,唐时则待诏于翰林院,至宋以后,翰林遂并蒙玉堂之号耳,何谓出于道家乎?太宗赐榜,正用《寻传》。"叶、胡随后下结论说:"此说论玉堂来历最明确。"似乎以为何焯之说已可成为定论。后人大都信从此说,辞书上也大都采用这一结论。

唐代皇室以姓李之故,尊崇道教。道教常用"金""玉"等词描绘仙家阆苑,因此文人写作时也常运用这类词汇,李肇《翰林志》用"凌玉清,溯紫霄"等词形容翰林学士院,无非说明"登玉堂"尤胜"登瀛洲"而已。叶梦得据此以为"玉堂"乃道家之名,切合唐代习俗的实际,不为无据。比之何焯之说,更为符合唐代情况。

这一名词,到了唐代末年时已经用作翰林院的代称,如郑畋曾任翰林学士,著有《玉堂集》五卷;韩偓任翰林学士时,有《雨后月中玉堂闲坐》诗,内云:"夜久忽闻铃索动,玉堂西畔响丁东。"自注:"禁署严密。非本院人,虽有公事,不敢遽入。至于内夫人宣事,亦先引铃。每有文书,即内臣立于门外,铃声动,本院小判官出受;受讫,授院使,院使授学士。"凡此均可说明晚唐之时已经普遍运用"玉堂"一词代称翰林学士院。

《玉堂闲话》一书,传为王仁裕所撰。王仁裕于前蜀王衍时已任翰林学士之职,其后历任后唐、后晋、后汉、后周数朝,又长期担任翰林学士一职。他的著作,自然可以取名为《玉堂闲话》。

《玉堂闲话》的作者是谁?

《崇文总目》卷二史部"传记类"下:"《玉堂闲话》十卷,王仁裕撰。"(《粤雅堂丛书》本)

《宋史》卷二〇六《艺文志》子部"小说家类":"《玉堂闲话》三卷,王仁裕撰。"

根据这两种书目上的记载来看，《玉堂闲话》的作者为王仁裕，应当是不成问题的。但文献上还有不同的记载。吴曾《能改斋漫录》卷十四《类对》有"诉失蔬圃"一条，云，

　　　　国初范质《玉堂闲话》云："广州番禺县尝有部民谍诉云：'前夜亡失蔬圃，今认得在于某处，请县宰判状往取之。'有北客骇其说，因诘之。民云：'海之浅水中有藻荇之属，被风吹，沙与藻荇相杂。其根既浮，其沙或厚，三、五尺处，可以耕垦，或灌为圃故也。夜则被盗者盗至百馀里外，若桴筏之乘流也。以是植蔬者海上往往有之。'"

　　这条材料，尚见《太平广记》卷四八三，题作《番禺》，下注"出《玉堂闲话》"。文字的开端部分，没有"范质"云……字样，说明据此材料还不能断定该书作者究竟是谁。范质其人，官高位重，享有大名，他也出任过翰林学士，所著自然也可以取名《玉堂闲话》。但像他这样身份的人，如果真的著有此书，则在史传或书目上总会有所反映，然而除了《能改斋漫录》上有此记载外，各种文献均无记载，这就不能不让人怀疑吴曾之说或系误题作者之名。
　　《玉堂闲话》一书，宋代之后即已散佚，今所能见者，只有《太平广记》《类说》二书保存的文字较多。《太平广记》保存了一百六十条，《类说》保存二十四条。根据这些文字来看，《玉堂闲话》的作者应当是王仁裕。今举例论证如下。
　　《太平广记》卷一四〇引《玉堂闲话》，题作《秦城芭蕉》，内云：

　　　　天水之地，逖于边陲，土寒，不产芭蕉。戎帅使人于兴元求之，植二本于亭台间。每至入冬，即连土掘取之，埋藏于地窖，候

春暖,即再植之。庚午、辛未之间,有童谣曰:"花开来裏,花谢来裏。"而又节气变而不寒,冬即和煦,夏即暑毒,甚于南中,芭蕉于是花开。秦人不识,远近士女来看者,填咽衢路。寻则蜀人犯我封疆。自尔年年一来,不失芭蕉开谢之候。乙亥岁,岐陇援师不至,自陇之西,竟为蜀人所有。暑湿之候,一如巴邛者。盖剑外节气,先布于秦城。童谣之言,不可不察。

这是指发生在乙亥岁(915)的一起战事。《新五代史》卷六三《前蜀世家》:"〔永平〕五年(即乙亥岁),遣王宗俦等攻岐,取其秦、凤、阶、成四州,至大散关。"在这之前,王仁裕已在秦州任节度判官,为节度使李继崇的幕僚,因此《秦城芭蕉》中称"寻则蜀人犯我封疆",可见《玉堂闲话》的作者非王仁裕莫属。

《太平广记》卷三九七引《玉堂闲话》,题作《斗山观》,内云:

汉乾祐中,翰林学士王仁裕云:兴元有斗山观。自平川内耸起一山,四面悬绝,其上方于斗底,故号之。薛萝松桧,景象尤奇,上有唐公昉饮李八百仙酒,全家拔宅之迹。其宅基三亩许,陷为坑,此盖连地而上升也。仁裕辛巳岁,于斯为节度判官,尝以片板题诗于观曰:"霞衣欲举醉陶陶,不觉全家住绛霄。拔宅只知鸡犬在,上天谁信路歧遥。三清辽廓抛尘梦,八景云烟事早朝。为有故林苍柏健,露华凉叶锁金飙。"旧说云:斗山一洞,西去二千里,通于青城大面山,又与严真观井相通。仁裕癸未年入蜀,因谒严真观,见斗山诗碑在焉。诘其道流,云:"不知所来。"说者无不异之。

《太平广记》卷四〇七引《玉堂闲话》,题作《辨白檀树》,内云"王仁裕癸未岁入蜀",与上说合,指的是癸未岁(923)由兴元入蜀投奔前蜀王衍事。蜀亡之后，他回故乡，又出任秦州节度使王思同的判官。《太平广记》卷三九七引《玉堂闲话》，题作《大竹路》，内中即有"王仁裕尝佐褒梁师王思同南伐巴人"之语。从这些记载中主人公的语气来看，均可证明《玉堂闲话》一书的作者确是王仁裕。

以上只是举确凿无疑的两条材料来加以说明。其他许多材料，涉及的历史事件和地域方物，都与王仁裕的行踪相契合。

那么此书的另一作者为范质之说又是怎样产生的呢？

查现存《太平广记》和《类说》录存的《玉堂闲话》佚文中，就有不少有关范质的记载，如《太平广记》卷八十题作《赵圣人》的文字中，就提到了"宰相范质亲见王〔晖〕，话其事"。卷一八四题作《高辇》的文字中，就提到了"范质云：……尝记未应举日，有登第者相告，举子将策名，必有异梦，今聊记忆三数梦，载之于此。……质于癸巳年应举，考试毕场，自以孤平初举，不敢决望成名，然忧闷如醉，昼寝于逆旅，忽有所梦。寐未吡间，有九经蒋之才相访，即惊起而坐，且告以梦：梦被人以朱笔于头上乱点，已牵一胡孙如驴许大。蒋即以梦占之，曰：'君将来必捷，兼是第三人矣。'因问其说，即曰：'乱点头者，再三得也。朱者，事分明也。胡孙大者为猿。算法圆三径一，故知三数也。'及放榜，即第十三人也。"卷四六一题作《范质》的文字中首云："汉户部侍郎范质言……"《类说》卷五十五《玉堂闲话》题作《燕继室害诸雏》的文字中，即曰："学士承旨王仁裕、学士张沆言：范质二燕巢舍下育数雏……"或许就是由于《玉堂闲话》中有许多范质介绍的故事，所以吴曾认为此书作者是范质的吧。

上述记载虽涉神怪，然颇可信，即如范质登第之事，即与史合。洪迈《容斋四笔》卷四《和范杜苏四公》曰："晋相和凝以唐长兴四年①知

---

① 即上文所云之"癸巳年"。

贡举,取范质为第十三人。唐故事:知贡举者所放进士,以己及第时名次为重,谓之传衣钵,盖凝在梁贞明中居此级,故以处质,且云'他日当如我。'后皆至宰相。"大约这是范质当面说给王仁裕听的,所以年代等问题均无舛错。查王仁裕于汉时已任高职,《旧五代史》卷一百《高祖纪下》天福十二年六月壬申,"以左散骑常侍王仁裕为户部侍郎,充翰林学士承旨",同书卷一〇一《隐帝纪上》乾祐元年四月"甲午,以翰林学士承旨、户部侍郎王仁裕为户部尚书,以翰林学士、左散骑常侍张沆为工部尚书,以翰林学士、中书舍人范质为户部侍郎。"同书卷一〇三《隐帝纪下》乾祐三年四月"戊子,翰林学士承旨王仁裕罢职,守兵部尚书"。查刘汉二主立国仅四年之久,王、范二人同在户部供职,谊属同僚,过往自必密切,王仁裕记下范质的若干言行,乃情理中事,但却因此种下了《玉堂闲话》作者有二说的根苗。

《玉堂闲话》为后人所编纂

但就在上述引用的文字中,又可发现《太平广记》等书所引用的《玉堂闲话》非王仁裕原著,出于后人改编。理由如下:

《太平广记》卷二〇三题作《王仁裕》的一条,卷三一四题作《仆射陂》的一条,卷三九七题作《斗山观》的一条,均有"翰林学士王仁裕……"的记叙。很难想象,自己写的文章,还要记叙职衔。又上举卷八十题作《赵圣人》的一条,云是"宰相范质"亲见,按范质入周方任宰相,而王仁裕在显德三年(956)即去世,这条文字不大可能恰好是晚年绝笔,也不大可能称他前些时的下属为"宰相范质",推断起来,这些文字当出宋人改写。

考《太平广记》的体例,编者一般不在提到的人前面加职衔,但在引用的《玉堂闲话》一书中,叙及王仁裕等人时,则均加职衔,说明李昉等人采录的《玉堂闲话》一书,上面原来就有这些文字,可见他们所依据的《玉堂闲话》,已是宋人编定之本。这里特别要提示"翰林学士"一名,看来想和"玉堂"一词相呼应。如此说来,《玉堂闲话》一书当为后人编纂而成,这个名称也是后人所拟的。

查《秘书省续编到四库阙书目》卷二"小说类"中尚有《续玉堂闲话》一卷王仁裕撰。① 这事令人诧异。《崇文总目》成书于庆历元年(1041),所收的《玉堂闲话》已有十卷之多,绍兴改定《秘书省续编到四库阙书目》时,又有续作一卷,显然,这不可能是王仁裕亲自续作的书,当由后人编定。王仁裕见闻甚广,文名倾动一时,所著之书,定然风行朝野。他又经历几个朝代,长期担任翰林学士之职,这样书贾们自然会采用《玉堂闲话》一名,事后还会有《续玉堂闲话》问世了。

王仁裕毕生著述极为丰富,《宋史·艺文志》"小说家类"除著录《玉堂闲话》三卷外,尚有《见闻录》三卷,《唐末见闻录》八卷;"故事类"中有《开元天宝遗事》一卷;"传记类"中有《入洛记》一卷,《南行记》一卷;"别集类"中有《乘辂集》五卷,《紫阁集》五卷,《紫泥集》十二卷,《紫泥后集》四十卷,《诗集》十卷。据《郡斋读书志》"杂史类"中对《入洛记》的介绍,"地理类"中对《南征记》的介绍,王仁裕在记叙一行所见所闻外,并著道途赋咏,目下《太平广记》录存的《玉堂闲话》中,就不乏类似的文字。可以设想,宋初出现的篇幅巨大的《玉堂闲话》十卷本,当是后人汇纂王仁裕的各种笔记资料而编成的一部小说集。

元代陶宗仪编《说郛》,在宛委山堂本卷四十八中,录存《玉堂闲话》中文字计九条,与《太平广记》中的文字对照,篇名相同,只是《太平广记》的《赘肉》一条,《说郛》本作《生赘肉》;《太平广记》中的《晋少主》一条,《说郛》本编在《马全节婢》之后而已。由此可知,《玉堂闲话》一

---

① 叶德辉考证本,载《宋史·艺文志·附编》,商务印书馆 1957 年版。

书宋初已有定本。然而《太平广记》中的《玉堂闲话》有以《王仁裕》为篇名者共二则,则非著者自行编定可知。此亦可证《玉堂闲话》一书确由后人编成。

《说郛》宛委山堂本中的《玉堂闲话》,署名处标"唐撰人阙",这也说明此书出于后人编定,所以陶宗仪不能标作"王仁裕撰"了。

《〈唐语林〉原序目》中的《玉堂闲话》即《开元天宝遗事》

但最足以说明问题的是:《唐语林》中也有《玉堂闲话》中的文字,实际上却出自王仁裕的另一著作《开元天宝遗事》。

《唐语林》是辑录五十种书中的文字而成的,在《原序目》中,也有《玉堂闲话》这一书名,这也就是说,《唐语林》中保留着《玉堂闲话》中的文字,但遍查《唐语林》中的条文,与《太平广记》、《类说》、《说郛》(宛委山堂本)中的《玉堂闲话》中的文字或类书中残留的文字对照,却没有一条文字是相应的。当然,上述各书没有全部录入《玉堂闲话》中的文字,传世的《唐语林》也已不是王谠原书,但《玉堂闲话》存世的一百几十条文字没有一条在《唐语林》中出现,也就给《原序目》中的《玉堂闲话》这一书名盖上了问号。

将《唐语林》中的条文和《原序目》中《玉堂闲话》之外各书的条文对照,可知有一些不属五十种原书之外的书籍中的文字也已掺杂了进来,内有《阙史》《摭言》《前定录》《教坊记》《御史台记》《邺侯外传》《闽川名士传》等书中的条文,《颜真卿集》和《樊川文集》中的若干文字。令人诧异的是:《容斋续笔》卷十六《唐人酒令》一条也夹杂其中。或许这些条文记载着唐代故事,《永乐大典》的编者工作草率,误认为是《唐语林》中的文字,误标上了该书书名,四库全书馆臣不加细察,因而错编进去的吧。

《永乐大典》误标书名的事，现存的本子中还可有所发现，如该书卷之二千八百七《枚·纸九万枚》引《唐语林》，曰："王右军为会稽，库中有笺纸九万枚"，实则此乃裴启《语林》中文，见《艺文类聚》卷九八；又如该书卷之一万二千十七《友·恤穷友》引《唐语林》，曰："孔嵩……与颍川荀彧共游太学……"实则此亦裴启《语林》中文，见《类林杂说》卷四《仁友篇》三十；又如该书卷之一万一千六百二《藻·品藻》引《唐语林》，曰："谢碣绝重其妇……"①实则此乃《世说新语》下之上《贤媛》中文。这些都是由于误题书各而羼入的。

但在《原序目》中的五十种书之外，夹杂进《唐语林》中去的，要数《开元天宝遗事》中的条文为多。和上述各书夹杂进一条、两条者不同，《开元天宝遗事》中的文字，夹杂进去的，计有十条之多。

今将《唐语林》中的条文摘抄于下，注明其在《开元天宝遗书》中的出处。

卷一"姚元之牧荆州"条，原出《开元天宝遗事》卷上《截镫留鞭》。

卷一"张九龄累历刑狱之司"条，原出《开元天宝遗事》卷下《口案》。

卷二"苏颋少不得父意"条，原出《开元天宝遗事》卷下《吹火照书》。

卷二"长安春时盛于游赏"条，原出《开元天宝遗事》卷下《游盖飘青云》。

卷三"裴光庭累典名藩"条，原出《开元天宝遗事》卷下《逐恶如驱蚊蚋》。

卷三"玄宗燕诸学士于便殿"条，原出《开元天宝遗事》卷下《任人如市瓜》。

卷四"玄宗早朝"条，原出《开元天宝遗事》卷下《精神顿生》。

---

① 《世说新语》原文作"谢碣绝重其姊"，此指谢玄推重其姊谢道蕴。"妇"字误。

卷五"玄宗时,羽林将刘洪善骑射"条,原出《开元天宝遗事》卷下《射飞毛》。

卷五"申王有高丽赤鹰"条,原出《开元天宝遗事》卷下《决云儿》。

卷五"明皇在禁中"条,原出《开元天宝遗事》卷上《步辇召学士》。

《唐语林》中的这些文字,和《开元天宝遗事》中的原文几乎没有什么出入,因此前者出于后者,那是没有什么疑义的。《开元天宝遗事》中的文字,大量进入《唐语林》中,这可不能再用《永乐大典》编者误标书名来作解释了。

《开元天宝遗事》和《玉堂闲话》都是王仁裕的作品,那就可以推知,《〈唐语林〉原序目》中标名为《玉堂闲话》的这一种书,实际上就是《开元天宝遗事》。对于笔记小说来说,一种书有几个名字,书贾时而把一种书分成数种,时而把几种书合成一种,都是常见的事。由此又可推知,《玉堂闲话》当是一个总名,内部包含着王仁裕的好几种著作,所以会有十卷之多,内中就有《开元天宝遗事》一卷。王谠采录的,就是总名《玉堂闲话》的这一种书。

《唐语林》考

读过《唐语林》的人，一定会有两种深刻的印象：

一、这是一本很好的书，材料很可贵。研究唐代文史的人，一定得用作参考。

二、这是一本很糟的书，太杂乱。不经过整理，就很难阅读。

这些情况的出现，是由各种复杂的因素构成的。应该加以探讨和说明。

作者的生平和交游

《唐语林》的作者王谠，历史上缺乏系统的记载，只是经过多年来各家的探索，才能了解到他生活的一些基本情况。

王谠，字正甫，长安人。① 故武宁军节度使王全斌的五代孙，武胜军节度观察留后王凯的孙子，②曾任凤翔府都监的王彭之子。他还是吕大防的女婿，吕大防于宋哲宗元祐年间拜相，而在他任中书侍郎时，堂除王谠为京东排岸司，后改国子监丞，③又改少府监丞等职。④ 元祐

---

① 见《直斋书录解题》卷十一"小说家类"《唐语林》提要。

② 《宋史》卷二五五《王全斌传》附《曾孙凯传》。王全斌，苏轼《王大年哀辞》作王全彬。

③ 吕大防于元祐三年任相，见《宋史》卷二一二《宰辅表》三。他在元祐元年拜尚书右丞进中书侍郎，见《宋史》卷三四〇《吕大防传》。堂除、改任王谠事见《续资治通鉴长编》卷四一三哲宗元祐三年八月辛丑所记。

④ 王谠改任少府监丞事，见《宋会要·职官》六一、《续资治通鉴长编》卷四三〇哲宗元祐四年秋七月壬辰所记。

之后,王说还曾出任邠州通判。① 大约死于崇宁、大观年间,享年当在六、七十岁。

王说出身在一个显赫的家庭,妻党又是很有权势的人物,然而他在仕途上是并不得意的。看来他在政治上没有什么才能。元祐年间官运虽曾一度亨通,只是依靠吕大防的直接提拔,但随即也就遭到刘安世、吴安诗等谏官的反对。② 当时党争很激烈,与王说有关系的一些人物,大都属于旧党,就是对他弹劾的人也是如此。这倒不像是新党人物出来进行诬陷和攻击,因此吕大防也不能不尊重事实,另作安排。王说在仕途上的蹇碍,除此之外似乎还难以作出更具体的解释。

吕大防与程颐关系深切,因此王说与旧党中的洛党中人有交往。③ 但在他接触的人物中,最值得注意的一派,是苏轼与其门下学友。

《东坡全集》后集卷八有《王大年哀辞》一文,为追悼其青年时代的友人王彭而作。王说于苏轼年辈为后,但因两代交情之故,关系是很深切的。王说的从兄王诜也是苏轼的至交。王诜,字晋卿,尚蜀国长公主,在党争中与苏轼同进退,情份非同一般。于此也可见到王、苏之间的多层因缘了。

---

① 晁无咎《鸡肋集》卷十七《次韵邠倅王正夫》诗曰:“清时有味俱吾党,黄发相看更几人。”

② 刘安世事见《续资治通鉴长编》卷四一三哲宗元祐三年八月辛丑所载。吴安诗事见《续资治通鉴长编》卷四三〇哲宗元祐四年秋七月壬辰、同书卷四三四哲宗元祐四年冬十月庚子、同书卷四四四哲宗元祐五年六月诸条所载。

③ 吕大防师事程颐,《二程遗书》卷二一载张绎《师说》,曾记程颐与王说议礼事。

王诜能书善画，①和王铣作风相似，与苏轼的作风也有相近之处。苏轼喜读笔记小说，自己也留下了《仇池笔记》《东坡志林》等作品。他又是当时公认的文坛领袖。作为这一流派的宗主，自然会对周围的文人发生影响。

在苏轼周围的一些文人中，有两个人值得提出来讨论一下。

一是赵令畤。令畤，字德麟，元祐年间和苏轼过往甚密，因而牵连入党禁。② 他写有《侯鲭录》一书。与《唐语林》比较，二者体例不同，因为他们虽然都采择了前代的许多笔记小说，但《侯鲭录》中材料的编次较凌乱，里面吸收了不少诗话，而且还加入了自己的创作，例如介绍元稹《传奇》时附以著名的《商调蝶恋花》，这和《唐语林》中只吸收他人的作品，而又依据《世说新语》的体例加以编排的原则截然不同。但《侯鲭录》和《唐语林》中吸收了很多同源的材料，而且二书都不注明出处。有些条目，仅见此二书。例如《唐语林》卷五716贺监纳苞苴、卷七994宗室凌迟两条，均见《侯鲭录》卷八；卷五717"海上钓鳖客"一条，见《侯鲭录》卷六；卷六761"李幼清知马"一条，见《侯鲭录》卷四。佚文秘籍，赖此二书而传世。后人虽然很难判断二人著书时是否通过声气，但可推知这两本性质相近的书却是同一学术环境中的产物。

另一人是孔平仲。平仲，字毅甫，一作义甫，与兄文仲、武仲都有文名，所谓"清江三孔"是也。孔平仲与苏轼关系深切，同坐党籍。③他著有《续世说》一书，和《唐语林》性质相同，也是参考《世说新语》的

---

① 孙星衍、邢澍《寰宇访碑录》卷七《华岳祈雪记》："卢讷撰，王诜正书，熙宁六年十一月，陕西华阴。"可证王诜善书。《东坡题跋》卷五《跋醉道士图》，附章惇《跋》与苏轼再《跋》，均叙王诜画工之妙。

② 见《宋史》卷二四四《宗室列传》，令畤附《燕王德昭传》。

③ 见《宋史》卷七一三本传。

体例编纂成书的。

按《世说新语》共分三十六门,《续世说》共分三十八门,和前者比较,不列《豪爽》一门,而多出《直谏》《邪谄》《奸佞》三门。《唐语林》共分五十二门,和《世说新语》比较,不列《捷悟》一门,而多出《嗜好》《俚俗》《记事》《任察》《谀佞》《威望》《忠义》《慰悦》《汲引》《委属》《砭谈》《僭乱》《动植》《书画》《杂物》《残忍》《计策》十七门。显然,《续世说》和《唐语林》的性质很近似,只是后者的规模要大一些。

《唐语林》卷五 729 条,叙京师王侯妃主第宅的奢靡,原出《封氏闻见记》卷五《第宅》,中有云:"安禄山初承宠遇,敕营甲第,瓌材之美,为京城第一。"下有王氏原注,引《续世说》'明皇为安禄山起第于亲仁坊'一条,此文见该书卷五《汰侈》中,足见王谠著书时参考过孔平仲的这部著作。因为这个注释,既不是封演自注,也不可能是《永乐大典》的编者所加:《永乐大典》编者于《唐语林》的条文中有时附以考订,上加"案"字,但没有引用另一种书加以注释的体例。因此,这个注释只能是王谠所加。

《续世说》也是辑录前人著作而成的。上面这条文字,原出姚汝能的《安禄山事迹》卷上。王谠熟悉唐代杂史,姚氏此书定然寓目,然而此处不引原出之文,却用同时人的著作,无非为了声气相通,看来也是呼朋引类的意思,这两位苏门学士中人写作同一类型的著作,说明这是同一学术氛围下的产物。

按《续世说》中所记者,自刘宋迄五代,是贯通几个朝代的小说集子。《唐语林》则专主一代。二者相比,类似于通史与专史的关系。看来孔氏成书在前,王氏成书在后,后者曾受前者的影响。

《唐语林》的性质——《唐语林》的资料来源

《唐语林》是综采五十种书中的材料分门别类而编成的。《直斋书录解题》卷十一"小说家类"叙《唐语林》曰:"长安王谠正甫撰。以唐小说五十家,仿《世说》分门三十五,又益十七,为五十二门。"他所依据的五十种书,由于原《序目》还保存,因而给予后人的研究工作不少方便。按《永乐大典》所保留的《原序目》,仅存四十八种原书名字,遗佚的两种,《四库全书》馆臣以为即《虬须客传》和《封氏闻见记》,这或许符合事实。只是其中《齐集》一书,实乃《岚斋集》之误;《玉堂闲话》一书,当即王仁裕的《开元天宝遗事》。这样,通过阅读原书和研究书目,可以了解这五十种书的情况。

这五十种书的性质,也就决定了《唐语林》一书的性质。今将唐宋以及后代书目中有关这五十种书的记载,它们所属的门类和卷数,制表列后,说明当时人对这些书的看法和每一种书流传的情况。

书名 ＼ 书目	新唐书·艺文志	崇文总目	郡斋读书志	直斋书录解题	宋史·艺文志	四库全书总目提要
国史补	杂史三卷	杂史三卷	杂史三卷	杂史二卷	传记三卷	小说家·杂事三卷
补国史	杂史十卷	杂史六卷			传记五卷	
因话录	小说家六卷	小说二卷	小说六卷		小说六卷	小说家·杂事六卷
谈宾录	小说家十卷	传记十卷	小说十卷		小说五卷	
岚斋集	小说家二十五卷				传记一卷	
幽闲鼓吹	小说家一卷	小说一卷	小说一卷	小说家一卷	小说一卷	小说家·杂事一卷

书目 书名	新唐书· 艺文志	崇文总目	郡斋读 书志	直斋书录 解题	宋史· 艺文志	四库全书 总目提要
尚书故实	杂传记一卷	传记一卷	小说一卷	小说家一卷	传记一卷 小说一卷①	杂家·杂说一卷
松窗录	小说家一卷	传记一卷	杂史一卷		小说一卷	小说家·杂事一卷
庐陵官下记	小说家二卷	小说二卷		小说家二卷	小说二卷	小说家·杂事一卷
次柳氏旧闻	杂史一卷	传记一卷	杂史一卷	杂史一卷	故事一卷	小说家·杂事一卷
桂苑谈丛	小说家一卷	传记一卷	杂史一卷		小说一卷	小说家·异闻一卷
纪闻谈				小说家三卷	小说一卷	
东观奏记	杂史三卷	杂史三卷	杂史三卷	杂史三卷	别史三卷	杂史三卷
贞陵遗事	杂史二卷	杂史二卷		杂史二卷	故事一卷	
常侍言旨	小说家一卷	传记一卷	小说一卷	小说家一卷	小说一卷	
传　载	杂史一卷	传记一卷			小说一卷	小说家·杂事一卷
云溪友议	小说家三卷	小说三卷	小说三卷	小说家十二卷	小说十一卷	小说家·杂事三卷
续贞陵遗事	杂史一卷	杂史一卷		杂史一卷	故事一卷	
开天传信记	杂史一卷	杂史一卷	杂史一卷	杂史一卷	小说一卷	小说家·异闻一卷
戎幕闲谈	小说家一卷	小说一卷	小说一卷	小说家一卷	小说一卷	
明皇杂录	杂史二卷	杂史二卷	杂史二卷	杂史一卷	故事二卷	小说家·杂事二卷

---

① 《张尚书故实》一卷，入"传记类"；《尚书故实》一卷，入"小说类"。

书名＼书目	新唐书·艺文志	崇文总目	郡斋读书志	直斋书录解题	宋史·艺文志	四库全书总目提要
异闻集	小说家十卷	小说十卷	小说十卷	小说家十卷	小说十卷	
大唐说纂	小说家四卷	小说四卷		小说家四卷	小说四卷	
刊　误	小说家二卷	小说二卷		杂家二卷	经解二卷 传记一卷	杂家·杂考二卷
卢氏杂说	小说家一卷	小说一卷		小说家一卷	传记一卷	
剧谈录	小说家三卷	小说二卷	小说三卷		小说二卷	小说家·异闻二卷
玉泉笔端	小说家五卷	传记五卷		小说家三卷 又别一卷	杂家一卷 小说五卷①	小说家·杂事一卷
金华子杂编		传记三卷	小说三卷	小说家三卷	小说三卷	小说家·杂事二卷
皮氏见闻		传记十三卷	小说五卷		小说十三卷	
大唐新语	杂史十三卷	杂史十三卷	杂史十三卷	杂史十三卷	别史十三卷	小说家·杂事十三卷
刘公嘉话	小说家一卷	传记一卷	小说一卷	小说家一卷	小说一卷 小说一卷②	小说家·杂事一卷
羯鼓录	乐一卷	乐一卷	总集③一卷	音乐一卷		艺术·杂技一卷
芝田录	小说家一卷	传记一卷	小说一卷			
资暇集	小说家三卷	小说三卷	小说三卷	杂家三卷	小说三卷	杂家·杂考三卷

①　《玉泉笔端》五卷，入"小说类"；《玉泉子》一卷，入"杂家类"。

②　《刘公嘉话》一卷、《宾客佳话》一卷，均入"小说类"。

③　赵希弁藏本，《乐府集》十卷、《乐府序解》一卷、《乐府杂录》一卷、《羯鼓录》一卷合刊，故入"总集"，见《郡斋读书附志》卷五下。

书目 书名	新唐书· 艺文志	崇文总目	郡斋读 书志	直斋书录 解题	宋史· 艺文志	四库全书 总目提要
杜阳杂编	小说家三卷	传记三卷	小说三卷	小说家三卷	小说二卷	小说家·异闻三卷
本事诗	总集一卷	总集一卷	总集一卷	总集一卷	总集一卷	诗文评一卷
玉堂闲话		传记十卷	传记四卷①	传记二卷	故事一卷	小说家·杂事四卷
中朝故事		杂史三卷	杂史二卷	传记二卷	故事二卷	小说家·杂事二卷
北梦琐言			小说三十卷	小说家三十卷	小说十二卷	小说家·杂事二十卷
唐会要	类书八十卷		类书一百卷	典故一百卷	类事一百卷	政书一百卷
柳氏叙训	杂传记一卷	传记一卷	传记一卷		传记一卷	
魏郑公故事	张大业故事八卷 刘袆之传记六卷	刘袆之传记三卷				
国朝传记	杂传记三卷 小说家三卷②	传记三卷		小说家三卷 小说家一卷③	传记三卷 小说三卷 小说一卷 小说三卷④	
会昌解颐	小说家四卷	小说四卷			小说五卷	

① 此指《开元天宝遗事》。下三栏亦指《开元天宝遗事》。《宋史》卷二〇六《艺文志》子部"小说家类"有王仁裕《玉堂闲话》三卷。

② 刘餗《国朝传记》三卷,入"杂传记类"。刘餗《传记》三卷,原注:"一作《国史异纂》。"入"小说家类"。

③ 刘餗《小说》三卷,《隋唐嘉话》一卷,均入"小说家类"。又《郡斋读书志》(袁州本)卷三下"小说类"录刘餗《小说》十卷,实为殷芸《小说》之误记。这个问题赵希弁在《郡斋读书后志》卷二下"小说类"的殷芸《小说》十卷提要中已有说明。

④ 刘餗《国史异纂》三卷,入"传记类"。刘餗《传记》三卷,又《隋唐嘉话》一卷,《小说》三卷,均入"小说类"。

书目 书名	新唐书·艺文志	崇文总目	郡斋读书志	直斋书录解题	宋史·艺文志	四库全书总目提要
洛中记异		小说十卷	小说十卷		小说十卷	
乾馔子	小说家三卷	小说三卷	小说三卷	小说家三卷		
闻奇录		小说三卷		小说家一卷	小说三卷	
贾氏谈录			小说一卷	传记一卷	小说一卷	小说家·杂事一卷
封氏闻见记	杂传记五卷	传记五卷	小说五卷	小说家二卷	小说五卷	杂家·杂说十卷
虬须客传		传记一卷			小说一卷	

通过这张表格，可以发现如下问题：

一、《唐语林》所依据的五十种原书，绝大多数是唐人的著作。不见于《新唐书·艺文志》中的书，不到十种。而这些书，有的作者是由晚唐入宋的；有的作者虽是宋人，但其内容实际上是汇纂唐人著作而成。因此，《唐语林》中的材料，是由当代人记当代的事。相对地说，总是比较亲切可信。这是该书的一个特点。

二、这些著作，到《四库全书总目》加以著录时，除《国朝传记》和《虬须客传》因故未收外，亡佚的已有二十种之多，占到总数的五分之二。在那五分之三加以著录的现存书中，有的原来也已散佚，如《金华子》《贾氏谈录》，还是《四库全书》馆臣利用《永乐大典》纂辑而成的。就是顺当地流传下来的那些书，与原本也已有很多出入，这只要看各种书目上记载的卷数的差异就可明白。有些书的卷数古今虽然一致，但实质上已有不同，例如《刘公嘉话》，各种书目上的记载均作一卷，然而自宋代起，即已羼入其他书中的文字，与刘氏原书大不相同。王谠的生活年代较早，得到的书可能比较接近原书面貌。

三、有些书,就在当时也很难得。比较之下,只有《新唐书·艺文志》和《宋史·艺文志》中的记载比较全备。但《宋史·艺文志》的编者未必一一看过原书,或许只是杂钞各种材料草率编成,例如他们把《玉泉子》放在"杂家"中,把《玉泉笔端》放在"小说"中,而这两本书只是编纂上有异,性质应是一样的。又如《洛中记异》一书,"小说类"中重出两见,可见工作上的草率到了何种程度。其他一些书目,就只收下了《唐语林》中的部分书籍,即使像晁公武、陈振孙这样一些大藏书家,也没有把这五十种书搜罗全备。相比之下,可说王谠编书时掌握这一方面的材料是很丰富的。《郡斋读书志》(袁州本)卷四下"别集类"下下录《吕汲公文录》二十卷、《文录掇遗》一卷,提要曰:"大防既拜相,常分其俸之半以录书,故所藏甚富。"陆游《跋〈西昆酬唱集〉》曰:"通直郎张玠,河阳人。吕汲公家外甥,藏书甚富。"(《渭南文集》卷二六)王谠用书,或曾得亲戚支助。

四、上述几种书目中所用的名词,不出杂史、传记、故事、小说等范围。这就说明,他们对这类书的性质看法上虽还未能趋于一致,但有某些相似的见解,认为这一类著作有别于正史,只是也不能截然否定其记载的事实的可靠性。总的说来,大约处在史与文之间,可以说是一些兼有历史和文学双重特点的作品。至于说到像百卷之巨的《唐会要》等书,那也只是择取其中有故事情节的个别文字,这只要看《唐语林》中的一些条目就可明白。又如《羯鼓录》一书,专门研究一种乐器,但《四库全书总目》就曾提到,此书近于说部,故而能为王谠所录取。

当然,王谠采录这五十种书时,也不可能先为他们一一定性;他对这些书的看法,不可能像目录学家那么明确,那么具体。但他不取其他书籍,而偏挑上这五十种书,则是思想上总会有一个简单明了的标准,然后据此搜集资料。现在看来,和他先后同时的文士尤袤的观点可以注意。尤袤在《遂初堂书目》中也收进了这五十种书中的大部分

典籍,他的分类情况是:

〔杂史类〕开天传信记　明皇杂录　开宝遗事　东观奏记
唐补史　贞陵遗事　传载　唐国史纂异

〔杂传类〕唐柳氏叙训　中朝故事

〔杂家类〕李涪刊误　资暇集

〔小说类〕封氏见闻志　大唐新语　纪闻谈　柳氏旧闻　杜
阳杂编　尚书故实　常侍言旨　岚斋集　松窗录　卢氏杂说
卢陵官下记　因话录　剧谈录　云溪友议　谈宾录　幽闲鼓吹
　玉泉笔端　戎幕闲谈　异闻集传　乾膜子　刘公嘉话　洛中
记异录　玉堂闲话

〔类书〕唐会要

这里包括进了《唐语林》中最重要的三十六种书。它的分类倒也
简单明了,那就是小说与杂类。杂,就是不纯的意思。杂史,就是不纯
的历史;杂传,就是不纯的传记;杂家,就是不纯的学派。王谠的看法
似乎与此相合。他挑取了很多典籍,近于历史、传记与学术著作,却又
不纯,近于小说。这样的著作,生动有趣,才可以编成唐代的一部"新
语",即《唐语林》。

王谠对资料的考订和整理

我国古代文士的对待历史典籍,有一种奇怪的现象:只要这书已
经定为"正史",那就把它看得很神圣;如果这书未为正统王朝所认可,
保留着原始记录的样子,那就把它看得很低,似乎与正史属于两种截
然不同的范畴。实则任何一位史家著书之时,都要吸收一些杂史、传

记、故事、小说……中的材料入内，《旧唐书》《新唐书》《资治通鉴》等书的情况莫不如此。

　　大量援用杂史、传记、故事、小说中的材料入正史，可以上推到裴松之的《三国志注》。司马迁著《史记》，也可以说有类似的情况。唐初房玄龄等人修《晋书》，李延寿父子修《南史》《北史》，都曾大量采用杂史、小说中的材料。中、晚唐后，帝王的实录等史料不能很好地整理和保存，后人修史时，自然更是需要仰求于杂史、传记、故事、小说等材料来补充了。

　　有水平的史家吸收这类材料时，自然要经过一道细致的考核的工作。裴启著《语林》，叙谢安事不实，受到本人的指责，此书也就声誉扫地。这是《世说新语》卷下之下《轻诋》篇中记载的一件著名轶事。后代文士著作的书，除非是以传奇语怪标榜的小说，可以子虚乌有地编造种种神奇故事，根本用不到考虑真实性的问题。除此之外，凡是记述历史人物或历史事件的书，总是要对这个问题赋予一定注意的。

　　运用杂史、传记、故事、小说入史的范例，大家无不推重司马光的《资治通鉴》。据张须《通鉴学》中统计，仅李唐一代，采录杂史凡六十种，传记凡十九种，小说凡十五种。①《资治通鉴》篇幅巨大，头绪纷繁，然而读来不觉烦冗，反而引人入胜，这当然与司马光的文笔生动有关，但也不能说它与原始资料的故事生动无关。只是司马光在吸收这些材料时，曾经做过细致的甄别工作，他把许多原始资料加以排列，何去何从，是非是失，都写入了《考异》，于此可见司马光的眼力和功夫。而《资治通鉴考异》三十卷，也就成了后人研究杂史、传记、故事、小说

————————

　　①　后人于此有所订正。司马光采录唐代史料，高振铎《通鉴参据书考辨》以为：杂史凡六十一种，传记凡二十八种，小说凡十四种。陈光崇《张氏通鉴学所列通鉴引用书目补正》考辨所得，结论数字又不相同。均可参看。二文收入《资治通鉴丛论》一书，河南人民出版社 1985 年版。

的有用材料。

王谠著《唐语林》，看来也想追踪《考异》，对材料有所鉴别。他的考订成果，有的径附书中条文之后，有的则以注文表现。例如卷六 827 条引《芝田录》，叙老卒推倒《平淮西碑》事，王谠下加案语曰："愬妻入诉禁中，乃命段文昌撰文，其时碑尚未立，安得推倒？"又如同卷 848 条引《国史补》，叙何儒亮访叔事，王谠于案语中引用另一唐人之说以证其误。这是径把考订成果写入正文的例子。又如卷一 119 条叙李卫公废卫兵宿直事，原注："李卫公初入相是大和七年，居李石之前，卫兵不因李事。记之者有误。"又如卷七 975 条叙僖宗幸蜀讨异御座人李再忠经明皇时供奉，原注曰："案广明元年上距天宝将百年，此说甚妄。"这是用注文形式表示考订成果的例子。情况说明，王谠著书时也曾考虑过考订材料的问题，并且做过部分工作。

《唐语林》是一部私人的创作

王谠著《唐语林》时，对该书如何加工似乎还未形成固定的见解。如果说，这是一部集纳前人著作而成的东西，里面有些材料有待于考订，那应该作一些必要的附注或说明，但王谠的工作不止于此，他常对条文任意改写，这样产生的东西，就只能说是他个人的创作了。

例如卷四 594 条引《因话录》卷一宫部中文，言柳婕好"生延王及一公主焉"；王谠则改写为"生延王及永穆公主焉。"又如卷三 426 条引《隋唐嘉话》卷中中文，言一老妇陈牒于戴至德前，《资治通鉴》卷二〇二《唐纪》十八高宗上元二年八月叙此，亦作"老妪"，王谠则改作"老父"。又如卷五 633 条引《国史补》卷中《妾报父冤事》，首云"贞元中，长安客有买妾者"，王谠则改作"唐贞观元年，长安客有买妾者"，这些地方可以认为王谠是故意如此改写的，好让他人看作这是一本宋人撰记的笔记小说。

在有的条文中,王谠对前人的著录加以增损,这些地方更可看出他的编纂《唐语林》,寓有创作之意。例如卷四 520 条引《国史补》卷下《叙著名诗公》一文,王谠不但删去了"杜工部""戴容州"等名字,而且增加了"张水部""李、杜"等名字,值得注意的是,王谠还增加了一大段文字,"元和后,不以名可称者:李太尉、韦中令、裴晋公、白太傅、贾仆射、路侍中、杜紫微;位卑名著者:贾长江、赵渭南;二人连呼者:元、白。"这是因为《国史补》的作者李肇的生活年代较早,元和之后的人物,社会上还未形成一致的看法,所以李肇不可能把这写入书中。王谠生活在宋代,上述人物,历史上的评价已经固定地形成,王谠也就径自采入,补充《国史补》中的阙失了。这些地方,应该看成纯粹是王谠的创作。

《唐语林》在每条文字之下不注原出处,或许就与上述情况有关。因为这些条文经过改写补充,面目已非,实际上已是王谠的创作,自然不能再注出处了。

《唐语林》似是一部没有正式定稿的著作

王谠著《唐语林》,书目中屡见记载,但卷数的多寡说法不一。《直斋书录解题》卷十一"小说家类"记《唐语林》八卷,又说"《中兴书目》'十一卷',而阙《记事》以下十五门;又云'一本八卷'。今本亦止八卷,而门目皆不阙。"说明当时就有好多种编次不同的本子在流传。《郡斋读书志》(袁州本)卷三下"小说类"记《唐语林》十卷,曰:"右未详撰人。效《世说》体,分门记唐世事,新增《嗜好》等十七门,馀仍旧云。"则是晁氏所见之本卷数又有不同,而且连作者之名也亡佚了。

从《唐语林》的成书到上述各家加以著录,年代相去不远,而在流传的过程中卷数会有很大的出入,想来总是由于缺乏定本的缘故。这时所流传的本子,应当是各种不同的钞本。很难想象,《唐语林》问世之后,立即会有各种不同的刻本出现。《宋史》卷二〇六《艺文志》五《小说类》载王谠《唐语林》十一卷,和《中兴馆阁书目》上记载的卷数相同,这在当时或许是流传得较广泛的一种钞本。但到后来,十一卷本已经失传,明人所记的本子,大都是八卷本或十卷本了。

大家知道,目前流传的《唐语林》虽说也是八卷本,但编次的情况很特殊。前四卷中,从《德行》到《贤媛》十八门,还保留着王谠原书的本来面貌;后面的四卷,则是《四库全书》馆臣利用《永乐大典》散入各韵部的条文,汇编而成的了。实则此书散佚的部分不止占全书篇幅的一半。根据此书最早刻本,即齐之鸾所刻残本来看,《贤媛》之前的文字,原来只占三卷或两卷,那么佚去的部分,就有可能多达九卷,至少也有五卷。又《唐语林》佚存于宋代类书或其他著作中的条文,尚有不少;而《永乐大典》中未曾辑出的佚文,也有一些,可以推知,此书遗佚而未见记载的条文,数量是不会少的。

综合上言,似乎可以这样判断:《唐语林》一书的前面部分,流传的钞本较多,所以后人能够据以刻出;后面的部分,流传的钞本较少,年代早如《中兴馆阁书目》,著录者已是后半残佚之本,可见《唐语林》这书很早就出现脱落的情况,后代更是难得看到完整的钞本,所以齐之鸾只能以残本付梓,而自明末之后,书目上也已看不到足本的记载了。

追本穷源,只能说王谠著书时本来没有整理出一种定本,又不能将一种完整的钞本及时刻出,这才出现了后来的种种混乱现象。

《唐语林》中援引《大唐新语》中的文字很多,而且很少加以删节或改写,但在这里出现一种奇怪的现象,那就是这类保持原始完整面貌的文字,集中在前面两卷,《匡赞》《规谏》《极谏》《刚正》四门之中;后面几卷,录引的文字很少,而且对此径加删节或改写。《北梦琐言》中的文字,所引用者也仅限于前六卷。这就说明,王谠著书时似乎只开了个头,后劲不继,所以在摘录材料时有这种虎头蛇尾的情况出现,而这正是全书尚未完成或未经写定的表现。

前面说到过王谠对《唐语林》中录引的文字曾有所考订,只是从全书来看,这类文字为数是很少的。可以想到,王谠著书时决不会信笔所之仅在这几条文字之后缀上几笔,看来他曾有计划,想对有疑问的条目加以考辨,然而此事只开了一个头,没有能够贯彻到底。这也说明《唐语林》当是一部尚未完成的,没有正式定稿的著作。

《唐语林》中有些条目的分类也不恰当。例如《政事上》第87"岑文本谓人曰"一条,下有案语曰:"此条宜列《言语》。原书分门未当,多有类此。"这条案语当是《四库全书》馆臣所加,意见是中肯的。所以出现这种现象,也应当是全书尚未正式完成,作者没有细细加工的缘故。

如果上述分析符合事实,那么《唐语林》中存在着的很多问题,也就可以找到解释。

《唐语林》的价值

唐代是杂史、传记、故事、小说极为发达的时期。这类作品,比之南北朝时的《世说新语》之类著作,文笔的潇洒隽永或有逊色,而情节的丰富曲折或有过之。因为唐代修史之风很盛,所以这一时期的笔记小说对历史事件的记叙也就更为重视。这类书籍提供了不少有价值的原始资料。就是那些记载有误的作品,有的也可广异闻,供参证,提供当时许多不同来源的独特见解。至于一些记载典章制度或社会风习的文字,则可提供许多解剖唐代社会组织的实际知识,认识唐代社会的许多不同侧面,扩展后人的眼界,这无疑是有很大价值的。

随着岁月的流逝,这类著作不断散佚,时至今日,要想更多地掌握这方面的材料,势必仰求于一些总集、类书等著作。

《唐语林》是一部少而精的小说总集

保存上述材料最丰富的著作，自然首推五百卷之巨的《太平广记》，其次就要算到《类说》《绀珠集》等书了。但《类说》《绀珠集》引书节录过甚，常是文意不全，比起《唐语林》中的文字来，可读、可信的程度要差得多。《白孔六帖》《古今合璧事类备要》等类书，部头大、份量重，但杂钞各类典籍，小说所占的比重并不大，而且钞手们任意删节，错别字多，因此类书中引用的文字，一般说来，也比不上《唐语林》中的引文完整可靠。

拿《太平广记》和《唐语林》相比，前者的篇幅要大得多，后者只能说是戋戋小册。从引书来看，《太平广记》所采纳者在五百种上下，《唐语林》则仅收五十种，二者也无法相提并论。但《太平广记》引书很杂，其中绝大多数的书，侈谈神异，没有多大史料价值；就从文学角度来看，也是无甚意味的文字。《唐语林》中的五十种书，总的说来，都是很有价值的文史类著作。即使像《杜阳杂编》《剧谈录》之类侈陈怪异的书，所采择者，也是其中较可信的部分。因为《唐语林》一书承接的是《世说新语》的传统，偏重人事，注重情致，很少涉及鬼神变幻，不以铺张杂博取胜。这是《唐语林》的一个优点。和《太平广记》相比，《唐语林》可说具有"少而精"的特点。

《唐语林》在辑佚和校勘上有突出的作用

《唐语林》援用过的五十种书，有的虽然流传了下来，但差不多每一种都有残阙，而这差不多又都可用《唐语林》来加以补正。唐兰校《刘宾客嘉话录》，引《唐语林》中的文字入补遗者达三十六条；赵贞信校《封氏闻见记》，引《唐语林》补入佚文四条。这是大段文字可以用来辑佚的例子。有的文字虽然没有这么完整，或为片断记载，或为个别句子，或为若干文字，或为自注……都可用以补正原书之不足。尤其可贵的是,《唐语林》中还保存着《补国史》《戎幕闲谈》《续贞陵遗事》等书中的大段文字,传奇小说《刘幽求传》的残文和《王贵妃传》的全文。这或许是其他典籍中都已残佚而仅见于《唐语林》中的材料,于此也可看到此书的可贵了。

拿《唐语林》中的文字和原书对校,二者之间时见差异,人们总是认为原书可靠,《唐语林》中又出现了改错的字或传误的字。大体说来,校勘之时应该尊重原书,但这并不是说原书定然可靠。因为笔记小说少有善本传世,而后人又常是随意改动文字,因此有些单刻传世的原书其实也并不可信。《唐语林》成书较早,王谠能够见到各种原书的祖本,因此经他采入的文字,有的反而比目下流传的所谓原书更可信。这里可举《因话录》为例以说明之。《唐语林》卷三306条叙柳元公杖杀神策小将事,中有"不独试臣"一句,此文原出《因话录》卷二商部,此句作"不独侮臣"。乍一看来,"试"字似为误字,然而《资治通鉴》卷二三九《唐纪》五五宪宗元和十一年《考异》引《因话录》此文,正作"不独试臣",可知《唐语林》中文字不误,而《因话录》中的文字却已经过后人改动。又如《唐语林》卷二191条,言代宗独孤妃薨,郭子仪欲致祭,下属反对,"子仪曰:'此事须柳侍御裁之。'时殿中侍御史柳弁,字伯存,掌书记,奉使在邠,即急召之。"此文原出《因话录》卷一宫部,内云"时予外伯祖殿中侍御史",注曰:"讳芳,字伯存。"读者如果不作细究,一定认为原书可靠,因为柳芳是当时的著名文士,又是赵璘本人的戚属,记载上不可能有什么问题。殊不知这里也已经过后人妄改,出现了错误。《新唐书》卷二○二《文艺中·柳并传》曰:"柳并者,字伯存。大历中,辟河东府掌书记,迁殿中侍御史。"这人才真是为郭子仪草祭文的柳伯存,而非字仲敷的柳芳。查齐之鸾本、《历代小史》本《唐语林》,此人正作"柳并",可见聚珍本作"柳弁",乃形近致误;原书作"柳芳",乃后人无识而妄改。于此可见,齐之鸾本、《历代小史》本中的异文不容忽视，《唐语林》在校勘上有重要的价值，而它所依据的原书不见得都可靠，有时反而应该用王说的引文来纠正今本之误。

《唐语林》中不知出处的文字至可宝贵

《唐语林》中的文字，经过一番整理，依照其所出的原文，参照各种文献中的记载，再加上搜辑而得的佚文，重新加以编排，共得一千零九十九条。其中可以找到出处的，或有可能出于某书的条文，共九百零七条，占全书的百分之八十二点五；一时找不到出处的条文，共一百九十二条，占全书的百分之十七点五。① 于此可见，后者之中保留着天壤之间仅存的许多重要史料。

这些材料可供史学家和文学家参考。例如卷七 953 条曰："宣宗崩，内官定策立懿宗，入中书商议，命宰臣署状。宰相将有不同者，夏侯孜曰：'三十年前，外大臣得与禁中事；三十年以来，外大臣固不得知。但是李氏子孙，内大臣立定，外大臣即北面事之，安有是非之说？'遂率同列署状。"就把晚唐政治上宦官操纵废立大权和大臣颟顸拥位的思想状态典型而生动地呈现于前，读之一定会受到很大的启发。又如卷六 843 条记韩愈二妾，反映了唐代这位古文大家生活上的另一个侧面。宋代文人为了维护韩愈的道学面孔，纷纷攻击这条文字，妄图否定其记载的真实性，然而近代学者据此作了深入的研究，发现这些文字如实而具体地介绍了韩文公的为人。这自然是文史方面亟堪珍视的材料。诸如此类，可供研究之需者尚多。历代文士经常援用此书，因为书中的好些条文确是具有不可替代的重要作用。

---

① 《唐语林校证》正式出版后，我在辑佚与寻找原书出处等方面又有所进展，现在可确定的是：《唐语林》中的文字，共得一千二百零二条。其中可以找到出处的，或有可能出于某书的条文，共一千零十三条，占全书的百分之八十四点二八；目下找不到出处的条文，共一百八十九条，占全书的百分之十五点七二。

《唐语林》中存在的问题

自从《世说新语》这种情趣盎然的小说体取得很大成功之后，历代都有这一类的著作问世，例如唐代有王方庆的《续世说新书》，刘肃的《大唐新语》；宋代有孔平仲的《续世说》，王谠的《唐语林》；明代有何良俊的《何氏语林》，李绍文的《明世说新语》；清代有梁维枢的《玉剑尊闻》，吴肃公的《明语林》，王晫的《今世说》；近代有易宗夔的《新世说》，等等。但比较之下，《唐语林》一书应是其中的佼佼者。其馀的书，或是纂拾旧闻，内容不新鲜；或是矫揉造作，琐碎不足观，因而有的已经亡佚，有的读者寥寥。历史自然地作出了结论，只有经得起时代考验的书才能广泛流传。

《唐语林》的地位既如此，也就证实了《前言》中开端就提到的话："这是一本很好的书，材料很可贵。研究唐代文史的人，一定得用作参考。"

但总的看来，这部著作还未发挥出它应有的作用。按理说来，《唐语林》的内容丰富多采，应当有更多的人来阅读它，使用它，然而情况并不如此，这又是什么原因呢？

这是因为《唐语林》本身存在着很多问题，诸如材料来源不明，文字时见脱误，条文分合缺乏定准，等等。而且里面的绝大部分文字毕竟用的是小说手法，可信与否也难判断。这些都是使人望而却步的障碍。

从形成这些问题的原因来说，情况很复杂：这里有作者本人的问题，有版本方面的问题，有流传过程中出现的各种问题……这些问题交织在一起，使《唐语林》从内容到形式都出现了杂乱的情况。为了整理此书，就得正本清源，找出各种错误和混乱现象的原因。首先得从作者本人的问题说起。

王谠学识欠佳工作草率

王谠虽有文名,泛读过唐代的笔记小说,但从《唐语林》中的一些情况来看,他对唐代的历史并不太精熟。书中常是出现这么一种情况,原书不误,王谠改写之后,也就出现了错误。例如卷三341条,言宗楚客纳厚赂启边衅事,此文原出《大唐新语》卷二《极谏》第三,中有"时西突厥阿史那忠节不和"之句,王谠改写之后,却成了"时西突厥阿史那与忠节不和",殊不知阿史那乃西突厥姓,忠节乃此人之名,中间不能加上"与"字。像王谠那样改动,也就把同一个人误分为两个人了。此事并见《旧唐书》卷九二《宗楚客传》,内云:"景龙中,西突厥娑葛与阿史那忠节不和",可知《大唐新语》叙事不明,然无大误,王谠妄加一字,却铸成大错。又如卷三334条,言"太平公主用事。柳浑以斜封官复旧职,上疏谏……",此文原出《大唐新语》卷二《极谏》第三,文字无大差异,然此二书中之"柳浑"实为"柳泽"之误。柳泽为睿宗、玄宗时人,《旧唐书》卷七七《柳泽传》详记此事,且录柳泽疏中文字。柳浑为代宗、德宗时人,年代远不相涉。《大唐新语》误之于前,王谠沿其误而不省,还要在下面加注说明,而他在注文中又引《太平御览》之文,言"浑性放旷,不甚检束"云云,实则此处文字原出《旧唐书》卷一二五《柳浑传》,王谠不用正史原文而用《太平御览》,也是史学疏陋的表现。两个情况完全不同的历史人物,混为一谈,一误再误,可见其史学水平确实并不太高明的了。

王谠的编写工作也嫌草率,不够严肃,例如卷五629条言"侯君集为兵部尚书,以罪流岭南。于其家得二美人,容色绝代。太宗闻其状曰:'自小常食人乳而不饭'"。然据《旧唐书》卷六九、《新唐书》卷九四《侯君集传》,可知侯君集是因谋反而被杀的,流岭南者为其妻及子。按此文出于《隋唐嘉话》卷上,检阅原书,才知道这里共有五条文字,第一、二条叙李靖言侯君集将反,第三条言太宗诛侯君集而流其子为奴,

第四、五条言录其家得二美人与二金簪。王谠大加改削,组合成文时,却将侯家父子之事颠倒了。侯君集串通太子承乾谋反而获罪,乃初唐大事,王谠于此显得隔膜,可见其史学水平不高。又如卷六 771、772、773 条,原为综合《国史补》卷上《马燧雪怀光》《和解二勋臣》《李马不举乐》三条文字而成的一大条文字,然而王谠不顾文义,生拼硬凑,出现了不少错误。《国史补》中说的《马燧雪怀光》,是指李怀光叛乱的后期,马燧为之说情,求免罪。这本来就不合事实。《资治通鉴》卷二三一《唐纪》四七德宗贞元元年《考异》引此文后,司马光下按语曰:"是时怀光垂亡,燧功已成八九,故自入朝争之,岂肯面雪怀光邪!"可见李肇叙事正与实情相反。到了《唐语林》中,王谠却把"雪"字改成了"斥"字,"马司徒面斥李怀光",非但与实情不符,而且成了不可想象之事。此时李怀光与唐王朝正处在敌对的战争状态,马燧又怎能"面斥"?即使勉强把这说成是马燧在阵前面斥李怀光,那德宗又为什么要"正色"制止?王谠的这种改法,真是匪夷所思。而《国史补》中《李马不举乐》一段,乃承《马燧雪怀光》而来。马燧与李晟为李怀光事发生冲突,德宗调解,各赐以音乐,乐止则遣中使问之。王谠改写,则又成了张延赏与李晟之事。可见王谠任意改动文字,而对唐代史实却又缺乏足够的了解,这样编写而成的东西,也就不足资以取信的了。

　　王谠对有些条文的内容,没有细细体会,结果也出了不少差错。例如卷六 782 条叙窦申事,引德宗语曰:"吾闻申欲至人家,则鹊喜。"此文原出《国史补》卷上《窦申号鹊喜》,原文是:"吾闻申欲至,人家谓之鹊喜。"此事《旧唐书》卷一三六《窦申传》。《新唐书》卷一四五《窦参传》均有记载,《资治通鉴》卷二三四《唐纪》五十德宗贞元八年也曾记叙,胡三省注:"窦参每迁除朝士,先与申议,申因先报其人,以招权纳赂。时人谓之'喜鹊'者,以人家有喜事,鹊必先噪于门庭以报之也。"《大唐传载》上有同样的说明,胡氏或据《传载》而言。凡此均足说明所谓"鹊喜"

也者,只是一个譬喻,王说却把这理解为实有其事,宁非大嗫。

前面已经说明,《唐语林》中出现的一些错误,有的是由未能正式定稿等原因造成的,但像这里谈的一些问题,就只能说是王说学识欠佳、工作又不认真而产生的了。著作中出现的问题,当然与编著者的水平密切相关。

《唐语林》的版本问题

《唐语林》中出现错乱的情况,上面分析了作者主观方面的原因,而从客观方面来说,则是由缺乏好的版本,后人没有进行过认真的整理等多方面的原因产生的。

版本的问题也很复杂。从成书时来说,缺乏可靠的定本;从流传过程来说,则是经手的人大都草率从事,不尊重原著。况且这书的传世经历着曲折的过程,大分大合,绝而复生,这种离奇的经过,在每一个阶段都盖上了加工者的痕迹。

现存最早的《唐语林》刻本,是明代嘉靖二年桐城齐之鸾刻的两卷残本。此书与士礼居藏旧钞本三卷同,其内容为武英殿聚珍本的一至四卷。齐氏自言"予所得本多谬","有不能意晓者",可也找不到善本互校,只能让它"阙疑承误"。稍后则有丰城李栻刻的《历代小史》本。此书乃是一种节录本,而观其起讫,也同齐书,文字亦多同,可见它所依据的祖本,与齐之鸾本同,或者就是以齐书为祖本的也未可知。在此之前,陶宗仪《说郛》中也曾录引,钱熙祚在《守山阁丛书》本《唐语林》的《校勘记》中说:"《说郛》录《唐语林》寥寥数条,其标题大略适与齐之鸾本合,知陶南村所见本已不完矣。"这就说明《唐语林》一书到了宋代之后就已传本不多,而流传最广者也就是这部讹误很多残缺不全的三卷本或两卷本了。

此书自宋、元时起没有什么好的本子传世,明代之后已无全书,

《四库全书》馆臣从《永乐大典》中辑出今本的后半部分,且用聚珍版印行之后,此书才有所谓足本传世。但后人所能见者,也只能是这部前后体例截然不同的拼凑本了。

后代重刻这本书的人很多,如《墨海金壶》本、《守山阁丛书》本、《惜阴轩丛书》本等,还有福建藩署、江西官书局、广雅书局复刻聚珍本等多种,实际上收入上述丛书中的《唐语林》,都是从武英殿聚珍本复刻或重刻的,从版本上来说,同出一源,已经没有什么校勘价值了。

《永乐大典》编纂工作中存在的问题

《唐语林》这书之所以能够流传到现在,《永乐大典》一书起到了中间环节的作用。幸亏当年《永乐大典》的编者把它分散保存于各韵部中,《四库全书》馆臣才有可能将之重行编纂起来。

《永乐大典》规模宏大,保存了不少古代文献,当然是一项值得称道的工作。但在官僚体制的领导和安排下,人多手杂,场面大而不重实际,不可避免地也会出现很多不能令人满意的情况。况且此书在嘉靖时又重新誊录,《四库全书》馆臣依据的就是这部重钞本,在辗转的钞写过程中不可避免地又会增加一些错误。

不看内容,分类失当。《永乐大典》将《唐语林》中的材料依类相从汇聚在一起,而它的归类往往不太正确。例如该书卷之二万三百十《疾·心疾》引《唐语林》(影印本第十九函第一八三册),即《唐语林校证》卷六 789、卷八 1079、卷八 1078 三条文字,原为《国史补》内的《刘辟为乱阶》《韦李皆心疾》《御史扰同州》三条;实则"御史扰同州"事与"心疾"毫无关系。这与今本《唐语林》中的编次虽然没有直接关系,但也可以看出《永乐大典》编者检阅《唐语林》时粗枝大叶,工作上是非常草率的。

多错别字,且多脱落。从表面上看来,《永乐大典》字迹清楚,一笔不苟,后面还记上了钞手和复核者的名字,似乎非常认真负责。但只要和原书或其他有关的本子作些比较,也就可以看出工作人员态度马虎,不但错别字很多,有时还会大段脱落。例如该书卷之一万五千九百五十一《运·五运》引《唐语林》(影印本第十七函第一六七册),原出《封氏闻见记》卷四《运次》,如拿封演原文与之比较,则《永乐大典》错字与阙漏特多。《四库全书》馆臣已将此文采入《补遗》,即今本《唐语林》卷五 672 条,因为《永乐大典》此文不足为据,《四库全书》馆臣不得不依别本另行补正的了。

张冠李戴,误记篇名。《永乐大典》的编者时而张冠李戴,把其他书籍中的文字误题上《唐语林》的名字,例如该书卷之二千八百七《枚·纸九万枚》引《唐语林》,曰:"王右军为会稽,库中有笺纸九万枚",实则此乃裴启《语林》中文,见《艺文类聚》卷九八;又如该书卷之一万二千十七《友·邺穷友》引《唐语林》,曰:"孔嵩……与颍川荀彧共游太学……"实则此亦裴启《语林》中文,见《类林杂说》卷四《仁友篇》三十;又如该书卷之一万一千六百二《藻·品藻》引《唐语林》,曰:"谢碣绝重其妇……"实则此乃《世说新语》下之上《贤媛》中文。因为这些条文记录的是魏晋南北朝时的事,而且《世说新语》等书,人所诵习,因此《四库全书》馆臣才不致上当,将之误缀入内。① 但也可以设想,假如《永乐大典》的编者把其他较生僻的书籍中的文字误题上《唐语林》一名,那就难于区别真伪了。现在《唐语林》中保留着好些并不属于五十种原书的条文,如有的出于《闽川名士传》,有的出于《定命录》……

① 《中国丛书综录》(第二册)史部"杂史类"于《唐语林》后附《语林佚文》一卷。云"(宋)王谠撰。(清)王仁俊辑。《经籍佚文》。"此稿今藏上海图书馆。实际上只有一条文字。王氏据杜文澜《古谣谚》卷五七转引《广博物志》卷十八中文录入。全文曰:"魏张鲁有十子。时人语曰:'张氏十龙,儒雅温恭。'"其内容似非《唐语林》所当有,或许也是裴启《语林》中文。

很有可能,这也是《永乐大典》的编者误题书名而夹杂进去的。当然,也有可能出于另一种情况,或许有些不属于五十种原书的条文曾为《纪闻谈》《洛中记异》等书所吸收,而《唐语林》据以引录的却是这些后起的书,只是这些书已经散佚,因而难以求得这类条文的真正出处了。这种特殊的情况可能出现,然而还不足用以解释《唐语林》中的混乱现象,例如该书卷八 1075《唐人酒令》一条,原出洪迈《容斋续笔》卷十六,洪迈生于王谠之后,所写的文字不可能为前人所吸收,而《永乐大典》编者以其内容属于唐代风俗,率尔录引,误标书名,只能说明编者工作的草率。这一类情况,在《永乐大典》中为数是不少的。

《四库全书》馆臣编纂工作中存在的问题

从今本《唐语林》的成书来说,《四库全书》馆臣完成了最后一道工序,把这部散佚了几百年的书重新编纂起来,这个功劳是不可埋没的。但令人遗憾的是,这项工作做得还不理想,其间存在着不少问题。

没有利用齐之鸾本进行校雠。上面已经说到,《唐语林》此书没有什么善本可资校勘,但齐之鸾所刻的残本既已行世,而此书原出宋本,则毕竟还是有其可资参证之处。因为这书虽然错误特多,但择善而从,还是可以从中探测王书的本来面目。《四库全书总目》的《唐语林提要》上说此书的前半部分就是以齐之鸾本为底本的,经过比较,发现此说不完全符合事实。好些条文中,齐之鸾本、《历代小史》本的文字和原书相符,但今本《唐语林》却不相同。当然,这也可能是由于《四库全书》馆臣另外找到了根据,然而这种情况为数之多,只能说明《四库全书》馆臣重编《唐语林》时没有把齐之鸾本放在重要的地位。

这里可举两个例子来看。《唐语林》卷三 404 条,原出《北梦琐言》卷三《高太尉决礼佛僧》。齐之鸾本、《历代小史》本中的文字,如"是夜黄昏""凌胁州将""得于资中处士王遇"等，都与原书相符，而聚珍本却均行脱落。又如卷三457条言苏颋事，原出《开天传信记》，"岂非足下宗庶之孽也"下，"之"字之上，有案语曰："此下原阙六字。"然而齐之鸾本、《历代小史》本不阙，此处有"璀备言其事，客惊讶"八字，上下承接，文从字顺，说明这确是《唐语林》中的原文。而且《唐诗纪事》卷十《苏颋》中亦有此文，中间也有这两句，则又可用以说明《开天传信记》中原来就有这两句，今本《开天传信记》偶佚，应当根据齐之鸾本、《历代小史》本《唐语林》中的文字补足。聚珍本中的案语看来只是沿用了《永乐大典》编者的文字，但《四库全书》馆臣没有利用齐之鸾本进行校雠，致使此书本可起到的作用也未能起到。反观齐之鸾本，中间有那么多地方与原书相符，则又足以说明王谠著录时其改写的幅度并没有今本所显示的那么大。

没有完全遵从底本《永乐大典》中的文字。照理说，《四库全书》馆臣既然是依据《永乐大典》一书而重新编纂的，那聚珍本中的文字应该与《永乐大典》中的引文一致，但按之实际，却并不如此。例如《唐语林》卷六852条言李绛议置郎官事，见《永乐大典》卷之七千三百二十八《郎·置郎》引《唐语林》（影印本第八函第七三册），此文原出《国史补》卷下《郎官判南曹》，中有"旬日出为东都留守""常亦速毕"二句，《永乐大典》引文全同，而聚珍本却改"旬日"为"后"，改"亦"为"得"，这些文字只能定为《四库全书》馆臣所擅改，他们没有遵从《永乐大典》这一底本。

后人可以擅自改动前人文字，甚至信笔所之径行改写，于是各种本子上文字的出入，也就很严重了。特别是像《唐语林》这样一部几经曲折而流传下来的书，在古人轻视小说这种传统观念的影响下，经过各个阶段经手者的层层改写，更会出现文字上的许多分歧和混乱。该书卷七有一个突出的例子，919条言谭简治崔慎由目疾事，原出《因话录》卷六羽部;《永乐大典》卷之一万九千六百三十七《目·医目》引《唐语林》(影印本第十八函第六七册),对此作了大幅度的改写;聚珍本引用《永乐大典》中的文字,又作了一次改写,于是原来的文字和后来的文字也就相去甚远了。这在全书中或许只能算是一个特殊的例子,但对古代文人肆意删改前人小说而言,却是具有典型意义,可以用来说明《唐语林》中很多文字上的问题。为了便于对照,今将三种文字并列于后。

《因话录》卷六羽部	《永乐大典》本《唐语林》	聚珍本《唐语林》
相国崔公慎由廉察浙西。左目眥生赘,如息肉,欲蔽瞳人,视物极碍,诸医方无验。一日,淮南判官杨员外牧自吴中越职,馔召于中堂。因话扬州有穆中善医眼,来为白府主,请遗书崔相国铉,令致之,崔公许诺。后数日,得书云:"穆生性粗疏,恐不可信。有谭简者,用心精审,胜穆甚远。"遂致以来。既见,白崔公曰:"此立可去。但能安神不挠,独断于中,则必效矣。"崔公曰:"如约,虽妻子必不使知。"谭简又曰:"须用九日晴明,亭午于静处疗之,若其日果能遂心,更无忧矣。"是时月初也。至六、七日间,忽阴雨甚,谭生极有忧色。至八、九大开霁,问崔公:"饮酒多少?"崔公曰:"户虽至小,亦可饮满。"谭生大喜。初,公将决意用谭之医,惟语大将中善医者沈师象,师象赞成其事。是日引谭生于使宅北楼,惟师象与一小竖随行,左右更无人知者。谭生请公饮酒数杯,端坐无思;俄	崔相慎由廉察浙西。左目生赘肉,欲蔽瞳人,医久无验。闻扬州有穆生善医眼,托淮南判官杨收召之。收书报云:"穆生性粗疏,恐不可信。有谭简者,用心精审,胜穆生远甚。"遂致以来。既见,白崔曰:"此立可去。但能安神不挠,独断于中,则必效矣。"崔曰:"如约,虽妻子必不使知。"间又曰:"须用久,目晴明,亭午于静室疗之。若其日事,遂无忧矣。"至日开霁。问崔饮多少,"饮虽不多,亦可引满。"谭生大喜。初,崔将谭生唯语大将中喜医者沈大师象,赞之。是日引谭生于宅北楼,唯师象	崔相慎由廉察浙西,左目生赘肉,欲蔽瞳人。医久无验。闻扬州有穆生善医眼,托淮南判官杨收召之。收书报云:"穆生性粗疏,恐不可信。有谭简者,用心精审,胜穆生远甚。"遂致以来。既见,白崔曰:"此立可去。但能安神不挠,独断于中,则必效矣。"崔曰:"如约,虽妻子必不使知闻。"又曰:"须用天日晴明,亭午于静室疗之,始无忧矣。"问崔饮多少?曰:"饮虽不多,亦可引满。"谭生大喜。是日,崔引谭生于宅北楼,惟一小竖在,更无人知者。谭生请崔饮酒,以刀圭去

《因话录》卷六羽部	《永乐大典》本《唐语林》	聚珍本《唐语林》
而谭生以手微扪所患,曰:"殊小事耳!"初觉似拔之,虽痛亦忍。又闻动剪刀声。白公曰:"此地稍暗,请移往中庭。"象与小竖扶公而至于庭。坐既定,闻栿焉有声。先是谭生请好绵数两染绛,至是以绛绵拭病处,兼傅以药,遂不甚痛。谭生请公开眼,看所赘肉,大如小指,坚如干筋,遂命投之江中,方遣报夫人及子弟。谭生立以状报淮南,崔相国复书云:"自发医后,忧疑颇甚。及闻痊愈,神思方安。"后数日而征诏至金陵。嗟夫!向若杨君不遇,谭生不至,公心不断,九日不晴,征诏遽来,归期是切,碍其目疾,位当废矣,安得秉钧入辅,为帝股肱?此数事足验玄助。而公作相之后,谭生已逝,又何命之大薄也!	与一小竖在,更无人知者。谭生请崔饮酒,端无思,以刀圭去赘,以绛帛拭血,傅以药。遣报妻子知。后数日,征诏至金陵。及作相,谭生已卒。	赘,以绛帛拭血,傅以药,遣报妻子知。后数日,征诏至金陵。及作相,谭生已卒。

　　不熟悉原书,妄加案语。清廷开馆编辑《四库全书》时,集中了当时一批著名的学者。史部由邵晋涵主持。这当然是一代史家,水平很高。只是前人轻视笔记小说,可想而知,重编《唐语林》这书的任务,不会由邵晋涵等人亲自动手,看来也只是让馆中一些三、四流的学者做做具体工作就是了。这样当然会影响成书的水平。

　　《四库全书》馆臣明知《唐语林》是汇纂五十种书而成的,但他们没有一一复核原书,甚至连这五十种书的内容都不熟悉,这样当然不可能做好这项工作。例如卷三 317 韦澳征郑光庄租一条,《四库全书》馆臣下加案语曰:"此事已见《政事门》,文有异同,今并存之。"实则卷二《政事门》146 条文字出于《续贞陵遗事》《方正门》317 条文字出于《东观奏记》卷中，二者来源不同，所以王谠兼收并蓄。《资治通鉴》卷二四九《唐纪》六五宣宗大中十年五月叙此，与《政事门》146 条文字类同，《考异》引《东观奏记》，即《方正门》317 条文字讫，下云"今从柳玭《续贞陵遗事》"。可见二者之间内容上还有差别。又如卷三《方正门》329 条记狄仁杰毁江南神庙七百馀所，《四库全书》馆臣下加案语曰："此事已见本门首条，文有详略，今并存之。"实则此条原出《隋唐嘉话》卷下，而"本门首条"即 285 条原出《封氏闻见记》卷九《刚正》，二者的来源和性质完全不同，王谠自然要把它们分列。《四库全书》馆臣不知文字的原始出处，妄加案语，可谓少见多怪。

不检核材料，妄加拼合。《唐语林》中的条文，有组合而成的情况，例如卷五 635 条叙秦鸣鹤为高宗治脑痌，就像是采取了《芝田录》和《谭宾录》中的文字组合而成的。因为二者内容一致，经过加工之后，已经浑然一体，看不出有拼凑的痕迹。

《永乐大典》中的文字，按韵部和内容分类，原是一条条单列的。或许《四库全书》馆臣嫌它太琐碎了，他们看到前四卷中的文字经常将同一性质的条文合并，于是起而效尤，也常将几条文字合并起来。只是他们于原书不熟，经常将性质不同的文字妄加拼合，则又造成了不少混乱。例如卷五 699、700 两条，前者出于《大唐传载》，言乐章以边地为名；后者出于《开天传信记》，言安禄山之狡黠，内容完全不同。《四库全书》馆臣将之捏合在一起，读者不知底细，以为这条文字中寓有什么深意，也就会上当。又如卷七 889 条言李德裕排斥举子事，原文出于《玉泉子》，本是首尾贯通的一段文字，但《四库全书》馆臣却将另一条文字，即李德裕介绍卢肇、丁稜等人中举之事插入，反而把几段文字弄得支离破碎了。实则王起知举此条应置 903 条之前，原书也是这样编排的。这样编排，三条文字各有其重点，层次井然。《四库全书》馆臣乱加编纂，不知原书者也就只能跟着他们乱读一通的了。

不考虑内容，妄加割裂。与上相反，《四库全书》馆臣对有些本该合并在一起的文字却又不能发现其内容的一致，例如卷六 859、860 两条均叙文宗问许康佐《左传》中禘祭之事，说明两条文字原出一书，故而首尾贯通。查《资治通鉴》卷二四五《唐纪》六一文宗太和九年《考异》，知前者乃林恩《补国史》中的文字；可以推知，后者当是此文的后半部分了。但《四库全书》馆臣不加细察，而将后者置于同卷 869 条之后，这就把本该联在一起的文字割裂开，校正时也就不得不略作调整了。又如卷五 721、747 两条，均出《封氏闻见记》卷八《鱼龙畏铁》，二者内容一致，文意联贯，这是不知书名、篇名的人也能体会得出来的，然而《四库全书》馆臣不加细察，把它们作为互不相关的文字处理，这就使《封氏闻见记》中的这条文字一直不能以完整的结构呈现在读者之前。

凡上种种，说明《唐语林》中问题成堆。这里有先天的缺憾，也有后天的错乱。在我国典籍中，很少有像《唐语林》这样坎坷的遭遇，形成这样奇特的体例。这就证实了《前言》中开端时就提到的话："这是一本很糟的书，太杂乱。不经过整理，就很难阅读。"

《唐语林》的整理工作

应该说，《唐语林》一书之所以可贵，是由它内在的价值所决定的，这与作者掌握的材料、继承的学术传统、产生的时代背景等各种因素有关。《唐语林》中的错乱，是由各种复杂的原因层累而成的，但对材料本身而言，却是人为的，外加的，非本质的。只要细心地加以清理，就能克服其缺点，焕发其原有的光彩。

如何清理？原书已有残佚，又无可靠的版本可资校勘，但若充分利用现有条件，还是可以开展工作。所幸原出之书大部分还可以找到,宋元时人的总集、别集、类书、笔记中还保留着很多与此有关的材料,这些都可用作校勘之助。齐之鸾本、《历代小史》本《唐语林》中毕竟保存着一些原始的材料,择善而从,还是可以解决不少问题。

关键在于整理者的态度如何。自从《四库全书》馆臣编成《唐语林》八卷本,且以聚珍版印出后,据以复刻的人很多,但很少进行认真的整理。《守山阁丛书》本后附《校勘记》,钱熙祚找出了一些条文的出处,还曾参照齐之鸾本,辗转互校,订正了一些文字上的错误。广雅书局复刻《唐语林》时,后附孙星华的《校勘记》,他所做的,只是在钱氏的基础上作了些简化的工作。可见这两种校勘记下的功夫还不够,解决的问题还不太多。

《守山阁丛书》本《唐语林》向称善本,钱熙祚在传播小说的工作中起过很好的作用,但他的态度可不能说是很认真的。就以辑录佚文而言,他用齐之鸾本对校,辑得佚文八条,但实际上有遗漏。其后陆心源又以齐之鸾本对校,辑得佚文十四条,将之刻入《潜园总集》十九《群书校补》卷四中。比起《守山阁丛书》中的《唐语林校勘记》来,又补充了六条文字。但陆心源的辑佚工作实际上还有遗漏。本书卷三中的390牛僧孺奇士一条,是齐之鸾本所原有的,但各家均未发现。于此可知,此书仅存的一部明刻本,薄薄两卷文字,大家都不愿好好地查检,可见这些学者工作时都不是很认真的了。

我花了多年的时间整理《唐语林》,成《唐语林校证》一书,除前人辑得的佚文外,又辑得了十九条。其中三条辑自《永乐大典》由此可见,就在目前残存的七百多卷《永乐大典》中,《四库全书》馆臣还漏掉了三条文字,以全书而言,其中佚文为数是不会少的。

校订《唐语林》而能用上《永乐大典》,这毕竟是当代人的幸运。和聚珍本对校,可以发现很多问题,例如识别哪些是王谠的原注,哪些是后人的案语等。

我曾用齐之鸾本、《历代小史》本与聚珍本对校。上海图书馆藏周锡瓒校齐之鸾本《唐语林》，是用黄丕烈藏旧钞本对校的，利用此书，也就吸收了这部珍贵的旧钞本的可取之处。

我还用宋元时人的总集、别集、类书、笔记多种进行校勘。由于《唐语林》中大部分的文字已经找到了出处，积累了不少可供参考的有用材料，这就为全面的整理准备了条件。我对全书条文重新作了编排，纠正了不少误分误合的混乱情况，使眉目为之一清，还对文字中的误、脱、衍、窜之处一一进行订正，纠正了大量的错误，尽可能地让全书恢复其原貌。在整理的过程中，又考虑到《唐语林》在小说类中的重要地位，此书在研究工作中和整理其他典籍时可起重要的参考作用，因此把校勘成果作了较详细的记录，借供各界人士之需。

《唐语林》中的许多材料，已经被史学家所采用，他们还进一步作过考订辩证的工作，因此我也注意引用正史中的材料作互校之用。一般说来，凡是为《资治通鉴》等书采用的材料，史实比较可靠；而那些不符事实的文字，我也援用前人或近人的研究成果，加注说明，以免有人误信其中的记载。

在《附录》部分，除了收入各家著录、题跋和引用书目之外，还编写了《唐语林援据原书提要》《唐语林援据原书索引》《唐语林人名索引》三种资料。后二种是为了帮助研究工作者更方便地利用此书而拟制的，前一种则更多地考虑到了一般读者的需要。我为《唐语林》全书的每一条文字都编了号。这篇《〈唐语林〉考》的文字中卷数之后所加的阿拉伯文数字，即《唐语林校证》条文的序数。我在绝大部分的条文后面提示了出处，但对不熟悉古代笔记小说的人来说，因为不知道这些书的性质，对这些条文的价值仍然不可能有恰当的估量。为此我在后面附上各种书的提要，则读者在阅读有意味的文史小品之馀，可对这些条文的渊源所自和是非得失有所了解。此外，为了帮助读者理解文章的内容，我对一些疑难的字句加上了注释，并且根据个人的理解，对书中人物的俏皮话和双关语也试作解释。

《唐语林》内容丰富，涉及面广，对此进行全面的整理，需要各方面的知识。限于学力，在校证工作中必然会有很多错误和不妥之处，希望各方面的人士不吝指正。我打算继续努力加工，整理出一部便用可信的本子来。

后 记

　　我自一九八〇年起研究唐人笔记小说。其时我接受了中华书局整理《唐语林》的约稿任务，因而对有关的各种著作涉猎了一番，曾在《唐语林校证》的"附录"中撰有《唐语林援据原书提要》，对几十种唐人笔记小说分别作了阐述，随后我又为《校证》写了一篇很长的《前言》，系统地阐述我对此书与这类著作的看法，得到前辈与友辈的赞扬，因而决定对下过功夫的几部笔记小说一一写出文章，介绍个人的研究心得，供学术界参考。近年来我一直从事古籍整理，本想只写一组考订文字，后又觉得既对唐代笔记小说研究有一些总体的考虑，不妨发表出来，征求大家的意见。前时曾为《唐人轶事汇编》写过一篇《前言》，后加修改，以《古今文史观念的演变（以正史、小说为重点所进行的探讨）》为题，发表在拙著《当代学术研究思辨》中，但还觉得未尽所怀，因而随后又写下了本书《通论》中的几篇文章。计算起来，也可印成一本书了，于是决定先将这些文字结集，作为本人研究唐代笔记小说的一次小结，贡献给学界，希望得到大家的指正。

　　我的研究方法，是先从目录学着手，把唐代笔记小说放在学术史的洪流中加以考察，然后将它置于唐代文化的大背景下予以审视，结合政治、历史、宗教等多种因素，探讨它与其他文学门类的关系和相互影响。我的做法是：在宏观的透视下对具体的作家作品作微观的剖析，再将微观的实证性考辨的研究中所得出的结论上升为宏观的理论阐发，这样不断酝酿，反复探求，上编、下编，相互呼应，力求阐发的理论，言必有据，不流于空洞浮泛，所作的考证，触处多通，不陷于钉铛琐碎。这种宏观与微观相互支撑的研究方法，希望能为目前尚不太为人重视的唐人笔记小说研究提供一些综合研究的实例，得出若干经过考核的结论，说明唐代笔记小说的学术价值，并阐述这一文体所发生的重大影响。

　　我的这项研究工作虽说已经进行了十年之久，但因平时杂务多，还有很多急迫的研究工作要做，因此实际上投入的精力并不多。在唐代笔记小说的领域中本来还有很多问题可以展开，但考虑到今后投入这一课题的时间和精力仍不可能太多，只能暂告中止。不过在这一段时间内，不时得到师辈和同好的鼓励和帮助，日本奈良女子大学横山弘教授、台湾东吴大学王国良教授惠予珍贵资料，南京大学程千帆先生审读了很多稿了，提出宝贵的修改意见，更应感谢。江苏古籍出版社黄希坚和责任编辑王华宝等先生热情支持本书出版，也应诚恳地致以谢意。